KB012461

신들의 양식은 어떻게 세상에 왔나

휴머니스트 세계문학 030

신들의 양식은 어떻게 세상에 왔나
THE FOOD OF THE GODS AND HOW IT CAME TO EARTH

허버트 조지 웰스 | 박아람 옮김

차례

일러두기

1. 번역 대본으로는 Herbert George Wells, *The Food of the Gods and How It Came to Earth*(Wordsworth Classics, 2017)를 사용했다.
2. 주석은 모두 옮긴이 주다.
3. 본문 중 굵은 글씨는 원서에서 이탤릭체로 강조한 부분이다.

제1부
신들의 양식의 시작

1

19세기 중반 우리의 이 이상한 세상에는 처음으로 특정한 부류의 사람이 많아졌다. 대체로 나이가 그리 적다고 말할 수 없고 아주 적절한 호칭으로 불리지만 스스로 그렇게 불리는 것을 몹시 싫어하는 이 부류는 바로 '과학자'다. 그들이 '과학자'라는 말을 너무도 싫어해서 어차피 그들만을 위한 학술지인《네이처》의 칼럼에서는 그 말이 마치 이 나라에서 쓰이는 모든 나쁜 말의 기초가 되는 다른 표현과 비슷하기라도 한 것처럼 조심스레 피한다. 그러나 대중과 대중의 언론은 그런 것에 넘어갈 정도로 우매하지 않고, 어쨌든 그들이 '과학자'이기에, 그 가운데 어떤 식으로든 대중의 관심을 끄는 이가 있다면 우리는 그 사람을 적어도 '저명한 과학자', '걸출한 과학자', '유명한 과학자'라고 부른다.

벤싱턴 씨와 레드우드 교수는 이 이야기에서 다룰 기막힌 발견을 하기 전부터 확실히 그렇게 불릴 자격이 있는 인사들이었다. 벤싱턴 씨는 영국학사원●의 회원이며 화학회의 회장을 지냈고, 레드우드 교수는 런던 대학교 본드 스트리트 칼리지의 생리학 교수로서 생체 해부 반대론자들에게 여러 번 지독한 명예훼손을 당한 적이 있었다. 그리고 두 사람은 꽤 이른 나이부터 확실한 학자의 삶을 살았다.

실로 진정한 과학자라면 모두 그렇듯 그들도 당연히 겉으로 보기에는 그리 특별한 매력이 없었다. 특별한 매력으로 치면 현존하는 배우들 가운데 가장 눈에 띄지 않는 사람을 데려와도 영국학사원 전체를 이길 수 있을 것이다. 벤싱턴 씨는 키가 작고 아주 심한 대머리인 데다 자세가 조금 구부정하고 금테 안경을 썼으며 발에 티눈이 많아서 여기저기를 갈라 터놓은 헝겊 부츠를 신고 다녔다. 레드우드 교수의 외모는 더없이 평범했다. 우연히 (내가 적절한 이름이라 주장하는) 신들의 양식을 발견하기 전까지 두 사람은 독자들에게 딱히 들려줄 얘깃거리가 없을 정도로 대중에게는 잘 알려지지 않은 걸출한 학자의 삶을 살았다.

벤싱턴 씨는 비교적 독성이 강한 알칼로이드에 관한 눈부신 연구로 무명을 떨치는 데 (터진 헝겊 부츠를 신은 신사에게 이

● 1660년 영국 런던에서 설립되어 영국 과학의 중심 기관이 된 왕립 자연과학 학회.

런 표현을 쓸 수 있다면) 박차를 가했고 레드우드 교수가 학계에서 유명해진 까닭은…… 그가 어떻게 유명해졌는지는 분명하게 기억나지 않는다! 내가 아는 건 그가 아주 유명했다는 사실뿐이다. 명성이라는 것은 서서히 커져가는 법이니까. 아마도 맥박계 기록이 담긴 수많은 별지의 삽화와(이 부분은 오류가 있다면 나중에 수정하겠다) 굉장한 신(新)용어 하나가 들어 있는, 반응시간에 관한 두꺼운 저술 따위로 유명해졌을 것이다.

일반 대중은 두 사람을 거의 또는 전혀 보지 못했다. 가끔 왕립 학술 연구소와 왕립 예술 협회 같은 곳에서 이러저러하게 벤싱턴 씨를, 혹은 그의 발갛게 상기된 대머리나 옷깃이나 외투의 일부를 보았거나, 그가 남들에게 온전히 들릴 거라 생각하며 강의하는 소리나 논문 읽는 소리를 가끔 들었을 뿐이다. 나는 희미한 과거의 어느 한낮에 영국 과학 진흥회●가 도버●●에서 학회를 열었을 때 C 그룹인지 D 그룹인지, 어쨌든 그런 알파벳 이름의 그룹을 마주친 일을 기억한다. 이 그룹은 당시 한 여인숙을 숙소로 썼는데, 나는 종이 꾸러미를 든 진지한 얼굴을 한 두 여인이 '당구'와 '포켓볼'이라고 표시된 문으로 들어가는 것을 보고 그저 호기심에서 그들을 따라갔다.

● 1831년 과학 발전을 위해 설립된 학회로, 2009년 영국 과학 협회로 이름을 바꾸었다.
●● 잉글랜드 남동부 켄트주의 해안 도시.

문을 지나자 기이한 어둠이 펼쳐졌고, 그 어둠을 깨는 것은 레드우드의 추적 기록을 보여주는 환등기의 둥근 불빛뿐이었다.

나는 환등기의 슬라이드가 계속 바뀌는 것을 지켜보며 (내용은 잊었지만) 레드우드 교수의 것으로 추정되는 목소리에 귀를 기울였다. 지지직거리는 환등기 소음과 함께 다른 어떤 소리가 계속해서 호기심을 자극하는 탓에 나는 떠나지 못했고, 그러다가 어느 순간 불쑥 불이 켜졌다. 알고 보니 그 소리는 번과 샌드위치 따위를 씹는 소리였다. 나는 영국 과학 진흥회가 환등기를 핑계로 어둠 속에 숨어 음식을 먹으러 왔다는 것을 깨달았다.

내가 기억하기로 레드우드는 불이 켜진 뒤에도 은막 위에 도표가 나타났던 지점을 톡톡 두드리며 말을 이어갔다(실제로 다시 불이 꺼졌을 때 그 자리에 도표가 나타났다). 그는 더없이 평범하고 조금은 초조해 보이는 어두운 사내였고, 딴 데 정신이 팔린 상태로 까닭 모를 어떤 의무감 때문에 그곳에서 설명을 하고 있는 듯 보였다.

벤싱턴의 목소리도 까마득한 과거에 한 번 들은 적이 있다. 블룸즈버리•에서 열린 교육 관련 학회에서였다. 저명한 화학자들과 식물학자들이 대개 그렇듯 벤싱턴 씨도 교육에 관해 매우 권위적이었지만, 사실 나는 그가 평범한 기숙학교에서

• 예술가와 학생이 많이 거주하던 런던 중심지에 있는 지구.

수업할 기회가 있었다면 삼십 분도 안 되어 기겁했을 거라고 확신한다. 내가 기억하기로 그는 암스트롱 교수가 주창한 발견법●을 좀 더 발전시킬 것을 제안했다. 즉 당시 널리 사용되던 조야한 싸구려 교과서에만 의존하기보다는 300~400파운드의 비용을 들여 기구를 마련하고 다른 과목은 모두 제쳐둔 채 재능이 뛰어난 교사가 꾸준히 관심을 쏟으면 평균적인 아이들은 10~12년의 기간 동안 같은 분량의 화학을 아주 꼼꼼하고 철저하게 배울 수 있다는 것이었다…….

둘 다 자신의 학문 이외의 영역에서는 지극히 평범한 사람이었다. 오히려 평범한 사람들보다도 현실성이 다소 떨어졌다. 사실 세계 어느 곳에서나 '과학자' 부류는 대체로 그렇다는 점을 독자도 깨닫게 될 것이다. 과학자들의 탁월한 측면은 동료 과학자들에게 미움을 사기 십상이고 일반 대중에게는 수수께끼인 반면, 평범한 측면은 누구나 쉽게 알아볼 수 있다.

그들의 어떤 부분이 부족한지는 의심의 여지가 없다. 그토록 확연하게 작고 편협한 인간 부류는 없을 테니까. 인간적 교류의 측면에서 그들은 아주 좁은 세계에 살고 있다. 그들의 연구는 무한한 집중과 수도자와도 같은 은둔 생활을 요하기 때문에 그 외에는 딱히 많은 것이 남지 않는다. 커다란 발견을 한 조그만 발견자가 독특하고 숫기 없으며 볼품없고 머

● 교사의 설명을 최소한으로 줄이고 학생들이 독립적으로 학습 목표를 달성할 수 있게 하는 수업 형태.

리는 반백인 데다 허세가 가득한 모습으로 기사 훈장이 달린 넓은 띠로 우스꽝스럽게 치장하고 사람들의 환대를 받는 광경을 보게 되거나, 국왕 탄생일에 거행되는 작위 수여식의 행렬이 영국학사원을 지나는 가운데《네이처》에서 '과학의 경시'에 관한 글을 읽게 될 때, 또는 끈덕진 지의류학자의 연구를 논평하는 또 다른 끈덕진 지의류학자의 말을 듣고 있노라면 인간이 얼마나 작고 편협한 존재인지 새삼 깨닫지 않을 수 없다.

그러나 이 작은 '과학자들'이 과거부터 현재까지 쌓은 거대한 과학의 구조물은 너무도 놀랍고 너무도 무시무시할 뿐 아니라 인간의 막강한 미래를 암시하는 미완성의 신비로운 약속으로 가득 차 있다! 그들은 자기들이 무엇을 하고 있는지 깨닫지 못하는 것 같다! 오래전에 그런 소명을 택하고 알칼로이드와 그 비슷한 합성물에 자신의 삶을 바친 벤싱턴 씨도 조금은, 아니 그보다 좀 더 분명하게, 인간의 막강한 미래를 이루겠다는 꿈을 꾸었을 것이다. 그런 동기가 전혀 없었다면, 오직 '과학자'만이 기대할 수 있는 엄청난 영광과 지위를 염두에 두지 않았다면 젊은이들이 흔히 그러듯 그런 연구에 자신의 삶을 바칠 사람이 어디 있겠는가? 틀림없이 그들은 그런 영광을 엿보았을 것이다. 틀림없이 그런 미래를 꿈꾸었을 것이다. 그러나 그것이 너무도 가까웠던 탓에 그들은 눈이 멀었다. 그 눈부신 광휘가 그들의 시야를 가린 것은 다행스러운 일이었다. 우리가 곧 보게 되겠지만 그 덕분에 그들은 죽을 때까지 지식의 빛을 편안히 간직할 수 있었으니까!

레드우드가 딴 데 정신이 팔린 듯 보인 것은 (지금은 너무도 자명하지만) 그가 동료 과학자들과 달랐기 때문일 것이다. 꿈꾸는 미래가 눈앞에서 아른거리고 있었다는 점에서 그는 동료들과 달랐다.

2

내가 벤싱턴 씨와 레드우드 교수가 만든 물질을 부를 때 사용하는 이름 '신들의 양식'은 그것이 지금까지 미친 영향과 앞으로 미칠 모든 영향을 고려하면 절대 과한 이름이 아니다. 그러니 이 이야기에서 나는 그 물질을 그렇게 부르겠다. 그러나 벤싱턴 씨는 냉철한 정신으로 그것을 그렇게 부르느니 차라리 새빨간 옷을 입고 월계관을 쓴 채로 그의 집 앞 슬론가● 에 나서는 쪽을 택했으리라. 그 이름은 그가 감격에 겨워 처음 내뱉은 감탄사에 불과했다. 열의에 들떠 기껏해야 한 시간 남짓 그것을 신들의 양식이라고 부른 것이다. 그러고 나서 자신이 잠시 이성을 잃었다고 판단했다. 처음 그것을 생각해냈을 때 그는 엄청난 가능성을 목격했다. 실로 엄청난 가능성이었다. 그러나 그는 그 아찔한 전망을 경탄스럽게 바라본 뒤

● 런던 서부 중심지의 번화가.

양심적인 '과학자'라면 마땅히 그래야 하듯 단호히 눈을 감았다. 그러고 나자 신들의 양식이라는 이름이 너무 노골적이고 뻔뻔하게 느껴졌다. 그는 자신이 그런 표현을 썼다는 데 경악했다. 그렇기는 해도 잠시나마 분명하게 목격한 그 가능성의 여운이 주위를 맴돌며 불쑥불쑥 되살아나곤 했다…….

"사실 그저 이론으로만 그칠 게 아닙니다." 그는 두 손을 맞비비고 초조하게 웃으면서 말했다.

"뭐, 제대로 다루기만 하면 **팔** 수도 있고……" 그는 레드우드 교수의 얼굴에 바싹 얼굴을 디밀고 비밀을 털어놓듯 목소리를 낮췄다.

"정확히 말하면 식품으로 말이지요." 그는 걸어가면서 말을 이었다. "적어도 식재료로 팔 수는 있을 겁니다. 물론 맛이 있다면요. 실제로 만들어보기 전에는 맛이 어떨지 알 수가 없으니까요."

그는 벽난로 앞 깔개에서 돌아서 세심하게 터놓은 자신의 헝겊 부츠를 살폈다.

"이름이요?" 그는 상대의 질문에 고개를 들며 되물었다. "고전에서 적절한 것을 따온다면 좋겠습니다. 그러면 과학에 좀 더…… 그러니까 고풍스러운 품위가 더해지겠지요. 그래서 생각을 좀 해봤는데…… 글쎄요, 우습다고 생각하실 수도 있지만…… 조금 거창한 이름도 괜찮지 않을까 싶어서…… 헤라클레오포르비아. 어때요? 헤라클레스가 될 수 있는 양분이라는 뜻으로. 뭐, 혹시 그게 좀…… 혹시 이상하다고 생각하신다면……."

레드우드는 벽난로에 시선을 고정한 채 생각해보고는 딱히 반대하지 않았다.

"괜찮을까요?"

레드우드는 진지하게 고개를 끄덕였다.

"티타노포르비아라는 이름도 생각해봤습니다. 티탄의 양식이라는 뜻으로……. 첫 번째가 더 좋을까요? 그런데 그게 정말 괜찮을지. 혹시 **너무**……."

"아닙니다."

"아! 다행이네요."

그렇게 해서 두 사람은 그 물질을 헤라클레오포르비아라고 부르며 연구를 이어갔고 예기치 못한 전개로 계획이 완전히 틀어지는 바람에 끝내 발표하지 못한 그들의 보고서에도 변함없이 그 이름으로 적혀 있다. 그들의 예측과 정확히 일치하는 물질을 발견하기까지 비슷한 물질 세 가지가 만들어졌고, 그들은 이 세 물질을 헤라클레오포르비아 1, 헤라클레오포르비아 2, 헤라클레오포르비아 3이라고 일컬었다. 내가 여기서 벤싱턴이 맨 처음 내뱉은 이름인 신들의 양식이라고 부르는 물질은 헤라클레오포르비아 4다.

발상은 벤싱턴 씨의 것이었다. 하지만 그에게 영감을 준 것은 《철학적 교류》•에 실린 레드우드 교수의 논문이었으므로 그는 그 발상을 더 진전시키기 전에 아주 적절하게도 레드우드 교수와 상의했다. 게다가 연구 분야로 치면 그것은 화학뿐 아니라 생리학에 속하기도 했다.

레드우드 교수는 추적 기록과 곡선에 집착하는 부류의 과학자였다. 내가 좋아하는 부류의 독자라면 어떤 유형의 과학 논문을 말하는지 잘 알 것이다. 도무지 갈피를 잡을 수 없고 뒷부분에는 대개 대여섯 번 접은 도표를 끼워 넣은 논문으로, 삽입된 도표에는 독특한 지그재그 모양이나 과장된 번개 모양, 또는 구불구불하고 난해한 모양의 선이 가로좌표에서 시작해 세로좌표를 따라 올라가는 이른바 '간소화한 곡선'이 그려져 있다. 이런 논문을 한참 들여다보고 있노라면 결국 독자뿐 아니라 그 저자조차도 제대로 이해하지 못하는 게 아닐까 의심하게 된다. 하지만 실제로 이런 과학자 가운데 많은 이가 자신의 논문을 꽤 잘 이해하고 있다. 우리 사이를 가로막는 건 그저 부족한 표현력이다.

레드우드는 아마도 추적 기록과 곡선으로 사고하는 사람이었을 것이다. 그는 반응시간에 관한 기념비적인 연구를 통해

• 세계 최초의 과학 저널이며, 영국학사원의 회보 형태로 1665년 창간되었다.

(이 연구는 과학에 조예가 깊지 않은 독자도 한참 들여다보면 아주 분명하게 이해할 수 있다) 성장에 관한 간소화 곡선과 맥박 기록을 내놓기 시작했고, 벤싱턴 씨에게 직접적인 영감을 준 것은 바로 이런 성장에 관한 논문 중 하나였다.

레드우드는 새끼 고양이와 강아지, 해바라기, 버섯, 콩 작물, 그리고 (아내가 말리기 전까지) 자신의 아기까지 온갖 종의 성장을 측정하며 성장이 일정한 속도로 이뤄지지 않는다는 점을 보여주었다. 그가 제시한 바에 따르면 성장은 아래와 같이 이뤄지는 것이 아니라,

아래와 같이 폭발적으로 자란 뒤 멈추는 과정을 반복한다.

아울러 그는 지속적으로 꾸준히 자라는 생물은 없는 것으로 보이며 그가 확인한 바에 따르면 사실상 어떤 생물도 지속적으로 꾸준히 자랄 수는 없다는 점을 보여주었다. 살아 있는 생물은 모두 성장할 힘을 비축한 뒤 일정 기간에만 성장하고, 다시 자랄 수 있을 때까지 한동안 기다린다는 것이었다. 그리고 레드우드는 매우 주의 깊은 '과학자'들이 그러듯 조심스럽고 전문적인 표현을 사용해 성장 과정 동안 혈액 속

에 막대한 양의 필수 물질이 반드시 필요하며, 이 물질은 아주 느리게 형성되고 성장에 다 소비되고 나면 다시 채워지는 속도도 매우 느리기 때문에 그사이 유기체는 제자리걸음을 할 수밖에 없다고 완곡하게 주장했다. 그는 이 미지의 물질을 기계의 연료에 비유했다. 성장하는 동물은 일정 거리를 이동한 뒤 다시 기름을 채워야만 달릴 수 있는 기계와도 같다는 것이었다("하지만 기계의 연료를 외부에서 조달할 수 없는 이유라도 있을까요?" 벤싱턴 씨는 그의 논문을 읽으며 이렇게 물었다). 레드우드는 그와 같은 부류가 흔히 그러듯 즐거운 기색과 초조한 기색을 동시에 내비치며 이 모든 것이 특정한 내분비선의 수수께끼를 밝히는 단서가 될 가능성이 많다고 말했다. 그러니까 내분비선이 이와 어떤 연관이 있기라도 한 것처럼 말이다!

다음번 대화에서 레드우드는 논지를 좀 더 발전시켰다. 그는 로켓 궤도와 똑같아 보이는 갖가지 현란한 도표를 내보였다. 요지는, 그러니까 그런 게 있나 하다면, 강아지와 새끼고양이의 피, 그리고 해바라기의 수액이나 버섯의 즙 따위를 그가 '성장하는 단계'라고 부르는 기간과 성장하지 않는 기간에 놓고 비교했을 때 그 안에 담긴 특정 요소들의 비율이 다르다는 것이었다.

벤싱턴 씨는 그 도표들을 옆으로 돌려보고 거꾸로 들어본 뒤 그가 말한 차이가 무엇인지 깨닫고는 큰 감탄을 표했다. 그런 차이는 최근 그가 신경계를 가장 자극하는 물질로서 알칼로이드를 연구하면서 밝혀내려 한 바로 그 물질이 원인일 가능성이 많았기 때문이다. 그는 팔걸이의자에 붙은, 불편하게 흔들거리는 특이한 간이 책상 위에 레드우드의 논문을 내려놓고는 금테 안경을 벗고 입김을 불어 아주 꼼꼼하게 닦았다.

"세상에!" 벤싱턴 씨가 말했다.

그가 안경을 다시 쓰고 그 특이한 간이 책상으로 몸을 돌리는 순간 팔꿈치가 책상 지지대와 부딪히면서 끼익하는 간드러지는 소리가 나더니 논문과 함께 그 안의 모든 도표가 바닥으로 떨어져 여기저기 흩어지고 구겨졌다. "세상에!" 벤싱턴 씨가 말했다. 그는 편의를 위해 설치된 이 간이 책상이 자주 이런 문제를 일으킨다는 사실을 참을성 있게 무시하고 팔걸이의자 너머로 손을 뻗었지만 논문이 손에 닿지 않아서 결국 바닥으로 내려가 네발로 섰다. 그 순간에 신들의 양식이라는 이름이 머리를 스친 것이다.

참고로 벤싱턴 씨와 레드우드의 논리가 모두 옳을 경우, 그가 생각해낸 이 새로운 물질을 음식에 섞거나 따로 주입하면 '성장 휴지기'를 없앨 수 있다. 그렇게 되면 성장은 아래와 같은 방식이 아니라,

(내 설명을 잘 따라오고 있다면) 다음과 같아진다.

4

벤싱턴 씨는 레드우드와 그런 대화를 나눈 뒤 그날 밤 좀처럼 잠을 이룰 수 없었다. 선잠에 드는가 싶다가도 아주 잠깐뿐이었고 그런 뒤엔 꿈을 꾸었다. 꿈속에서 그는 땅에 깊은 구멍을 파고 그 안에 엄청난 양의 신들의 양식을 쏟아부었다. 그러고 나자 땅이 점점 부풀어 오르더니 모든 국경이 폭발해 사라졌고 왕립 지리 학회는 마치 재단사들이 옷의 품을 늘리듯 적도 부근의 경계선을 밖으로 늘려 수정했다…….

물론 터무니없는 꿈이었지만 벤싱턴 씨가 깨어 있는 상태에서 의식적으로 한 말이나 행동이 분명하게 보여주지 못한 부분, 즉 그가 얼마나 들떠 있었으며 자신의 발상을 얼마나 가치 있게 여겼는지 따위를 훨씬 더 분명하게 보여준다. 이런 얘기는 괜히 꺼냈는지도 모르겠다. 평소 나는 사람들이 꿈 얘기를 들려주는 게 전혀 흥미롭지 않다고 생각하니까.

웬 우연의 일치인지 하필 레드우드도 그날 밤 꿈을 꾸었는데 그의 꿈은 이러했다.

이 도표는 아주 깊게 소용돌이쳐 들어가는 심연 속에서 불길처럼 환하게 타올랐다. 그리고 그(레드우드)는 어느 행성의 검은 연단 앞에 서서 이제 가능해진 새로운 방식의 성장에 관해 강연하고 있었는데, 청중은 초왕립 원시적 작용력 연구소였다. 이전까지 이 원시적 작용력은 인종과 제국, 행성계와 세계가 모두 커지고 있는데도 늘 아래와 같은 양상으로 작용했다.

때로는 이렇게 작용하기도 했다.

그는 자신의 발견 덕분에 이 느리고, 심지어 퇴행적이기까지 한 방법이 아주 빠른 속도로 구식이 될 것이라고 꽤 분명하고 설득력 있게 설명하고 있었다.

물론 터무니없는 꿈이다! 하지만 이 역시 의미심장하다.

다만 두 사람의 꿈이 내가 단정적으로 설명한 것 이상으로 중요한 의미가 있거나 예언의 효과가 있다고 말하는 건 절대 아니라는 점을 밝혀둔다.

1

벤싱턴 씨는 이 물질을 실제로 만들 수 있게 되자 올챙이에
게 먼저 시험해보자고 제안했다. 이런 건 언제나 올챙이가 첫
실험 대상이 된다. 그게 바로 올챙이의 존재 이유다. 그리고
그들은 이 실험을 레드우드가 아니라 벤싱턴이 해야 한다고
결정했다. 레드우드의 실험실은 어린 수송아지의 박치기 빈
도수의 일변화 측정에 필요한 동물들과 탄도 측정기로 가득
차 있었기 때문이다. 이런 실험에서 나오는 곡선은 워낙 변칙
적이고 복잡해서 연구가 진행되는 동안 올챙이 어항까지 들
여놓는 건 더없이 부적절했다.

그러나 벤싱턴 씨가 사촌인 제인에게 자신의 생각을 슬며
시 내비쳤을 때 제인은 올챙이든 그 밖의 어떤 실험용 동물
이든 대량으로 집에 들이는 건 안 된다고 잘라 말했다. 폭발

위험이 없는 화학물질, 즉 그녀가 걱정하는 부분에서는 아무런 결과도 내지 않는 그런 물질에 방 하나를 내주는 건 반대하지 않았다. 가스난로 하나와 개수대 하나, 먼지를 막아주는 찬장 한 칸을 이미 내줬으며 결코 포기할 수 없는 주간 대청소를 할 때도 그곳은 건드리지 않았다. 그리고 그녀는 술에 중독된 사람들을 알고 있는 터라 학계에서 눈에 띄는 성과를 내려 안달하는 그의 갈망이 그보다 조악한 형태의 타락보다는 훨씬 더 낫다고 여겼다. 그러나 살아 있을 때는 '꿈틀거리고' 죽고 나면 '냄새를 풍기는' 생물을 여러 마리 들이는 건 참을 수 없으며 결코 참지 않을 생각이었다. 그녀는 그것이 틀림없이 건강에 해로울 거라고 주장했다. 그리고 벤싱턴은 병약하기로 악명 높은 사람이었다. 아니라고 우기는 건 터무니없는 소리였다. 벤싱턴은 코앞에 둔 발견이 얼마나 중요한지 분명하게 설명하려 노력했지만, 그녀는 다 좋은데 그가 집 안을 지저분하고 해롭게 만들도록(결국 그렇게 될 게 틀림없으니) 허락한다면 분명히 그 자신이 먼저 불평할 거라고 했다.

벤싱턴 씨는 발의 티눈도 잊은 채 방을 왔다 갔다 하며 단호하고 성난 말투로 그녀를 설득하려 했지만 소용없었다. 그가 무엇으로든 과학의 진보를 가로막아선 안 된다고 하자 그녀는 과학의 진보와 집 안에 많은 올챙이를 들이는 건 별개의 문제라고 했다. 그가 독일에서는 이렇게 훌륭한 발상을 하는 사람에게 당장 모든 장비가 갖춰진 600세제곱미터에 달하는 실험실을 자유롭게 쓸 수 있게 해준다고 하자 그녀는 예전부터 느꼈지만 자기가 독일인이 아니라서 참 다행이라고 응수했다. 그가 이 연구를 통해 자신이 유명한 사람이 될 수 있다고 하자 그녀는 이런 집에 많은 올챙이를 들이면 유명해지기보다는 병에 걸릴 확률이 훨씬 더 높다고 받아쳤다. 그가 이 집의 주인은 자신이라고 하자 그녀는 올챙이를 들이는 꼴을 보느니 차라리 사감으로 지원해 학교로 떠나겠다고 했다. 그가 말도 안 되는 소리는 하지 말라고 하자 그녀는 **그에게** 말도 안 되는 소리는 그만두고 올챙이를 포기하라고 했다. 그가 자기 발상을 존중해야 한다고 하자 그녀는 냄새나는 발상이라면 절대 존중할 수 없다고 했다. 그 말에 그는 완전히 체념하고 이런 문제에 관한 헉슬리●의 고전적인 조언을 무시한 채 몹쓸 말을 내뱉었다. 아주 나쁜 말은 아니었지만 꽤 몹쓸 말이었다.

그러고 나자 그녀는 몹시 불쾌해하며 사과를 요구했고, 그가 사과하는 순간 그들의 집에서 올챙이에게 신들의 양식을 시험할 가능성은 날아가버렸다.

결국 벤싱턴은 그 물질을 분리해낸 뒤 곧바로 자신의 발견을 입증하기 위해 그것을 올챙이에게 먹일 다른 방법을 고심해야 했다. 그는 믿을 수 있는 사람에게 올챙이를 맡겨 기르면 어떨까 며칠 동안 고민하다가 우연히 신문에서 어떤 구절

● 허버트 조지 웰스의 스승이었으며, 그에게 많은 영향을 주었다고 알려진 영국의 생물학자 토머스 헉슬리(1825~1895)를 말한다.

을 보고 실험 농장으로 생각을 돌렸다.

그리고 병아리. 그는 곧바로 병아리를 떠올렸고 양계장을 생각해냈다. 걷잡을 수 없이 자라는 병아리들이 문득 눈앞에 그려졌다. 닭장과 방목장, 커다란 닭장과 그보다 더 큰 닭장, 그리고 그와 함께 점점 커지는 방목장을 구상했다. 병아리는 쉽게 구할 수 있고 먹이거나 관찰하기도 쉬우며 물속에 사는 올챙이와 달리 다루거나 크기를 재기에도 불편하지 않을 것이다. 그렇게 생각하니 오히려 올챙이가 실험 대상으로는 너무 제멋대로이고 다루기 어려운 동물처럼 느껴졌다. 어째서 처음부터 올챙이가 아닌 병아리를 생각하지 못했을까 의아할 지경이었다. 무엇보다도 병아리를 선택하면 제인과의 문제를 말끔히 해결할 수 있었다. 그가 레드우드에게 제안하자 그도 선뜻 맞장구쳐주었다.

레드우드는 실험 생리학자들이 공연히 작은 동물을 대상으로 실험하는 것이 큰 잘못이라 생각한다고 했다. 그런 뒤 계속 논지를 이어갔다. 그것은 화학으로 치면 충분하지 않은 양의 물질로 실험하는 것과 같다, 그러면 관찰과 조작의 오류가 증폭될 수밖에 없다, 과학계 사람들도 이제는 **큰 것**으로 실험할 권리를 주장해야 한다, 그가 현재 본드 스트리트 칼리지에서 다른 학과 교수들과 학생들이 수송아지들의 경거망동으로 이따금 복도를 오가는 데 불편을 겪는데도 수송아지들을 실험 대상으로 삼는 것도 그런 이유 때문이다, 어쨌든 현재 그가 얻고 있는 곡선들은 대단히 흥미로울 뿐 아니라 발표하는 즉시 그의 선택을 합리화해줄 것이다, 그는 현재 이 나라의 과학계 지원이 이토록 부족하지 않았더라면 적어도 고래보다 작은 동물은 실험 대상으로 거들떠보지도 않았을 것이다, 그러나 어쨌든 현재 이 나라에서는 그것이 가능하다고 해도 그만한 크기의 공공 사육장을 요구하는 것은 꿈같은 얘기다, 독일에서는 어쩌고저쩌고⋯⋯.

레드우드는 수송아지 실험을 매일 들여다봐야 했으므로 실험 농장을 고르고 시설을 마련하는 일은 대부분 벤싱턴이 맡게 되었다. 전체 비용 역시 적어도 지원금을 따내기 전까지는 벤싱턴이 조달하기로 합의했다. 따라서 벤싱턴은 자택 연구실에서 연구하지 않을 때면 런던을 벗어나 남쪽을 오가는 기차를 타고 농장을 찾으러 다녔고, 안경 너머로 유심히 보는 그의 눈과 평범한 대머리, 터진 헝겊 신발은 적절치 않은 수많은 토지의 소유주들에게 헛된 희망을 불어넣었다. 그는 또한 일간지 몇 군데와《네이처》에 정확하고 적극적이며 가금류 관리 경험이 있는 1만 2000제곱미터의 실험 농장을 관리할 책임감 있는 부부를 구한다는 광고를 냈다.

그는 켄트주 어샷• 인근의 히클리브로에서 적당한 곳을 찾았다. 오래된 소나무 숲에 둘러싸여 밤에는 어둡고 으스스한 골짜기에 자리한, 조금은 괴이하고 고립된 작은 부지였다. 언덕진 초원의 둥근 등성이 때문에 저녁노을이 보이지 않았고,

---

● 허구의 도시.

낡은 달개 지붕이 달린 황량한 우물 때문에 집이 더욱 초라해 보였다. 덩굴조차 드리워지지 않은 작은 집은 창문 여러 개가 깨졌고 수레를 넣어두는 창고는 대낮에도 시커먼 그림자에 에워싸여 있었다. 마을의 맨 끝 집과도 무려 2.5킬로미터쯤 떨어져 있어서 어렴풋이 들려오는 메아리조차 그 고적함을 달랠 수 있을지 심히 의심스러웠다.

벤싱턴은 그곳이 과학 연구를 하기에 아주 적합한 곳이라고 느꼈다. 그는 그 부지로 걸어가면서 팔을 휘둘러가며 닭장과 방목장을 그려보았고 조금만 고치면 부엌에 부화기와 포유기 따위를 들여놓을 수 있겠다고 생각했다. 그는 그 자리에서 계약을 했다. 그러고는 런던으로 돌아오는 길에 던턴 그린●에 들러 광고를 보고 연락한 적임자 부부를 고용했으며 그날 저녁에는 이 모든 것을 합리화하고도 남을 만큼 헤라클레오포르비아 1을 넉넉히 분리해내는 데 성공했다.

벤싱턴 씨 밑에서 최초로 신들의 양식의 분배를 담당하게 될 이 부부는 나이가 꽤 많을 뿐 아니라 무척 지저분했다. 벤싱턴 씨는 이 두 번째 특징을 딱히 알아채지 못했다. 실험과학의 삶만큼 평범한 관찰 능력을 파괴하는 것은 없는 탓이었다. 그들은 스키너라는 성을 가진 부부였다. 벤싱턴 씨는 창문이 모두 닫혀 공기가 통하지 않고 벽난로 위 장식 선반에는 얼룩덜룩한 거울이 걸려 있으며 칼세올라리아 화초가 시

● 켄트주 세븐오크스 지구의 작은 마을.

들어가는 작은 방에서 두 사람을 면담했다.

　스키너 부인은 몸집이 무척 작은 노파로, 모자도 쓰지 않고 더러운 백발을 아주 단단히 넘겨 묶었으며 원래부터 코가 두드러진 얼굴은 이제 이가 빠지고 턱이 없어진 데다 다른 부분이 모두 쪼글쪼글해진 탓에 거의 코만 남은 듯했다. 입고 있는 옷은 (굳이 비슷한 색을 찾자면) 석판색이었고 한 군데 빨간 플란넬이 섞여 있었다. 그녀는 벤싱턴 씨를 집 안으로 들인 뒤 경계하는 투로 말하며 코 너머로 요리조리 그를 흘끗거렸다. 스키너 씨는 매무새를 가다듬는 중이라고 했다. 하나뿐인 이로 익숙하게 말했고 길고 주름진 두 손은 초조한 듯 모으고 있었다. 그녀는 벤싱턴 씨에게 자신이 수년 동안 가금류를 관리했고 부화기를 다루는 법도 잘 알고 있으며 한번은 남편과 함께 양계장을 직접 운영하기도 했는데 결국 수습생이 없어서 실패했다고 했다. "수습생이 있어야 돈을 버니까요" 하고 스키너 부인은 말했다.

　뒤이어 스키너 씨가 나타났다. 얼굴이 크고 혀짤배기소리를 내는 사내로, 사시인 탓에 상대의 정수리 뒤편을 보고 있는 듯한 인상을 주었고 터진 슬리퍼로 벤싱턴 씨에게 동질감을 불러일으켰으며 단추가 부족해 보였다. 한 손으로 외투와 셔츠를 움켜쥐고 다른 손 검지로는 검은색과 금색으로 된 테이블보 무늬를 따라가면서 초점 없는 한쪽 눈을 벤싱턴의 '다모클레스의 칼'●에 고정한 채 서글픈 초연함이 담긴 표정으로 말했다. "선탱님께서는 돈을 벌기 위해 이 농장을 운영하

시는 게 아니군요. 상관없틉니다, 선탱님. 실험! 실험을 위한
거죠."

그는 당장 그 농장으로 갈 수 있다고 했다. 현재 던턴 그린
에서 옷 만드는 일을 조금씩 할 뿐 다른 일은 하지 않고 있었
다. "여긴 그리 좋은 곳이 아닙니다. 좋은 곳인 둘 알았는데
딱히 값어치 있는 걸 얻지 못하고 있틉니다. 그러니 저희가
가서 선탱님께 조금이라도 도움이 된다면……."

그로부터 일주일 뒤에 스키너 부부는 그 농장에 도착했고
히클리브로에서 구한 목수가 벤싱턴 씨와 체계적으로 논의
해 방목장과 닭장을 만들기 시작했다.

"저 사람을 많이 보진 못했지만 조금 지켜보니 어리턱고 멍
텅한 것 같아요." 스키너 씨가 말했다.

"**내** 생각엔 좀 모자란 사람 같은데요." 히클리브로의 목수
가 말했다.

"가금류에 대해 얼마나 잘난 턱을 하는지 모른다니까. 아이
고, 세탕에! 남들은 가금류에 대해 하나도 모르는 둘 알아요."
스키너 씨가 말했다.

"꼭 암탉**같이** 생겼네요. 저 안경 좀 봐요." 히클리브로의 목
수가 말했다.

● 고대 그리스의 디오니시우스 왕이 신하인 다모클레스에게 머리 위에 매달아놓
고 그 아래 왕좌에 앉아보게 했다는 칼. 주로 권력의 위험을 강조하는 표현으로
쓰인다.

스키너 씨는 히클리브로의 목수 옆으로 더 바싹 다가가 애처로운 한쪽 눈을 먼 마을에 고정한 채 다른 눈을 사악하게 빛내며 은밀하게 말했다. "암탉들을 한 마리도 빠짐없이, 하루도 빠짐없이 크기를 재라지 뭐야. 녀석들이 데대로 자라는지 본다고 말이야. 대체 뭘 하다는 건지…… 안 그래요? 한 마리도 빠짐없이, 하루도 빠짐없이."

스키너 씨는 손을 올려 입을 가린 채 절제되고 전염성 강한 웃음을 터트렸다. 두 어깨가 몹시 들썩거렸지만 한쪽 눈은 그 웃음에 동참하지 못했다. 그런 뒤 목수가 제대로 못 알아들었다고 생각했는지 한 번 더 오싹하게 속삭였다. **"크기를 재라니!"**

"우리 옛날 고용주보다 더 지독한 놈 같아요. 내가 장담한다니까." 히클리브로의 목수가 말했다.

2

실험이라는 건 (영국학사원 회보에 보고서가 실릴 게 아니라면) 세상에서 가장 지루한 일인지라 벤싱턴 씨는 자신이 꿈꾸었던 엄청난 가능성이 아주 조금씩 현실이 되기까지 기다리는 시간이 너무도 길게 느껴졌다. 그가 실험 농장을 인수한 것은 10월이었는데 5월이 지나서야 조금씩 성공의 기미가 보이기 시작했다. 헤라클레오포르비아 1, 2, 3은 모두 시행착오로 끝났다. 실험 농장의 쥐들이 문제를 일으켰고 스키너 부부도 속을 썩였다. 스키너 씨에게 지시한 일을 조금이라도 하게 하려면 나가라고 으름장을 놓아야 했다. 그러면 그는 손을 펼치고 면도도 안 한 턱을 문지르며(신기하게도 그는 면도를 전혀 하지 않는데도 턱수염이 길게 자라지 않았다) 한쪽 눈으로는 벤싱턴 씨를, 한쪽 눈으로는 그 너머를 보면서 이렇게 말하곤 했다. "아, 그러죠, 선탱님. 그게 진심이시라면!"

그러다 마침내 어렴풋이 성공의 기미가 나타났다. 그것은 스키너 씨가 길고 가느다란 글씨로 쓴 편지를 통해 드러났다.

새끼들이 새로 부화했는데 모양새가 심상치 않습니다. 아주 사납게 자라고 있습니다. 선생님께서 지난번 지시를 내리기 전에 부화한 새끼들과는 사뭇 다릅니다. 지난번 새끼들도 고양이에게 잡아먹히기 전에는 아주 건강하고 다부진 병아리였는데 이번에 나온 녀석들은 엉겅퀴처럼 쑥쑥 자랍니다. 이런 병아리는 본 적이 없습니다. 부츠를 어찌나 세게 쪼아대는지 부탁하신 대로 정확하게 크기를 잴 수가 없습니다. 확실히 거대종이고 엄청나게 먹어댑니다. 어찌나 잘 먹는지 곧 먹이가 더 필요할 것 같습니다. 반탐 닭과 비교하면 성체보다도 큽니다. 이 속도로 자라면 틀림없이 아주 커져서 볼만한 새가 될 겁니다. 플리머스록종●도 상대가 안 되겠지요. 어젯밤에는 고양이가 덤벼들면 어찌나 걱정이 되어 창밖을 내

───────────────

● 비교적 크고 힘이 센 닭의 한 품종.

다보다가 분명히 막판에 고양이가 들어가는 것을 보았습니다. 그런데 나가보니 병아리들이 모두 깨서 게걸스럽게 쪼아대고 있고 고양이는 흔적도 찾을 수 없는 겁니다. 그래서 먹이를 주고 안전하게 가둬놓았지요. 지시하신 대로 계속 먹이를 주어야 하는지 알려주십시오. 선생님께서 주신 먹이가 거의 다 떨어졌는데 푸딩 사건을 생각하면 다시는 직접 만들고 싶지 않습니다. 우리 부부가 함께 감사와 애정을 전합니다.

존경하는 앨프리드 뉴턴 스키너

마지막에 언급한 푸딩 사건은 스키너 부부가 우유푸딩에 헤라클레오포르비아 2를 섞다가 애를 먹고 죽을 뻔한 일을 말하는 것이었다.

하지만 행간을 읽은 벤싱턴 씨는 이 사나운 성장에서 그가 오랫동안 추구한 목표가 이뤄지고 있음을 감지했다. 이튿날 아침 그는 어샷역에 도착했고 손에 든 가방에는 켄트주의 모든 병아리에게 먹일 수 있을 만큼 충분히 많은 양의 신들의 양식이 깡통 세 개에 밀봉된 채로 들어 있었다.

늦은 5월의 아침은 화창하고 아름다웠으며 발의 티눈도 한결 나아진 터라 그는 히클리브로를 지나 농장까지 걸어가기로 마음먹었다. 공원과 마을을 지난 뒤 수렵이 금지된 히클리브로의 숲을 따라 총 6킬로미터쯤 가야 했다. 봄의 절정을 맞아 나무들은 모두 초록빛 구슬로 장식한 듯했고 산울타리에

는 별꽃과 동자꽃, 블루 히아신스 나무와 보라색 난꽃이 가득
했다. 사방에서 개똥지빠귀와 찌르레기, 되새, 그 밖의 많은
새가 요란하게 지저귀는 소리가 들렸고 공원의 따뜻한 귀퉁
이에서는 고사리가 자라고 있었으며 다마사슴 한 마리가 껑
충거리며 뛰어다니기도 했다.

이 모든 광경이 벤싱턴 씨에게 오랫동안 잊고 있던 어릴 적
삶의 기쁨을 다시 맛보게 해주었고, 새로운 발견의 가능성이
환하게, 그리고 기쁘게 그의 눈앞을 아른거렸다. 실제로 그
는 삶에서 가장 행복한 날을 마주한 것 같았다. 그리고 소나
무 그림자 아래 모래 둔덕 옆, 햇볕이 내리쬐는 방목장에 병
아리들이 보였다. 커다랗고 얼빠진 모습, 그가 만들어준 먹이
를 먹고는 결혼해서 가정을 꾸린 암탉보다도 더 커졌지만 아
직 (등에 어렴풋이 갈색 털이 보일 뿐) 노란 깃털이 빠지지 않은
병아리들을 보고 그는 인생에서 가장 행복한 날을 맞이했음
을 확신했다.

스키너 씨의 성화에 그는 방목장에 들어갔다가 신발의 터
진 틈으로 한두 번 발을 쪼인 뒤 다시 밖으로 나와 철조망 밖
에서 이 거대한 녀석들을 지켜보았다. 그는 병아리를 난생처
음 보는 사람처럼 철망에 바싹 붙어 들여다보며 움직임을 관
찰했다.

"녀석들이 다 자라면 어떻게 될지 도무지 짐작이 안 되네
요." 스키너 씨가 말했다.

"말과 비슷하겠는데요." 벤싱턴 씨가 대꾸했다.

"거의 그럴 겁니다." 스키너 씨가 말했다.

"날개 하나만으로도 여러 명이 배를 채울 것 같네요! 육고 기처럼 썰어서 팔아도 되겠어요."

"계속 이런 속도로 다라진 않겠지요." 스키너 씨가 말했다.

"그럴까요?" 벤싱턴 씨가 물었다.

"그럼요. 제가 이쪽을 잘 알거든요. 터음에는 사납게 커도 계속 그렇게 다라진 않는다니까요. 안타깝디만 그건 아닙니다!"

잠시 침묵이 흘렀다.

"이게 다 관리 덕분이디요." 스키너 씨가 겸손하게 말했다.

벤싱턴 씨는 불쑥 안경 너머의 시선을 그에게 돌렸다.

"우린 다른 곳에더도 거의 비슷하게 키웠거든요." 스키너 씨는 멀쩡한 한쪽 눈을 예의 바르게 치켜올리며 조금 더 밀어붙였다. "더와 아내가 말입니다."

벤싱턴 씨는 이곳에 올 때마다 그랬듯이 부지를 한번 둘러본 뒤 재빨리 새로 만든 방목장으로 돌아갔다. 정말이지 그가 감히 예측했던 것보다 훨씬 더 큰 성과였다. 과학의 과정은 몹시 괴롭고 느린 법이다. 명확한 가능성이 드러난 뒤 그것이 실현되기까지 대개는 수년 동안 복잡한 과정을 거쳐야 한다. 그런데 지금, 지금 이곳에서는 실험을 시작한 지 1년도 안 되어 신들의 양식이 실현되고 있었다! 지나치게, 정말이지 지나치게 좋은 결과인 듯했다. 더디 이뤄지는 소망은 과학적 상상의 양분이 되지만 이제 그에게는 해당되지 않는 얘기였다! 적어도 당시 그는 그렇게 느꼈다. 그는 몇 번이고 다시 와서 그의 거대한 병아리들을 바라보며 이렇게 말했다.

"어디 보자. 이제 생후 열흘 됐는데. 평범한 병아리와 나란히 놓는다고 상상하면 예닐곱 배는 크단 말이지……."

스키너 씨는 아내에게 이렇게 말했다. "이제 임금을 도금 올려달라고 해도 될 것 같은데. 우리가 새 방목장에서 병아리를 잘 키웠다고 얼마나 흡독해하던데. 아주 흡독해하더라니까."

그는 비밀 얘기를 하듯 아내에게 몸을 바싹 기울였다. "자기가 만든 먹이 때문이라고 탱각하더라고." 그는 두 손으로 입을 가리고 말한 뒤 목구멍으로 올라오는 웃음을 참았다.

실제로 벤싱턴 씨는 그날 기분이 아주 좋았다. 그래서 딱히 소소한 관리의 결함을 찾으려 들지 않았다. 날이 화창한 탓에 그전에 봤을 때보다 스키너 부부가 그동안 깔끔하게 관리하지 못한 결과들이 더 생생하게 드러난 건 사실이었다. 그러나 그의 말투는 더없이 다정했다. 방목장 곳곳의 울타리가 부서져 있었지만 스키너 씨가 "여우인디 개인디 따위가" 그랬다고 하자 그럭저럭 넘어가는 눈치였다. 그런 뒤 벤싱턴 씨는 부화기 청소를 제대로 하지 않았다고 지적했다.

"청소를 못 했어요, 선생님." 스키너 부인은 팔짱을 끼고 서서 코로 겸연쩍은 미소를 지으며 말했다. "이사하고 나서 청소할 시간이 없어서……."

그는 위층으로 올라갔을 때 쥐구멍 몇 개를 발견했고, 스키너는 그 정도면 덫을 놓아야 할 것 같다고 말했다. 확실히 커다란 구멍들이었다. 신들의 양식을 먹이와 겨에 섞어놓은 방에 들어가보니 역시 제대로 정리되어 있지 않았다. 스키너 부부는 깨진 잔 받침이나 헌 깡통, 피클 병, 겨자 상자 따위를 이러저러하게 재활용하는 사람들이라 그런 것들이 어질러져 있었다. 한쪽 구석에서는 스키너가 비축해놓은 커다란 사과 더미가 썩어갔고 기울어진 천장에 박아놓은 못에는 토끼 가죽 몇 개가 걸려 있었다. 스키너는 자기가 모피상을 할 재주가 있는지 시험해보는 중이라고 주장했다("털이든 뭐든 제가 모르는 게 거의 없거든요." 그는 이렇게 말했다).

벤싱턴 씨는 이런 무질서를 못마땅해하며 콧방귀를 뀌었을 뿐 괜한 수선을 피우지 않았고, 헤라클레오포르비아 4가 반쯤 차 있는 작은 단지 안에 말벌 한 마리가 당당히 앉아 있는 걸 발견하고도 그저 그 물질은 공기와 습기에 노출되지 않도록 밀봉해놓아야 한다고 부드럽게 타일렀다.

그러고는 불쑥 그것들을 등지고 돌아서서 한동안 품고 있던 생각을 털어놓았다. "스키너 씨, **아무래도** 저 병아리 한 마리를 표본 삼아 잡아야겠어요. 오늘 오후에 여기서 함께 잡아서 내가 런던으로 가져가지요."

그는 다른 단지를 들여다보는 척하다가 안경을 벗어 닦으며 말을 이었다.

"아무래도 기념할 만한 뭔가를 가져가야 할 것 같아요. 오늘 저런 새끼들을 봤다는 걸 기념하려고요.

그런데 혹시 저 병아리들에게 고기를 주는 건 아니겠지요?"

"아이고! **아닙니다**, 선탱님." 스키너가 대꾸했다. "절대 아닙니다. 우리처럼 관리가 뭔지 확틸하게 아는 사람들이 그런 짓을 할 리가 없지요."

"정말 저녁으로 먹다 남은 음식을 주지 않는 게 확실해요? 아까 방목장 저쪽 끝에서 토끼 뼈들이 흩어져 있는 걸 본 것 같은데……."

그러나 그들이 그것을 확인하러 갔을 때 발견한 것은 그보다 더 큰 뼈들, 깨끗하게 발린 고양이 뼈들이었다.

3

"**이건** 병아리가 아니죠." 벤싱턴 씨의 사촌 제인이 말했다.

"병아리는 딱 봤을 때 병아리인 걸 알 수 있어야 하잖아요." 벤싱턴 씨의 사촌 제인은 몹시 흥분한 투로 말을 이어갔다.

"우선 병아리치고는 너무 크고, 어쨌든 한눈에 병아리가 아니라는 게 확실하게 **보인**다니까요.

병아리보다는 느시●에 가깝죠."

"제가 보기엔……." 레드우드는 벤싱턴이 자신을 언쟁에 끌어들이는 게 내키지 않아서 잠시 머뭇거렸다. "솔직히 말씀드리면 모든 증거를 고려했을 때……."

"아! **굳이** 그러신다고 하면 어쩔 수 없죠." 벤싱턴 씨의 사

● 아주 빨리 달릴 수 있고 몸집이 큰 유럽산 새의 한 종.

촌 제인이 말했다. "분별 있는 사람은 눈을 사용할 텐데……."

"그야 그렇지만 미스 벤싱턴, 이건 정말!"

"아! **계속**하세요! 어차피 두 분이 똑같네요." 사촌 제인이 말했다.

"모든 증거를 고려했을 때 확실히 병아리의 정의에 맞아떨어집니다. 정상적인 병아리가 아니고 비대한 건 분명하지만, 그래도 어쨌든 정상적인 암탉이 낳은 알에서 나왔으니까요. 그렇습니다, 미스 벤싱턴. 솔직히 이걸 분류해야 한다면 저는 병아리로 분류해야 한다고 생각합니다."

"그러니까 병아리라는 말씀이시죠?" 사촌 제인이 물었다.

"저는 병아리라고 **생각**합니다." 레드우드가 대꾸했다.

"**대체 무슨** 말인지!" 벤싱턴 씨의 사촌 제인은 이렇게 말한 뒤 레드우드의 머리에 대고 덧붙였다. "더는 교수님을 참을 수가 없네요." 그러고는 불쑥 돌아서서 문을 쾅 닫으며 방을 나갔다.

"그래도 이걸 보니까 한결 마음이 놓입니다, 벤싱턴." 문의 떨림이 가라앉고 나자 레드우드가 말했다. "너무 크긴 하지만."

그는 벤싱턴 씨의 권유도 없이 벽난로 옆의 낮은 팔걸이의자에 앉더니 비과학자가 했다고 해도 경솔하다고 할 법한 행위를 고백했다. "제가 너무 무모하다고 생각하시겠지만 사실은 일주일쯤 전에 아기 젖병에 조금, 많이는 아니고 아주 조금 넣었거든요!"

"하지만 그러다 만약!" 벤싱턴 씨가 소리쳤다.

"저도 압니다." 레드우드는 식탁 위 접시에 놓인 거대한 병아리를 흘끗 보며 덧붙였다. "결국 괜찮은 걸로 드러났네요. 다행히도." 그는 주머니를 뒤적이며 담배를 찾았다.

그는 더듬더듬 단편적인 세부 사항을 늘어놓았다. "이 가없은 녀석이 살이 안 쪄서…… 어찌나 불안하던지요. 윙클스라고 좀 무서운 얼간이가 하나 있는데…… 제 예전 학생이고…… 괜찮은 놈은 아닙니다……. 제 아내가…… 윙클스를 철저히 신뢰하거든요……. 아시잖아요. 키도 크고 위풍당당해 보이니까……. 당연히 **저**는 안 믿지요……. 제가 윙클스를 가르쳤는데…… 제가 육아실에 들어가는 건 좀처럼 허락되지 않거든요……. 뭔가 방법을 써야 했어요……. 그래서 유모가 아침을 먹는 동안 몰래 들어가서…… 병에 넣었습니다."

"하지만 아이가 커질 텐데요." 벤싱턴 씨가 말했다.

"쑥쑥 크고 있습니다. 지난주에 0.7그램 늘었지요……. 윙클스 얘기를 들어보셔야 한다니까요. 그게 다 관리 덕분이랍니다."

"이런! 스키너와 똑같은 말을 하네요!"

레드우드는 다시 병아리를 보며 말했다. "문제는 계속 유지하는 겁니다. 집에서는 저를 못 믿어서 혼자서는 육아실에 못 들어가게 하거든요. 그게, 제가 조지나 필리스의 성장곡선을 그리려고 했기 때문에…… 그래서 두 번째에는 어떻게 먹여야 할지……."

"꼭 먹여야 합니까?"

"아기가 이틀 내내 울고 있어요. 어쨌든 다시 보통 식사로 돌아갈 수는 없습니다. 이제 그 이상을 원합니다."

"윙클스에게 얘기해야지요."

"빌어먹을 윙클스!" 레드우드가 말했다.

"윙클스에게 부탁해서 가루를 주고 아이에게 먹이라고 하면……."

"아무래도 그래야 할 것 같습니다." 레드우드가 주먹으로 턱을 괴고 벽난로의 불을 바라보며 말했다.

벤싱턴은 한동안 그대로 서서 커다란 병아리의 가슴 깃털을 매만졌다. "거대한 닭이 될 겁니다."

"그렇겠지요." 레드우드는 여전히 불꽃에 시선을 고정한 채 대꾸했다.

"말만큼 커질 겁니다." 벤싱턴 씨가 말했다.

"그보다 더 커지겠지요. 바로 그겁니다!" 레드우드가 대꾸했다.

벤싱턴은 표본에서 고개를 돌리고 말했다. "레드우드, 이 닭들은 엄청난 화젯거리가 될 겁니다."

레드우드는 고갯짓으로 벽난로를 가리켰다.

"아이고, 세상에!" 벤싱턴은 문득 무언가를 깨닫고 소리쳤다. 그의 안경이 번쩍거렸다. "그 댁 아이도 그렇겠네요!"

"저도 지금 그 생각을 하고 있습니다." 레드우드가 말했다.

그는 깊숙이 등을 기대고 앉아 한숨을 쉰 뒤 다 피우지도 않은 담배를 불 속에 던지고는 두 손을 바지 주머니에 깊숙이 찔러 넣었다. "저도 지금 바로 그 생각을 하고 있습니다. 이 헤라클레오포르비아는 다루기에 아주 까다로운 물질이 될 겁니다. 병아리가 자란 속도를 보면!"

"아이도 그런 속도로 자라겠지요." 벤싱턴 씨는 천천히 말하며 병아리를 응시했다.

"그러네요! 아이도 커지겠군요." 벤싱턴 씨가 말했다.

"아기에게 주는 양을 점진적으로 줄일 겁니다. 윙클스에게 그렇게 지시해야지요." 레드우드가 말했다.

"너무 실험적이네요."

"그렇죠."

"그래도 솔직히 말하면…… 조만간 어떤 아기에게든 그걸 시험해봐야 할 겁니다."

"아, 그야 물론 **어떤** 아기에게 시험해봐야지요."

"그렇지요." 벤싱턴은 난로 앞 깔개 위에서 안경을 벗어 닦았다.

"레드우드, 저는 이 병아리들을 직접 보기 전까지는 미처 깨닫지 못한 것 같습니다. 우리가 만드는 물질이 어떤 가능성을 지녔는지 전혀 몰랐어요. 이제야 서서히 이해가 되는군요……. 그게 어떤 결과를 낳을지……."

사실 그때도 벤싱턴 씨는 이 작은 불씨가 기차처럼 줄줄이 연쇄 작용을 일으켜 광산 하나를 폭파할 수 있다는 것을 분명히 알지 못했다.

6월 초의 일이었다. 벤싱턴이 몇 주 동안 심한 상상 카타르• 때문에 실험 농장에 가지 못했으므로 별수 없이 레드우드가 잠시 들렀다. 그는 떠날 때보다 훨씬 더 초조한 부모의 모습으로 돌아왔다. 그 후 칠 주 동안 꾸준히 성장이 지속되었고…….

그러다 말벌들이 활동을 개시했다.

커다란 말벌 한 마리가 처음으로 처형된 것은 7월 말, 암탉들이 히클리브로를 탈출하기 약 일주일 전이었다. 몇몇 신문에 사건이 보도되었으나 그 소식이 벤싱턴 씨에게 닿았는지는 알 수 없다. 그러니 그가 그 사건을 실험 농장에 퍼져 있던 전반적인 부주의와 연관 지었는지 여부는 더더욱 알 길이 없다.

어쨌든 지금 돌아보면 틀림없이 스키너 씨가 헤라클레오포르비아 4로 벤싱턴 씨의 병아리들을 키우는 동안 수많은 말벌이 인근 소나무 숲 너머 모래 둔덕에서 태어난 초여름의 새끼들에게 스키너와 똑같이 부지런히, 어쩌면 그보다 훨씬 더 부지런히 똑같은 먹이를 가져다주었을 것이다. 그리고 이 새끼들이 벤싱턴 씨의 암탉들과 똑같은 성장과 혜택을 누렸으리라는 점은 반박할 수 없다. 말벌이 가금류보다 더 빠르게 성체가 되는 것은 당연한 일이고, 이와 더불어 스키너 부부의

● 감기 등으로 코나 목의 점막에 염증이 생기는 질병.

전반적인 부주의 때문에 그곳의 말벌들은 사실상 벤싱턴 씨가 암탉들에게 제공한 혜택을 함께 누린 많은 생명체 가운데 처음 세상에 두각을 드러낸 존재가 되었다.

역사에 기록된 이 거대 말벌을 최초로 맞닥뜨리고 처형하는 행운을 누린 사람은 메이드스톤● 근처에 있는 루퍼트 힉 중령의 영지를 돌보는 관리인 고드프리였다. 힉 중령의 대정원에는 너도밤나무 숲이 있고 그 안의 공터에는 고사리가 무릎까지 자라 있었다. 그는 어깨에 총을 둘러메고 고사리 사이를 걷다가 처음 그것을 보게 되었다. 다행히도 마침 그의 총은 쌍발총이었다. 그의 말에 따르면, 그 말벌은 햇살을 등지고 내려와서 아주 뚜렷이 보이지는 않았지만 "마치 자동차처럼" 윙윙거리는 소리를 내며 다가왔다. 그는 겁이 났다고 솔직하게 인정했다. 크기는 올빼미만 하거나 그보다 컸고 그의 숙련된 눈으로 보기에는 비행 방식, 특히 날개를 마구 휘젓는 방식이 어쩐지 새 같지 않았다. 그는 "당장 총을 쏘았다"라고 하는데, 이는 아마도 자기방어 본능과 오랜 습관이 합쳐져서 나온 행동이었을 것이다.

워낙 기이한 상황이다보니 그는 평소와 같은 조준 실력을 발휘할 수 없었을 것이다. 어찌 됐든 그의 총알은 대부분 빗나갔고 이 괴수는 잠시 '위이잉' 하고 성난 소리로 말벌의 정체를 드러내며 떨어지는가 싶더니 다시 날아오르면서 햇살

● 켄트주의 주도.

에 줄무늬를 빛냈다. 그는 이 괴수가 자신을 공격했다고 주장했다. 어쨌든 그는 20미터도 안 되는 거리에서 두 번째 총신으로 쏜 뒤 총을 내리고 한두 걸음 달린 다음, 그것을 피하기 위해 몸을 낮췄다.

그가 기억하기로 그 괴물은 그에게 1미터도 안 되는 거리까지 날아왔다가 땅을 치고 다시 날아올라 30미터쯤 떨어진 곳에서 다시 땅으로 내려가서는 몸부림치며 굴렀고 마지막 절규를 하는 사이 꽁무니로 침이 나왔다. 그는 두 개의 총신으로 계속 발사해 총알을 모두 비운 뒤에야 가까이 가보았다.

그가 재보니 이 괴수는 양 날개를 펼쳤을 때 가로 길이가 약 70센티미터였고 침은 거의 8센티미터에 이르렀다. 배와 몸통이 완전히 분리되었지만 대략 추정해보니 머리부터 침까지 전체 몸길이가 약 46센티미터였다. 꽤 정확하게 측정한 셈이다. 겹눈은 동전만 했다.

이것이 처음으로 증명된 거대 말벌의 외관이다. 다음 날 세븐오크스 지구와 톤브리지[•] 사이의 언덕에서 자전거를 타던 사람이 페달에서 발을 떼고 비탈을 내려가다가 하마터면 기어서 길을 건너던 두 번째 거대 말벌과 충돌할 뻔했다. 그가 지나쳐 가자 말벌은 겁을 먹은 듯 제재소에서나 들릴 법한 소리를 내며 날아올랐다. 그의 자전거는 순간적으로 극적인 효과를 내며 오솔길을 뛰어넘었고, 그가 간신히 돌아봤을 때

● 켄트주의 도시.

말벌은 숲 위로 날아올라 웨스터햄°으로 멀어져갔다.

　사내는 잠시 불안정하게 달려가다가 자전거를 세우고 내려서는 길가에 앉아 정신을 가다듬었다. 몸이 심하게 떨려 내리면서 자전거를 쓰러뜨리기도 했다. 그는 애시퍼드°°까지 자전거를 타고 갈 생각이었지만 그날 결국 톤브리지를 넘어가지 못했다.

　이상하게도 그 뒤로 사흘 동안은 거대 말벌이 목격된 기록이 없다. 그 기간의 기상관측 기록을 보면 흐리고 쌀쌀한 가운데 국지성 소나기가 내렸다고 하니 어쩌면 이것이 사흘간 말벌이 나타나지 않은 이유였는지도 모른다. 나흘째 되는 날 파란 하늘과 밝은 햇살이 드러나자 말벌은 이전에 인류가 한 번도 목격한 적이 없을 만큼 폭발적인 수준으로 기승을 부리기 시작했다.

　그날 거대 말벌이 몇 마리나 나왔는지 추정하기는 불가능하다. 목격담만 최소 쉰 건에 이른다. 희생자도 있었다. 식료품점을 운영하던 이 희생자는 설탕을 담아놓은 통에서 이 괴물을 발견하고 그놈이 날아오를 때 삽으로 무작정 공격했다. 잠시 말벌을 바닥으로 내동댕이쳤으나 다시 삽을 내리쳐 몸을 두 동강 내는 순간 이 괴수가 그의 부츠를 뚫고 침을 쏘았다. 그는 두 명의 사망자 가운데 한 명이었다……

●　세븐오크스 지역의 도시.
●●　켄트주 중심부의 도시.

쉰 건의 목격담 중 가장 극적인 것은 정오쯤 말벌 한 마리가 대영박물관을 찾아간 사건이리라. 이 말벌은 박물관 건물 안 뜰에서 모이를 쪼던 수많은 비둘기 가운데 한 마리를 노리고 조용히 내려가 불쑥 낚아챈 뒤 처마 돌림띠로 날아올라 유유히 희생물을 먹어치웠다. 그런 뒤 한동안 박물관 지붕 위를 걸어 다니다가 지붕이 둥근 독서실 채광창으로 들어가 잠시 윙윙거리며 날아다녔고, 그 안에 있던 사람들은 도망치느라 법석을 떨었다. 얼마 후 이 말벌이 마침내 다른 창문을 찾아 다시 인간의 시야에서 사라지면서 불쑥 정적이 찾아왔다.

다른 목격담들은 대부분 그저 가까운 곳을 지나가거나 날아 내려오는 말벌을 보았다는 것이었다. 올딩턴 언덕●에서 피크닉을 즐기던 사람들이 사방으로 흩어지고 그들의 간식과 잼이 모두 사라진 일도 있었고, 휘츠터블●● 인근에서 여주인이 보는 가운데 강아지가 갈가리 찢겨 죽은 일도 있었다…….

그날 저녁 곳곳의 거리에서 울음소리가 울려 퍼졌고 "켄트주의 거대 말벌"이라는 커다란 문구가 신문의 주요 기사를 광고하는 홍보지들을 독차지했다. 편집장들과 그 부하들은 흥분을 감추지 못하고 원형 계단참을 오르락내리락 뛰어다니며 '말벌' 얘기를 떠들어댔다. 레드우드 교수는 수송아지의 가격 때문에 위원회와 열띤 토론을 벌이다가 저녁 5시에

●　켄트주 애시퍼드 지구의 유적지.
●●　켄트주의 도시.

벌겋게 달아오른 얼굴로 본드가의 대학을 나선 뒤 석간신문을 사서 펼쳐보고는 얼굴이 하얗게 질렸고, 수송아지와 위원회 따위는 까맣게 잊은 채 이륜마차를 잡아타고 벤싱턴의 집으로 향했다.

5

　벤싱턴의 집은 스키너 씨와 그의 목소리가 완전히 점령한 듯했고, 그 밖에 분별 있는 존재는 느껴지지 않았다. 스키너 씨와 그의 목소리도 분별 있는 존재라 부를 수 있을지는 모르겠지만!

　아주 높고 괴로운 기색이 역력한 목소리였다. "우리가 막을 수 없습니다, 선탱님. 상황이 나아딜 거라는 희망이 없고 점점 나빠딜 겁니다, 선탱님. 말벌뿐만이 아니에요, 선탱님. 커다란 집게벌레도 있습니다, 선탱님. 이만하다니까요, 선탱님." (그는 자신의 손을 내밀어 통통하고 더러운 손목 위로 5센티미터쯤 올라간 지점을 가리켰다.) "제 아내는 미티기 일보 직전입니다, 선탱님. 그리고 방목장 옆에 쐐기풀 있잖틉니까, 선탱님. **그것도** 자라고 있습니다. 시궁창 옆에 있는 카나리아 덩굴도요, 선탱님. 한밤중에 덩굴이 창문을 타고 넘어왔다니까요, 선탱님. 하마터면 제 아내를 잡을 뻔했틉니다. 선탱님이 만든 그 먹이 때문입니다. 그게 살짝 튀기만 해도 그곳의 모든 생물이 상상을 토월할 만큼 빠르게 자랍니다, 선탱님. 이제 막을 수가 없읍니다. 우리의 목숨을 위협하는 투준이에요, 선탱님. 우린 말벌에게 쏘여 죽디 않으면 덩굴에 휘감겨 질식할 겁니다. 상상을 토월합니다, 선생님. 직접 와서 보셔야 하는데…….

그는 멀쩡한 한쪽 눈을 레드우드의 머리 위 처마로 돌렸다. "쥐들도 먹었을지 어떻게 압니까, 선탱님! 자꾸 그런 생각이 듭니다, 선탱님. 아직 큰 쥐를 본 적은 없읍니다. 하지만 어떻게 압니까, 선탱님. 저희는 며칠째 벌벌 떨고 있어요. 우리가 본 집게벌레가 정말 바닷가재만 했거든. 두 마리였습니다, 선탱님. 카나리아 덩굴도 무텁게 자라고 있고 말벌 소리도 직접 들었읍니다. 제가 직접 들었다니까요, 선탱님. 딱 들으니까 알겠더라고요. 더 볼 것도 없이 얼른 잃어버린 단추를 달고 올라왔어요. 선탱님, 지금도 불안해서 미틸 것 같습니다. 아내에게 무슨 일이 일어날지 누가 압니까, 선탱님! 사방에서 자라는 덩굴이 뱀처럼 위협하고 있습니다, 선탱님. 정말입니다. 하지만 직접 보셔야 합니다, 선탱님. 당장 가셔야 해요! 집게벌레도 점점 커디고 있어요. 그리고 말벌도……. 무슨 일이 일어나면…… 아내는 짐 가방 하나도 없읍니다, 선탱님!"

"그런데 암닭은요? 암닭들은 어때요?" 벤싱턴 씨가 물었다.

"어제까지 먹이를 주었읍니다. 정말입니다. 하지만 오늘 아침에는 도저히 못 하겠더라고요, 선탱님. 말벌 소리가…… 어찌나 무시무시하던디요, 선탱님. 수십 마리가 나왔어요. 몸집이 암탉만 하다니까요. 아내에게 이 꼴로 런던에 갈 투는 없으니 단추만 한두 개 달아달라고 했틉니다. 당장 벤싱턴 선탱님께 가서 상황을 설명하겠다고요. 그리고 내가 돌아올 때까디 방에서 절대 나오디 말고 문을 꼭 닫고 있으라고 신신당부했틉니다."

"그렇게 정신없이 어질러놓고 살지만 않았어도……." 레드우드가 입을 열었다.

"아이고! 그런 말씀 마십티오, 선탱님." 스키너가 말했다. "지금은 그런 말씀을 하실 때가 아닙니다. 선탱님, 아내 때문에 이렇게 걱정이 되는데 그런 말씀을 하시다니요! 그러디 마십티오, 선탱님! 지금 선탱님과 왈가왈부할 정신도 없틉니다. 정말이에요. 정신이 없어요! 계속 쥐 생각이 나는데……. 제가 여기 있는 동안 쥐들이 아내를 공격하면 어떡합니까?"

"아름다운 성장곡선을 만드는 데 필요한 측정은 전혀 하지 않고!" 레드우드가 말했다.

"정신이 없었틉니다, 선탱님. 저와 아내가 얼마나 고생했는디 모르뎌서 그럽니다! 지난달 내내 우리가 얼마나 고생했는디. 어찌해야 할지 몰랐틉니다, 선탱님. 닭들은 정신없이 자라고 집게벌레에 카나리아 덩굴까지. 제가 말틈드렸는지 모르겠지만, 선탱님, 카나리아 덩굴이……."

"벌써 얘기했잖아요." 레드우드가 말했다. "그나저나 벤싱턴, 우린 이제 어떻게 합니까?"

"**우린** 이제 어떻게 합니까?" 스키너 씨가 물었다.

"아내에게 돌아가야죠. 스키너 부인을 밤새 혼자 둘 수는 없잖아요." 레드우드가 말했다.

"혼자서는 가지 않을 겁니다, 선생님. 아내가 열둘이 있다고 해도 못 갑니다. 벤싱턴 선생님이······."

"무슨 소리." 레드우드가 말했다. "말벌은 밤에는 나오지 않을 겁니다. 집게벌레들도 피해 갈 테고······."

"하지만 쥐는요?"

"쥐는 없잖아요." 레드우드가 말했다.

6

스키너 씨는 어쩌면 정작 가장 큰 걱정은 생략했는지도 모른다. 스키너 부인은 그렇게 늦게까지 버티지 않았다.

11시쯤 되자 오전 내내 조용히 자라던 카나리아 덩굴이 창문을 타고 올라가면서 창밖이 몹시 어두워졌고, 스키너 부인은 곧 그곳에서 더는 버틸 수 없게 되리라는 것을 갈수록 분명하게 깨달았다. 그리고 남편이 떠난 뒤 억겁의 시간을 버텼다는 것도. 그녀는 점점 어두워지는 창문으로 끊임없이 자라는 덩굴들 사이를 내다보다가 아주 조심스럽게 걸어가 침실 문을 열고 귀를 기울여보았다······.

사방이 고요한 듯했다. 스키너 부인은 치맛단을 걷어 올리고 침실로 달려가 먼저 침대 밑을 살핀 뒤 문을 잠그고는 인생 경험이 풍부한 노파답게 빠르고 능숙하게 짐을 싸서 떠날 채비를 했다. 침구는 흐트러져 있었고 남편이 밤새 창문을 닫아두기 위해 베어낸 덩굴 조각들이 방 안을 뒹굴었지만 그런 건 상관하지 않았다. 그녀는 멀쩡한 침대보에 짐을 쌌다. 자기 옷을 전부 넣고 스키너가 멋을 낼 때 입는 면비로드 외투와 따지 않은 피클 한 병도 챙겼다. 여기까지는 아무도 나무랄 수 없다. 그러나 그녀는 벤싱턴 씨가 지난번에 올 때 가져온, 단단히 밀봉한 헤라클레오포르비아 4 두 통을 함께 넣었다(그녀는 정직하고 선량한 사람이었지만 손자를 둔 할머니로서 이곳의 수많은 병아리가 보여준 굉장한 성장을 보고픈 열망이 가슴에서 뜨겁게 타올랐다).

짐을 다 챙긴 그녀는 보닛을 쓰고 앞치마를 벗고는 새 부츠 끈으로 우산을 감아 동여맨 뒤 문과 창문에 한참 귀를 기울이다가 문을 열고 황급히 위험한 세상으로 나왔다. 우산은 겨드랑이에 끼웠고 마디가 굵어진 단단한 두 손으로 보따리를 꽉 움켜쥐었다. 머리에 쓴, 일요일에 쓰는 가장 좋은 보닛에서 띠와 구슬이 아름답게 어우러진 가운데 고개를 들고 있는 양귀비꽃 두 송이가 가늘게 떨리며 그녀를 사로잡은 용기를 보여주는 듯했다.

콧잔등 주위에 결의의 주름이 졌다. 참을 만큼 참았다! 그것도 온전히 혼자서! 스키너는 원한다면 돌아오면 된다.

그녀는 현관으로 나왔다. 히클리브로로 가려는 게 아니었으므로(그녀의 목적지는 결혼한 딸이 사는 치싱 아이브라이트•였

다) 뒷문으로 나와야 했지만 그쪽은 카나리아 덩굴이 무성하게 자라 있어서 지나갈 수 없었다. 그녀가 덩굴의 뿌리 주위에 병아리 먹이가 든 깡통을 엎은 탓이었다. 그녀는 잠시 소리가 들리지 않는지 귀를 기울여본 뒤 아주 조심스럽게 현관문을 닫았다.

집 모퉁이에서 그녀는 잠시 걸음을 멈추고 주위를 살폈다…….

소나무 숲 너머 언덕 비탈에 흉터처럼 보이는 커다란 모래 자국은 거대한 말벌들의 보금자리였다. 그녀는 그곳을 아주 세심하게 살폈다. 오전 활동이 끝난 터라 말벌은 한 마리도 보이지 않았고, 소나무 숲에서 증기 톱으로 목재를 자르는 듯한 소리가 들려올 뿐 모든 것이 멈춘 듯했다. 집게벌레 역시 한 마리도 보이지 않았다. 양배추 밭에서 무언가가 움직이고 있었지만 그저 새들을 쫓는 고양이인 듯했다. 그녀는 한동안 그것을 지켜보았다.

모퉁이를 지나 몇 걸음 나아간 그녀는 거대한 병아리들이 있는 방목장이 눈에 들어오자 다시 멈춰 섰다. "아!" 병아리들을 보고 소리치며 천천히 고개를 저었다. 이 무렵 병아리들은 에뮤만큼 키가 커졌고 몸집은 훨씬 더 두툼해져서 전체적으로 에뮤보다 더 컸다. 두 마리 있던 수컷은 서로를 죽였고 암컷 다섯 마리만 남았다. 그녀는 축 늘어진 병아리들의 모습

● 허구의 마을.

에 잠시 머뭇거렸다. "가엾은 것들!" 그녀가 보따리를 내려놓으며 말했다. "물도 없네. 이십사 시간 동안 아무것도 못 먹었지! 식욕이 엄청난 녀석들인데!" 그녀는 가느다란 손가락을 입술에 대고 혼자 중얼거렸다.

그런 뒤 이 지저분한 노파는 내가 생각하기에 꽤 용감하게 자비를 베풀었다. 보따리와 우산을 돌길 한가운데 내려놓고 우물로 가서 물을 무려 세 양동이나 길어 빈 물통을 채워주었고 닭들이 모두 그리로 모여든 사이 방목장 문을 살짝 열었다. 그러고는 재빨리 움직여 다시 짐을 들고 마당 끝의 산울타리를 넘은 뒤 (벌집을 피하려고) 풀이 무성하게 자란 초원을 가로질러 치싱 아이브라이트로 향하는 구불구불한 오솔길을 터벅터벅 걸어가기 시작했다.

그녀는 숨을 헐떡이며 언덕을 오르는 동안 여러 번 걸음을 멈춰 짐을 내려놓고는 숨을 고르며 저 아래 소나무 숲 옆의 작은 오두막을 돌아보았다. 그리고 마침내 언덕 꼭대기에 다다랐을 때 멀리서 말벌 세 마리가 서쪽으로 깊숙이 내려가는 것을 보았다. 그 광경에 힘을 내어 다시 걸음을 옮길 수 있었다.

그녀는 곧 탁 트인 벌판을 벗어나 양옆이 높은 둑으로 막힌 (그녀에겐 더 안전하게 느껴지는) 오솔길로 들어선 뒤 히클리브로 골짜기 옆으로 솟아오른 구릉지로 향했다. 구릉지 입구에 이르자 커다란 나무 밑을 휴식처로 삼고 울타리를 넘을 때 쓰는 디딤대 위에 앉아 잠시 쉬었다.

그런 뒤 다시 결연하게 나아갔다⋯⋯.

그녀의 모습을 그려보자. 여름날 오후의 뜨거운 햇살 아래서 하얀 보따리를 든 채 꼿꼿한 검은 개미처럼 언덕 비탈의 작고 하얀 길을 서둘러 걸어가는 여인. 결연하고 끈덕진 코를 앞장세워 안간힘을 쓰며 나아가는 그녀의 머리에서는 보닛에 달린 양귀비꽃이 끊임없이 파르르 떨렸고 양옆에 탄력 소재를 덧댄 그녀의 부츠는 구릉지의 모래 탓에 점점 허옇게 변했다. 한낮의 고요한 열기 속에서 뚜벅뚜벅 나아가는 발걸음. 팔꿈치 밑으로 곤란하리만치 끈질기게 미끄러져 내려오는 우산. 다부진 의지로 점점 더 깊게 오므려지는 코 밑의 입가 주름. 그녀는 몇 번이고 우산에게 올라가라고 짜증을 내며 단단히 붙잡은 보따리를 보복하듯 추어올렸을 것이다. 혹여 마주할지 모를 남편과의 말다툼을 위해 중얼거리며 할 말을 연습하기도 했을 것이다.

저 멀리, 수 킬로미터 떨어진 곳에서 불쑥 첨탑과 숲이 흐릿하게 나타나더니 아주 조금씩 뚜렷해지며 세상의 혼돈과 동떨어진 치싱 아이브라이트의 고요한 한구석이 모습을 드러냈다. 그곳은 하얀 보따리 안에 모습을 숨긴 채 평화로운 은퇴를 향해 힘겹고 고집스럽게 나아가는 헤라클레오포르비아에 대해선 거의 또는 전혀 마음을 쓰지 않았다.

7

내가 추정하기로 어린 닭들은 그날 오후 3시쯤 히클리브로로 나왔다. 당시 거리에 아무도 없어서 그 광경을 본 사람이 없지만 틀림없이 기운차게 나왔을 것이다. 세상에 처음 이상한 낌새를 알린 것은 어린 스켈머즈데일의 격렬한 고함이었던 것으로 추정된다. 우체국의 미스 더건은 평소처럼 창문 앞에 서 있다가 암탉이 이 가여운 아이를 물고 쏜살같이 거리를 내달리는 장면을 목격했다. 두 사람이 뒤를 바싹 쫓고 있었다. 해방을 맞이한 탄탄한 현대판 영계의 경중거리는 걸음은 어떠했을까! 굶주린 암탉의 집요한 고집은 또 어떠했을까! 이 새들 가운데 플리머스록종도 있었다고 하는데, 사실 플리머스록종은 헤라클레오포르비아를 먹이지 않아도 무시무시하고 빠른 닭이다.

미스 더건은 어느 정도 예상했을 것이다. 벤싱턴 씨는 비밀이 새 나가지 않도록 단단히 주의를 주었지만 스키너 씨가 거대한 닭을 키우고 있다는 소문은 벌써 몇 주 전부터 마을 곳곳에 퍼져 있었다. 미스 더건이 소리쳤다. "아이고! 이럴 줄 알았다니까."

그녀는 아주 침착하게 행동한 듯 보인다. 밀봉된 채 어샷으로 가려고 기다리는 편지 자루를 집어 들고 당장 문밖으로 달려 나갔다. 거의 동시에 마을 저쪽에서는 스켈머즈데일 씨가 물뿌리개 주둥이를 잡고 사색이 된 채로 나타났다. 그리고 당연히도 순식간에 마을 사람들이 모두 문이나 창문으로 달려갔다. 히클리브로의 하루치 우편물을 몽땅 들고 달려오는 미스 더건의 모습에 스켈머즈데일 도련님을 물고 있던 어린 닭은 잠시 걸음을 멈췄다. 그러고는 한순간 머뭇거리다가 열려 있는 펄처의 집 대문 쪽으로 방향을 돌렸다. 그 한순간은 결정적이었다. 두 번째 어린 닭이 솜씨 좋게 끼어들더니 적절한 각도에서 주둥이로 아이를 낚아챈 뒤 담장을 넘어 목사관 정원으로 들어간 것이다.

"꽤꽥, 꽥, 꽥, 꽥, 꽥!" 맨 뒤에 따라오던 암탉이 스켈머즈데일 씨가 던진 물뿌리개에 호되게 맞고는 날개를 마구 푸드덕거리며 글루 부인의 집을 넘어 의사의 집 마당으로 들어갔고 나머지 거대한 새들은 아이를 문 어린 닭을 쫓아 목사관 잔디밭을 뛰어다녔다.

"이런, 세상에!" 부목사가 소리쳤다. 어쩌면 (몇몇 사람의 말에 따르면) 그보다 훨씬 더 남자다운 말을 내뱉었는지도 모른다. 그런 뒤 그는 크로케용 나무망치를 휘두르고 고함을 치며 닭들을 쫓았다.

"거기 서, 이 못된 놈!" 부목사가 소리쳤다. 마치 거대한 암탉들이 평소에 흔히 보는 광경이라도 되는 것처럼.

그러나 그는 암탉을 앞지를 수 없다는 것을 깨닫고 온 힘을 다해 망치를 던졌다. 망치는 스켈머즈데일 도련님의 머리 위 약 30센티미터 반경에서 우아한 곡선을 그리며 날아가 온실의 유리등을 관통했다. 쾅! 새 온실이었는데! 목사 아내의 아름다운 새 온실!

그러고 나자 암탉은 겁을 먹었다. 누구라도 겁을 먹었을 것이다. 암탉은 자신의 희생양을 포르투갈 월계수에 던진 뒤(이 나무에서 나온 아이는 꼴은 엉망이었지만 딱히 훌륭하지 않은 옷을 제외하곤 상한 데가 없었다) 날개를 푸드덕거리며 펄처의 마구간 지붕으로 펄쩍 뛰어올랐다가 타일이 헐거워진 부분에 발이 빠지는 바람에, 이를테면 무한한 바깥세상에서 마비 환자 범프스 씨의 고적한 사색의 세계로 떨어졌다. 한편 범프스 씨는 이제 확실하게 증명되었듯이 평생에 그날 하루만큼은 어떤 도움도 없이 정원을 가로질러 집 안으로 들어간 뒤 문을 걸어 잠갔다. 그러고 나서 곧바로 다시 그리스도교인답게 자신의 신세를 받아들이고 아내에게 의지하는 상태로 돌아갔지만 말이다…….

나머지 닭들은 다른 크로케 선수들에게 쫓겨 목사관의 부엌 텃밭을 지나 의사의 정원으로 들어갔고, 마지막 다섯 번째 닭도 여기에 합류해 위더스푼 씨의 오이 재배용 온실 위를 걸어가려다 실패하고는 절망스럽게 꽥꽥거렸다.

그들은 보통 암탉들이 그러듯 한참 서 있거나 여기저기 할퀴거나 생각에 잠긴 듯이 울어대다가 그중 한 마리가 의사의 집에 있는 벌집을 여러 번 쪼았다. 그런 뒤에는 다 함께 경중경중 덜거덕덜거덕 깃털을 날리며 어수선하게 들판을 가로질러 어샷으로 향했고, 이제 히클리브로 거리에서는 보이지 않았다. 그들은 어샷 근처 스웨덴순무 밭에서 꼭 맞는 먹이를 발견해 한동안 열정적으로 쪼아 먹다가 결국 소문에 발목이 잡혔다.

거대 가금류가 난입했다는 놀라운 소식에 사람들이 가장 먼저 떠올린 반응은 마구 고함을 지르며 달려가서 무언가를 집어 던지는 것이었다. 얼마 후 히클리브로의 거의 모든 남자와 몇몇 여자가 때리거나 내리칠 수 있는 다양한 물건을 들고나왔고 그때부터 거대한 암탉들은 내달리기 시작했다. 사람들은 어린 닭들을 어샷으로 몰았고 때마침 시골 축제를 즐기던 어샷 사람들은 이 닭들을 행복한 날의 더없는 영광으로 삼았다. 닭들은 핀던 너도밤나무 숲 근처에서 총에 맞기 시작했지만 사람들이 처음에 사용한 총은 그저 떼까마귀 사냥용 총이었다. 당연히 이 커다란 새들은 작은 총알을 아무리 맞아도 기별조차 느끼지 않았다. 그들은 세븐오크스 근처에서 어딘가로 흩어졌고 톤브리지 인근에서 한 마리가 몹시 흥분해 한동안 꽥꽥거리며 도망치다가 오후의 쾌속선과 경주를 벌이는 통에 그 안에 탄 사람들이 모두 입을 다물지 못했다.

5시 30분쯤 턴브리지 웰스•의 한 서커스 소유주가 그중 두 마리를 솜씨 좋게 붙잡았다. 짝 잃은 단봉낙타가 죽은 뒤 비어 있던 우리에 케이크와 빵을 넣고 유인한 것이다⋯⋯.

• 1909년에 '로열 턴브리지 웰스'로 바뀐 켄트주의 온천 도시.

8

불쌍한 스키너가 그날 저녁 남동부 철도의 기차를 타고 어
샷에서 내렸을 때는 이미 땅거미가 내려앉기 시작했다. 기차
가 연착되긴 했지만 그 정도는 평소에도 자주 있는 일이었다.
스키너 씨는 역장에게 그에 관해 얘기했다. 아마도 그는 역장
의 눈에서 의미심장한 무언가를 느꼈을 것이다. 그는 아주 잠
깐 머뭇거린 뒤 비밀 얘기를 하듯 손을 입가로 올리고 혹시
오늘 "무슨 일"이 있었냐고 물었다.

"무슨 일을 **말하는** 겁니까?" 역장이 물었다. 단호하고 분명
한 목소리의 사내였다.

"말벌이나 뭐, 그런 거 말입니다."

역장은 유쾌하게 대꾸했다. "**말벌**은 생각할 겨를도 없었습
니다. 당신네 정신 나간 닭들 때문에 얼마나 바빴는지 모릅니
다." 그런 뒤 그는 싫어하는 정치인에게 욕을 날리듯 스키너
씨에게 어린 닭들의 소식을 날렸다.

"제 아내 소식은 못 들었틉니까?" 간결한 설명과 논평이 마
구 쏟아지는 사이에 스키너가 물었다.

"못 들었어요!" 역장이 대꾸했다. 그는 자신의 지식 어딘가
에 선을 긋고 있는 듯했다.

"물어보디 않을 수가 없어서요." 스키너 씨는 이렇게 말하
며 암탉들에게 먹이를 과하게 준 책임을 물으려 하는 역장에
게서 슬쩍 멀어졌다.

어샷을 지나는 사이 행키 옆의 채석장에서 석회 만드는 사람이 인사를 하더니 혹시 닭들을 찾느냐고 물었다.

"제 아내 소식은 못 들었틉니까?" 그가 물었다.

석회장이가 정확히 무어라고 했는지는 우리가 알 바 아니지만, 어쨌든 그는 그보다 암탉이 더 걱정이라는 뜻을 내비쳤다.

잉글랜드의 맑은 6월의 밤이 얼마나 어두워질까 싶지만, 그래도 어느 정도는 어둠이 내려앉았을 때 스키너는 졸리 드로버스의 술집에 들어가 물었다. "안녕하틉니까! 혹시 우리 암탉들이 오늘 뭘 어떻게 했는지 못 들었죠?"

그러자 펄처 씨가 말했다. "당연히 들었지요! 일부만 얘기하자면 놈들은 내 마구간 지붕을 뚫었고 목사님 사모님의 온실인지 뭔지에도 구멍을 냈어요."

스키너가 끼어들었다. "위로가 될 만한 걸 마시고 싶군요. 뜨거운 진과 물이 좋겠틉니다."

그러고 나자 모두가 다시 그에게 어린 닭들이 일으킨 소동을 얘기하기 시작했다.

"아이고, 큰일이 났었네요." 스키너가 말했다.

"그런데 제 아내 소식은 못 들었틉니까?" 잠시 틈이 생기자 그가 다시 물었다.

"못 들었죠. 스키너 부인은 생각도 못 했네요. 두 분 모두 생각할 새도 없었어요." 위더스푼 씨가 대꾸했다.

"오늘 집에 없었나보죠?" 펄처가 커다란 맥주잔 너머로 물었다.

"혹시 그 정신 나간 새들이 부인을 쪼기라도 했다면……."

위더스푼 씨는 말을 끝맺지 못하고 그 무시무시한 결말을 상상에 맡겼다.

이 사내들은 스키너와 함께 가서 스키너 부인이 어떻게 되었는지 확인한다면 요란했던 하루를 더욱 흥미진진하게 마무리할 수 있겠다고 생각했다. 예기치 못한 사고가 일어나면 누가 어떤 행운을 누리게 될지 알 수 없는 법이니까. 하지만 스키너는 술집에 서서 한 눈으로는 바의 안쪽을 훑고 한 눈은 절대적 존재에 고정한 채 물을 섞은 뜨거운 진을 마시느라 이 절호의 기회를 놓치고 말았다.

"그래도 오늘 커다란 말벌들이 말썽을 부리진 않았다요?" 그는 태연을 가장하며 물었다.

"닭들 때문에 정신이 없었다니까요." 펄처가 말했다.

"어쨌든 이젠 다 들어갔겠죠." 스키너가 말했다.

"뭐가요? 닭들이요?"

"그보다는 말벌을 생각하고 있었습니다." 스키너가 대꾸했다.

그런 뒤 그는 생후 일주일 된 아기도 수상쩍게 여길 만큼 신중한 태도로, 어휘 하나하나를 세심하게 골라 강조하며 물었다. "그런데 다른 **커다란** 동물이 나타났다는 **얘기**를 들은 사람은 **아무도** 없다요? 큰 **개**나 **고양이**나 **그런** 거 말입니다. 큰 닭과 큰 말벌이 나타났다면 혹티……."

그는 그저 공연한 말을 하는 척 웃어젖혔다.

그러나 히클리브로 사내들의 얼굴은 어두워졌다. 점점 농축되어가는 그들의 생각을 가장 먼저 구체적으로 표현한 사람은 펄처였다.

"고양이가 그 닭들처럼 커졌다면⋯⋯."

"아이고! 고양이가 그 닭들처럼 커졌다면." 위더스푼이 거들었다.

"그럼 호랑이가 되겠네." 펄처가 말했다.

"호랑이보다 더 크지." 위더스푼이 말했다.

마침내 스키너가 하나뿐인 오솔길을 따라 히클리브로와 소나무 숲의 시커먼 그림자 속에서 거대한 카나리아 덩굴이 실험 농장과 조용히 드잡이를 벌이는 어두컴컴한 골짜기 사이로 솟아오른 들판을 넘어갈 때 그와 함께 길을 나선 사람은 아무도 없었다.

드넓게 펼쳐진 맑고 따뜻한 북쪽 하늘 아래 언덕의 윤곽선 위로 그가 올라오는 모습이 뚜렷하게 보였다. 사람들은 그때까지 관심 있게 그를 지켜보았다. 그 후 그는 다시 밤 속으로, 어둠 속으로 내려갔고, 어쩐지 다시는 나타나지 않을 것 같았다. 그는 미궁 속으로 들어갔다. 그가 그 언덕을 넘은 뒤에 어떻게 되었는지는 지금까지 아무도 알지 못한다. 얼마 후 펄처 부자와 위더스푼이 상상의 유혹을 떨치지 못하고 언덕을 올라 그가 내려간 곳을 바라보았지만 그는 흔적도 없이 사라진 뒤였다.

세 남자는 서로 붙어 서 있었다. 숲의 어둠이 농장을 완전히 가렸고 아무 소리도 들리지 않았다.

"괜찮을 거예요." 아들 펄처가 침묵을 깼다.

"불빛이 전혀 안 보이는데." 위더스푼이 말했다.

"여기선 안 보이죠."

"안개가 꼈어." 아버지 펄처가 말했다.

그들은 잠시 생각에 잠겼다.

"문제가 있었다면 돌아왔겠죠." 아들 펄처가 말했다. 너무도 불편하고 안일하게 느껴지는 아들의 말에 잠시 후 아버지 펄처가 덧붙였다. "글쎄." 그런 뒤 세 사람은 집으로 돌아갔다. 솔직히 말하면 가는 길에도 그들은 생각에 잠겨 있었다…….

헉스터의 농장에 있던 목동은 밤사이 낑낑거리는 소리를 듣고 여우일 거라고 생각했지만, 아침에 보니 그가 키우는 양한 마리가 히클리브로 쪽으로 반쯤 끌려가서는 일부를 뜯어 먹힌 채로 죽어 있었다…….

이 모든 정황에서 이해할 수 없는 부분이 하나 있다면 확실한 스키너의 잔해가 없다는 것이다!

수 주 뒤에 불에 탄 실험 농장의 폐허 속에서 인간의 어깨뼈일 수도 있고 아닐 수도 있는 무언가가 발견되었고, 그 폐허의 다른 곳에서는 누가 마구 갉아 먹은 듯한, 역시 인간의 것으로 의심되는 기다란 뼈가 나왔다. 아이브라이트로 올라가는 길에 있는 울타리 디딤대 근처에서 유리 눈알 하나가 발견되자 많은 이들은 스키너가 인간적 매력의 상당 부분을 이 유리 눈알에 빚지고 있었다는 것을 깨달았다. 그 눈은 그의 얼굴에 있을 때와 똑같이 어쩔 수 없이 초연하게, 그리고 너무도 구슬프게 그들을 바라보았다. 그것이 속되기 이를 데 없는 그의 얼굴을 구원해준 셈이었다.

폐허가 된 농장 주위를 부지런히 파헤친 결과 금속 고리들과 그슬린 리넨 단추 싸개 두 개, 기둥이 달린 온전한 단추 세 개, 그리고 인간의 몸에서 눈에 띄지 않는 봉합 부위 따위에 사용되는 금속 단추 같은 것이 발견되었다. 당국에서는 이런 물건들을 스키너가 파괴되어 흩어졌다는 결정적 증거로 받아들였지만, 고백건대 나는 그의 특이하고 괴이한 성격으로 미루어 단추가 너무 많고 뼈가 너무 적다고 확신한다.

물론 유리 눈알은 확실히 믿을 만한 증거이지만 그것이 **정말** 스키너의 눈이라면 무언가가 그것을 탁한 갈색에서 평온하고 확신에 찬 파란색으로 바꿔놓았다. 스키너 부인조차도 남편의 사팔눈이 유리였는지 확실히 알지 못했다. 어깨뼈는 더없이 의심스러운 증거다. 나는 비교적 흔한 가축 몇 종의 뜯긴 어깨뼈와 나란히 놓고 비교해보기 전에는 그것을 인간의 뼈라고 인정할 수 없다.

그리고 스키너의 부츠는 어디 있단 말인가? 쥐들의 식성이 아무리 기이하고 비정상적이기로서니 양은 절반만 뜯어 먹고 스키너는 머리카락과 뼈, 이와 부츠까지 모조리 먹어치웠다는 게 말이 되는가?

나는 스키너와 가까웠던 사람들을 가능한 한 모두 면밀히 조사했는데 그들은 하나같이 **무언가**가 그를 먹어치웠다고는 상상할 수 없다고 입을 모았다. 던턴 그린에 있는 W. W. 제

이컵스● 소유의 오두막 중 한 채에 사는 은퇴한 선원은, 그쪽에서는 그리 드물지 않은 방어적이고 의미심장한 태도로 내게 그가 "난파선에서도 살아남을" 사람이며 "모든 것을 태워 없애는 원소"로 말할 것 같으면 그는 어떻게든 "불을 끌 수 있는" 사람이라고 했다. 그는 스키너가 어디에 있든 뗏목에 탄 사람처럼 안전할 거라고 생각했다. 이 은퇴한 선원은 스키너에게 나쁜 말은 하고 싶지 않지만 사실은 사실이라고 덧붙였다. 그리고 스키너가 만든 옷을 입느니 차라리 감옥에 들어가는 편이 낫다고 했다. 이러한 진술을 들으면 스키너는 분명 식욕을 돋우는 대상이 아니다.

독자에게 솔직하게 고백하자면 나는 그날 그가 실험 농장에 가지 않았을 거라고 믿는다. 그는 오랫동안 머뭇거리며 히클리브로 근처의 들판을 서성거리다가 낑낑거리는 소리가 들리기 시작했을 때 결국 가장 쉽게 난국을 벗어나는 길, 즉 위장하는 길을 택했을 것이다.

그렇게 위장한 채로 이 세상에서든 우리가 모르는 다른 세상에서든 집요하게 분명히 오늘날까지 살아 있을 것이다……

● 단편소설과 희곡을 주로 쓴 영국의 작가 W. W. 제이컵스(1863~1943).

제3장 거대한 쥐들

1

포드본의 의사가 행키 근처에서 작은 마차를 몰고 늦은 시각에 밖으로 나온 것은 스키너 씨가 사라지고 이틀이 지난 밤이었다. 그는 이름 모를 한 시민이 우리의 이 기이한 세상으로 다시 들어오도록 돕느라 밤을 새웠고, 임무를 완수한 뒤 나른한 기분으로 마차를 몰고 집으로 향하는 중이었다. 새벽 2시경, 하현달이 떠오르고 있었다. 여름밤의 공기가 차가워지면서 희끄무레한 안개가 낮게 깔려 사물들의 경계가 흐릿해졌다. 마침 마부가 병석에 누운 터라 그는 혼자였다. 양옆으로 알 수 없는 산울타리가 그의 노란 등불의 불빛을 스쳐 갈 뿐 아무것도 보이지 않았고 달가닥달가닥하는 말발굽 소리와 바퀴의 울림 말고는 아무 소리도 들리지 않았다. 그의 말은 그 자신 못지않게 믿음직했으니 그가 졸았다고 해도 의

아한 일은 아니었다.

앉아서 이따금씩 꾸벅거리는 졸음, 머리가 처지고 바퀴 소리에 맞춰 까딱거리다가 턱이 가슴에 닿는 순간 화들짝 놀라며 깨는 그런 졸음이었다.

후드득, 타다닥, 후다닥.

"무슨 소리지?"

의사는 가까운 곳에서 가늘고 새된 깩깩거림이 들렸다고 느꼈다. 순간 잠이 달아났다. 공연히 애꿎은 말에게 한두 마디 꾸지람을 한 뒤 주위를 둘러보았다. 멀리서 여우가 깩깩거리는 소리였을 거라고 생각하려 했다. 어쩌면 흰담비에게 잡힌 어린 토끼의 소리인지도 몰랐다.

서걱, 서걱, 서걱, 후드득, 후다닥, 서걱⋯⋯.

뭐지?

아무래도 환청이 들리는 것 같았다. 그는 어깨를 흔들며 말에게 빨리 가자고 재촉했다. 귀를 기울여보았지만 아무 소리도 들리지 않았다.

아무것도 아니었나?

방금 무언가, 괴상하고 커다란 머리 따위가 산울타리 너머로 그를 훔쳐보는 듯한 기묘한 느낌이 들었다. 둥근 귀도 달린 것 같았다! 그는 열심히 살폈지만 역시 아무것도 보이지 않았다.

"아닐 거야." 그가 말했다.

그는 악몽을 꾸었다고 생각하고는 등을 꼿꼿이 펴고 채찍으로 말을 살짝 때리며 명령한 뒤 다시 산울타리 너머를 보았다. 그러나 너울거리는 등불과 안개 때문에 주변 사물이 모두 흐릿해서 아무것도 구분할 수 없었다. 그때 문득 실제로 무언가가 있다면 말이 뒷걸음질 쳤을 테니 아무것도 아닐 거라는 생각이 들었다고 한다. 그렇다 해도 온몸의 감각이 긴장하고 있었다.

그 순간 뒤를 따라오는 아주 작은 발소리가 꽤 뚜렷하게 들렸다.

소리뿐이었다면 그는 자기 귀를 믿지 않았을 것이다. 길이 이리저리 휘어져 있어서 굽이 너머는 잘 보이지 않았다. 그는 채찍으로 말을 때리며 다시 좌우를 흘끗 살폈다. 그때 그의 등불에서 나오는 광선이 낮은 산울타리 너머에 닿으면서 둥근 등과 같은 무언가가 꽤 뚜렷하게 보였다. 정확히 뭔지는 몰라도 커다란 동물이 경련하듯 껑충거리며 뛰고 있었다.

그는 마법 따위가 나오는 옛날이야기를 떠올렸다고 한다. 그 움직이는 생물이 자신이 아는 어떤 동물과도 닮지 않아서였다. 말이 겁을 먹을까봐 고삐를 단단히 쥐었다. 그는 지식인이었지만 솔직히 말하면 그 존재가 말에게는 보이지 않는 게 아닐까 생각하기도 했다.

저 멀리서 떠오르는 달을 배경으로 작은 행키 마을의 윤곽이 점점 다가왔다. 불빛 하나 보이지 않았지만, 그 덕분에 위안이 되었다. 그가 다시 채찍질을 하며 말하는 순간, 갑자기 쥐들이 그에게 달려들었다!

어느 문을 막 지났을 때 맨 앞에 있던 쥐가 껑충 도로로 뛰어나왔다. 흐릿한 형체에서 벗어나 귀가 둥글고 열의에 찬 날카로운 얼굴과 움직이는 통에 더욱 길어 보이는 커다란 몸통이 아주 선명하게 드러났다. 그의 기억에 유독 강렬하게 남은 것은 갈퀴 달린 분홍빛 앞발이었다. 그가 아는 짐승이 맞는지 전혀 알 길이 없는 탓에 더 끔찍하게 느껴졌을 것이다. 쥐라고 하기엔 너무 컸다. 그 괴수가 옆에 내려앉는 순간 그의 말이 덜컥 튀어 올랐다. 채찍 소리와 의사의 비명이 뒤섞여 작은 길에 한바탕 소요가 일었다. 갑자기 상황이 급박해졌다.

후드득, 타다닥, 타다닥.

추정컨대 의사는 일어서서 말에게 고함을 치며 온 힘을 다해 채찍을 휘둘렀을 것이다. 천만다행으로 등불의 불빛을 받아 채찍 아래 드러난 털북숭이는 그의 채찍질에 움찔하더니 방향을 돌렸다. 그는 오른쪽 옆에 따라붙은 두 번째 쥐를 보이지도 않는 상태에서 마구 때렸다.

고삐를 놓고 뒤를 돌아보니 또 한 마리가 쫓아오고 있었다…….

말은 마구 달려 나갔다. 도랑이 나오자 마차는 높이 뛰어넘었다. 한순간 엄청난 혼돈 속에서 모든 것이 튕기고 껑충거리는 듯 보였을 것이다…….

말이 행키에서 쓰러졌으며 그 전후로 어떤 집도 지나치지 않았다는 건 굉장한 행운이었다.

말이 어떻게 쓰러졌는지는 아무도 알지 못한다. 발이 걸렸을 수도 있고 길 한복판에서 만난 쥐가 (온몸의 체중을 실어) 이빨을 내리꽂을 때 거기에 맞았는지도 모른다. 의사도 벽돌공의 집 안에 들어가서야 자기가 물렸다는 것을 알았다. 언제 그랬는지 짐작도 가지 않았지만 꽤 심각한 상처가 남았다. 마치 도끼 두 자루로 내리찍은 것처럼 왼쪽 어깨의 살점이 나란히 길게 뜯겨 나갔다.

그는 마차에 서 있다가 순식간에 땅으로 뛰어내리며 그에게 달려드는 세 번째 쥐를 사정없이 후려쳤고 나중에 보니 뛰어내릴 때 발목을 심하게 삐었다. 마차가 넘어갈 때 바퀴를 뛰어넘었을 테지만 거의 기억나지 않았고 그 모든 것을 지울 만큼 뜨겁고 빠른 무언가가 밀려온 느낌이 남아 있었다. 내 생각에는 쥐가 다시 한번 말의 목을 물면서 말이 뒷발로 서다가 옆으로 쓰러져 마차까지 끌고 내려갔고 의사는 본능적으로 벌떡 일어섰을 것이다. 마차가 쓰러지면서 등불 그릇이 깨졌고 갑자기 불붙은 기름이 너울거리며 쏟아져 나와 하얀 불꽃이 일어난 것으로 보인다.

그것이 벽돌공의 눈에 처음 들어온 광경이었다.

그는 의사가 달그락거리며 다가오는 소리와 거친 고함을 들었다. 의사는 이 고함에 대해선 전혀 기억하지 못하지만 말이다. 그가 황급히 침대에서 나오는 사이에 마차가 쓰러졌고 뒤이어 블라인드를 올려보니 밖에서 환한 빛이 올라왔다. "낮보다 더 환하더라고요." 그는 이렇게 말했다. 그는 블라인드 끈을 손에 쥔 채 그대로 서서 익숙한 창밖의 거리가 눈앞에서 악몽으로 변해가는 광경을 바라보았다. 불꽃을 배경으로 의사의 검은 형체가 춤을 추듯 채찍을 휘둘렀다. 말은 불길에 반쯤 가려진 채 본능적으로 발길질을 했고 목에는 쥐가 붙어 있었다. 교회 담장에서 어렴풋이 또 다른 괴물의 눈이 사악하게 빛났다. 나머지 한 마리는 붉게 빛나는 눈과 살색의 발이 달린 역겨운 검은색 형체의 모습으로 불안정하게 담장에 붙어 있었다. 등불이 깨지며 불길이 타오를 때 그리로 뛰어올랐을 것이다.

쥐의 열망 가득한 얼굴과 날카로운 두 개의 이빨, 냉혹한 눈은 누구나 알 것이다. 이 쥐들은 보통 쥐보다 여섯 배쯤 큰데다가 어둠과 놀란 마음, 번쩍거리는 불길이 만들어낸 환영들 때문에 실제보다 훨씬 더 커 보였을 터, 아직 잠이 덜 깬 벽돌공에겐 더없이 오싹한 광경이었을 것이다.

이윽고 의사는 불길이 허락한 찰나의 틈에 기회를 포착했고 벽돌공의 시야를 벗어나 채찍 손잡이로 문을 마구 두드렸다…….

벽돌공은 등불을 켜기 전에는 그를 들이지 않을 작정이었다.

그런 그를 나무라는 사람들도 있지만 나 역시 나의 용기를 잘 알기에 선뜻 그 무리에 합류할 수 없다.

의사는 고함을 치며 문을 두드렸다…….

벽돌공 말로는 마침내 문이 열렸을 때 그는 겁에 질려 울고 있었다고 한다.

"빗장, 빗장……." 의사가 말했다. 그는 '빗장을 걸라'는 말조차 제대로 할 수 없었던 것이다. 그도 도우려 했지만 딱히 도움이 되진 않았다. 벽돌공은 문을 걸어 잠갔고 의사는 시계 옆 의자에 앉아 잠시 시간을 보낸 뒤에야 위층으로 올라갈 수 있었다…….

"**대체** 뭔지 모르겠어요!" 의사는 이 말을 여러 번 되풀이했다. "**대체** 뭔지 모르겠다니까." 그는 강조하며 말했다.

벽돌공은 위스키를 가져다주려 했지만 의사는 가물거리는 등불과 단둘이 남으려 하지 않았다.

한참이 지나서야 벽돌공은 그를 위층으로 데려갔다…….

불이 사그라지자 거대한 쥐들이 돌아와 말의 사체를 끌고 교회 마당을 가로질러 벽돌 공장으로 가서 동이 트기 전까지 뜯어 먹었고, 동이 튼 뒤에도 아무도 그들을 건드리지 못했다…….

2

다음 날 오전 11시쯤 레드우드는 세 가지 석간신문의 두 번째 판을 손에 쥐고 다시 벤싱턴을 찾아갔다.

벤싱턴은 브롬프턴가에 있는 도서관의 사서가 자신에게 찾아준 흥미로운 소설을 읽던 중 사라진 페이지를 발견하고 낙담하며 그 내용을 추리하다가 고개를 들었다. "새로운 소식이 있어요?" 그가 물었다.

"차텀• 근처에서 두 사람이 벌에 쏘였어요."

"그러게 우리가 벌집에 연기를 피운다고 할 때 그러라고 했어야지. 그랬어야 한다니까요. 그들 잘못이에요."

"그들 잘못이지요." 레드우드가 대꾸했다.

"농장 매입에 관해선 뭔가 소식이 있습니까?"

"부동산 업자가 어찌나 말이 많고 고집불통인지 모릅니다. 그 집을 원하는 사람이 또 있는 것처럼 말하는데, 원래 그러잖아요. 이게 얼마나 시급한 일인지도 모른다니까요. 그래서 제가 그랬지요. '이건 생사가 달린 문제입니다. 모르겠어요?' 그랬더니 눈을 반쯤 내리뜨곤 이렇게 말하더군요. '그럼 200파운드를 더 내시면 어떨까요?' 그 불쾌한 고집쟁이 멍청이에게 져주느니 차라리 말벌 천지에서 살겠어요. 난……."

레드우드는 상황을 고려할 때 그런 말은 배부른 소리가 될 수 있다는 생각에 잠시 말을 멈췄다.

벤싱턴이 말했다. "이건 좀 과한 바람이겠지만, 거기 말벌 한 마리가……."

"말벌도 부동산 업자 못지않게 공공의 이익에 대해선 아무것도 모르니까요." 레드우드가 말했다.

그는 많은 이가 부동산 업계의 계산법에 관해 얘기할 때 그러듯 부당하고 불합리하게 부동산 업자들과 부동산 전문 변호사들에 대해 떠들어댔다("별난 세상이니 워낙 별난 것들이 많

● 켄트주 캔터베리 지구의 마을.

지만 제가 생각할 때 그중에서도 가장 별난 건 우리가 의사나 군인에게는 명예나 용기, 효율성 같은 것을 기대하면서 부동산 전문 변호사나 부동산 업자들은 탐욕스럽고 추잡하고 불쾌하고 과한 우둔함을 드러내도 그냥 받아들인다는 겁니다. 심지어 그 인간들은 원래 그러려니 생각하기도 하지요" 등등). 그러고는 마음이 한결 편안해진 듯 창가로 가서 혼잡한 슬론가를 내다보았다.

벤싱턴은 자신이 생각하는 짜릿한 이야기의 기준에 꼭 맞는 흥미진진한 소설을 작은 탁자 위에 내려놓았다. 그런 뒤 두 손을 손가락끼리 꼼꼼히 맞붙이고 그것을 바라보며 말했다. "레드우드, 사람들이 **우리** 얘기를 많이 합니까?"

"예상한 만큼 많이 하진 않습니다."

"우리를 비난하는 건 아니고요?"

"전혀요. 하지만 그렇다고 우리를 지지하는 것도 아닙니다. 저는 그래야 한다고 생각하지만. 아시다시피 제가 《타임스》에 상황을 설명하는 편지를 썼는데……."

"우리는 《데일리 크로니클》을 봅니다." 벤싱턴이 말했다.

"《타임스》에 이 주제에 관해 긴 사설이 실렸습니다. 아주 수준 높고 잘 쓴 사설인데, 《타임스》에서 자주 쓰는 라틴어 표현이 세 개나 들어가 있어요. 그중 하나는 '스타투스 쿠오'● 이지요. 아주 객관적이고 아주 중요한 사람이 독감 때문에 두통을 앓으며 이불을 잔뜩 뒤집어쓴 채, 그러고도 전혀 낮지

● '현재의 상황'이라는 뜻.

않은 채로 얘기하는 것 같다니까요. 행간을 읽어보면《타임스》는 문제를 완곡하게 다루는 건 도움이 되지 않고 당장 뭔가를(물론 뭔지 확정하지는 않았지만) 해야 한다고 주장하는 게 분명합니다. 그러지 않으면 훨씬 더 달갑지 않은 결과를 맞게 될 거라고요.《타임스》특유의 표현으로 말벌이 계속 나오고 쏘이는 사람도 더 나올 거라는 뜻이지요. 꼭 정치인이 쓴 것 같은 글이라니까요!"

"그리고 어쨌든 거대한 생물들이 온갖 방식으로 퍼져나가고 있고요."

"그렇습니다."

"혹시 스키너 말대로 큰 쥐가 나타나는 건 아닐지……."

"그럴 리가요! 그건 너무하지요." 레드우드가 말했다.

그는 벤싱턴의 의자 옆으로 가서 섰다. 그러고는 목소리를 조금 낮춰 물었다. "그런데 **그분**은 어떻게?"

그는 닫힌 문을 가리켰다.

"사촌 제인이요? 제인은 이 일에 대해 아무것도 모릅니다. 우리와 연관 짓지도 않고 기사조차 읽지 않을 겁니다. '거대한 말벌이라니! 도저히 신문을 읽을 수가 없어.' 이러더군요."

"정말 다행이네요." 레드우드가 말했다.

"그런데…… 부인은?"

"모릅니다. 그냥 우연한 사건인 줄 알고 있어요. 아이 걱정을 하느라 정신이 없거든요. 아이가 계속 같은 상태라."

"계속 큰다고요?"

"네, 열흘 사이에 1.2킬로그램 늘었습니다. 25킬로그램에 육박합니다. 겨우 생후 6개월인데! 당연히 걱정할 수밖에요."

"건강합니까?"

"힘이 넘칩니다. 발길질이 너무 세서 유모도 그만두려고 하고요. 그리고 당연한 일이지만 모든 물건이 놀랍도록 작아졌어요. 옷이며 뭐며 전부 다 새로 만들어야 한다니까요. 사소한 문제이긴 하지만 유아차 바퀴 하나가 부서져서 우유 배달 수레에 태워 집에 데려온 적도 있습니다. 맞아요. 구경거리가 됐죠……. 조지나 필리스를 다시 아기 침대로 돌려보내고 이 녀석을 조지나 필리스 침대에 눕혔어요. 아이 엄마는 당연히 한걱정이죠. 처음에는 자랑스러워하며 윙클스를 칭찬하기도 했는데. 지금은 아닙니다. 정상이 아니라고 생각해요. 아시잖아요."

"양을 차츰 줄인다고 한 것 같은데."

"해봤습니다."

"안 되던가요?"

"소리소리 지른답니다. 보통 아이 울음도 요란하고 괴롭지요. 그게 아기들의 생존 방식이니까……. 하지만 이 녀석은 헤라클레오포르비아를 먹은 뒤로는……."

"음." 벤싱턴은 여태 보여준 것보다 더욱 체념한 모습으로 자신의 손가락을 살폈다.

"결국엔 밝혀지겠지요. 사람들이 이 아이 소문을 들으면 우리의 암탉이나 다른 것들과 연관 지을 테고, 그게 아내의 귀에까지 들어가면……. 아내가 어떻게 받아들일지 전혀 모르겠네요."

"확실히 계획을 세우기가 **어렵긴** 하지요."

벤싱턴은 안경을 벗어 꼼꼼히 닦았다. 그런 뒤 포괄적인 결론을 내리기 시작했다.

"이런 일은 끊임없이 일어납니다. 우리는, 이 말을 써도 될지 모르겠지만, 어쨌든 우리 **과학자**들은 당연히 늘 이론적 결과, 순수한 이론적 결과를 위해서 연구를 하지요. 하지만 우연히 새로운 힘이 작용하게 하기도 합니다. 우리는 그걸 통제할 수 없고 다른 누구도 할 수 없지요. 레드우드, 사실 이제 이건 우리의 통제에서 벗어났습니다. '우리'가 재료를 제공하고……."

"그들은 경험을 얻는 거지요." 레드우드는 창문을 돌아보며 말했다.

"켄트주에서 일어난 문제에 관해선 더는 걱정하고 싶지 않군요."

"사람들이 우리를 걱정하게 하지만 않는다면요."

"그러게 말입니다. 뭐, 부동산 변호사들과 궤변가들을 끌어들이고 법적 개입을 들먹이며 어리석은 명령을 진지하게 고려하니 마니 수선을 피우고 싶다면 그렇게 하라지요. 결국 거대한 해충이나 동물이 새로이 잔뜩 생겨날 테고…… 어차피 세상은 **늘** 어지러웠잖아요, 레드우드."

레드우드는 허공에 뒤틀리고 헝클어진 선을 그렸다.

"이제 우리가 관심을 쏟을 대상은 아드님입니다."

레드우드는 뒤로 돌아 걸어와서는 자신의 협력자를 바라보았다.

"어떻게 생각하십니까, 벤싱턴? 저보다 이 문제를 객관적으로 보실 수 있잖아요. 그 아이를 어떻게 해야 할까요?"

"계속 먹여야지요."

"헤라클레오포르비아를?"

"헤라클레오포르비아를."

"그럼 더 커질 텐데요."

"암탉과 말벌에 비추어 계산해보면 키는 16미터쯤 될 테고 몸집도 그에 맞게 커지겠지요……."

"그럼 어떻게 될까요?"

"바로 그래서 흥미롭다는 겁니다." 벤싱턴이 말했다.

"모르는 소리! 옷을 생각해보세요. 그리고 어른이 되면 소인족 세상에 혼자뿐인 걸리버가 될 텐데요." 레드우드가 말했다.

금테 안경 너머에서 벤싱턴 씨의 눈이 의미심장하게 빛났다.

"왜 혼자입니까?" 그가 말했다. 그런 뒤 훨씬 더 어두운 목소리로 되풀이했다. **"왜 혼자예요?"**

"하지만 설마?"

"그러니까 내 말은……." 벤싱턴 씨는 사람들이 의미심장한 말을 할 때 자주 그러듯 자신의 말에 도취되어 다시 물었다. "왜 혼자입니까?"

"그런 아이들이 더 있을 수도 있다는 뜻입니까?"

"난 그냥 왜 혼자냐고 물었을 뿐 그 이상은 아무 뜻도 없습니다."

레드우드는 방 안을 서성이기 시작했다.

"물론 그럴 수도 있겠지요. 하지만 생각해보세요! 그럼 어떻게 되겠습니까?"

벤싱턴은 매우 지적이고 객관적인 자신의 입장을 즐기고 있는 듯했다.

"레드우드, 나에게 가장 흥미로운 건 그 아이의 두뇌 또한 우리보다 16미터 이상 더 높은 수준이 되지 않을까 하는…… 무슨 일이에요?"

레드우드는 창가에 서서 거리를 달려오는 신문팔이 수레의 홍보지를 바라보았다.

"무슨 일입니까?" 벤싱턴이 다시 물으며 일어섰다.

레드우드는 거친 소리를 내뱉었다.

"왜 그래요?" 벤싱턴이 물었다.

"신문 좀 사 올게요." 레드우드가 문 쪽으로 가며 말했다.

"왜요?"

"신문 좀 사 올게요. 뭔가, 몰랐던 뭔가가…… 거대한 쥐라는데요!"

"쥐?"

"네, 쥐요. 결국 스키너의 말이 옳았어요!"

"그게 무슨 말이에요?"

"아직 신문을 보지 않았는데 **제**가 어떻게 알겠습니까? 거대한 쥐래요! 세상에! 스키너가 잡아먹힌 건 아닐지!"

그는 벗어놓은 자기 모자를 흘긋 보고는 그대로 나가기로
했다.

한 번에 두 계단씩 달려 내려가는 사이 거리 곳곳에서 사람
들을 선동하는 신문팔이들의 힘찬 외침이 들렸다.

"켄트에서 끔찍한 일이 일어났어요. 켄트에서 끔찍한 일
이 일어났어요. 의사가…… 쥐에게 잡아먹혔어요. 끔찍한 사
건이에요. 끔찍한 사건. 아주 거대한 쥐들에게 잡아먹혔어요.
여기 자세히 나와 있어요. 끔찍한 일이 있어났어요."

3

잘 알려진 토목 기사 코사가 도착했을 때 두 사람은 벤싱턴
이 사는 공동주택의 커다란 출입문 앞에 서 있었다. 레드우드
는 눅눅한 분홍빛 신문을 들고 있고 벤싱턴은 발뒤꿈치를 든
채 그의 팔 너머로 신문을 읽고 있었다. 코사로 말할 것 같으
면, 커다란 몸통의 네 귀퉁이에 볼품없고 가느다란 팔다리가
자유롭게 자리를 잡았고 얼굴은 어차피 완성해봐야 가망이
없어서 일찌감치 포기해버린 조각 작품 같았다. 코는 뭉툭했
고 아래턱이 위턱보다 더 튀어나왔다. 숨소리도 요란했다. 그
가 잘생겼다고 생각하는 사람은 거의 없었다. 머리카락은 마
구 헝클어졌고 자주 쓰지 않는 목소리는 가늘고 높아서 말을

하면 못마땅하게 항의하는 것 같았다. 때와 장소를 가리지 않고 언제나 회색 정장과 실크 모자 차림이었다. 그는 크고 붉은 손으로 볼품없는 바지 주머니를 뒤져 마차비를 낸 뒤 숨을 헐떡이며 결연하게 계단을 달려 올라왔다. 손에는 분홍빛 신문을 제우스의 번개처럼 한가운데쯤 움켜쥔 채였다.

"스키너는?" 벤싱턴이 그가 다가오는 것을 모르고 물었다.

레드우드가 대꾸했다. "스키너 얘기는 없어요. 잡아먹힌 게 틀림없어요. 둘 다 잡아먹힌 겁니다. 너무 끔찍하네요……. 안녕하세요! 코사!"

"두 분이 만든 그 물질 때문이죠?" 코사가 신문을 흔들며 물었다.

"그렇군요! 왜 막지 않는 겁니까?" 그가 다그쳤다. "미치겠군!"

코사는 계속 소리쳤다.

"거길 매입한다고요? 무슨 소리! 태워버려요. 이렇게 어설플 줄 알았다니까.

무얼 해야 하냐? 자, 내가 알려줄게요.

당신은 뭘 하냐? 자! 당연히 저 위쪽 총기상으로 가야죠.

왜? 총을 사야 하니까. 맞아요. 총기상은 하나뿐이에요. 총 여덟 자루를 사요! 소총으로. 코끼리 잡는 총 말고. 그건 너무 커요. 군인들이 쓰는 소총은 너무 작고. 황소를 잡을 거라고 얘기해요. 물소를 쏘려 한다고 해요. 알겠죠? 네? 쥐? 그건 안 돼요! 그럼 그쪽에서 뭐라고 생각하겠어요? 여덟 자루를

사야 하니까 탄약도 많이 사요. 탄약 없는 총은 가져오지 마
요. 절대! 그걸 갖고 마차를 잡아타고…… 거기가 어디더라?
어샷? 그럼 채링 크로스로 가요. 거기 기차가 있어요. 첫차가
2시 이후에 출발해요. 할 수 있겠어요? 좋아요. 면허? 당연히
우체국에서 여덟 개를 받아야죠. 총기 면허요. 사냥 면허가
아니라. 왜? 쥐니까.

그리고 벤싱턴, 전화 있어요? 좋아요. 내가 일링•에 있는
친구들 다섯 명에게 연락할 거예요. **왜** 다섯이냐? 딱 그만큼
필요하니까!

어디 가요, 레드우드? 모자 가지러! **무슨 소리.** 내 걸 써요.
지금 필요한 건 총이지 모자가 아니니까. 돈은 있어요? 충분
히? 좋아요. 그럼 가봐요.

전화 어디 있어요, 벤싱턴?"

벤싱턴은 순순히 돌아서서 길을 안내했다.

코사는 전화를 쓴 뒤 내려놓으며 말했다. "거기 말벌이 있
잖아요. 유황이랑 질산칼륨이면 될 거예요. 당연히. 석고도.
화학자잖아요. 유황을 자루에 담아서 대량으로 살 수 있는 데
가 어디죠? 왜? 아, 정말 미치겠네! 그야 당연히 벌집에 연기
를 피우려는 거죠! 그럼 유황을 쓰는 게 맞죠? 화학자니까 알
잖아요. 유황이 제일 좋죠?"

"네, **아마도** 그럴 겁니다."

● 런던 서부의 지역.

"더 좋은 건 없어요? 좋아요. 그럼 그걸 맡으세요. 좋아요. 유황을 최대한 많이 사세요. 그걸 태울 초석도. 어디로 보내냐? 채링 크로스. 당장. 확실하게 보내는지 확인하세요. 질문 있어요?"

그는 잠시 생각에 잠겼다.

"석고, 석고는 어떤 종류든 괜찮아요. 벌집의 구멍들을 막을 거니까. 그건 내가 맡을게요."

"얼마나요?"

"뭘 얼마나?"

"유황."

"아주 많이. 알겠죠?"

벤싱턴은 의지를 다지며 떨리는 손으로 안경을 고쳐 썼다. "알겠어요." 그가 짧게 대꾸했다.

"수중에 돈 있어요?"

코사가 물었다.

"수표는 안 돼요. 그 사람들은 선생을 모르니까. 현금을 내야죠. 당연히. 거래 은행이 어디예요? 좋아요. 그럼 가는 길에 들러서 40파운드를 찾으세요. 지폐와 동전으로."

코사는 잠시 생각한 뒤 말을 이었다. "이 일을 공직자들에게 맡기면 켄트 전체를 쑥대밭으로 만들 거예요. 자, 질문? **없죠? 여기요!**"

그는 때마침 그를 태우려고 안달이 난 승객용 마차를 향해 커다란 손을 뻗었고("타실 겁니까?" 하고 마부가 묻자 코사는 "당연히" 하고 대꾸했다) 벤싱턴은 여전히 모자를 쓰지 않은 채 계단을 달려 내려와 마차에 탈 준비를 했다.

그러고는 마차 덮개에 한 손을 얹은 채 문득 자기 집 창문을 흘끗 올려다보며 말했다. "**아무래도** 사촌 제인에게 **말해야** 할 것 같은데⋯⋯."

"돌아오면 실컷 얘기할 수 있을 텐데요." 코사는 커다란 손을 그의 등으로 뻗어 그를 밀어 넣으며 다시 말했다.

"똑똑한 사내들이 자주성이 없다니까. 사촌 제인! 내가 잘 알죠. 다들 사촌 제인 타령을 하니까! 집집마다 사촌 제인이 하나씩 있잖아요. 똑똑한 사내들은 자기들이 뭘 해야 하는지 그렇게 잘 알면서 그걸 실제로 하는지 내가 밤을 새워가며 확인을 해야 하니, 원. 그게 연구 때문에 그렇게 되는 거예요, 아니면 사촌 제인 때문인가?"

그는 이해할 수 없는 이 문제를 제쳐두고 잠시 시계를 보며 생각하다가 식당에 들러 점심을 먹은 뒤 석고를 구해서 채링 크로스로 가져가도 좋겠다고 결론 내렸다.

그가 3시 5분에 출발하는 기차를 타러 2시 45분에 채링 크로스 기차역에 도착해보니 벤싱턴은 경찰관 두 명과 밖에 있는 자신의 화물 마차 마부가 벌이는 열띤 논쟁의 한가운데서 있었고 레드우드는 탄약과 관련된 모호한 절차상의 문제로 수하물 취급소에 묶여 있었다. 남동부 철도 관계자들이 툭하면 바쁜 사람을 잡아놓고 그러듯 모두 아무것도 모르는 척하거나 권한이 없는 척했다.

"차라리 총으로 저 관리들을 다 쏴버리고 새로 사람을 뽑으면 좋을 텐데." 코사가 한숨을 쉬며 말했다. 하지만 근본적인 문제를 해결하기에는 시간이 부족했으므로 그는 이 소소한 논쟁 사이를 비집고 지나가서 어딘가에 숨어 있던 역장 또는 그 비슷한 사람을 찾아냈다. 그런 뒤 그를 붙잡고 역 안을 돌며 그의 이름으로 명령을 내린 다음, 관리들이 그동안 지켜온 신성한 규정과 방침들이 깨졌다는 사실을 온전히 깨닫기 전에 사람과 물건을 모두 기차에 싣고 역을 빠져나갔다.

"아까 그 사람 누구야?" 고위 관리가 코사에게 붙잡혔던 팔을 문지르며 눈살을 찌푸린 채 웃으면서 물었다.

그러자 한 짐꾼이 대꾸했다. "어쨌든 귀한 분인 것 같습니다. 그분과 일행이 모두 일등석을 타고 가셨거든요."

"누군지는 몰라도 우리가 제대로 모셨군." 고위 관리는 팔을 문지르며 만족에 가까운 기분을 느꼈다.

익숙하지 않은 낮의 햇살에 눈을 깜빡이며 채링 크로스 기차역의 고위 관리들이 천박한 사람들의 끈덕진 요구를 피해 숨는 품위 있는 은신처로 느릿느릿 걸어가면서도 그는 평소와 달리 기운이 솟는 것을 느끼며 미소를 지었다. 팔이 뻐근하긴 했지만 새로운 가능성이 열린 것 같아서 마음이 흡족했다. 그는 철도 경영을 비평하는 빌어먹을 공론가들이 아까 그 광경을 보았기를 기도했다.

4

그날 오후 5시, 이 놀라운 사내 코사는 전혀 서두르는 기색 없이 거대한 폭도들과 싸우는 데 필요한 장비를 모두 챙겨 어샷에서 히클리브로로 향하는 길에 올랐다. 파라핀 두 통과 어샷에서 산 마른 불쏘시개 한 묶음, 유황 여러 자루, 대형 사냥감용 총 여덟 자루와 탄약, 말벌을 잡을 때 쓸 작은 탄약이 장전된 가벼운 후장총 세 자루, 손도끼 한 자루, 낫 두 자루, 곡괭이 한 자루와 삽 세 자루, 밧줄 두 묶음, 병맥주와 청량음료, 위스키, 열두 개들이 쥐약 열두 묶음, 차가운 식량 사흘치가 런던에서 여기까지 함께 왔다. 그는 아주 능숙하고 효율적으로 석탄 손수레 한 대와 건초 수레 한 대에 이를 전부 다 실어 보냈지만 총과 탄약은 따로 빼서 그의 부름에 일링에서 달려온 사내 다섯 명과 레드우드를 태우고 올 레드 라이언 유람 마차의 의자 밑에 넣었다.

어샷 전체가 쥐 문제로 공포에 질린 터라 마부들에게 추가 비용을 지불해야 했지만 코사는 누구도 대적할 수 없는 태연한 태도로 이 모든 일을 처리했다. 상점들은 모두 문을 닫았고 거리에 나와 있는 사람은 거의 없었으며 그가 문을 두드리면 창문이 열리곤 했다. 그는 창문으로 용무를 해결하는 것이 전혀 이상하지 않으며 평소에 늘 있는 일인 것처럼 행동했다. 마침내 그와 벤싱턴은 레드 라이언 이륜마차를 빌렸고 유람 마차와 함께 출발해서 짐마차를 앞질렀다. 그들은 네거리를 조금 지나 추월한 덕에 짐마차보다 먼저 히클리브로에 도착했다.

무릎 사이에 총 한 자루를 낀 채 이륜마차에 코사와 나란히 앉은 벤싱턴은 진작부터 경외심을 키워가고 있었다. 그들이 하는 일은 코사가 주장하는 것처럼 너무도 당연히 해야 할 일이 분명했다. 하지만! 영국에서는 이렇게 당연한 일을 하는 사람이 좀처럼 드물었다. 그는 코사의 발을 바라보다가 고삐를 잡고 있는, 대담하고 기이한 두 손으로 시선을 옮겼다. 코사는 마차를 몰아본 적이 없는 것 같았지만 너무도 당연한, 그러나 흔치 않은 자신의 식견에 따라 가장 매끈한 길 한복판을 달려 나갔다.

벤싱턴은 생각했다. '왜 모든 사람이 당연한 일을 하지 않을까? 모두가 그렇게 한다면 세상은 어떻게 될까! 예를 들어 나는 왜 내가 해도 괜찮다고 알고 있는 수많은 일, 내가 하고 **싶은** 일을 하지 않는 걸까. 누구나 그럴까, 아니면 나만 그런 걸까!' 그는 막연히 '의지'에 관해 숙고해보았다. 복잡하고 유기적인 일상의 의무들, 그런 쓸모없는 일들과 그와는 대조적인 분명하고 확실한 일들, 달콤하고 눈부신 일들을 떠올려보았다. 어떤 막강한 힘이 하지 못하게 만드는, 그런 일들 말이다. 사촌 제인? 그는 사촌 제인이 이 문제에서 다소 미묘하고 난해한 방식으로 중요한 요인이 된다는 것을 깨달았다. 우리가 결국 사촌 제인의 지시에 따라 먹고 마시고 자고 결혼을 유예하고 여기에 오고 거기에 가길 포기하는 이유는 뭘까?

사촌 제인이라는 존재는 도무지 이해할 수 없는 일종의 상징이 되었다!

들판 건너 오솔길과 울타리 디딤대가 시야에 들어오자 거대한 병아리들을 보기 위해 어샷에서 실험 농장까지 걸어갔던 그 맑고 화창한 날이 떠올랐다. 얼마 되지 않은 그 일이 까마득하게 느껴졌다.

운명은 참으로 알 수 없는 것이다.

"자, 자, 일어납시다." 코사가 말했다.

뜨거운 오후였다. 바람 한 점 불지 않았고 길에는 먼지가 자욱했다. 사람은 거의 보이지 않았지만 숲의 말뚝 너머에서 사슴들이 더없이 평화롭게 돌아다녔다. 커다란 말벌 두 마리가 히클리브로 너머의 구스베리 덤불을 파괴하고 있었고 한 마리는 마을 거리에 있는 작은 식료품점 앞을 왔다 갔다 기어다니며 입구를 찾고 있었다. 안에서 주인이 낡은 엽총을 손에 들고 말벌을 지켜보고 있는 모습이 어렴풋이 보였다. 유람 마차의 마부가 졸리 드로버스 술집 앞에 마차를 세우더니 레드우드에게 자신의 책임은 끝났다고 일렀다. 이륜마차와 수레를 몰던 마부들도 똑같이 주장했다. 그뿐만이 아니었다. 그들은 말들도 더는 갈 수 없다고 고집했다.

"그 커다란 쥐가 말을 보면 환장한다고요." 수레를 모는 마부가 몇 번이고 같은 말을 되풀이했다.

코사는 잠시 이 논쟁을 지켜보았다.

"유람 마차에 실은 물건을 내려."

그의 말에 부하 가운데 키가 크고 지저분한 금발의 기술자가 지시를 따랐다.

"그 엽총 이리 줘."

코사가 말하고는 마부들 사이에 섰다. **"당신들**이 마차를 몰 필요는 없어요. 좋을 대로 해요. 우리가 원하는 건 말입니다."

그들이 항의하려 하자 코사가 말을 이었다.

"우리에게 달려들 생각이라면 난 나를 방어하기 위해 당신들의 다리를 쏘겠어. 말들은 우리와 함께 간다."

그는 모든 게 결정됐다는 듯이 말했다. "플랙, 마차로 올라가." 그런 뒤 그는 몸이 떡 벌어지고 강단 있어 보이는 작은 사내에게 말했다. "분, 수레를 맡아."

두 마부가 레드우드에게 따지기 시작했다.

레드우드가 말했다. "두 사람은 고용자들에게 지킬 의무는 다했어요. 우리가 돌아올 때까지 이 마을에서 기다려요. 우리에게 총이 있었다는 걸 알면 아무도 당신들을 탓하지 못할 겁니다. 우리도 억지를 부리거나 폭력을 쓰고 싶진 않지만 사안이 워낙 중대해서요. 말들이 잘못되면 내가 값을 치를 테니 걱정 마요."

"괜찮을 거예요." 좀처럼 약속하지 않는 코사가 말했다.

그들은 유람 마차를 남겨두었고 마차를 몰지 않는 사람들은 걸어서 이동했다. 어깨에는 총을 한 자루씩 멨다. 영국의 시골길에서는 좀처럼 볼 수 없는 아주 기묘한 소규모 탐험대였다. 어찌 보면 아메리카 원주민 시대에 서부로 향하던 미국인 원정대 같기도 했다.

길을 따라 걷다가 울타리 디딤대가 있는 언덕마루에 오르자 실험 농장이 보였다. 펄처 부자를 포함해 몇몇 사내가 총따위를 들고 있었고 메이드스톤에서 온 처음 보는 사내가 사람들 앞에 서서 오페라 관극용 쌍안경으로 주위를 살피고 있었다.

그들은 돌아서서 레드우드 일행을 보았다.

"새로운 소식이 있습니까?" 코사가 물었다.

"말벌들이 들락거리고 있어요. 딱히 특별한 건 안 보이는데요." 아버지 펄처가 대꾸했다.

쌍안경을 든 사내도 거들었다. "카나리아 덩굴이 소나무들 사이로 뻗어 들어갔어요. 아침에만 해도 없었는데. 눈앞에서 자라는 게 보인다니까요."

그는 손수건을 꺼내 쌍안경의 렌즈를 꼼꼼히 닦았다.

"저기로 내려가려는 모양이네요." 스켈머즈데일이 말했다.

"같이 가실 겁니까?" 코사가 물었다.

스켈머즈데일은 망설이는 듯했다.

"밤샘 작업을 할 겁니다."

스켈머즈데일은 가지 않기로 했다.

"쥐들 보셨어요?" 코사가 물었다.

"오늘 아침에 소나무 숲에 한 마리가 나타났습니다. 토끼 사냥을 하는 것 같았어요."

코사는 구부정하게 일행을 앞질러 나갔다.

벤싱턴은 눈앞에서 실험 농장을 살펴보며 그제야 신들의 양식의 막강한 힘을 가늠할 수 있었다. 가장 처음 느낀 점은 자신이 기억하는 것보다 집이 작아졌다는 것이었다. 그것도 아주 많이. 그다음으로 인지한 것은 집과 소나무 숲 사이의 초목이 모두 엄청나게 커졌다는 점이었다. 우물 위 지붕은 높이가 족히 2.5미터는 되어 보이는 풀잎 속에 묻혀 있었고 카나리아 덩굴은 굴뚝을 감고 올라가 하늘을 향해 그 뻣뻣한 덩굴손을 뻗고 있었다. 거리가 꽤 떨어져 있는데도 선명한 노란색 꽃들이 한 송이 한 송이 선명하게 보였다. 굵직한 초록 줄기는 거대한 암탉들의 방목장에 둘러친 커다란 철조망을 넘어갔고 잎이 달린 줄기들이 서로 꼬인 채 커다란 소나무 두 그루를 마구 휘감았다. 그 절반쯤 되는 크기의 쐐기풀이 수레 창고 뒤쪽까지 펼쳐져 있었다. 가까이 갈수록 버려진 거인의 정원 한구석에 놓인 인형의 집을 습격하는 소인이 된 듯한 기분이 들었다.

말벌들이 벌집을 바쁘게 들락거렸다. 소나무 숲 너머 빛바랜 듯한 언덕 비탈 위 허공에서 검은 형체의 무리가 뒤엉켰고 이따금씩 거기서 한 마리가 놀랍도록 빠르게 하늘로 솟아올라 멀리 날아가곤 했다. 실험 농장에서 1킬로미터쯤 떨어진 곳에서도 말벌들이 윙윙거리는 소리가 들렸다. 한번은 이 누런 줄무늬 괴물 한 마리가 그들 쪽으로 날아와 커다란 겹눈으로 잠시 허공에서 지켜보다가 코사가 총을 한 발 쏘자 다시 날아갔다. 저 아래 들판의 오른쪽 귀퉁이에서는 말벌 몇 마리가 너덜너덜한 뼈들 위를 기어다니고 있었다. 쥐들이 헉스터의 농장에서 물어 온 양들의 잔해가 분명했다. 말들은 그 괴물들이 가까워질수록 안절부절못했다. 이 탐험대에는 숙련된 마부가 없었으므로 한 사람씩 말을 맡아 목소리로 말들의 기운을 북돋워야 했다.

그들이 집으로 다가가는 동안 쥐는 흔적도 보이지 않았고 벌집에서 "위이이이잉, 위잉, 위잉" 하는 소리가 커졌다 작아졌다 할 뿐 주위는 온통 고요한 듯했다.

그들은 말들을 이끌고 마당으로 들어갔고 코사의 부하 한 명이 현관문이 열린 것을 보고 집 안으로 들어갔다. 문의 가운데 부분은 갉아 먹은 듯 사라지고 없었다. 일행은 파라핀 통을 옮기느라 한 사람이 없어진 줄도 모르고 있다가 그의 총소리와 총알이 날아가는 소리를 듣고 그가 이탈한 것을 처음 깨달았다. "탕, 탕" 쌍총신에서 총알이 발사되었고 첫 번째 총알이 유황 통을 관통한 뒤 저편의 말뚝을 부수면서 누런 가루가 허공을 가득 메웠던 것으로 보인다. 손에 총을 들고 있던 레드우드는 그를 지나쳐 껑충 뛰어가는 회색의 무언가에 총알을 날렸다. 그는 쥐의 넓은 후구와 기다란 꼬리, 기다란 뒷발바닥을 보고 한 번 더 총을 발사했다. 그 괴수가 모퉁이를 돌아 사라질 때 벤싱턴이 쓰러지는 모습이 보였다.

그 후 한동안 모두가 정신없이 총을 쏴댔다. 삼 분 동안 실험 농장에서는 목숨이 하찮아졌고 총소리가 허공을 가득 메웠다. 흥분한 레드우드는 벤싱턴을 잊고 뒤쫓아 달려가다가 총알 하나가 담장을 뚫으면서 벽돌 파편과 회반죽, 석고, 썩은 나뭇조각 따위가 한꺼번에 날아오르는 바람에 거기에 맞아 거꾸러졌다.

어느새 그는 손과 입술에 피를 흘리며 바닥에 주저앉아 있었고 무거운 정적이 주위를 에워쌌다.

그때 집 안에서 단조로운 목소리의 외침이 들렸다. "어이쿠!"

"이봐요!" 레드우드가 소리쳤다.

"말씀하세요!" 같은 목소리가 대꾸했다.

그런 뒤 질문이 이어졌다. "혹시 잡았어요?"

순간 친구에 대한 책임감이 다시 레드우드를 파고들었다. "혹시 벤싱턴 선생이 다쳤습니까?"

집 안에 있는 사내는 제대로 알아듣지 못하고 이렇게 대꾸했다. "못 잡았어도 내 잘못은 아닙니다."

레드우드는 자신이 벤싱턴을 쐈다는 확신에 휩싸였다. 얼굴이 여기저기 베였지만 아랑곳하지 않고 일어나서 벤싱턴을 찾아보았다. 그는 바닥에 주저앉아 어깨를 문지르고 있었다. 벤싱턴이 안경 너머로 그를 보며 말했다. "우리가 놈에게 총을 엄청 쐈어요. 놈이 나를 뛰어넘으려 하다가 쓰러뜨렸지요. 그래서 쌍총신으로 마구 쐈는데, 어이쿠! 그것 때문에 어깨가 빠지는 줄 알았다니까요."

문가에 한 사내가 나타났다. "내가 놈의 가슴에 한 발, 옆구리에 한 발을 맞혔는데."

"마차와 수레는 어디 갔어?" 코사가 거대한 카나리아 덩굴 이파리들이 우거진 덤불 한가운데서 모습을 드러내며 물었다.

두 가지 사실이 확실해지면서 레드우드는 놀라지 않을 수 없었다. 첫째, 아무도 총에 맞지 않았고, 둘째, 수레와 마차가 50미터쯤 이동해 스키너의 텃밭에 뒤엉켜 있는 커다란 식물들 사이에 바퀴들이 걸린 채로 서 있었다. 말들은 몸부림치다가 멈춘 듯했다. 그 사이 오솔길에 터진 유황 통이 쓰러져 있고 그 위로 유황 구름이 떠 있었다. 레드우드는 코사에게 이 광경을 가리키며 그쪽으로 걸어갔다. 코사가 뒤따라오며 소리쳤다. "아까 그 쥐를 본 사람 있어요? 내가 갈비뼈 사이에 한 발, 나를 돌아볼 때 얼굴에 한 발을 맞혔는데."

그들이 뒤엉킨 바퀴들을 걱정하고 있을 때 두 사내가 다가왔다.

"제가 쥐를 죽였어요." 그중 한 명이 말했다.

"그래서 잡았어?" 코사가 물었다.

"짐 베이츠가 산울타리 너머에서 놈을 발견했어요. 놈이 모퉁이를 돌 때 제가 총을 쐈고…… 어깻죽지를 맞혔는데……."

상황이 조금 정리되자 레드우드는 그리로 가서 거대하고 기이한 사체를 바라보았다. 괴수는 몸을 조금 구부린 채 옆으로 쓰러져 있었다. 아래턱은 들어가고 그 위로 설치류의 이빨이 삐져나온 모습은 욕심 사납기는커녕 더없이 무력해 보이는 얼굴이었다. 맹렬하거나 무시무시한 기색은 찾아볼 수 없었다. 앞발은 곧고 쇠약한 손처럼 보였다. 목 양쪽에 깔끔하게 뚫린 시커먼 테두리의 둥근 구멍을 제외하고 다른 부분은 모두 멀쩡했다. 그는 그 점에 대해 한동안 생각해보았다. "두 마리가 있었던 게 분명합니다." 마침내 그가 돌아서며 말했다.

"맞아요. 모두가 총으로 맞힌 놈은…… 도망갔어요."

"틀림없이 내 총알이……."

카나리아 덩굴의 잎덩굴손이 덩굴의 소임을 다하려는 듯 붙잡을 대상을 찾아 스멀스멀 그의 목으로 다가왔다. 그는 황급히 옆으로 물러섰다.

"위이이잉, 위잉, 위잉." 멀리 말벌집에서 요란한 소리가 들려왔다.

5

일행은 이 사건으로 한층 긴장했지만 약해지지는 않았다.

그들은 스키너 부인이 떠난 뒤에 쥐들이 헤집은 듯 보이는 집 안으로 짐을 갖고 들어갔고, 사내 네 명은 말 두 마리를 다시 히클리브로로 데려갔다. 그들은 산울타리 밑으로 쥐의 사체를 끌고 와 집 창문에서 보이는 곳에 옮겨놓다가 도랑에서 우연히 거대한 집게벌레들을 마주치기도 했다. 벌레들은 황급히 흩어졌지만 코사가 여러 번 팔다리를 뻗어 부츠와 총의 개머리로 몇 마리를 죽이는 데 성공했다. 그런 뒤 사내 두 명이 뒤쪽 시궁창 옆으로 뻗어 나온 굵직한 카나리아 덩굴줄기들을 뺐다. 지름이 60센티미터에 달하는 거대한 줄기들이었다. 코사가 밤을 보내기 위해 집을 정비하는 동안 벤싱턴과 레드우드, 보조 전기 기사 중 한 명이 조심스럽게 닭 방목장을 돌며 쥐구멍을 찾아보았다.

그들은 족히 3센티미터는 되는 위협적인 독가시가 달린 거대한 쐐기풀을 넓게 돌아갔다. 쥐들이 갉아서 망가뜨린 울타리 디딤대를 돌자 커다란 쥐구멍들 가운데 맨 서쪽에 있는 거대한 동굴의 입구가 불쑥 나타났다. 그들은 악마의 냄새가 나는 그 심연 앞에 일렬로 늘어섰다.

"**아마도** 나올 겁니다." 레드우드가 우물의 지붕을 흘끗 보며 말했다.

"만약 나오지 않으면……." 벤싱턴은 생각에 잠겼다.

"나오겠지요." 레드우드가 말했다.

그들은 머리를 굴리기 시작했다.

"들어가려면 불빛을 마련해야 할 텐데." 레드우드가 말했다.

그들은 흰 모래가 덮인 작은 오솔길을 따라 소나무 숲을 지나다가 벌집이 보이자 걸음을 멈췄다.

해가 저무는 터라 말벌들은 집으로 들어가고 있었다. 황금빛 노을 속에서 그들의 날갯짓이 어지러운 후광을 만들어냈다. 세 남자는 숲을 완전히 벗어나고 싶지 않아서 나무 밑에 선 채 거대한 곤충들이 땅으로 내려온 뒤 잠시 걸어서 안으로 사라지는 광경을 지켜보았다. 레드우드가 말했다. "저놈들은 앞으로 한두 시간 뒤면 잠잠해질 겁니다. 꼭 어린 시절로 돌아간 것 같네요."

그러자 벤싱턴이 대꾸했다. "저런 구멍은 컴컴한 밤에도 놓칠 리 없지요. 그나저나 불빛은……."

"보름달이 뜰 겁니다. 제가 찾아봤어요."

전기 기사가 말했다.

그들은 돌아가서 코사와 상의했다.

코사는 '당연히' 땅거미가 내려앉기 전에 유황과 질산칼륨, 석회를 숲 저편으로 옮겨야 하며, 이를 위해 그것들을 자루에 나눠 담아 가져가야 한다고 했다. 미리 방향 따위를 정하느라 고함을 치며 필요한 말이 오가고 나자 아무도 말을 하지 않았고, 벌집에서 들려오는 윙윙거림마저 사그라지면서 발소리와 짐을 옮기는 사내들의 거친 숨소리, 자루들을 쿵쿵 내려놓는 소리를 제외하곤 온 세상이 고요했다. 누가 봐도 건강하지 않은 벤싱턴 씨를 빼고는 모두가 번갈아가며 짐을 옮겼다. 벤싱턴 씨는 소총 한 자루를 갖고 스키너의 침실에서 쥐의 사체를 보고 있었고, 다른 사람들은 자루를 옮기다가 번갈아 쉬면서 쐐기풀 뒤편의 쥐구멍을 두 개씩 지켰다. 쐐기풀의 꽃가루 주머니들이 여문 터라 이따금 그것이 터지면서 권총이 딸깍거리는 듯한 소리가 들렸고 산탄처럼 커다란 꽃가루 알갱이가 주위에 떨어질 때면 한층 더 경계가 삼엄해졌다.

벤싱턴 씨는 창가에 놓인, 말 털로 속을 채운 팔걸이의자에 앉았다. 의자에는 오랜 세월 동안 스키너 부부의 응접실에서 계층의 차이를 느끼게 해준 지저분한 덮개가 덮여 있었다.

손에 익지 않은 소총은 창턱에 놓아두었고, 안경 너머로 점점 짙어지는 땅거미 속에 누워 있는 시커먼 쥐의 사체를 보다가 이내 주위를 훑어보기도 하며 기이한 사색에 잠기곤 했다. 파라핀 통 하나가 새는 탓에 밖에서 희미한 파라핀 냄새가 흘러 들어와 그보다 불쾌하지 않은, 잘리고 뭉개진 덩굴에서 올라오는 냄새와 뒤섞였다.

고개를 돌리자 집 안에서는 맥주와 치즈, 썩은 사과, 낡은 부츠 따위가 주를 이루는 희미한 가정의 냄새가 나면서 사라진 스키너 부부의 잔상이 곳곳에서 느껴졌다. 그는 잠시 어둑한 방을 바라보았다. 가구들은 심하게 헝클어져 있었다. 아마도 호기심 많은 쥐들의 소행일 것이다. 그러나 문의 옷걸이에 걸린 외투 한 벌과 면도기, 지저분한 신문 뭉치들, 몇 년 동안 쓰지 않은 듯 날카로운 육면체로 단단하게 굳은 비누 조각 따위를 보자 스키너의 독특한 모습이 떠올랐다. 불현듯 벤싱턴은 스키너가 어둠 속에 죽어 있는 저 괴수에게 일부나마 뜯어 먹혔을 가능성이 아주 높다는 것을 새삼스레 깨달았다.

무해한 듯 보이는 화학의 새로운 발견이 얼마나 엄청난 결과를 가져올 수 있는가!

그는 안전한 영국에 있었지만 아직 위험이 도사리고 있었다. 편안한 삶에서 벗어나 총의 반동으로 어깨에 심한 타박상을 입은 채 황혼 속에서 엉망이 된 집에 총과 단둘이 앉아 있지 않은가. 맙소사!

이제야 그의 세상이 얼마나 많이 바뀌었는지 알 것 같았다.

그는 **사촌 제인에게 한마디도 하지 않고** 곧바로 이 엄청난 모험에 뛰어들었다!

제인이 그를 어떻게 생각하겠는가?

아무리 애를 써도 상상이 되지 않았다. 그녀와 영영 헤어져서 다시는 만나지 못할 것 같다는 이상한 느낌이 들었다. 거대한 것들이 들어찬 새로운 세상으로 한 걸음 들어온 기분이었다. 점점 깊어지는 저 어둠 속에 다른 괴물이 숨어 있지 않다고 장담할 수 있을까? 거대한 쐐기풀의 날카로운 끝부분이 연녹색과 호박색으로 물든 서쪽 하늘을 시커멓게 수놓았다. 주위는 무척 고요했다. 너무도 고요했다. 왜 집 뒤쪽에서 사람들의 소리가 들리지 않는 걸까? 수레 창고는 이제 칠흑처럼 검은 어둠에 휩싸였다.

탕······ 탕······ 탕.

메아리와 외침이 이어졌다.

긴 정적이 흘렀다.

탕, 그런 뒤 메아리가 점점 **희미해졌다.**

다시 정적.

잠시 후 감사하게도! 아득한 어둠 속에서 레드우드와 코사가 나타났고 레드우드가 소리쳤다. "벤싱턴! 벤싱턴! 우리가 쥐 한 마리를 더 잡았어요! 코사가 쥐 한 마리를 더 잡았어요!"

6

원정대가 가벼운 식사를 끝내고 나자 완연한 밤이 되었다. 별빛은 절정에 달했고 행키 쪽이 점점 희미해지는 걸 보니 곧 달이 뜰 것 같았다. 돌아가며 쥐구멍을 지키는 일은 계속되었지만 구멍 위쪽의 언덕 비탈이 더 안전한 사격 위치라고 판단하고 그리로 자리를 옮겼다. 그들은 흥건한 밤이슬 속에 쪼그리고 앉아 위스키로 눅눅함을 떨쳐냈다. 나머지는 집 안에서 쉬며 지도자 세 사람과 함께 야간작업에 관해 상의했다. 자정이 가까워지면서 달이 떠올랐고 구릉지가 선명하게 보이자 쥐구멍 보초들을 제외한 모두가 코사를 선두로 한 줄로 서서 벌집으로 걸음을 옮겼다.

벌집 처리는 막상 해보니 무척 수월했다. 놀라울 정도였다. 보통 벌집을 처치할 때보다 시간이 더 걸리기는 했지만 더 험하지는 않았다. 물론 위험했다. 목숨을 걸어야 할 만큼. 하지만 그 위험은 불길한 언덕 비탈에 머물러 있었을 뿐 그곳을 벗어나지 않았다. 그들은 유황과 질산칼륨을 넣어 구멍들을 확실하게 막은 뒤 총을 연발했다. 그러고 나서 코사를 제외한 모두가 충동적으로 돌아서서 어둠에 휩싸인 긴 소나무 숲을 질러 내달렸다. 그러다가 코사가 뒤에 남았다는 것을 깨닫고는 100미터쯤 떨어진 곳에서 몸을 숨길 도랑을 찾아 함께 멈춰 섰다. 일이 분 사이, 달빛이 비추는 흑백의 풍경이 금세 숨 막히는 윙윙거림으로 무거워지더니 소리가 점점 커지면서 서로 뒤엉켜 포효로 변했다. 그 깊고 풍부한 음이 절정에 달했다가 사그라지자 밤은 믿을 수 없이 고요해졌다.

"세상에! **성공했어!**" 벤싱턴이 속삭이는 소리로 말했다.

모두가 집중하며 서 있었다. 소나무 그림자들이 검은 문양을 수놓은 언덕 비탈은 대낮처럼 환하고 눈처럼 희어 보였다. 구멍들을 채운 석고가 확실하게 빛을 발했다. 코사의 건들거리는 윤곽이 그들 쪽으로 다가왔다.

코사가 말했다. "이제……."

딸깍, **탕!**

집 근처에서 총성이 들렸고 뒤이어 정적이 감돌았다.

"**저건** 뭐지?" 벤싱턴이 물었다.

"쥐 한 마리가 머리를 내밀었겠죠." 사내 한 명이 추측했다.

"그나저나 우리 총을 저기 놓고 왔잖아요. 자루들 옆에." 레드우드가 말했다.

모두가 다시 언덕 쪽으로 걸어가기 시작했다.

"쥐들이 나온 모양이에요." 벤싱턴이 말했다.

"당연하죠." 코사가 손톱을 물어뜯으며 대꾸했다.

탕!

"뭡니까?" 사내 한 명이 물었다.

순간 총성이 한 방, 또 한 방 이어졌고 비명에 가까운 요란한 외침이 들리더니 세 번의 연발과 함께 나무가 쪼개지는 소리가 들려왔다. 이 모든 소리가 거대한 밤의 적막을 배경으로 아주 선명하고 아주 작게 다가왔다. 이윽고 쥐구멍 쪽에서 작은 소요가 일어나는 소리가 아득하게 들려왔고 다시 거친 외침이 이어졌다……. 사내들은 어느새 각자의 총을 향해 힘차게 달려갔다.

두 발의 총성.

벤싱턴은 자신이 손에 총을 든 채 멀어지는 사람들을 따라 소나무 숲을 헤쳐 나가고 있다는 것을 깨달았다. 기이하게도 그 순간 사촌 제인이 지금 자신의 모습을 볼 수 있다면 좋겠다는 생각이 가장 먼저 들었다. 여기저기 터놓은 그의 둥근 부츠가 성큼성큼 나아갔고 안경이 떨어지지 않도록 코에 주름을 만드느라 얼굴에는 계속 미소를 띠고 있었다. 게다가 그는 총구를 정면으로 겨냥한 채 달빛이 만들어내는 무늬를 빠르게 가로질렀다. 전속력으로 줄행랑치던 사내가 그들과 맞닥뜨렸다. 그는 총을 들고 있지 않았다.

"자, 자, 무슨 일이야?" 코사가 두 팔로 그를 잡으며 물었다.

"그놈들이 한꺼번에 나왔어요." 사내가 말했다.

"쥐들?"

"네, 여섯 마리예요."

"플랙은 어디 있어?"

"쓰러졌어요."

"뭐래요?" 벤싱턴은 아무 말도 듣지 못한 채 숨을 헐떡이며 다가왔다. "플랙이 쓰러졌다고?"

"쓰러졌대요."

"한 마리씩 계속 나오더라고요."

"뭐?"

"돌진하더라니까요. 처음엔 쌍발로 발사했어요."

"플랙은 두고 온 거야?"

"놈들이 우리한테 달려들었어요."

"자, 자, 같이 가보자. 플랙은 어디 있어? 안내해." 코사가
말했다.

일행은 모두 앞으로 나아갔다. 도망쳐 온 사내가 계속해서
상황을 자세히 설명했다. 앞장서 가는 코사를 제외하고 나머
지 사람은 모두 그의 주위로 몰려들었다.

"쥐들은 지금 어디 있어?"

"아마 다시 들어갔을 거야. 내가 쫓았거든. 구멍으로 도망
쳤어."

"그게 무슨 말이야? 측면 포위라도 한 거야?"

"우린 쥐구멍 옆으로 내려갔어. 놈들이 나오는 걸 보고 베
어버리려고 했지. 토끼처럼 껑충거리며 나오더라고. 우리는
달려 내려가서 공격했어. 첫 총성에 이리저리 날뛰더니 갑자
기 우리에게 달려드는 거야. 우리한테 **달려**왔다니까."

"몇 마리라고?"

"예닐곱 마리."

코사는 앞장서서 소나무 숲 언저리로 가다가 걸음을 멈췄다.

"그럼 쥐들이 플랙을 **잡아간** 거야?" 누군가가 물었다.

"한 마리가 그에게 달려들었어."

"총을 쐈어?"

"**어떻게 쏘겠어?**"

"다들 장전했지?" 코사가 어깨 너머로 물었다.

잠시 확인하느라 소요가 일었다.

"하지만 플랙은……." 한 사내가 말했다.

"그러니까 그 말은 플랙이?" 다른 누군가가 말했다.

"꾸물거릴 시간이 없어." 코사가 말하곤 앞장서 가며 외쳤다. "플랙!" 모두가 쥐구멍을 향해 전진하는 사이, 도망쳐 온 사내는 조금 뒤로 처졌다. 그들은 크고 무성하게 자란 잡초들을 헤치고 두 번째 쥐의 사체를 돌아서 나아갔다. 모두가 총을 앞으로 겨눈 채 다발 모양으로 퍼져서 환한 달빛에 의지해 주위를 살피며 쓰러져 있는 불길한 형체, 웅크리고 있는 형체를 찾아보았다. 도망쳐 온 사내의 총은 금세 찾았다.

"플랙! 플랙!" 코사가 외쳤다.

"쐐기풀을 지나서 달려가다가 쓰러졌어요." 도망쳐 온 사내가 나서서 설명했다.

"어디야?"

"저기 어디쯤이에요."

"어디서 쓰러졌어?"

그는 머뭇거리다가 길고 검은 그림자들을 가로질러 잠시 그들을 이끌고 간 뒤 마음을 정한 듯 돌아섰다. "여기쯤인 것 같아요."

"그런데 없잖아."

"하지만 플랙의 총은?"

"빌어먹을!" 코사가 욕을 내뱉었다. "다 어디 간 거야?" 그는 쥐구멍들을 가린 언덕 비탈의 검은 그림자 쪽으로 성큼한 걸음을 옮긴 뒤 그곳에 서서 바라보았다. 그러고는 다시 욕을 퍼부었다. "쥐들이 플랙을 끌고 **들어갔다면!**"

그들은 잠시 멈춰 서서 갖가지 생각을 주고받았다. 벤싱턴이 안경을 다이아몬드처럼 빛내며 이쪽저쪽을 살폈다. 차갑고 냉철했던 사내들의 얼굴이 달을 마주하거나 등지면서 표정을 읽을 수 없이 모호하게 변했다. 한 사람도 입을 다물지 않았지만 누구 하나 문장을 온전히 끝내지 못했다. 이윽고 코사가 불쑥 노선을 정했다. 그는 팔다리를 이리저리 휘두르며 연이어 지시를 내렸다. 당연하게도 그는 등불을 원했다. 코사를 제외하고 모두가 집 쪽으로 이동하기 시작했다.

"구멍에 들어가려고요?" 레드우드가 물었다.

"당연하죠." 코사가 대답했다.

그는 마차와 수레의 등불들을 가져오라고 한 번 더 분명하게 지시했다.

벤싱턴은 그의 말을 알아듣고 우물 옆 오솔길로 걸어가기 시작했다. 어깨 너머를 흘끗 보니 구멍들을 유심히 살피는 듯한 코사의 커다란 형체가 두드러져 보였다. 그 광경에 벤싱턴은 잠시 걸음을 멈추고 몸을 반쯤 돌렸다. 모두가 코사를 두고 가다니!

물론 코사는 혼자서도 자기 몸을 챙길 수 있는 사람이었다!

그 순간 벤싱턴은 무언가를 목격하고 거칠게 소리쳤다. "어엇!" 시커멓게 뒤엉킨 덩굴 속에서 쥐 세 마리가 코사에게로 순식간에 다가갔다. 코사는 삼 초쯤 아무것도 모르고 서 있다가 다음 순간 아주 잽싸게 몸을 움직였다. 총은 쏘지 않았다. 조준할 겨를도, 아니 조준할 생각을 할 겨를도 없었을 것이다. 벤싱턴은 그가 껑충 뛰어오는 쥐 한 마리를 피한 뒤 총의 개머리로 놈의 뒤통수를 내리치는 것을 목격했다. 괴수는 펄쩍 뛰어올랐다가 쓰러졌다.

코사의 형체가 기다란 풀숲으로 내려가 사라지더니 곧 다시 올라와 다른 쥐를 향해 달려가며 머리 위로 총을 빙빙 휘둘렀다. 희미한 비명이 벤싱턴의 귀에 닿았고 다음 순간 그는 나머지 쥐 두 마리가 갈라져 쏜살같이 도망치고 코사가 그들을 쫓아 쥐구멍들 쪽으로 가고 있음을 알아차렸다.

그 모든 게 희미한 그림자의 움직임으로 펼쳐졌다. 사위를 비추는 달빛의 기만이 싸우는 세 괴수의 동작을 과장하며 비현실적인 느낌을 더했다. 코사는 순간순간 거대하게 변했다가 이따금 사라졌다. 쥐들은 갑작스럽게 뛰어올라 시야를 휙 가로지르거나 발을 종종거리며 바퀴가 달린 듯 빠르게 달려갔다. 불과 삼십 초 사이에 벌어진 일이었다. 그것을 목격한 사람은 벤싱턴뿐이었다. 뒤에서 여전히 집 쪽으로 멀어져가는 사람들의 소리가 들렸다. 그는 알아들을 수 없는 말을 외치며 다시 코사 쪽으로 달려갔고 그사이 쥐들은 사라졌다. 그는 구멍 앞에 있는 코사에게로 다가갔다. 달빛을 받아 그림자로 얼룩진 코사의 얼굴은 침착해 보였다. 코사가 말했다. "아니, 벌써 다녀왔어요? 등불은 어디 있고? 놈들은 이제 구멍으로 다시 들어갔어요. 한 마리는 내 옆으로 지나갈 때 목을 부러뜨렸는데…… 보여요? 저기!" 그는 여윈 손가락으로 가리켰다.

벤싱턴은 너무 놀라서 말이 나오지 않았다.

등불을 기다리는 시간이 영원처럼 느껴졌다. 그러다 마침내 등불이 나타났다. 첫 번째 등불은 깜빡이지 않는 환한 눈처럼 보였고, 뒤이어 흔들거리는 누런 광채가 나타났다. 그다음으로 두 개의 등불이 이따금 깜빡거리더니 환하게 빛을 발하며 다가왔다. 작은 형체들과 작은 목소리들이 주위를 에워쌌고 뒤이어 커다란 그림자들이 나타났다. 모두 모이자 달빛이 비추는 거대한 꿈의 세계에 한 점의 상흔이 생긴 듯했다.

"플랙." 사람들의 목소리가 들렸다. "플랙."

그런 뒤 온전한 문장이 들려왔다. "다락에 틀어박혀 있어요."

코사는 계속해서 놀라운 모습을 보여주었다. 그는 솜 한 움큼을 꺼내 자기 귀에 쑤셔 넣었다. 벤싱턴은 무슨 영문일까 궁금했다. 이윽고 그는 화약을 정량의 4분의 1만 총에 넣었다. 누가 그런 생각을 할 수 있겠는가? 코사의 양쪽 부츠 바닥이 가운데 구멍으로 사라지면서 환상의 세계는 절정을 맞이했다.

코사는 끈에 매단 총 두 자루가 턱 밑으로 나란히 내려오도록 목에 건 채 네발로 섰고 그의 가장 믿음직한 조수, 진지한 얼굴의 작고 가무잡잡한 사내가 코사의 머리 위로 등불을 들고 몸을 숙인 채 그를 따라가기로 했다. 이 모든 게 지극히 정상적이고 당연하며 적절한 일이라는 듯이. 물론 정신이상자의 꿈속이라면 그랬으리라. 귀에 솜을 넣은 것은 소총의 충격을 막기 위해서였을 것이다. 그의 조수도 귀에 솜을 넣었다. 당연하지 않은가! 만약 쥐들이 코사를 등지고 있다면 그를 해칠 수 없을 테고 마주 보고 달려든다면 그들의 눈을 똑바로 보고 미간에 총을 쏘면 되는 일이었다. 구멍 속은 원통 모양일 테니 명중하지 못할 리 없다. 코사는 그것이 당연한 방법이라고, 조금 따분하긴 해도 확실한 방법이라고 주장했다. 조수가 들어가려고 몸을 숙였을 때 벤싱턴은 그의 외투 뒷자락에 밧줄 타래의 끝자락이 묶여 있는 것을 보았다. 쥐들의 사체를 끌어내야 할 경우 그것을 이용해 밧줄을 끌어들이려는 것이었다.

벤싱턴은 자기 손에 들린 물건이 코사의 실크 모자라는 것을 깨달았다.

그게 어떻게 그의 손에 있을까?

어쨌든 그를 기억할 수 있는 물건이 될 것이다.

나란히 붙어 있는 구멍 하나하나에 사람들이 나뉘어 섰다. 땅에는 등불을 하나씩 놓아 그 안을 비추었고, 한 사람은 무릎을 꿇고 앉아 앞에 있는 둥근 어둠을 향해 총을 겨눈 채 그 안에서 튀어나올 무언가를 기다렸다.

유예 상태가 끝없이 이어지는 듯했다.

이윽고 코사의 첫 총성이 들렸다. 광산이 폭발하는 것 같왔다.

그 소리에 모두의 신경과 근육이 팽팽해졌다. 탕! 탕! 탕!
쥐들이 도주를 시도하면서 두 마리가 죽었다. 밧줄 타래를 든
사내가 줄이 당겨졌다고 했다. 벤싱턴이 말했다. "안에서 한
마리를 죽였으니 밧줄을 달라는 뜻이에요."

그는 밧줄이 구멍 속으로 들어가는 광경을 지켜보았다. 어
둠 때문에 보이지 않는 밧줄은 마치 뱀의 머리에 이끌려 움
직이는 듯 보였다. 마침내 밧줄이 멈추고 긴 정적이 흘렀다.
뒤이어 벤싱턴의 눈에는 더없이 기이하게 보이는 괴물이 구
멍에서 느릿느릿 기어 나왔다. 몸집 작은 기술자가 뒤로 나오
는 모양새였다. 이어서 코사의 부츠가 깊은 이랑을 파며 나타
났고 그다음엔 등불의 빛을 받은 그의 등이 보였다…….

이제 살아 있는 쥐는 한 마리뿐이었다. 운이 다한 이 가엾
은 괴물은 가장 깊은 곳에 움츠리고 있었지만 결국 코사와
등불이 다시 들어가 처단했고, 마지막으로 인간 휜담비 코사
가 구멍들을 모두 훑어보며 확인했다.

"다 잡았어요." 마침내 그가 넋을 잃고 감탄하는 동행에게
말했다. "내가 그렇게 멍청하지 않았다면 웃통을 벗었을 텐
데. 당연하잖아요. 내 소매 좀 만져보세요, 벤싱턴! 땀으로 흠
뻑 젖었어요. 그걸 다 생각하기가 참 어렵네요. 감기 걸리지
않으려면 위스키를 한 모금 마셔야겠어요."

그 경이로운 밤에 벤싱턴은 이따금 자기가 환상적인 모험의 삶을 사는 운명을 타고난 게 아닐까 생각했다. 독한 위스키를 마시고 한 시간쯤은 유난히 더 그런 것 같았다. "난 슬론가로 돌아가지 않을 거예요." 그는 키가 크고 지저분한 금발의 토목 기사에게 슬며시 털어놓았다.

"그래요?"

"그렇다니까요." 벤싱턴은 음울하게 고개를 끄덕이며 대꾸했다.

그는 일곱 마리의 쥐 사체를 쐐기풀 옆의 화장용 장작더미로 끌고 오느라 땀에 흠뻑 젖었고 코사는 위스키의 당연한 물리적 반응이 오한을 막아준다고 했다. 달빛이 비치는 암탉 방목장에 죽은 쥐들을 나란히 눕혀놓고 낡은 벽돌 부엌에서 산적의 저녁 같은 상이 차려졌다. 삼십 분쯤 쉬고 나자 코사가 아직 할 일이 남았다며 모두를 재촉했다. "당연히 이곳을 쓸어버려야죠. 쓰레기 없이. 뒤탈 없이. 알겠죠?" 그는 그곳을 완전히 파괴해야 한다고 강조했다. 그들은 집 안의 목재를 모조리 뜯어내 쪼갰다. 커다란 초목이 솟아오른 곳마다 목재 토막들을 놓았다. 그런 뒤 쥐의 사체들을 태울 장작을 쌓고 파라핀을 끼얹었다.

벤싱턴은 성실한 노동자처럼 일했다. 2시가 가까워지면서 그의 활력과 흥분은 절정에 이르렀다. 파괴 작업 중에도 그가 도끼를 휘두를 때면 가장 용감한 이들조차도 그의 옆을 피했다. 그 후 그는 안경을 잃어버리는 바람에 술이 조금 깼지만 안경은 결국 코트 옆 주머니에서 나왔다.

그의 주위에서 사내들, 지저분하고 활기 넘치는 사내들이 왔다 갔다 했다. 코사는 신이라도 된 양 그 사이를 돌아다녔다.

벤싱턴은 화기애애한 군대나 강인한 탐험대가 느끼는 동료애의 기쁨을 음미했다. 도시에서 냉철한 시민으로 살아가는 사람들은 결코 맛볼 수 없는 기쁨이었다. 코사가 그의 도끼를 가져가면서 그에게 장작 옮기는 일을 시키자 그는 그들 모두가 "좋은 동료들"이라고 말하며 왔다 갔다 장작을 옮겼다. 피로가 몰려온 뒤에도 오랫동안 쉬지 않았다.

마침내 모든 준비가 끝나고 파라핀을 끼얹는 작업이 시작되었다. 새벽달이 높이 떠올라 빛을 발하며 밤을 지켜온 미약한 별들의 역할마저 모조리 앗아 갔다.

코사가 왔다 갔다 하며 말했다. "전부 다 태워. 모조리 태워서 깨끗하게 쓸어버려. 알았지?"

벤싱턴은 어슴푸레 밝아오는 여명 속에서 아래턱을 내민 채 너울거리는 횃불을 손에 들고 잰걸음으로 지나가는 그가 몹시 수척하고 초췌해 보인다는 것을 깨달았다.

"비키세요!" 누군가가 벤싱턴의 팔을 당기며 말했다.

순간, 새들의 지저귐도 없던 고요한 새벽이 격정적으로 타닥거리는 소리로 가득 찼다. 흐릿한 붉은색의 작은 불꽃이 장작더미 아래쪽에 퍼져나간 뒤 대지에 닿으면서 푸르게 변했고 쐐기풀의 이파리 하나하나에 옮겨붙어 거대한 줄기를 타고 오르기 시작했다. 타닥거리는 소리에 노랫소리가 섞였다……

그들은 스키너의 거실 한구석에 모아놓은 총을 얼른 챙긴 뒤 모두 함께 달리기 시작했다. 코사가 성큼성큼 무거운 걸음으로 그들을 뒤따랐다……

얼마 후 그들은 걸음을 멈추고 실험 농장을 돌아보았다. 그곳은 끓어오르는 듯 보였다. 모든 문과 창문, 지붕에 난 수백 개의 균열과 틈에서 연기와 불꽃이 겁먹은 군중처럼 쏟아져 나왔다. 불을 피우는 데는 코사를 따를 자가 없었다! 커다란 연기 기둥이 피처럼 붉은 혀와 너울거리는 섬광을 이끌고 하늘로 솟구쳐 올랐다. 마치 거대한 거인이 불쑥 일어나 몸을 꼿꼿이 편 뒤 갑자기 거대한 두 팔을 하늘로 펼친 것 같았다. 그것이 그 뒤로 떠오르던 태양의 백열광을 철저히 숨기고 지우며 그들에게 다시 밤을 드리웠다. 히클리브로 사람들도 곧 이 엄청난 연기 기둥을 발견하고 각양각색의 **불완전한** 차림으로 언덕에 올라와 그들이 다가오는 광경을 지켜보았다.

뒤에서는 연기 기둥이 거대한 버섯처럼 흔들거리고 너울거리며 위로, 위로, 하늘로 끝없이 올라갔다. 구릉지는 한없이 낮아 보였고 다른 모든 사물은 하찮게 보였으며 그 모든 것을 배경으로 코사가 이끄는 불장난의 주인공 여덟 명의 작고 검은 형체가 보였다. 그들은 어깨에 총을 멘 채 지친 몸을 이끌고 오솔길을 따라 풀밭을 가로지르고 있었다.

뒤를 돌아보는 벤싱턴의 지친 머릿속에 익숙한 문구가 가

물가물 떠오르며 메아리쳤다. 뭐였더라? "너는 오늘 촛불이 되어? 너는 오늘 촛불이 되어?" 이윽고 그는 래티머●의 말을 정확하게 떠올렸다. "우리는 오늘 영국의 위대한 촛불이 되어 영원히 타오르리니……."

아, 코사는 얼마나 대단한 사람인가! 그는 잠시 코사의 뒷모습을 보며 감탄했고, 코사의 모자를 들고 있다는 사실이 자랑스러웠다. 자랑스럽다니! 그 자신은 저명한 연구자이고 코사는 그저 응용과학을 하는 사람일 뿐인데.

갑자기 으슬으슬 춥고 커다란 하품이 나오면서 슬론가가 내려다보이는 자신의 작은 집 침대에 누워 따뜻한 이불을 덮고 있다면 얼마나 좋을까 하는 생각이 들었다(사촌 제인을 떠올려봐도 이제는 도움이 되지 않았다). 다리가 후들거렸고 발은 납덩이같았다. 히클리브로에 가면 누가 커피를 갖다주지 않을까? 그는 33년 인생을 통틀어 한 번도 밤을 새워본 적이 없었다.

8

이 여덟 명의 모험가가 실험 농장에서 쥐들과 싸우는 사이,

● 16세기 영국의 종교개혁가로, 메리 1세에 의해 화형당한 휴 래티머(1487~1555)를 말한다.

15킬로미터 떨어진 치싱 아이브라이트 마을에서는 코가 커다란 노파가 가물거리는 촛불의 불빛 속에서 용을 쓰고 있었다. 그녀는 마디가 불거진 손으로 깡통 따개를 쥐고 다른 손으로는 헤라클레오포르비아 깡통을 움켜쥔 채 열지 못하면 죽을 각오로 안간힘을 썼다. 그녀가 끙끙 소리를 내며 끊임없이 힘을 주는 동안 얇은 칸막이 너머에서 아기 캐들스의 울음소리가 들렸다.

"아이고, 가엾은 것." 스키너 부인이 말하며 하나뿐인 이로 입술을 아주 단호하게 깨물었다. "제발!"

그 순간 "**탁!**" 하는 소리와 함께 모든 것을 거대하게 만드는 힘을 지닌 신들의 양식이 또 한 번 세상으로 풀려 나왔다.

제4장 거대한 아이들

1

실험 농장 주위로 점점 더 넓게 퍼져나간 여파, 즉 그슬리기만 했을 뿐 완전히 제거되지 않은 중심에서부터 오랜 시간에 걸쳐 버섯과 독버섯, 풀과 잡초 등으로 퍼져나간, 모든 것을 거대하게 만드는 그 힘의 여파에 관한 얘기는 적어도 한동안 제쳐놓아야 할 것 같다. 아울러 애처로운 두 노처녀, 그러니까 살아남은 암탉 두 마리가 호기심을 일으키고 진귀한 광경을 연출하며 알도 낳지 못하고 유명세 속에서 여생을 살아간 이야기도 여기서는 길게 할 수 없다. 이런 주제에 관해 소상히 알고 싶다면 당시의 신문들을 참고하기 바란다. 이 현대판 '기록 담당 천사'들이 무분별한 기록을 두둑이 만들어놓았으니 말이다. 여기서는 무엇보다도 이 모든 소요의 중심에 서 있던 벤싱턴 씨를 살펴보려 한다.

런던으로 돌아온 그는 어느새 지독하리만치 유명해져 있었다. 하룻밤 사이에 그의 세상이 뒤집어졌다. 모두가 알았다. 사촌 제인도 그에 관해 모든 것을 알게 된 듯했다. 거리의 사람들도 알았고 신문들은 그저 아는 정도가 아니었다. 물론 사촌 제인을 마주하기가 괴로웠지만 그 순간을 넘기고 나자 딱히 괴롭지 않았다. 이 선한 여인의 기세도 객관적인 현실 앞에서는 어쩔 수 없었다. 그녀는 깊이 생각해본 뒤 신들의 양식을 만물의 순리로 받아들인 게 분명했다.

그녀는 씩씩거리면서도 순종하는 길을 택했다. 매우 못마땅한 게 분명했지만 딱히 막으려 들지 않았다. 벤싱턴의 도피에 관해 틀림없이 생각해봤을 테고 충격을 받기도 했을 것이다. 그러나 기껏해야 그가 걸리지도 않은 감기와 오래전에 잊어버린 피로를 끈질기게 들먹이며 그를 간호하거나, 그에게 어딘가에 끊임없이 끼고 자꾸 한쪽만 뒤집어질 뿐 아니라 정신을 바싹 차리지 않으면 사교계만큼이나 몸을 들이기가 어려운, 새로 나온 울 100퍼센트 위생 속옷을 새로 사주었을 뿐이다. 덕분에 한동안은 이런 편의를 위한 용품의 불편을 조금 감수하기만 하면 그는 인류 역사에서 새로운 물질, 즉 신들의 양식을 개발하는 일에 계속 몰두할 수 있었다.

대중의 여론은 원래 알 수 없는 선택의 규칙을 따르는지라 이 경이로운 물질의 유일한 창시자이자 개발자로 그를 선택했다. 사람들은 레드우드에 관해서는 아무것도 듣지 못했으며 코사 역시 그의 천성대로 사람들에게 알려지는 것을 철저히 피할 수 있었다. 벤싱턴 씨는 상황을 인지할 새도 없이 광고판 위에 올라 모든 사람이 보는 앞에서 적나라하게 파헤쳐졌다. 그의 대머리와 기이한 분홍빛 피부, 금테 안경은 대중의 소유물이 되었다. 값비싸 보이는 커다란 사진기를 들고 매우 권위적인 분위기를 풍기는 결연한 젊은이들이 짧은 기간 알차게 그의 집을 점령한 채 그 안에서 섬광을 터트리는 통에 며칠간 집 안은 견딜 수 없을 만큼 짙은 연기에 휩싸였다. 그들이 돌아가고 나자 두 번째로 좋은 재킷과 터진 신발을 신고 편안하게 앉아 있는 완벽한 벤싱턴 씨의 멋진 사진이 여러 잡지를 도배했다. 남녀노소 할 것 없이 또 다른 결연한 사람들이 그의 집을 찾아와 '벼락성장제'에 관해 떠들어대기도 했다. '벼락성장제'라는 표현을 처음 쓴 것은 《펀치》•였지만 그 후 벤싱턴이 인터뷰에서 직접 언급한 표현으로 둔갑해 재생산되었다. 인기 희극작가 브로드빔은 유난히 벼락성장제에 집착했다. 그는 자기가 이해할 수 없는 혼란스러운 무언가를 감지하면 "그것을 웃음거리로 만들기" 위해 떠들어대는 사람이었다. 그는 밤새 고심한 티가 역력한, 크고 낯빛이 좋지 않은 얼굴로 클럽에 나타나 자기 말을 들어주는 사람 누구에게든 설명하곤 했다. "아시잖아요. 이 과학자란 사람들은 유머 감각이 없다니까요. 원래 그래요. 과학은 유머를 죽이죠." 벤싱턴을 향한 그의 농담은 악질 명예훼손으로 변해갔다……

● 1841년부터 2002년까지 발행된 영국의 풍자 잡지.

한 적극적인 언론 감시 회사는 벤싱턴에게 '새로운 공포'라는 제목으로 그에 관해 다룬 싸구려 주간지의 긴 기사를 보낸 뒤 1기니●를 내면 그런 악성 기사를 백 개씩 제보하겠다고 했다. 그가 전혀 모르는 아주 매력적인 젊은 여자 둘이 찾아와서는 사촌 제인에게 무언의 적개심을 드러내며 그와 함께 차를 마시기도 했고 얼마 후에는 수첩을 보내 사인을 청하기도 했다. 그는 언론에서 자신의 이름을 터무니없는 주제와 엮거나 이름도 모르는 사람들이 자신과 아주 친한 사이라는 투로 벼락성장제에 관해 쓴 기사에 금세 둔감해졌다. 명성의 즐거움을 모르던 시절에는 환상에 젖었을 법도 했지만 이제 그런 것은 꿈에도 품지 않을 망상이 되었다.

처음에는 브로드빔을 제외하면 대중의 여론에는 적대적인 어조가 거의 없었다. 사람들은 헤라클레오포르비아가 다시 세상에 퍼질 가능성을 그저 농담처럼 얘기할 뿐 그것이 실제로 일어나리라고는 생각지 못하는 것 같았다. 그리고 지금 그것을 먹고 있는 아기 몇몇이 대부분의 사람보다 더 '크게' 자랄 거라는 생각도 미처 못 하는 듯했다. 유명한 정치가들이 벼락성장제를 섭취했을 때의 모습을 그린 캐리커처와 광고판에 적힌 관련 문구, 그리고 화재의 잔해에서 건진 말벌 사체들과 남은 암탉들 같은 교훈적인 전시물에 즐거워할 뿐이었다.

● 21실링 또는 약 1파운드 1실링에 해당하는 영국의 옛 금화.

사람들은 그 이상을 보려 들지 않았고 좀 더 장기적인 결과로 대중의 시선을 돌리려는 완강한 시도가 있었지만 그 뒤에도 한동안 대책에 대한 열의는 그리 뜨겁지 않았다. 사람들은 이렇게 말했다. "새로운 건 언제나 있기 마련이지." 새로운 것에 물린 대중은 지구가 갈라졌다고 해도 그저 누가 사과를 쪼갰다는 얘기를 들은 듯 시큰둥하게 반응하며 이렇게 말했을 것이다. "다음엔 또 뭐가 나올지 궁금하군."

　그러나 이런 대중의 밖에는 이미 더 먼 앞날을 내다본 사람이 한두 명 있었고 그 가운데에는 그런 앞날에 겁을 먹은 이들도 있었던 것으로 보인다. 예를 들어 퓨터스톤 백작의 사촌으로 영국의 정치인 가운데 가장 유망한 축에 속했던 젊은이 케이터햄은 일시적인 유행을 좇는 사람으로 몰릴 위험을 무릅쓰고 《19세기와 그 이후》•에 완전한 진압을 제안하는 긴 논설을 썼다. 그리고 그의 논조에 어느 정도 공감하는 사람이 있었으니 바로 벤싱턴이었다.

　"다들 아직 깨닫지 못한 것 같은데……." 그가 코사에게 말했다.

　"맞습니다."

　"우리는요? 난 가끔 이 모든 게 무엇을 의미할까 생각하는데…… 가엾은 레드우드의 아기 말입니다. 물론 그 댁의 세 아이도 그렇고…… 12미터까지 클지도 몰라요! 그래도 계속

●　1877년에 《19세기》로 시작해 1972년에 《20세기》로 폐간된 영국의 월간지.

밀고 나가야 **할까요?**"

"계속해야죠!"코사는 그리 우아하지 않게 경련을 일으키며 평소보다 더 높은 목소리로 외쳤다. "**당연히** 계속해야지요! 아니라면 선생 같은 사람이 왜 있겠어요? 먹고 빈둥거리려고 있는 거예요?"

그가 새된 소리로 말을 이었다. "당연히 중대한 영향을 미치겠죠. 엄청날 겁니다. 당연하죠. 아주 당연해요. 아니, 이건 선생이 중대한 영향을 미칠 수 있는 유일한 기회입니다! 그런데 그걸 피하고 싶다니!" 잠시 그는 너무 화가 나서 말을 잇지 못했다. "당찮은 소리 하지도 마세요!" 마침내 다시 입을 연 그는 분노가 폭발한 듯 한 번 더 되풀이했다. "당찮은 소리!"

하지만 벤싱턴은 이제 자신의 연구실에서 열정보다는 감정에 시달리며 연구를 이어갔다. 스스로도 자신의 인생에 중대한 영향을 미치고 싶은지 아닌지 알 수 없었다. 그는 조용한 사람이었다. 물론 그것은 굉장한 발견, 무시할 수 없는 발견이었다. 그러나 그는 이미 히클리브로 근처의 그슬리고 못 쓰게 된 땅을 4000제곱미터당 90파운드의 가격으로 몇만 제곱미터나 소유했고 야망 없는 사람이 화학에서 모험을 시도해 그만큼 중대한 결과를 얻었으면 그것으로 충분하다고 생각했다. 물론 그는 유명해졌다. 지독하리만치 유명해졌다. 과분할 정도로, 지나칠 정도로 만족스러운 명성을 얻었다.

하지만 여전히 연구 습관은 떨칠 수 없었다······.

그리고 이따금, 대개는 실험실에서 아주 가끔씩 습관이나 코사의 주장이 아닌 다른 무언가가 그에게 연구를 계속하라고 재촉했다. 이 작고 안경 쓴 사내는 아마도 높은 간이 의자의 다리들을 터진 신발 신은 발로 감고 손은 평형추 핀셋에 얹은 채 청년 시절의 포부를 되새기기도 했고, 자신의 뇌에 뿌려진 씨앗이 끝없이 펼쳐지는 것을 순간순간 인지하기도 했으며, 현재의 괴이한 상태와 사건들 뒤로 저 하늘에서 거인의 세상이 다가오는 환영을, 미래에 생겨날 막강한 존재들의 환영을 언뜻 보기도 했다. 마치 저 멀리서 스쳐 가는 태양빛에 반짝거리는 궁전이 불현듯 모습을 드러내듯 희미하고 눈부신 형상이었다……. 그러나 이내 그의 머리를 비추던 아득한 광휘는 언제 그랬냐는 듯 사라져버렸고 그저 사악한 그림자들과 거대한 내리막길, 어둠, 적대적인 거대한 존재들, 차갑고 무질서하며 끔찍한 존재들만 보이곤 했다.

2

이처럼 복잡하고 혼란스러운 상황이 계속되는 가운데 벤싱턴 씨에게 명성을 안긴 바깥세상의 수많은 영향 속에서 적극적인 인물 한 명이 유난히 빛을 발하며 두각을 드러냈다. 벤싱턴 씨의 눈에는 그가 이 모든 외부 영향을 지휘하는 지도자처럼 보였다. 바로 이 이야기의 앞부분에서 레드우드가 자기 아들에게 신들의 양식을 먹이기 위해 이용한 매개로 등장했던 그 믿음직한 젊은 의사 닥터 윙클스다. 레드우드가 그에게 건넨 이 신비의 가루는 대대적인 소동이 일어나기 전부터 이미 청년의 관심을 크게 사로잡았고 처음 말벌들이 등장한 순간부터 그는 계산을 하고 있었던 게 분명하다.

그는 태도로 보나 도덕성으로 보나 행동 방식과 겉모습으로 보나 '떠오른다'는 표현이 꼭 들어맞는 의사였다. 몸집이 크고 피부가 희었으며 은백색의 눈은 매섭고 기민하면서도 깊이가 없었고 머리카락은 질척한 백악의 색이었다. 이목구비는 균형 잡혔고 깔끔하게 면도한 입가의 근육이 발달했으며 자세가 꼿꼿하고 발뒤꿈치를 고정한 채 빠르게 돌아서는 동작에는 활기가 넘쳤다. 긴 프록코트와 검정 실크 넥타이, 순금 단추들과 목걸이로 치장했고, 특별한 모양과 테의 실크 모자 덕분에 남들보다 더 현명하고 멋지게 보였다. 어떻게 보면 젊은이 같았지만 때로는 중후해 보였다. 첫 번째 놀라운 소동 이후로 소유권을 가진 사람처럼 아주 당당하게 벤싱턴과 레드우드, 신들의 양식에 관여하려 들었고, 그 때문에 언론의 반증에도 불구하고 벤싱턴조차 가끔은 그를 이 모든 일의 창시자로 착각하곤 했다.

벤싱턴이 신들의 양식의 유출 위험을 넌지시 얘기하자 윙클스는 이렇게 말했다. "그런 사고는 아무것도 아닙니다. 아무것도 아니에요. 그걸 발견한 게 중요하지요. 제대로 개발하고 적절히 다루고 확실하게 통제하면…… 사실 우리가 만든 이 물질은 엄청난 가능성을 가졌어요……. 우리는 절대 눈을 떼선 안 됩니다. 두 번 다시 통제할 수 없는 상황을 만들어선 안 됩니다. 그리고 중단해서도 안 되지요."

그는 확실히 중단할 생각이 없어 보였다. 그는 이제 거의 날마다 벤싱턴을 찾아왔다. 벤싱턴은 창문을 흘끗 보다가 티 한 점 없는 마차가 슬론가를 달려오는 광경을 목격하곤 했고, 그리고 나면 눈 깜짝할 사이에 윙클스가 가볍게 휙 들어와서는 방 안을 장악하며 신문을 내놓고 정보를 쏟아내며 말을 걸곤 했다.

그는 두 손을 맞비비며 "자, 우리 일이 어떻게 되어가는지 볼까요?" 하고는 그때그때 논의되는 사안을 얘기했다.

예를 들면 이렇게 말했다. "케이터햄이 교회 연합에서 우리가 발견한 물질에 관해 얘기하고 있다는 거 아십니까?"

"이런! 그 사람은 총리의 친척이 아닌가?" 벤싱턴이 물었다.

"맞습니다. 아주 유능한 청년이지요. 아주 유능합니다. 좀 외고집이긴 하지만요. 과거로의 회귀를 강력하게 주장하는 사람입니다. 하지만 확실히 유능합니다. 그런데 우리 물질을 이용하는 것 같아요. 아주 강경한 입장이거든요. 그걸 초등학교에서 사용하자는 우리 제안에 대해 연설했는데……."

"그걸 초등학교에서 사용하자는 우리 제안이라니!"

"제가 얼마 전에 한 공과대학에서 열린 작은 행사에서 그냥 지나가는 말로 그런 얘기를 했거든요. 그 물질이 사실은 매우 이롭다는 점을 분명하게 밝히려 했지요. 처음에 작은 사고가 있긴 했지만 전혀 위험하지 않다고 말입니다. 그런 사고는 다시는 없을 테고…… 오히려 이로운 물질이잖아요. 그런데 그 사람이 그걸 문제 삼았어요."

"자네가 정확히 뭐라고 했는데?"

"그냥 별것 아닌 뻔한 얘기였어요. 그런데 보시다시피! 아주 심각한 문제로 다루고 있다니까요. 무슨 공격이라도 되는 양 취급한다고요. 그러지 않아도 이미 초등학교에 공적 자금이 충분히 낭비되고 있다면서. 예전에 나온 피아노 교습 얘기도 다시 꺼내고요. 저소득층 아이들이 형편에 걸맞은 교육을 받는 걸 누가 막고 싶겠느냐, 하지만 이런 물질을 그 아이들에게 먹이면 아이들의 균형감이 완전히 무너질 거다 등등. 괜히 문제를 키우는 거지요. 가난한 사람들을 11미터까지 크게 만들면 뭐가 좋겠냐. 그는 실제로 그걸 먹으면 11미터까지 클 거라고 믿는다니까요."

그러자 벤싱턴이 말했다. "실제로 우리가 만든 이 물질을 꾸준히 먹이면 그렇게 클 거야. 하지만 그 얘기는 아무도 하지 않았는데……."

"**제**가 했어요."

"아이고, 윙클스!"

"당연히 크겠지요." 윙클스는 다 안다는 투로 벤싱턴의 잔소리를 막으려는 듯 끼어들었다. "그야 물론 크겠지요. 하지만 그 사람 말을 들어보세요! 그걸 먹으면 그 아이들이 더 행복해질까? 그게 그의 요지라니까요. 이상하지 않습니까? 그것이 그들의 삶을 개선할 것인가? 그것을 먹으면 그들이 적절하게 조직된 권력을 더 존중할까? 아이들에게 공정한 일인가? 그런 부류의 사람이 미래의 제도에 관해서는 그렇게 정의에 열을 올리는 게 이상하잖아요. 지금도 많은 부모가 아이들을 먹이고 입히는 비용을 감당하지 못하는데 이런 일이 허락된다면 어떻겠느냐고 하더라니까요! 나, 참.

저는 그냥 지나가는 얘기로 했는데 그는 확실한 제안이라도 받은 것처럼 군다. 그리고 키가 6미터인 아이의 반바지 한 벌을 대려면 얼마가 드는지 계산하고 있어요. 정말 믿는 것 같다니까요. 최소한 10파운드는 든다는 거예요. 이 케이터햄이라는 사람, 참 이상해요! 어찌나 구체적인지! 그런 비용을 힘들게 살아가는 정직한 납세자들이 다 내야 할 거라느니. 우리는 부모의 권리를 생각해야 한다느니. 여기에 다 있어요. 두 칼럼에. 모든 부모는 자식을 정상적인 크기로 키울 권리가 있다나……

학교 시설 문제도 다뤘어요. 그렇지 않아도 굉장히 빠듯한 공립학교들이 대형 책상이나 교실 등의 비용을 어떻게 감당하느냐는 거지요. 그리고 그렇게 해서 얻는 건? 최하위층의 굶주린 거인들이라는 겁니다. 마지막으로 아주 진지한 결론을 내리더군요. 설사 그런 막연한 제안이, 그러니까 제가 그저 지나가듯이 얘기했는데 그가 잘못 해석한, 학교에 대한 막연한 제안이 실현되지 않는다고 해도 문제가 끝나지는 않는다고요. 아주 이상한 물질, 그가 보기에는 사악하다고 할 만큼 이상한 물질이라는 거지요. 이미 마구 퍼진 적이 있으니

다시 퍼질 수도 있다고요. 일단 먹기 시작했으면 계속 먹어야지 그러지 않으면 독이 된다고 하더군요. ('그건 그래' 하고 벤싱턴이 말했다.) 그리고 그의 제안을 요약하면 모든 생물의 적절한 비율을 보존하기 위한 국립 협회 같은 걸 창설해야 한답니다. 우습지 않습니까? 사람들은 그의 의견을 열렬히 지지한다니까요."

"정확히 무얼 제안하는 거지?"

윙클스는 어깨를 으쓱하고 두 손을 획 내밀며 대꾸했다. "협회를 만들어서 괜히 수선을 피우자는 거지요. 이 헤라클레오포르비아의 제조를, 혹은 관련 지식의 배포를 법으로 금지하자는 겁니다. 제가 이 물질에 관한 케이터햄의 견해가 심하게 과장됐다는 것을 보여주는 글을 쓰긴 했는데, 사실 심하게 과장되긴 했으니까요. 그걸로 여론을 막을 수는 없는 것 같아요. 어째서인지 사람들의 반감이 커지고 있어요. 그건 그렇고 국가 금주 협회에서 성장 통제 지부를 창설했어요."

"흠." 벤싱턴이 말하며 자기 코를 어루만졌다.

"그동안 일어난 일을 생각하면 뜨거운 논란이 있을 법도 하지요. 막상 닥쳐보니 정말 **놀랍긴** 했으니까."

윙클스는 잠시 방 안을 서성이며 머뭇거리다가 떠났다.

그의 마음 한구석에는 무언가가, 그 자신에게 아주 중요한 무언가가 있는 게 분명했다. 그것을 보여주려 벼르고 있는 듯했다. 어느 날 레드우드가 벤싱턴의 집에 함께 있을 때 그는 감추고 있던 속내를 언뜻 내비쳤다.

"별일 없습니까?" 그가 두 손을 맞비비며 물었다.

"우린 보고서를 쓰고 있어."

"영국학사원에 내실 거예요?"

"응."

"흠." 윙클스는 뭔가를 곰곰 생각하며 벽난로 앞의 깔개로 걸어갔다. "흠, 하지만 그게…… **꼭** 해야 합니까?"

"뭘?"

"꼭 발표해야 합니까?"

"지금이 무슨 중세 시대도 아니지 않나." 레드우드가 말했다.

"그야 그렇지요."

"코사가 말한 것처럼 지혜를 교환하는 것, 그게 진정한 과학적 방법이지."

"대개는 그렇지요. 하지만…… 이건 예외잖아요."

"우린 학사원에 적절한 방식으로 모든 걸 공개할 생각이네." 레드우드가 말했다.

나중에 윙클스는 그 얘기를 다시 꺼냈다.

"이건 여러 가지 면에서 예외적인 발견입니다."

"그건 중요하지 않아." 레드우드가 말했다.

"이런 지식은 심각하게 남용될 위험이 있어요. 케이터햄이 말한 것처럼 심각한 위험을 가져올 수 있습니다."

레드우드는 아무 말도 하지 않았다.

"그냥 부주의하기만 해도…….

우리가 믿을 만한 사람들로 벼락성장제, 아니 헤라클레오포르비아의 제조를 통제하는 위원회를 조직한다면…… 어쩌면……."

그가 말을 멈추자 레드우드는 불편한 기색을 숨기며 무언가 캐내려 한다는 것을 알아채지 못한 척했다.

윙클스는 벼락성장제에 관해 충분히 설명할 수 있는 입장이 아님에도 레드우드와 벤싱턴의 집 밖에서는 이 물질의 주요 권위자가 되었다. 그는 이 성장제의 사용을 옹호하는 편지를 썼고 그것의 가능성을 설명하는 글과 기사를 썼으며 과학 협회나 의학 협회 회의에 뜬금없이 나타나 그에 관해 강연하기도 했다. 그는 그것을 자신과 동일시했다. 〈벼락성장제의 진실〉이라는 소논문을 발표하기도 했는데, 여기서 그는 히클리브로 사건이 사실상 거의 아무것도 아니었다고 일축했다. 벼락성장제를 먹은 사람이 11미터까지 큰다는 것은 터무니없다고 주장하기도 했다. "당연히 과장"이라고 했다. 물론 그것을 먹으면 남들보다 커지긴 하겠지만 그저 그뿐이라고 말이다…….

친밀한 두 사람의 세계에서는 윙클스가 헤라클레오포르비아의 제조를 돕고 싶어 하며 이 주제에 관해 준비 중인 논문이 있다면 그것을 교정하는 일도 돕고 싶어 안달이 났다는 점이 분명해졌다. 사실 그는 헤라클레오포르비아의 제조와 관련된 세부 사항에 참여할 수만 있다면 무슨 일이든 하고 싶어서 안달이었다. 윙클스는 두 사람에게 자신은 이것이 아주 중대한 일이며 아주 큰 가능성을 지닌 일이라 생각한다고 끊임없이 되뇌었다. 단 그 가능성을 "모종의 방식으로 보호해야" 한다고 했다. 그러던 어느 날 마침내 그는 그것을 어떻게 만드는지 알려달라고 노골적으로 청했다.

"자네가 얘기한 걸 생각해봤네." 레드우드가 말했다.

"그러셨어요?" 윙클스가 밝은 얼굴로 물었다.

"이런 종류의 지식은 심각하게 남용될 위험이 있어." 레드우드가 말했다.

"저는 어째서 그런지 모르겠는데요." 윙클스가 말했다.

"어쨌든 그래." 레드우드가 대꾸했다.

윙클스는 온종일 그에 관해 생각했다. 그런 뒤 레드우드를 찾아가 자신이 레드우드의 아들에게 정확히 무엇인지도 모르는 가루를 줘선 안 되지 않느냐고 물었다. 그런 뒤 아무것도 모른 채 책임을 지는 건 상식적이지 않다고 덧붙였다. 그 말에 레드우드는 생각에 잠겼다.

윙클스는 화제를 돌렸다. "벼락성장제 전면 금지 협회가 회원을 수천 명 모으고 있다는 거 아시잖아요. 거기서 법안을 제의했어요. 케이터햄도 끌어들였고요. 이건 어렵지 않았지요. 본격적으로 활동하고 있어요. 후보들을 매수하려고 지역위원회를 만들고 있고요. 특별 허가 없이 헤라클레오포르비아를 조제하고 저장하는 걸 법으로 금지하고 21세 이하의 청소년에게 벼락성장제, 사람들은 이렇게 부르잖아요. 어쨌든 벼락성장제를 섭취하게 하는 것을 중범죄로 만들려고 해요. 다른 선택 없이 무조건 투옥시키겠다는 겁니다. 그런데 다른 협회들도 있어요. 별의별 사람이 다 나섰다니까요. 고대 동상 보존 협회는 프레더릭 해리슨●을 의회에 앉히려 해요. 그 사람이 벼락성장제에 관해 논문을 한 편 썼거든요. 그것은 저속할 뿐 아니라 콩트의 가르침에 나오는 인간의 본질적인 속성에도 완전히 위배된다고 썼지요. 18세기였다면 가장 암울한 시기에도 나오지 않을 법한 것이라고요. 콩트는 그런 물질을 생각해본 적도 없고, 그게 바로 그 물질이 사악하다는 점을 보여준다고 합디다. 콩트를 진정으로 이해하는 사람이라면 아무도……."

"설마 자네가 지금 하려는 말이……." 레드우드는 윙클스의 말을 무시하고 있다가 화들짝 놀라며 말했다.

"실제로 그들이 그 모든 걸 하지는 않겠지요. 그래도 여론은 여론이고 투표는 투표잖아요. 교수님이 불온한 일에 관여하고 있다는 건 누구나 알 수 있어요. 그리고 인간은 본능적으로 불온한 일에 저항하잖아요. 사람이 11미터까지 성장한다는 케이터햄의 의견은 아무도 믿지 않는 것 같아요. 그렇게 되면 교회나 집회소, 그 밖의 다른 어떤 친목 시설이나 인간의 시설에도 들어갈 수 없을 테니까요. 그런데도 모두 마음을 정하기가 쉽지 않은가봅니다. 사람들이 생각하기에도 특별한 무언가, 평범한 발견이라고 하기에는 특별한 무언가가 있겠지요."

● 영국의 법학자 겸 역사학자인 프레더릭 해리슨(1831~1923).

"모든 발견은 특별하지." 레드우드가 말했다.

"어쨌든 모두가 초조해하고 있어요. 케이터햄은 그게 다시 퍼지면 어떤 일이 벌어질지 계속 떠들어대거든요. 제가 아니라고, 그럴 리가 없다고 몇 번이나 말했는데. 그런데도 그런다니까요!"

그런 뒤 그는 다시 그 비법에 관한 얘기로 화제를 돌리려는 듯 방 안을 이리저리 돌아다니다가 체념하고 가버렸다.

두 과학자는 서로를 보았다. 잠시 그들은 그저 눈으로 대화를 주고받았다.

마침내 레드우드가 완고하고 차분한 목소리로 말했다. "정말 어쩔 수 없는 상황이 오면 우리 테디에게 제 손으로 직접 그걸 먹여야겠습니다."

3

그로부터 겨우 이삼일 뒤 레드우드가 신문을 펼쳐보니 총리가 왕립 벼락성장제 위원회를 결성하기로 약속했다는 기사가 보였다. 그는 당장 신문을 들고 벤싱턴의 집으로 향했다.

"윙클스가 이 성장제로 장난을 치고 있는 것 같아요. 케이터햄의 손에 놀아나는 겁니다. 이 성장제와 이것이 어떤 결과를 가져올지에 관해 계속 떠들어대며 사람들을 겁주잖아요. 이대로 가면 그 친구가 우리 연구를 방해할 겁니다. 지금도

제 아들 문제를 생각하면……."

벤싱턴은 윙클스가 부디 그러지 않기를 기원했다.

"그가 이제는 그걸 벼락성장제라고 부르고 있는 거 아세요?"

"난 그 이름이 싫은데." 벤싱턴이 안경테를 넘겨다보며 말했다.

"윙클스에게는 그게 정확히 벼락인 셈이죠."

"대체 왜 그러는 겁니까? 자기가 만든 것도 아닌데!"

그러자 레드우드가 대꾸했다. "그게 '인기몰이'라는 거죠. **저**도 모르겠습니다. 그 친구가 만든 것도 아닌데 모두 그렇다고 생각하잖아요. **그게** 중요하진 않지만."

"이런 무지하고 터무니없는 흥분이 심각해지면……." 벤싱턴은 말을 끝맺지 못했다.

"우리 아들은 그게 없으면 버틸 수 없어요. 이제 어떻게 해야 할지 모르겠네요. 정말 어쩔 수 없는 상황이 오면……."

희미하게 들려오는 힘찬 발소리가 윙클스의 도착을 알렸다. 그는 어느새 방 한가운데 서서 두 손을 맞비비고 있었다.

"노크를 하면 좋겠군." 벤싱턴이 금테 너머로 경멸의 시선을 보내며 말했다.

윙클스가 사과했다. 그러고는 레드우드를 돌아보며 말했다. "여기 계셔서 다행이네요. 사실은……."

"이 왕립 위원회 기사 봤나?" 레드우드가 그의 말을 잘랐다.

"네." 윙클스가 어리둥절해하며 대꾸했다. "봤습니다."

"어떻게 생각하나?"

"아주 좋은 겁니다. 소란을 어느 정도는 막아줄 테니까요. 이 일의 환기구가 되겠지요. 케이터햄의 입을 다물게 할 테고요. 하지만 제가 온 이유는 그게 아닙니다, 교수님. 사실은…….

"난 이 왕립 위원회가 별로인데." 벤싱턴이 말했다.

"제가 장담하는데, 괜찮을 겁니다. 아마도 제가, 이게 기밀은 아닐 테니 말씀드리지요. **제**가 그 위원회에 들어갈 가능성이 아주 높거든요…….

"흐음." 레드우드가 벽난로의 불길을 바라보며 말했다.

"제가 바로잡으면 됩니다. 제가 아주 분명하게 밝힐게요. 첫째, 이 물질은 통제 가능하고, 둘째, 히클리브로에서 일어난 재앙이 되풀이되려면 기적이 일어나야 한다는 것을 말이지요. 사람들이 원하는 건 그런 겁니다. 권위자의 확언. 물론 제가 확실하게 안다면 더 자신 있게 말할 수 있겠지요. 그래도 어느 정도는 아니까요. 그리고 지금은 다른 문제, 다른 작은 문제가 있어서 그걸 상의드리고 싶습니다. 에헴, 사실은, 그게, 제가 좀 곤란한 상황인데 도와주셨으면 합니다."

레드우드는 눈썹을 치올리며 내심 기뻐했다.

"이 문제는…… 절대 비밀입니다."

"얘기해보게. 비밀 지킬 테니 걱정 말고." 레드우드가 말했다.

"최근에 제가 한 아이를 맡았는데, 아주 지체 높은 분의 자식입니다."

윙클스는 기침을 했다.

"잘나가는군." 레드우드가 말했다.

"솔직하게 말씀드리면 교수님의 가루가 큰 몫을 했지요. 그리고 제가 교수님의 아드님을 맡아서 성공했다는 소문이 나기도 했고요. 그 가루 사용에 심한 반감이 드는 건 저도 숨길 수가 없습니다. 하지만 좀 더 정보에 밝은 사람들 사이에서는 조금씩…… 이런 건 조용히 해야 하니까요. 그런데 이 공녀 마, 아니 그러니까 제가 새로 맡게 된 이 어린 환자 말입니다. 사실은 부모가 제안을 했습니다. 그게 아니었다면 저는 절대……."

레드우드는 그가 민망해하는 것을 느꼈다.

"난 자네가 이 가루 사용의 타당성에 회의적인 줄 알았는데." 레드우드가 말했다.

"잠시 그러긴 했지요."

"설마 중단하자고 하는 건……."

"아드님한테요? 절대 아닙니다!"

"내가 아는 한 그건 살인이 될 거야."

"그런 건 절대 하지 않겠습니다."

"내가 가루를 주지." 레드우드가 말했다.

"그건 안 되는 줄……."

"아니, 제조법을 주겠다는 건 아니야. 솔직히 말하면 그럴 수는 없네, 윙클스. 내가 직접 만들어주지."

"그게 좋겠네요." 윙클스는 잠시 레드우드를 빤히 본 뒤 다시 말했다. "그게 좋겠습니다. 저는 전혀 개의치 않습니다."

4

윙클스가 가고 나자 벤싱턴이 다가와 벽난로 앞 깔개에 서서 레드우드를 내려다보았다.

"공녀 마마라고!" 그가 말했다.

"공녀 마마!" 레드우드가 대꾸했다.

"그럼 베저 드라이부르크 공녀라는 말인데!"

"최소한 팔촌은 되겠지요."

그러자 벤싱턴이 말했다. "레드우드, 이상하게 들리겠지만 윙클스가 정말 이해하는 걸까요?"

"뭘요?"

"우리가 만든 게 정확히 무엇인지."

벤싱턴은 목소리를 낮추고 문에 시선을 고정한 채 말을 이었다. "그리고 그 가문, 그가 맡은 새 환자의 가문이……."

"계속하세요." 레드우드가 말했다.

"예전부터 오히려 조금 **모자랐는데**……."

"평균에 못 미쳤다고요?"

"네, 그리고 **아주** 교묘하게 **어떤** 면에서도 출중한 데가 없는데. 윙클스는 그렇다면 왕족을, 커다란 왕족, **그렇게 큰** 왕족을 만들게 되는 셈이에요. 레드우드, 혹시 이게 말하자면 일종의 **반역**이 되지는 않을지…….”

그는 문에서 시선을 떼고 다시 레드우드를 보았다.

레드우드는 검지를 세워 불길을 휙 가리키며 대꾸했다.

“이런! 그는 **모릅**니다! 그놈은 아무것도 몰라요. 학생 때도 그런 점 때문에 짜증이 났었지요. 아무것도 모른다는 것. 모든 시험을 통과하고 모든 사실을 죄다 알고 있긴 했어요. 지식으로 치면 《타임스 백과사전》을 꽂아놓은 회전 책장이 부럽지 않을 만큼 해박했다니까요. 그런데 **이제** 아무것도 모르잖아요. 이 윙클스라는 놈은 표면적인 자신과 직접적으로, 곧바로 연관되지 않는 건 이해하지 못합니다. 상상력이 전혀 없어서 지식을 활용할 수가 없어요. 정확히 그런 사람이 아니라면 그렇게 많은 시험을 통과하고 그렇게 용모가 단정하고 그렇게 처신이 바른 동시에 그렇게 의사로서 성공할 수가 없지요. 그겁니다. 그는 그렇게 많은 것을 보고 듣고 배웠어도 지금 자기가 무슨 짓을 시작했는지 전혀 모릅니다. 그저 그 벼락성장제에 대해 엄청 떠벌리고 다니며 승승장구했고 누군가가 그에게 왕족 아기를 맡겼어요. 엄청난 벼락 운을 맞은 셈이지요! 그렇지만 베저 드라이부르크는 곧 10미터가 넘는 공녀를 키우는 엄청난 문제에 맞닥뜨리게 된다는 사실이 그의 머리에는 들어오지 않은 겁니다. 그럴 수가 없거든요. 그럴 수 없는 인간이에요!”

“한바탕 난리가 나겠네요.” 벤싱턴이 말했다.

“1년쯤 뒤에 그렇겠지요.”

"그 공녀가 계속해서 자란다는 걸 알게 되는 순간 그렇게 될 텐데."

"하던 대로 하지 않는다면요. 원래 그런 건 늘 쉬쉬했으니까."

"쉬쉬하기엔 너무 큰 문제이지요."

"그렇네요!"

"과연 어떻게 할까요?"

"아무것도 하지 않겠지요. 그게 왕족의 책략이니까."

"뭔가 해야 할 텐데."

"**공녀**가 하겠지요."

"아이고! 그렇네요."

"그 가문에서는 공녀를 숨길 겁니다. 그런 일이 꽤 있었잖아요."

레드우드는 절망적인 웃음을 터트렸다. "골칫거리 왕족. 철가면을 쓰고 뛰어다니는 아기! 그들은 그 오래된 베저 드라이부르크성에서 가장 높은 탑에 공녀를 가둘 겁니다. 천장을 뚫고 공녀가 자랄 때마다 층층이 새로 구멍을 뚫겠지요! 저도 마찬가지 신세입니다! 코사와 그의 세 아들도 그렇고. 그리고…… 아, 아."

"한바탕 난리가 나겠네요." 벤싱턴은 웃음에 동조하지 않고 같은 말을 되풀이했다. "**난리가** 나겠어요."

그가 다시 말했다. "레드우드, 이미 다 생각해봤을 테지만, 윙클스를 말리고 아드님도 점차 가루를 떼게 하고, 그냥 이론적 승리에 만족하는 편이 현명하지 않을까요?"

"우리 집 육아실에 와서 성장제가 조금이라도 늦어지면 어떻게 되는지 삼십 분만 지켜보세요." 레드우드의 목소리에는 짜증이 담겨 있었다. "그럼 그렇게 말할 수 없을 겁니다, 벤싱턴. 게다가 윙클스를 말린다…… 못 합니다! 우린 우리도 모르는 사이에 조류에 휩쓸렸어요. 겁이 나든 말든 **헤엄칠 수밖에 없습니다!**"

벤싱턴은 자기 발끝을 바라보며 대꾸했다. "그런 것 같네요. 그래요. 우리는 헤엄쳐야 합니다. 그 맥 아들도, 코사의 아이들도 모두 헤엄쳐야 하지요. 코사도 세 아들 모두에게 그걸 먹이고 있으니. 코사는 적당히 하는 걸 모른다니까요. 이쪽 아니면 저쪽이에요! 공녀 마마도 헤엄쳐야 하겠네요. 모두 마찬가지예요. 우리는 그 가루를 계속 만들 테고. 코사도 그렇고. 우리는 이제 겨우 시작 단계에 있어요, 레드우드. 틀림없이 온갖 일을 겪게 될 겁니다. 아주 거대한 존재가 나타날 테고. 하지만 난 상상할 수가 없네요, 레드우드. 다만……."

그는 자기 손톱을 살펴보았다. 그러고는 안경 뒤에 숨은 단조로운 눈으로 레드우드를 올려다보았다.

마침내 그가 다시 말했다. "어쩌면 케이터햄이 옳다는 생각이 드네요. 가끔은. 이 물질은 모든 것의 비율을 파괴할 겁니다. 혼란이 따라오겠지요. 엄청난 혼란이 오지 않겠어요?"

"아무리 혼란이 온다고 해도 제 아들은 꼭 그 가루를 먹어야 합니다." 레드우드가 말했다.

빠르게 계단을 올라오는 소리가 들렸다. 이윽고 코사가 집 안으로 머리를 디밀었다. "안녕하세요!" 그는 두 사람의 표정을 보더니 들어오면서 다시 물었다. "왜 그래요?"

그들은 그에게 공녀 이야기를 들려주었다.

그러자 코사가 말했다. **"곤란한 문제라고요! 전혀 아닌데요. 공녀는 계속** 자라겠지요. 그 댁 아들도 자랄 테고. 그걸 먹인 다른 아이들도 모두 자랄 거예요. 전부 다. 아주 커지겠지요. 그게 왜 곤란하다는 겁니까? 괜찮아요. 그건 어린아이도 알 겁니다. 뭐가 문제예요?"

두 사람은 그에게 설명하려 애썼다.

그가 소리쳤다. **"그만두다니요!** 하지만! 이젠 다른 방법이 없어요. 그러라고 선생이 있는 거잖아요. 그러라고 윙클스가 있는 거고. 괜찮아요. 가끔 윙클스는 뭐 하는 사람일까 궁금했는데. **이제** 분명해졌네요. 뭐가 문제입니까?

소동이 일 거다? 그야 당연하지요. **모든 게 뒤엎어질 거다?** 다 뒤엎어버려요. 결국엔 인간의 걱정도 뒤엎으면 되잖아요. 당연한 거 아닌가요? 사람들이 막으려 하겠지만 너무 늦었어요. 사람들은 늘 뒤늦게야 나선다니까요. 계속 최대한 밀고 나가세요. 선생에게 쓸모를 부여한 신에게 감사해야지요!"

그러자 벤싱턴이 말했다. "하지만 갈등은요! 압박은! 생각해봤는지 모르겠는데⋯⋯."

"벤싱턴 선생, 선생은 여태 조용히 살아왔겠죠. 지금까지는 그렇게 살아왔어요. 그저 바위 사이에서 자라는 식물처럼. 이제 무시무시하고 굉장한 존재가 되었는데 그저 자리에 앉아서 음식이나 축낼 생각만 하다니. 세상이 그저 노파들이 걸레질이나 하라고 있는 곳입니까? 어쨌든 이제는 어쩔 수가 없어요. 계속해야 한다니까요."

"그래야 할 것 같네요." 레드우드가 말했다. "천천히……."

"아뇨!" 코사가 큰 소리로 외쳤다. "아니죠! 최대한 많이, 최대한 빨리 만들어요. 그리고 여기저기 퍼트려야죠!"

그는 재치를 발산하고 싶었다. 그래서 팔을 크게 위쪽으로 휘두르며 레드우드의 곡선을 그렸다.

"레드우드! '이렇게' 만들라는 말입니다!" 그가 그것을 가리키며 말했다.

5

어미가 자식에 대해 느끼는 자부심에도 한계가 있는 듯하다. 레드우드 부인의 경우에는 아들이 세상에 나온 지 6개월째 되었을 때 고급 유아차가 부서져 요란하게 우는 아기를 우유 수레에 태워 집에 데려온 날 그 한계에 도달했다. 그 무렵 아기 레드우드의 몸무게는 26.9킬로그램, 키는 122센티미터, 쥐는 힘은 약 27킬로그램이었다. 요리사와 하녀가 함께 아이를 위층 육아실로 옮겼다. 그 후 발각되는 건 시간문제였다. 어느 날 오후 레드우드가 연구실에서 돌아오자 그의 불행한 아내는 흥미로운 소설 《강력한 원자》●에 빠져 있다가 그를 보는 순간 책을 치우고 황급히 달려와 그의 어깨에 얼굴을 묻고 울음을 터트렸다.

"아이에게 무슨 짓을 **했는지** 말해줘. 무슨 짓을 했는지 말해봐." 그녀가 울부짖었다. 레드우드는 그녀의 손을 잡고 소파로 데려가면서 그럴듯한 변명을 고민했다.

그가 말했다. "아무 일도 아니야, 여보. 괜찮아. 괜한 걱정을 하는 거야. 그건 싸구려 유아차였어. 휠체어 장수한테 얘기해서 내일 더 튼튼한 걸 가져오기로 했으니까……."

레드우드 부인은 손수건 너머로 눈물이 그렁그렁한 눈을 들어 그를 보았다.

"아기를 휠체어에 태우자고?" 그녀가 흐느끼며 물었다.

"안 될 건 없지 않나?"

"아이가 장애인이 된 것 같잖아."

"그보다는 꼬마 거인이지. 부끄러워할 이유가 전혀 없다니까."

"당신이 무슨 짓을 했네, 댄디. 얼굴에 다 적혀 있어."

"어쨌든 아이의 성장이 멈춘 건 아니니까." 레드우드가 냉담하게 말했다.

"난 **알고** 있었어." 레드우드 부인은 한 손으로 손수건을 뭉쳐 움켜쥐었다. 그러고는 갑자기 엄한 표정으로 그를 보았다.

● 영국의 소설가 마리 코렐리(1855~1924)의 1896년 소설.

"우리 아이에게 무슨 짓을 한 거야, 댄디?"

"애가 어쨌다고 그래?"

"너무 크잖아. 괴물 같아."

"무슨 소리. 보통 여자들이 낳은 아기와 똑같아. 뭐가 잘못됐다는 거야?"

"애 몸집을 봐."

"괜찮아. 주변의 손톱만 한 애들을 봐! 우리 아들이 제일 건강하다니까……."

"**너무** 건강하지." 레드우드 부인이 말했다.

"계속 그렇게 크지는 않을 거야." 레드우드는 달래듯이 말했다. "그냥 시작이 다를 뿐이야."

하지만 그는 아이가 계속 그렇게 크리라는 것을 분명히 알았다. 그리고 실제로 그랬다. 아기는 생후 12개월이 되자 키가 무려 150센티미터, 몸무게는 52킬로그램에 달했다. 바티칸에 있는 성 베드로 대성당의 천사만큼 컸고 아기의 애정어린 손에 머리카락과 눈, 코, 입 등을 잡힌 손님들의 얘기가 웨스트 켄싱턴*에서 화제가 되었다. 집안사람들은 아기를 휠체어에 태워 육아실을 오르락내리락했고 갓 교육받은 근육질의 청년 유모가 특별히 고용되어 아기의 요건에 맞게 특수 제작된 파나르**의 8마력 산악 유아차에 태워 바람을 쐬어

---

* 런던 서부의 지역.

** 2012년 르노에 인수된 프랑스의 자동차 제조 회사.

주었다. 레드우드가 교수이며 주변에 잘 아는 전문가들이 많다는 것은 어느 면에서나 다행이었다.

어린 레드우드가 거의 날마다 **튀튀거리는** 자동차를 타고 천천히 하이드 파크를 돌아다니는 광경을 목격한 사람들은 이 아기가 엄청난 몸집으로 충격을 주긴 했어도 그것을 극복하고 나면 유난히 밝고 예쁜 아기였다고 말한다. 좀처럼 울지 않았고 젖꼭지를 물고 있지도 않았다. 대개는 커다란 딸랑이를 쥔 채 가끔씩 울타리 밖의 도로를 지나가는 경찰관들과 마차 버스 마부들에게 보통 아기처럼 상냥하게 "빠빠!", "바바!" 하고 인사하기도 했다.

"저 아이가 벼락성장제를 먹은 거인 아기예요." 마부는 이렇게 말하곤 했다.

"건강해 보이네요." 앞자리 승객이 대꾸했다.

"우유를 먹인대요. 특별히 제조해야 하는데, 3.5리터는 먹는다네요." 마부가 다시 설명했다.

"어쨌든 아주 건강한 아이네요." 앞자리 승객은 이렇게 대화를 마무리했다.

레드우드 부인은 논리적으로 아이의 성장이 한없이 계속되리라는 것을 깨닫고 격한 슬픔에 사로잡혔다. 그녀는 모터 달린 유아차가 왔을 때 처음 이 사실을 깨달았다. 그녀는 두 번 다시 육아실에 들어가고 싶지 않으며 차라리 죽었으면 좋겠다고, 아이도 죽고 모두가 죽었으면 좋겠다고, 레드우드와 결혼하지 말았어야 했다고, 아무도 결혼 따윈 하지 않았으면 좋겠다고 소리치며 아이아스•처럼 굴더니 자기 방에 틀어박혀 사흘 동안 거의 닭고기 수프만으로 버텼다. 레드우드가 따지러 가자 베개를 마구 때리고 흐느끼며 머리카락을 헝클어뜨렸다.

레드우드가 말했다. "**아이**는 괜찮아. 크면 좋지. 다른 집 애들보다 작은 건 당신도 싫잖아."

"그냥 다른 아이들 **같았으면** 좋겠어. 더 크지도 않고 더 작지도 않고. 조지나 필리스처럼 착하고 귀여운 아이면 좋겠어. 그렇게 착하고 귀엽게 키우고 싶은데 그 애는……." 가엾은 여인의 목소리가 갈라졌다. "4사이즈의 어른 신발을 신고 자동차로 빵빵거리며 다니잖아!"

그녀는 계속 울부짖었다. "난 그 애를 사랑할 수 없어. 절대로! 나에겐 너무 버거워! 그 아이의 엄마가 되어야 하는데 도무지 그럴 수가 없어!"

그러나 결국 집안사람들이 그녀를 용케 육아실로 데려갔을 때 얼마 후 '팡타그뤼엘'••이라는 별명을 얻게 되는 에드워드 먼슨 레드우드는 특수 보강한 흔들의자에 앉아 의자를 흔들며 미소를 짓고 '구', '와' 따위의 말을 내뱉었다. 레드우드 부인은 자식을 보고 다시 가슴이 뜨거워졌고 결국 다가가서

● 그리스 신화에 나오는 트로이 전쟁의 영웅으로, 전설적인 분노와 파괴적인 행동으로 유명하다.

●● 프랑수아 라블레(1483?~1553)의 동명 소설에 나오는 거인.

아기를 품에 안고 울음을 터트렸다.

그녀가 흐느끼며 말했다. "사람들이 너를 이렇게 만들었으니 넌 계속 자랄 거야, 아가. 그래도 엄마는 네 아버지가 뭐라고 하든 너를 착하게 키울게."

사람들과 함께 그녀를 육아실로 데려온 레드우드는 복도를 걸어가며 깊이 안도했다(아! 하지만 여자들이 저러니 남자로 사는 건 참으로 어려운 일이다!).

6

모터 달린 유아차를 개척한 사람은 레드우드였지만 그해가 가기 전에 런던 서부에서는 이런 유아차가 꽤 많이 보였다. 무려 열한 대에 달했다고 하는데, 꼼꼼한 연구들에서 믿을 만한 증거를 토대로 밝힌 바에 따르면 당시 수도권 지역 안에 이런 유아차는 겨우 여섯 대뿐이었다. 헤라클레오포르비아는 체질에 따라 다르게 작용하는 듯했다. 처음에는 주사로 주입할 수 없었고, 정상적인 소화 과정으로 흡수할 수 없는 사람들의 비율도 꽤 높았던 것으로 보인다. 예를 들어 윙클스의 막내아들에게도 써보았지만 이 아이의 성장은, 그러니까 레드우드의 말이 옳다면, 그 아비의 지식과 똑같은 한계에 부딪친 듯했다. 벼락성장제 전면 금지 협회에 따르면 몇몇은 설명할 수 없는 이유로 몸에 이상이 생겼고 유아 질병으로 사망하기도 했다. 코사의 아이들은 놀랍도록 빠르게 적응했다.

물론 이런 종류의 물질은 인간의 삶에 그리 단순하게 적용되지 않는다. 특히 성장은 복합적인 과정이고 모든 일반화는 어느 정도 부정확할 수밖에 없다. 그러나 신들의 양식에는 일반적으로 다음과 같은 규칙이 있는 것으로 보인다. 즉 어떤 식으로든 그것을 체내에 받아들일 수만 있다면 모든 경우에 거의 동일한 수준으로 성장이 촉진된다는 것이다. 이는 성장의 총량을 예닐곱 배 증가시켰고, 투여량을 늘린다고 해서 이보다 더 많이 자라지는 않았다. 오히려 헤라클레오포르비아를 최소 요구량 이상으로 섭취하면 병적인 영양 섭취 저해나 암, 종양, 골화 등을 일으키는 것으로 드러났다. 그리고 일단 이 굉장한 성장이 시작되면 성장 속도가 계속 유지되어야 하며, 반드시 적지만 충분한 양의 헤라클레오포르비아를 꾸준히 투여해야 한다는 사실이 곧 입증되었다.

성장이 진행되는 동안 헤라클레오포르비아의 투여가 중단되면 성장하던 생물은 처음에는 약간의 불안증과 불편감을 겪다가 행키의 어린 쥐들이 그랬듯 한동안 탐식을 하고 그런 뒤에는 극심한 빈혈과 같은 증세를 보인 뒤 앓다가 사망했다. 식물도 비슷한 수순을 밟았다. 그러나 이는 성장기에만 적용되었다. 청소년기에 이르면, 그리고 식물의 경우에는 첫 꽃봉오리를 맺으면, 헤라클레오포르비아의 필요량과 그에 대한 욕구가 감소하고, 그 식물 또는 동물이 성체가 되고 나면 더는 이 물질에 의존할 필요가 없었다. 히클리브로 인근의 쓰레기

풀과 구릉지의 풀이 이미 증명했듯이, 말하자면 완전한 성체는 이제 전혀 다른 크기의 종이 되었고 그 종자에서 나온 자손도 거대종으로 자랐다.

그리고 얼마 후 이 새로운 종족의 시초, 이 가루를 먹고 자란 최초의 아이인 어린 레드우드는 자기 방을 기어다니며 가구들을 부수고, 말처럼 물거나 집게처럼 꼬집고, 그의 '유모'와 '엄마', 그리고 이 모든 장난을 기획한, 조금은 겁에 질려 있는 '아빠'에게 우렁찬 소리로 옹알이를 했다.

아이는 천성이 착했다. "파다는 착해, 착해." 깨지기 쉬운 물건들이 앞을 날아다니는 가운데 그는 이렇게 말하곤 했다. '파다'는 레드우드가 지어준 별명 팡타그뤼엘을 말하는 것이었다. 그리고 코사는 골치 아픈 상황을 일으킨 일조권 문제를 무시하고 지역 건축 관련 법규와 맞서 싸운 뒤 레드우드의 집에 딸린 빈 땅에 두 집의 아이 넷을 키울, 아늑하고 볕이 잘 드는 놀이방과 공부방, 육아실을 지었다. 육아실의 넓이는 가로와 세로가 약 18미터, 높이는 12미터였다.

레드우드는 코사와 함께 이 거대한 육아실을 지으면서 그 방을 사랑하게 되었고 곡선에 대한 흥미가 사라지리라고는 꿈도 꾸지 않았는데 갈수록 커져가는 자식의 요구 앞에서 그 역시 어느새 사그라졌다. 그가 말했다.

"육아실에 신경 쓸 게 한두 가지가 아니에요. 아주 많지. 벽이며, 안에 들일 물건들이며, 그 모든 게 새로 형성되는 아이들의 두뇌에 영향을 미치잖아요. 더 풍부한 얘기를 해줄 수도 있고 아닐 수도 있고 수백 가지를 가르칠 수도 있고 그러지 못할 수도 있어요."

"당연히 그렇죠." 코사는 황급히 자기 모자로 손을 뻗으며 대꾸했다.

그들은 힘을 합쳐 일했지만 필요한 교육 이론을 제공하는 쪽은 주로 레드우드였다.

벽과 목조 부분은 밝은색으로 칠했다. 조금 따뜻한 색감의 흰색이 대부분이었지만 밝고 깨끗한 색의 띠를 둘러 구조물의 단순한 선들을 강조했다. "깨끗한 색을 써야 합니다." 레드우드는 이렇게 말하며 다양한 색조와 명암의 빨간색과 보라색, 주황색, 노란색, 파란색, 초록색 사각형 모형들을 한곳에 깔끔하게 수평으로 나열해놓았다. 거대한 아이들이 이 모형들을 이리저리 옮기며 놀게 할 생각이었다. 레드우드가 말했다. "장식은 그다음이에요. 먼저 아이들이 모든 색조를 경험하게 한 다음 치우는 겁니다. 괜히 특정한 색이나 모양을 편애하게 할 이유는 없지요."

그런 뒤 그는 이렇게 말했다. "이곳은 흥미로 가득 찬 곳이 될 겁니다. 흥미는 아이에게 양식이 되고 공백은 고문이자 굶주림이에요. 그림도 많이 보고 자라야 하지요." 그러나 그 방에는 영구적으로 걸린 그림은 하나도 없고 새로운 그림들을 끼웠다가 아이들의 흥미가 떨어지면 빼서 작품집에 보관할 수 있도록 빈 액자들이 걸렸다. 거리 전체가 내려다보이는 창문이 하나 설치되었고 이에 더해 레드우드는 더 큰 흥미를

유도하기 위해 육아실 지붕 위에 켄싱턴 하이 스트리트●뿐 아니라 켄싱턴 가든스●●도 적잖이 보여주는 카메라 오브스 쿠라●●●를 용케 설치했다.

방 한구석에는 가장 값어치 있는 기구가 놓였다. 네 귀퉁이 가 둥글고 특수 보강한 철물로 만든, 가로와 세로 길이가 약 1.2미터인 주판이 설치되어 어린 거인들이 서투르게나마 계 산을 하게 될 날을 기다리고 있었던 것이다. 털실로 만든 양 인형이나 그와 비슷한 장난감은 거의 없었지만 어느 날 코사 가 아무런 설명도 없이 사륜마차 석 대 가득 장난감을 실어 왔다. 쌓기, 줄지어 늘어놓기, 굴리기, 물기, 때리기, 흔들기, 맞부딪치기, 쓰러뜨리기, 당기기, 열기, 닫기, 빠개기, 그 밖의 무한한 방식을 실험할 수 있는 (아이들이 삼킬 수 없을 만큼 커다 란) 장난감들이었다. 다양한 색깔의 길쭉한 직육면체 나무 벽 돌과 반짝이는 도자기 벽돌, 투명한 유리벽돌과 인도 고무 벽 돌이 많았다. 납작한 평판과 점판암도 있었고 원뿔 모양, 잘 린 원뿔, 원통형도 있었다. 편구, 장축 타원체, 속이 꽉 차 있 거나 속이 빈 다양한 재료의 공들, 경첩 달린 뚜껑과 돌려 닫 는 뚜껑, 눌러 닫는 뚜껑 등 여러 가지 뚜껑이 달린 다양한 크

● 켄싱턴 가든스에서 노팅 힐까지 이어지는 쇼핑 거리.

●● 하이드 파크 서쪽에 있는 런던의 왕립 공원.

●●● 어두운 밀폐 공간의 한쪽 벽에 구멍을 뚫으면 바깥 풍경이 다른 쪽 벽에 거 꾸로 비치는데, 이러한 원리를 이용해 만든 기구.

기와 모양의 수많은 상자, 잡고 잠글 수 있는 상자 한두 개, 고무 밴드와 가죽띠, 사람 형상으로 똑바로 세워지는 크고 거칠고 단단한 작은 물체 여러 개도 함께 들어 있었다. 코사가 말했다. "이것들을 하나씩 하나씩 줍시다."

레드우드는 이 모든 것을 구석에 놓인 보관함에 정리해놓았다. 방의 한 면에는 1.8~2.4미터에 이르는 아이들이 흰색과 색깔 있는 분필로 무엇이든 쓸 수 있는 편안한 높이의 칠판이 설치되었고 가까이에 한 장씩 뜯어서 숯으로 그림을 그릴 수 있는 스케치북이 있었으며 작은 책상에는 아이들이 먼저 낙서를 한 뒤 좀 더 깔끔하게 그림을 그릴 수 있도록 다양한 경도의 커다란 목수용 연필과 종이가 두둑이 마련되었다. 여기에 더해 레드우드는 먼 앞날을 내다보고 아직 아이들에게 필요하지도 않은 특대형 물감들과 파스텔 여러 상자를 주문했다. 공작용 점토와 소상용 점토도 큰 통으로 사들였다. 그러고는 이렇게 말했다.

"처음에는 가정교사와 함께 모양을 빚다가 좀 더 손에 익으면 주형을 본뜨고 동물들을 만들 겁니다. 그리고 보니 연장통도 하나 만들어줘야겠네요!

책도. 책을 많이 찾아서 놓아줘야겠어요. 책도 커야겠지요. 어떤 책이 필요하려나? 상상력을 키워줘야 할 텐데. 결국 어떤 교육에서든 상상력이 가장 중요하거든요. 상상력이 왕관이라면 몸과 마음의 건강한 습관은 왕좌인 셈이지요. 상상력이 없으면 야만인이 될 수밖에 없어요. 저속한 상상력은 탐욕과 비겁함을 낳지만 고결한 상상력은 신이 다시 지상을 걷게 하지요. 그리고 때가 되면 아름다운 동화의 나라와 삶의 진지하고 소소한 것들을 꿈꾸게 해야 합니다. 하지만 무엇보다도 눈부신 현실에서 양식을 찾아야 해요. 세계 각지를 여행한 이야기, 여행과 모험, 세상을 정복한 이야기를 읽게 할 겁니다. 맹수 이야기와 각종 포유류나 새, 식물, 파충류에 관해 멋지고 생생하게 다룬 훌륭한 책들, 하늘의 깊이와 바다의 신비를 다룬 훌륭한 책들도 읽어야지요. 역대 모든 제국의 역사와 지도, 모든 부족과 인간의 습관 및 풍습을 다룬 그림과 이야기도 접해야 하고요. 미적감각을 풍부하게 해줄 책과 그림, 새와 덩굴손과 낙화 등의 섬약한 아름다움을 사랑하게 해줄 절묘한 일본화와 우아한 남녀, 달콤한 모임, 넓은 대지와 바다 풍경 등을 그린 서양화도. 집과 궁전 건축에 관한 책들도 들여놓고요. 방을 설계하고 도시를 만드는 것도 해야 하니까…….

작은 극장도 하나 있어야겠네요.

음악도 있어야지요!"

레드우드는 한참 생각한 뒤 순수한 소리가 나는 한 옥타브짜리 하모니카로 시작한 뒤 나중에 아들이 접할 음악의 범위를 넓혀주면 좋겠다고 결론 내렸다. 그가 말했다. "먼저 그걸로 연주하고 거기에 맞춰 노래를 부르고 계이름을 외우고 그다음엔?"

그는 머리 위의 창턱을 올려다보며 아이의 눈으로 방의 크기를 가늠해보았다.

"여기에 피아노를 설치해야겠어요. 분해해서 들여와야겠군."

그는 생각에 잠긴 어둡고 작은 모습으로 이것저것 준비하며 돌아다녔다. 누가 그 광경을 보았더라면 평범한 육아실에 30센티미터쯤 되는 남자가 서 있다고 생각했을 것이다. 곧 어린 레드우드가 기어다닐 약 37제곱미터의 커다란 깔개는 사실 튀르키예산 양탄자였고 그 끝에는 공간 전체를 데워줄, 창살을 친 전기 방열기가 설치돼 있었다. 코사의 부하가 머리 위 비계에 매달려 다양한 그림을 차례로 품을 커다란 액자를 설치했다. 문짝만 한 식물표본을 넣을 압지 공책이 벽에 기대서 있었고 거대한 줄기와 이파리의 가장자리, 별꽃 한 송이가 튀어나와 있었다. 이 모든 것이 거대한 크기였다. 그리고 이런 거대 식물 덕분에 어샷은 곧 식물 세계에서 유명한 곳으로 거듭난다.

레드우드는 그 한가운데 서서 문득 놀라움에 휩싸였다.

"모든 게 정말 이대로 계속된다면……." 레드우드는 아득한 천장을 올려다보며 말했다.

멀리서 흥분한 황소가 고함치는 듯한 소리가 대답처럼 들려왔다.

"다 잘될 거야. 틀림없이." 레드우드가 말했다.

뒤이어 탁자를 탕탕 때리는 소리가 들리더니 우렁찬 외침이 이어졌다. "꿀루! 뿌부! 베베……."

"내가 녀석을 직접 가르치는 게 최선이겠지." 레드우드는 계속 딴생각에 빠져들었다.

두드리는 소리가 점점 더 집요해졌다. 잠시 레드우드는 고동치는 증기기관차의 율동적인 소리를 듣고 있다는 착각에 빠졌다. 일련의 사건들이 증기기관차가 이끄는 거대한 기차가 되어 그를 압도하는 듯했다. 발작적으로 이어지는 소리가 더 날카롭고 작아지면서 그의 상상을 깼다. 소리는 반복되었다.

"들어오세요." 그는 누군가가 문을 두드리고 있다는 사실을 깨닫고 소리쳤다. 대성당에나 어울릴 만큼 커다란 문이 천천히 조금 열렸다. 새 윈치가 삐걱거리는 소리가 멈추고 열린 문틈으로 벤싱턴의 대머리가 보이더니 이윽고 그가 안경 너머로 자상한 눈을 반짝이며 나타났다.

"좀 **보려고** 왔어요." 그가 작당을 모의하듯 내밀하게 속삭였다.

"들어오세요." 레드우드가 말하자 벤싱턴은 안으로 들어와 문을 닫았다.

그는 뒷짐을 지고 앞으로 몇 걸음 걸어와서는 마치 새처럼 주위를 올려다보았다. 그러고는 생각에 잠긴 얼굴로 턱을 문질렀다.

"여기 올 때마다 정말 **크다**는 데 놀라네요." 그가 가라앉은 목소리로 말했다.

"크지요." 레드우드는 그의 뚜렷한 감탄을 붙잡으려는 듯 자신도 주위를 다시 살펴보며 대꾸했다. "맞습니다. 아이들도 커질 테니까요."

"그렇지요." 벤싱턴은 경탄에 가까운 어조로 덧붙였다. "**아**

주 커지겠지요."

두 사람은 얼핏 초조한 모습으로 서로를 보았다.

"아주 커질 겁니다." 벤싱턴은 콧잔등을 어루만지며 의심 가득한 눈으로 레드우드가 확실하게 알고 있는지 표정을 살폈다. "그들 모두가 무시무시하게 커질 겁니다. 이곳을 보고도 아이들이 얼마나 커질지 상상이 되지 않는 것 같네요."

제5장 작디작은 벤싱턴 씨

1

헤라클레오포르비아의 유출 가능성이 입증되기 시작한 것은 왕립 벼락성장제 위원회가 보고서를 준비하고 있을 때였다. 이 두 번째 유출 소동이 이처럼 이른 시기에 일어났다는 점은 적어도 코사가 보기에는 다음과 같은 이유로 한층 더 안타까운 일이었다. 지금도 존재하는 그 보고서 초안에 따르면, 그 무렵 벼락성장제 위원회는 가장 유능한 회원인(왕립 학술원 회원이자 의학박사이자 왕립 외과 협회 회원이며 이학박사이고 치안판사이자 주 부지사이기도 한) 닥터 스티븐 윙클스의 지도 아래 이 물질의 우연한 유출이 불가능하다는 결론을 내렸다. 따라서 벼락성장제의 제조와 판매 권한 전체를 (윙클스를 위시한) 검증된 위원회에 위임해 이 물질의 자유로운 확산에 반대하는 여론을 해소하기만 하면 된다고 권고하려던 찰나였다.

벼락성장제 위원회는 전면적인 독점권을 갖게 될 예정이었다. 그러니 이 두 번째 일련의 유출 사건 가운데 가장 먼저 일어났으며 가장 놀라웠던 사건이 닥터 윙클스가 여름을 보내던 케스턴●의 작은 집에서 50미터도 안 되는 곳에서 일어났다는 점은 분명 세상의 아이러니가 아닐 수 없다.

윙클스가 더없이 강렬한 분석화학의 의지를 불태운 것은 레드우드가 헤라클레오포르비아 4의 구성 성분을 알려주지 않으려 한 탓이었을 것이다. 그는 조작에 그리 노련하지 않았고, 아마도 그런 이유 때문에 런던에서 훌륭한 설비를 갖춘 연구실을 자유롭게 쓸 수 있었음에도 굳이 케스턴의 집 정원에 딸린 허접하고 작은 연구실에서 누구와도 상의하지 않고 비밀스럽게 연구하는 편이 좋겠다고 생각했으리라. 그는 이 모험에 딱히 엄청난 노력이나 능력을 쏟아붓지는 않은 것 같다. 그보다는 약 한 달에 걸쳐 간헐적으로 매달린 뒤에 연구를 포기한 것으로 보인다.

그가 사용한 정원 실험실은 장비가 제대로 갖춰지지 않았고 물은 옥외 급수탑에서 조달했으며 물이 빠지는 배관은 정원 산울타리 바로 앞에 있는 공원의 외진 귀퉁이 오리나무 아래, 골풀로 에워싸인 늪지대 연못으로 이어졌다. 배관에는 금이 가 있었고 봄이 되어 모든 식물이 깨어나는 시기에 신

● 1965년 런던에 병합된 잉글랜드 남동부의 마을로, 당시에는 켄트주에 속해 있었다.

들의 양식 찌꺼기가 그리로 흘러나와 뒤엉킨 골풀 사이에서 작은 웅덩이를 이뤘다.

더껑이가 덮인 이 작은 귀퉁이에서는 생의 기운이 태동하고 있었다. 물에 떠 있는 개구리 알들이 떨리면서 올챙이들이 젤리 같은 난막을 뚫었고 작은 우렁이들이 스멀스멀 살아났으며 골풀 줄기의 초록색 껍질 속에서 커다란 수서곤충의 유충들이 힘겹게 알을 깨고 있었다. 배물방개붙이라고 불리는 (왜인지는 나도 모른다) 이 수서곤충의 유충을 아는 사람이 있을지 모르겠다. 마디가 진 기이한 모습을 하고 있고, 아주 힘차고 갑작스럽게 움직이며 꼬리를 물 밖에 내놓은 채 머리를 아래로 향하고 헤엄친다. 몸길이는 사람의 엄지손가락 첫 마디보다 길고, 다시 말해 신들의 양식을 먹지 않은 경우 약 5센티미터이고, 두 개의 뾰족한 턱, 즉 끝이 날카로운 관 모양의 두 주둥이가 머리 앞쪽에서 만나는데, 이 주둥이로 피를 빨아 먹는 습성이 있다.

물에 떠다니는 신들의 양식 알갱이를 처음 먹은 것은 작은 올챙이들과 작은 우렁이들이었다. 특히 꼬물거리는 작은 올챙이들은 한번 맛을 본 이후 열성적으로 달려들었다. 그러나 이들은 작은 올챙이 세계에서 눈에 띄게 커져 자기보다 작은 동족을 채식의 보조 수단으로 잡아먹기보다는 배물방개붙이 유충의 휘어진 흡혈 집게에 픽! 심장을 찔렸고 그 붉은 액체와 함께 헤라클레오포르비아 4가 용해된 상태로 새로운 고객에게로 흘러 들어갔다. 이 괴물들과 신들의 양식을 공유할 수 있는 존재는 골풀과 물 위에 떠 있는 미끈거리는 초록색 더껑이, 바다의 진흙에서 갓 자라난 잡초뿐이었다. 연구를 마치고 청소하는 과정에서 신들의 양식이 새로이 웅덩이로 씻겨 내려왔고 그 위로 넘쳐나면서 이 불길한 생의 발버둥은 오리나무 뿌리 아래 연못까지 영역을 넓혔다…….

사태를 처음 발견한 사람은 런던 교육위원회 소속의 특별 과학 교사이자 여가 시간에는 담수 조류 전문가로 활동하는 루키 캐링턴 선생이었지만 이 발견을 부러워할 사람은 없을 것이다. 그는 표본을 채취해 나중에 살펴보기 위해 표본 용기들을 들고 그날 하루 케스턴 공원을 찾았다. 가시 돋은 지팡이를 손에 들고 모래언덕을 넘어 연못으로 내려올 때 그의 주머니에서는 코르크 마개가 달린 용기 10여 개가 어렴풋이 달그락거렸다. 부엌용 디딤대 꼭대기에 올라서서 닥터 윙클스의 정원 산울타리를 다듬던 정원사의 조수 아이는 인적 드문 곳에 나타난 그 선생을 보고는 어떤 일로 왔을까 궁금해서 흥미를 갖고 꽤 면밀하게 지켜보았다.

이 아이는 캐링턴 선생이 연못 옆에서 한 손으로 오리나무 줄기를 짚고 상체를 숙인 채 물속을 들여다보는 광경을 보긴 했지만 그가 바닥에서 평소에 보지 못한, 커다랗게 뭉쳐 있거나 길게 이어져 있는 조류 더껑이를 보고 얼마나 놀라고 기뻐했는지는 알지 못했다. 이 무렵 올챙이는 모두 죽고 없었고 캐링턴 선생의 눈에는 과도한 조류 말고는 딱히 이상할 게 없었던 모양이다. 그는 소매를 팔꿈치까지 걷어붙이고 앞으로 몸을 숙인 채 깊은 곳에서 표본을 찾기 시작했다. 그의 손이 내려갔다. 그 순간 나무뿌리 아래 차고 어두운 곳에서 무언가가 보이는가 싶더니…….

번쩍! 그 무언가가 그의 팔 깊숙이 송곳니를 박아 넣었다. 길이가 30센티미터가 넘는 기묘한 모양이었고 전갈처럼 마디가 졌으며 갈색을 띠었다.

그 흉측한 형상과 놀랍도록 날카로운 고통 때문에 캐링턴 선생은 중심을 잡을 수 없었다. 그는 몸이 넘어가는 것을 느끼며 큰 소리로 외쳤다. 이윽고 얼굴부터 첨벙! 수면에 닿으며 연못 속으로 고꾸라졌다.

정원사의 조수는 그가 사라지는 것을 보았고 이윽고 물속에서 첨벙거리며 안간힘을 쓰는 소리도 들었다. 그 불행한 사내가 다시 소년의 시야에 나타났을 때는 모자를 잃고 물을 뚝뚝 흘리며 비명을 지르고 있었다!

소년은 사람이 그런 비명을 지르는 것을 처음 들었다.

이 기막힌 외지인은 얼굴 옆쪽에서 무언가를 떼어내려 애쓰는 듯 보였다. 거기에서 피가 흐르고 있었다. 좌절한 사내는 두 팔을 밖으로 휙 뻗으며 미쳐 날뛰는 짐승처럼 허공으로 펄쩍 뛰어오르더니 10~12미터쯤 마구 내달리다가 바닥에 쓰러져 소년의 시야 밖으로 굴러갔다. 소년은 얼른 디딤대에서 내려와 산울타리를 빠져나왔다. 다행히 손에는 여전히 전정가위를 들고 있었다. 가시금작화 덤불 사이로 나오면서 미친 사람일까 싶어 돌아가고픈 마음이 들기도 했지만 손에 들린 가위가 위안을 주었다고 한다. "어쨌든 눈을 찌르면 그만이니까요." 소년은 이렇게 설명했다. 그 순간 캐링턴 선생이 다시 소년의 시야에 들어왔고 행동으로 봐선 절박한 상태일 뿐 정신 나간 사람은 아닌 듯했다. 사내는 간신히 일어나 비틀거리다 이내 똑바로 서서 소년에게로 다가왔다.

"도와줘! 떼어낼 수가 없어!" 그가 소리쳤다.

소년은 캐링턴 선생의 뺨과 맨팔, 허벅지에 무시무시한 유충 세 마리가 붙어 있는 것을 보고 겁에 질려 속이 메슥거렸다. 그것들은 커다란 주둥이를 살에 깊이 박아 넣은 채 작고 탄탄한 갈색 몸을 열심히 흔들며 사력을 다해 피를 빨아 먹고 있었다. 마치 불도그처럼 끈질겼다. 캐링턴 선생이 얼굴에 붙은 이 괴물을 떼어내려 아무리 애를 써도 그 부위의 살점만 더 찢어질 뿐이었다. 얼굴과 목과 외투에 시뻘건 피가 흘렀다.

"제가 잘라버릴게요. 가만히 계세요." 소년이 소리쳤다.

그런 뒤 나이에 걸맞은 패기로 캐링턴 선생의 공격수들을 하나씩 공략해 몸과 머리를 갈라놓았다. "윽." 소년은 눈앞에서 몸통이 하나씩 떨어질 때마다 얼굴을 찌푸리며 신음했다. 그런 뒤에도 잘린 머리들은 뒤쪽으로 피를 흘리면서 여전히 고집스레 살점을 놓지 않고 그대로 붙어 열심히 피를 빨았다. 그러나 소년은 가위를 몇 번 더 휘둘러 그것들을 완전히 떼어놓았고 그 과정에서 캐링턴 선생의 살을 베기도 했다.

"도무지 떼어낼 수가 없더라니까!" 캐링턴은 같은 말을 되풀이한 뒤 한동안 그대로 서서 비틀거리며 피를 흘렸다. 그는 손으로 힘없이 상처 부위들을 만져본 뒤 손바닥에 묻은 것을 살펴보았다. 그러고는 풀썩 무릎을 꿇고 소년의 발밑에, 제압당한 적들의 몸이 여전히 살아 움직이는 그곳에 고꾸라져 기절했다. 소년이 그의 얼굴에 물을 뿌릴 생각을 하지 않은 것은 천만다행이었다. 오리나무 뿌리 밑에는 이 무시무시한 괴물들이 더 있었으니 말이다. 대신 그는 연못 옆을 지나 도움을 청하러 정원으로 다시 들어갔다. 그리고 정원에서 정원사 겸 마부를 만나 자초지종을 털어놓았다.

그들이 돌아왔을 때 캐링턴 선생은 일어나 앉아 있었다. 얼이 빠지고 기운이 없는 상태에서도 그는 두 사람에게 그 연못이 얼마나 위험한지 주의를 주었다.

2

이런 사건을 통해 세상은 신들의 양식이 다시 유출되었음을 처음으로 알게 되었다. 일주일 뒤 케스턴 공원은 동식물 연구가들이 분포 중심이라 부르는 역할을 톡톡히 해냈다. 이번에는 말벌이나 쥐, 집게벌레, 쐐기풀은 없었지만 물거미가 최소 세 마리 등장했고 잠자리 유충 여러 마리가 나타났다. 얼마 후 이들은 성체가 되어 그 청옥색 몸을 빛내며 켄트주 곳곳을 날아다녔다. 끈적끈적하고 지저분한 더껑이가 연못 가장자리를 넘어 미끈거리는 초록색 물질로 닥터 윙클스의 정원 오솔길을 절반쯤 집어삼키기도 했다. 이와 함께 시작된 골풀과 물속새와 대가래의 성장은 연못의 물을 다 뺀 뒤에야 끝이 났다.

이번에는 분포 중심이 한 군데가 아닌 여러 군데라는 사실이 대중에게도 빠르게 알려졌다. 그중 하나는 이제는 분명하게 확인된 지역인 일링으로, 이곳에서는 파리와 잎진드기가 대량으로 발생했다. 또 다른 분포 중심인 선버리에서는 사납고 거대한 장어들이 나타났고 이들이 강가로 올라와 양들을 죽이기도 했다. 블룸즈버리의 분포 중심, 즉 징그러운 것이 많이 살고 있는 어느 오래된 집에서는 끔찍한 유형의 새로운 바퀴벌레종이 생겨났다. 어느 순간 세상은 히클리브로 사건을 다시 겪고 있었지만 이번에는 거대한 암탉과 쥐, 말벌 대신 친숙한 생명체들이 기묘하게 거대해졌다. 각 분포 중심에서는 그 지역의 특징적인 동식물상이 폭발적으로 불어났다.

이제는 이 모든 중심이 제각기 닥터 윙클스의 환자 중 한 명과 연관이 있다는 사실이 밝혀졌지만 당시에는 전혀 드러나지 않았다. 이 문제와 관련해 닥터 윙클스는 결코 증오의 대상이 아니었다. 당연히 공포와 열렬한 분노가 일었지만 그 분노는 닥터 윙클스가 아니라 신들의 양식을 향한 것이었고, 그보다 더 큰 분노의 대상은 바로 처음부터 대중의 상상력이 이 진기한 발명품의 유일한 책임자로 고집스레 점찍은 불행한 벤싱턴이었다.

그에게 린치를 가하려는 시도가 이어졌지만 그것은 역사를 장식한 격정적인 사건 가운데 하나에 불과했을 뿐 사실상 비교적 그리 중요하지 않았다.

이런 분노가 어떻게 폭발하기 시작했는지는 알 수 없다. 군중의 핵심 세력은 케이터햄 무리 가운데 극단주의자들이 조직한 하이드 파크 벼락성장제 반대 집회 참가자들이 분명했지만 실제로 처음 제안한 사람, 그토록 많은 이가 동원된 폭력 행위의 의도를 처음 내비친 사람은 세상에 없는 듯하다. 그것은 M. 귀스타브 르봉●이 해결할 문제다. 군중심리의 신비니까. 어쨌든 드러난 사실은 일요일 오후 3시쯤 통제할 수 없을 만큼 엄청난 규모의 과격한 런던 군중이 모든 과학 연구자에게 경고하기 위해 벤싱턴을 본보기로 죽이겠다는 각오로 서스데이가로 몰려들었다는 것, 그리고 그들이 아득한 빅토리아 시대 중반에 하이드 파크 난간이 무너진 이후●● 목표를 달성하는 데 가장 가까이 간 런던 군중이었다는 것이다. 약 한 시간 동안 누군가가 말 한마디만 잘못했어도 불행한 신사 벤싱턴의 운명이 결정될 수 있었을 만큼 실제로 그들은 목표에 아주 가까이 갔다.

그에게 이 상황을 처음 알린 것은 밖에서 들려오는 사람들의 시끌벅적한 소리였다. 그는 어떤 위험이 닥쳤는지 전혀 모

● 군중심리를 연구한 프랑스의 사회심리학자 귀스타브 르봉(1841~1931).

●● 1866년 7월 영국의 남성 보통선거권을 위한 투쟁 때문에 하이드 파크의 난간이 파손된 사건을 말한다.

르는 채 창가로 가서 밖을 내다보았다. 앞을 가로막는 무력한 경찰 열두 명을 제압하고 건물 출입문 근처로 모여드는 사람들을 보는 순간, 그는 자신이 사건의 중심이라는 사실을 온전히 깨달았을 것이다. 그는 몸을 흔들며 고함을 치는 군중이 자신을 찾으러 왔다는 것을 금세 알아차렸다. 어쩌면 다행한 일이었겠지만 그는 집에 혼자 있었다. 사촌 제인은 외가 쪽의 친척과 차를 마시러 일링에 가고 없었고 그런 상황에서 어떻게 처신해야 하는가는 최후 심판의 날 무얼 해야 하는가 못지않게 그에게 어려운 문제였다. 그가 집 안을 황급히 돌아다니며 가구들에게 어떻게 해야 하느냐고 묻고 문과 창문, 침실을 뛰어다니며 열쇠를 꽂고 돌렸다 풀기를 반복하고 있을 때, 그가 사는 층을 담당하는 관리인이 그를 찾아왔다.

"지체할 시간이 없습니다, 선생님. 사람들이 아래층 표지판에서 선생님 댁 호수를 알아냈습니다! 바로 올라올 겁니다!"

그는 벤싱턴 씨를 데리고 복도로 달려 나가 문을 잠근 뒤 자신이 가진 비상용 열쇠를 이용해 앞집으로 들어갔다. 이미 복도에는 커다란 계단참에서 점점 가까워지는 시끌벅적한 소리가 울려 퍼지고 있었다.

"지금은 이 방법밖에 없습니다." 관리인이 말했다.

그는 환기구로 이어지는 창문을 휙 올리더니 벽에 박힌 쇠침들을 보여주었다. 위층의 비상 탈출구 역할을 하는, 위험천만하고 허접한 사다리였다. 관리인은 벤싱턴 씨를 창밖으로 밀고 매달리는 법을 가르쳐준 뒤 그를 따라 사다리를 올라가며 그가 못 가겠다고 할 때마다 열쇠 꾸러미로 다리를 때리고 찔렀다. 벤싱턴은 어쩐지 그 수직 사다리를 끝없이 올라가야 할 것만 같았다. 위의 옥상은 적어도 1킬로미터는 되는 듯 아득해서 닿을 수 없을 것 같았고 아래는…… 아래 무엇이 있는지는 생각하고 싶지도 않았다.

"계속 가세요!"

관리인이 소리치며 그의 발목을 잡았다. 그런 식으로 발목을 붙잡히는 것이 너무도 끔찍해서 벤싱턴 씨는 물에 빠진 사람처럼 위의 쇠살대를 단단히 잡고 공포의 신음을 희미하게 내뱉었다.

관리인이 창문을 깨는가 싶더니 옆으로 아주 긴 거리를 껑충 뛰는 듯했다. 창틀에서 창문틀이 미끄러지는 소리가 들렸다. 그가 고함을 치고 있었다.

벤싱턴 씨는 조심스레 고개를 돌려 관리인을 보았다.

"여섯 계단 내려오세요." 관리인이 지시했다.

벤싱턴 씨는 이렇게 이동하는 것이 너무도 어리석게 느껴졌지만 아주 조심스럽게 한 발을 내렸다.

"당기지 마!" 관리인이 열린 창문에서 도우려 하자 그가 소리쳤다.

그가 보기에 사다리에서 창문까지 이동하는 것은 큰 박쥐나 돼야 할 수 있는 굉장한 일이었고 결국 발을 내디디면서도 그는 성공을 기대하느니 점잖게 자살하는 편이 낫겠다고 생각했다. 관리인은 사정없이 그를 안으로 끌어당겼다. "여기가만히 계셔야 해요. 저는 여기에 맞는 열쇠가 없어요. 이건 미국 자물쇠예요. 제가 문을 닫고 나가서 이 층을 담당하는 관리인을 찾아볼게요. 여기서 문을 잠그고 계세요. 절대 창문 쪽으로 가지 마시고요. 저렇게 험악한 군중은 처음 봅니다. 선생님이 나간 걸 알면 그저 물건이나 부수고 돌아가겠지요."

"안에 있다고 표시되어 있는데." 벤싱턴이 말했다.

"거참, 골치 아프네요. 어쨌든 제가 눈에 띄지 말아야겠네요." 그는 문을 닫고 사라졌다.

벤싱턴은 이제 혼자 앞가림을 해야 했다.

결국 그는 침대 밑으로 들어갔다.

잠시 후 그곳에서 그를 발견한 사람은 코사였다.

벤싱턴은 놀라서 기절할 뻔했다. 코사가 복도를 껑충 건너 어깨로 문을 부수고 들어온 탓이었다.

그가 말했다. "나오세요, 벤싱턴. 괜찮아요. 저예요. 우린 여기서 나가야 해요. 저들이 불을 지르려 해요. 관리인들은 모두 나갔어요. 하인들도 떠났고. 제가 상황을 아는 관리인을 만났기에 망정이지. 보세요!"

벤싱턴이 침대 밑에서 고개를 내밀어보니 코사의 팔에 정체를 알 수 없는 옷가지가 걸쳐져 있었고 무엇보다도 손에 들린 검정 보닛이 눈에 띄었다!

코사가 말했다. "사람들이 다 나가고 있어요. 저들은 불을 지르지 않으면 여기로 올라올 거예요. 지원군은 한 시간은 지나야 도착할 테고요. 저 가운데 절반은 훌리건이고, 집에 처들어갔을 때 가구가 많을수록 좋아할 거예요. 당연하죠…….
사람들이 다 나가고 있다니까요. 이 치마를 입고 보닛을 쓰세
요, 벤싱턴. 그리고 저와 함께 나가요."

"그게 **무슨** 말이에요?" 벤싱턴은 거북이처럼 고개를 내밀고
물었다.

"이걸 입고 나가자는 말이죠! 당연히." 순간 코사는 힘차게
벤싱턴을 침대 밑에서 끌어내더니 그에게 할머니들이 입는
옷을 입혀 변장시키기 시작했다.

그는 벤싱턴의 바지를 걷어 올리고 슬리퍼를 벗긴 다음 셔
츠와 넥타이, 외투, 조끼까지 모두 벗기고는 머리 위로 검정
치마를 넣고 붉은 플란넬 코르셋을 입힌 뒤 그 위에 블라우
스를 입혔다. 그런 다음 그의 상징인 안경을 벗기고 머리에
보닛을 씌웠다. "누가 봐도 할머니 같네요." 그가 말하며 보닛
의 끈을 묶었다. 그런 뒤 양옆에 탄력 소재가 덧대어진 부츠
를 신겼지만 티눈 때문에 부츠가 심하게 뒤틀렸다. 마지막으
로 숄까지 두르게 하자 변장이 완성되었다. "왔다 갔다 해보
세요." 코사가 말하자 벤싱턴은 순순히 따랐다.

"그 정도면 되겠어요." 코사가 말했다.

이렇게 변장한 채로 헤라클레오포르비아 4의 최초 발견자
는 그를 처단하려 열을 올리는 군중의 포효 속으로 나갔다.
어색한 치마 때문에 뒤뚱거리고 괴이한 가성으로 여자 목소
리를 흉내 내 연기하면서 체스터필드 맨션의 복도를 내려가
난동을 부리는 격앙된 군중과 섞이며 실타래처럼 뒤엉킨 이

신들의 양식은 어떻게 세상에 왔나 | **169**

이야기의 사건들을 완전히 벗어난 것이다.

그렇게 탈출한 뒤로 그는 자신이 누구보다도 많은 기여를 한 신들의 양식의 엄청난 발전에 두 번 다시 관여하지 않았다.

3

이 모든 상황을 시작한 이 작은 사내는 이제 우리의 이야기를 벗어났고 얼마 후 사람들의 눈과 입에 오르내리는 세상에서도 자취를 감췄다. 그러나 그가 전체 이야기의 도화선인 만큼 그의 퇴장에도 얼마간의 지면을 내주는 것이 좋을 듯하다. 그 후로 턴브리지 웰스에서 지내게 된 그의 모습을 그려봐도 좋겠다. 잠시 행방이 묘연했던 그는 폭도의 분노가 얼마나 덧없는 것인지, 얼마나 일시적이고 무의미한 것인지 깨닫고 다시 모습을 드러냈는데, 그곳이 바로 턴브리지 웰스였다. 다시 나타난 그는 사촌 제인의 보살핌을 받고 있었고, 다른 모든 일을 제쳐두고 정신적 충격을 치유하려 했을 뿐 신들의 양식의 새로운 분포 중심이나 그것을 먹고 있는 아기들에 관해 불거지던 싸움에는 전혀 관심을 보이지 않았다.

그가 머물던 마운트 글로리 수(水)치료 호텔은 탄산욕과 크레오소트욕, 갈바닉과 유도전류 치료, 마사지, 소나무 목욕, 전분과 독미나리 목욕, 라듐욕, 일광욕, 열 목욕, 겨와 바늘 목욕, 타르와 새틀 목욕을 비롯해 온갖 종류의 목욕을 즐길 수 있는 훌륭한 시설을 갖춘 곳이었다. 그는 이런 대체 요법의 발전에 전념했지만 그 발전은 그가 세상을 떠날 때까지 완성되지 않았다. 그는 이따금 물범 모피 코트를 걸친 채 빌린 차를 타고 나왔고 발 상태가 괜찮을 때면 팬타일스●까지 걸어가 사촌 제인이 지켜보는 가운데 철분이 함유된 물을 마시기도 했다.

그의 처진 어깨와 분홍빛 피부, 반짝이는 안경은 턴브리지 웰스의 '특색'이 되었다. 그에게 조금이라도 불친절하게 구는 사람은 아무도 없었고, 오히려 그 도시와 호텔 모두 그의 특별함을 반기는 듯했다. 이제 무엇도 그의 특별함을 앗아 갈 수 없었다. 또한 그는 자신의 위대한 발견물이 어떻게 성장해 가는지 신문을 확인하진 않았지만 호텔 라운지를 지나거나 팬타일스를 걷다가 "저기 그 사람이다! 바로 저 사람이야!" 하는 속삭임이 들리면 입가가 부드러워지고 잠시 눈이 빛났는데 결코 불만의 표출은 아니었다.

이 작은 사내, 이 작디작은 사내는 신들의 양식을 세상에 소개했다! 이런 과학자들과 철학자들이 너무도 커다란 존재라는 사실과 너무도 작은 존재라는 사실, 둘 중 어느 쪽이 더 놀라운지 누가 안단 말인가. 모피 달린 외투를 입고 팬타일스에 있는 그의 모습을 떠올려보자. 도자기가 진열된 창문 아래 샘이 나오는 곳에 서서 손에 철분이 든 물 한 잔을 들고 홀짝

● 턴브리지 웰스에서 철분이 함유된 천연 샘으로 유명한 지역.

이는 모습. 헤아릴 수 없이 진지한 표정으로 금테 너머의 밝은 눈을 사촌 제인에게 고정하고 있다. "음" 하고 말하며 그는 물을 홀짝인다.

우리는 이렇게 우리만의 기념품을 만들었다. 이제 우리의 발견자에게 마지막으로 초점을 맞춰 사진을 찍었으니 그를 전경의 한 점으로 남겨놓고 그의 주변에 펼쳐진 더 커다란 풍경, 그가 만든 신들의 양식의 이야기로 넘어가려 한다. 곳곳에 흩어져 있는 거대한 아이들이 그들에겐 너무도 작은 세상에서 하루하루 어떻게 자랐는지, 그때부터 이미 벼락성장제 위원회가 한 올 한 올 엮고 있던 벼락성장제 관련법과 벼락성장제 협약의 그물망이 해마다 자라나는 아이들을 어떻게 옥죄었는지 살펴보겠다. 그리고 마침내 어떤 결과를 낳았는지도……

제2부
마을을 찾아간 신들의 양식

제1장 신들의 양식의 도래

1

벤싱턴 씨의 서재에서 조그맣게 시작한 우리의 주제는 이미 널리 퍼져 가지를 쳤고 사방으로 뻗어나갔으므로 여기서부터는 전파의 이야기가 될 것이다. 신들의 양식의 전파를 계속 따라가는 것은 끝없이 가지를 치는 나무의 파문을 따라가는 것과도 같다. 한동안, 한평생의 약 4분의 1에 이르는 기간 동안 신들의 양식은 히클리브로 근처 작은 농장의 발원지에서 넘쳐흘러 점점 영역을 확장했고 마침내는 그에 관한 보고와 그 영향의 그림자까지 합치면 전 세계로 퍼져나갔다. 그것은 순식간에 영국의 경계를 넘어갔다. 곧 아메리카 대륙과 유럽 대륙 전역, 일본, 오스트레일리아, 그리고 결국에는 전 세계로 뻗어나가 정해진 결말을 향해 나아가고 있었다. 그것은 언제나 간접적인 경로로 서서히 작동했고 언제나 저항에 부덮쳤다. 말하자면 거대함의 반란이었다. 일단 출발지를 떠난 신들의 양식은 편견과 법, 규제, 그리고 인습적인 인류 질서의 근원을 이루는 완고한 보수주의에도 미묘하고 고집스럽게 전진해나갔다.

그사이 신들의 양식을 먹은 아이들은 꾸준히 성장했고 그것이 그 시기의 가장 중요한 진실이었다. 그러나 역사를 만드는 건 누출이다. 그것을 계속 먹는 아이들은 거대해졌고 곧 다른 아이들도 거대해지기 시작했다. 세상의 선한 의지를 모두 끌어모아도 누출을, 계속되는 누출을 막을 수는 없었다. 신들의 양식은 살아 있는 생물처럼 끈질기게 탈출을 시도했다. 이 물질로 만든 가루는 건조한 기후에서 일부러 빻기라도 한 듯 더없이 곱게 부서져 아주 가벼운 바람에도 허공에 떠서 날아가곤 했다. 그러고 나면 새로운 곤충이 일시적으로 치명적인 성장을 보였고 하수구에서 쥐나 다른 유해 생물이 새로이 쏟아져 나오기도 했다. 며칠 동안 버크셔의 팽본 마을은 거대한 개미들과 맞서 싸웠다. 세 남자가 물려 죽었다. 한바탕 공포에 휩쓸리고 사투가 벌어진 뒤 뚜렷한 악이 제압되고 나면 언제나 무언가가, 좀 더 뚜렷하지 않은 무언가가 영구적으로 변해 있었다. 그런 뒤 또다시 극적이고 놀라운 소동이 일어났다. 거대한 잡초 덤불이 빠르게 웃자라기도 하고, 무자비하게 자라는 엉겅퀴와 인간들이 엽총으로 맞서 싸워야 하는 바퀴벌레들, 커다란 파리 떼 따위가 세상으로 퍼져나갔다.

곳곳에서 기이하고 절박한 투쟁이 이어졌다. 신들의 양식은 작은 세상을 되찾기 위해 싸우는 영웅들을 양산했다…….

사람들은 이런 소동들을 삶의 일부로 받아들이고 그때그때 걸맞은 방책을 쓰며 "세상의 기본적인 질서는 변치 않아"라고 말하곤 했다. 첫 대규모 소동 이후 케이터햄은 언변이 굉장했음에도 정계에서는 주변 인물로 밀려났고 대중의 머릿속에는 극단적인 견해를 주창한 사람으로 남았다.

그러나 그는 서서히 사태의 중심으로 나아가고 있었다. 현대적 사조를 이끈 중심인물 닥터 윙클스가 아주 분명하게 밝혔듯 "세상의 기본적인 질서는 변치 않았고" 당시 진보적 자유주의라 불리는 사상을 주창한 사람들은 그들의 진보주의가 본질적으로 진실하지 못하다는 점에 의기소침해 있었다. 그들의 꿈은 오로지 작은 국가, 작은 언어, 자급자족하는 작은 농장이 달린 작은 가정 따위가 중심을 이루는 듯 보였다. 작고 깔끔한 것이 유행하기 시작했다. 큰 것은 '저속한' 것이 되었고 앙증맞은 것, 깔끔한 것, 예쁘장한 것, 조그마한 것, '작고 완벽한 것'이 긍정적인 평가의 기준이 되었다…….

그사이 신들의 양식을 먹은 아이들은 여느 아이들처럼 조용히 자라났다. 이제 세상은 그들을 받아들일 만큼 변했고 그들은 힘과 재능, 지식을 키우며 제각기 목적의식을 지닌 개인이 되어 서서히 운명이 정해준 크기에 도달하고 있었다. 이제 그들은 세상의 자연스러운 일부처럼 보였다. 사실상 편치 않게 느껴졌던 거대한 존재들이 이제는 모두 당연한 존재처럼 보였고 사람들은 그 전의 세상은 어땠을까 생각하곤 했다. 거대한 소년들이 이러저러한 일을 할 수 있다는 이야기가 들려오면 사람들은 별 감흥 없이 말하곤 했다. "굉장하네!" 대중신문들은 코사의 세 아들이 거대한 대포를 들어 올리고 쇳덩어리를 수백 미터까지 던질 수 있으며 60미터 높이까지 뛰어오를 수 있다고 떠들어댔다. 그 아이들은 지금까지 인간이 만든 그 어떤 우물이나 탄광보다도 깊은 우물을 파고 있으며 이 땅이 생겨난 이래로 땅속에 계속 숨겨져 있던 보물을 파헤치고 있다는 소문이 돌기도 했다.

대중잡지들은 이 아이들이 산을 깎고 바다에 다리를 놓고 땅에 벌집 같은 굴을 팔 거라고 떠들어댔다. "굉장하네! 안 그래? 그럼 우리가 얼마나 편리하겠어!" 작은 인간들은 이렇게 말한 뒤 세상에 신들의 양식 따위는 없는 것처럼 화제를 돌렸다. 사실 이런 일들은 신들의 양식을 먹고 자란 아이들의 힘으로 가능해질 수많은 일 가운데 극히 일부에 불과했다. 그저 어린아이의 장난이었으며 어떤 목적도 없이 힘을 썼을 때 할 수 있는, 그런 일들일 뿐이었다. 그들은 자신들이 어떤 존재인지 아직 몰랐다. 그들은 그저 어린아이들이었다. 천천히 자라나는 새로운 종의 아이들. 거대한 힘은 나날이 커졌고 거대한 의지는 아직 목적이나 뚜렷한 목표로 다져지지 않았다.

그 시기를 압축해보면 이 전환의 몇 년은 하나의 연속적인 사건의 속성을 띤다. 그러나 로마의 몰락이 일어난 것도 여러 세기가 지날 때까지 아무도 알아차리지 못했듯이 사실상 세상에 거대함이 도래한 것을 아무도 알아차리지 못했다. 그 시기에 살았던 사람들은 곳곳에서 너무도 많은 일이 전개되고 있는 탓에 이 모든 깃을 단일한 사건으로 볼 수 없었다. 현인들조차도 신들의 양식은 통제 불가하고 연속성을 갖지 못하는 기이한 존재를 세상에 내놓을 뿐이며, 이런 것들은 혼란과 문제를 일으키긴 해도 인류의 기본적인 질서와 구조를 딱히 해칠 리 없다고 여겼다.

적어도 한 관찰자는 긴장이 누적되던 그 시기 전체를 놓고 볼 때 가장 놀라운 것이 대중의 막강한 타성이라고 여긴다. 그들 속에서 갈수록 커져가는 거대한 존재들, 그리고 훨씬 더 거대한 존재가 나타날 수 있다는 가능성을 조용히 무시해온 그 끈질긴 고집 말이다. 폭포의 바로 앞에서 물줄기가 가장 매끄럽고 가장 잔잔한 모습으로 깊고 세차게 흐르듯이 그 시기의 후반부에 이르자 인간 사회에서 가장 보수적인 부류가 조용히 권력을 잡는 분위기가 조성되는 듯했다. 변화를 반대하고 과거로 돌아가자고 주장하는 회귀주의가 인기를 끌었다. 과학의 파산, 진보의 죽음, 반동적인 보수 거물들의 부상 등에 관한 논의가 이어졌고 그 배경에서 신들의 양식을 먹고 자란 아이들의 발소리가 메아리쳤다. 무의미하고 야단스러운 과거의 혁명, 작고 우매한 군주를 추종하는 작고 우매한 대규모 군중은 사실상 멸종되어 자취를 감췄다. 그러나 변화는 사그라지지 않았다. 변화하는 것은 변화뿐이었다. 새로운 것이 나름의 방식으로 세상의 공통된 이해를 뛰어넘어 다가오고 있었다.

이러한 도래를 온전히 다루려면 엄청난 역사를 써야 할 것이다. 그러나 어디서나 비슷한 연쇄 작용이 일어났다. 그러니 신들의 양식이 어느 한곳에 어떻게 왔는지 살펴보면 전체 그림을 어느 정도 아우를 수 있을 것이다. 길 잃은 거대함의 씨앗 하나가 우연히 켄트주의 작고 예쁜 마을 치싱 아이브라이트로 흘러 들어간 뒤 그곳에서 기이하게 싹을 틔우고 그 후 비극적으로 끝을 맺은 이야기를 통해서, 즉 한 가닥의 실을 따라감으로써 시간의 베틀이 신들의 양식의 거대한 직물을 어떤 방향으로 짜나갔는지 엿볼 수 있다.

2

치싱 아이브라이트에도 당연히 교구 목사가 있었다. 세상에 교구 목사는 무수히 많지만 그중에서 내가 가장 꺼리는 부류는 혁신적인 교구 목사, 즉 진보적이면서도 목사의 임무에 충실하고 그와 동시에 변화에 저항하는 모순적인 인사들이다. 그러나 치싱 아이브라이트의 교구 목사는 전혀 혁신적이지 않은 부류로, 누구보다도 덕망 있고 몸은 통통하며, 원숙하고 보수적인 성향을 지닌 작은 사내였다. 그에 관해 얘기하자면 우리의 이야기에서 조금 앞으로 거슬러 올라가는 것이 좋겠다. 그는 자기 마을에 꼭 어울리는 사람이었고, 스키너 부인(그녀의 도주를 잊지 않았기를!)이 노을 지는 저녁 이 평화로운 시골 마을로 예기치 않게 신들의 양식을 가져온 날에도 그와 그의 마을은 언제나 그렇듯 잘 어울리는 한 쌍이었다.

이 마을은 서쪽 하늘이 석양에 물드는 그 시각에 가장 아름 다웠다. 가파른 경사면에 펼쳐진 너도밤나무 숲 아래 골짜기 에 자리한 마을에는 초가지붕을 얹고 붉은 타일로 된 오두막 들이 구슬처럼 박혀 있었다. 이 오두막들의 발코니에는 격자 구조물이 둘러쳐져 있고 앞쪽에는 피라칸타가 줄지어 늘어 섰으며, 교회 옆 주목나무에서 시작되는 길을 따라 다리 쪽으 로 갈수록 집들이 점점 더 조밀해졌다. 여관 너머 나무들 사 이에서 세월의 때가 묻은 초창기 조지 왕조풍의 목사관이 수 수하게 고개를 내밀었고 굽이굽이 이어진 언덕 사이에 움푹 들어간 골짜기에는 교회 첨탑이 적당히 솟아 있었다. 한가운 데 자리한, 펄럭거리는 우승기 모양의 목초지 가장자리에는 갈대와 좁쌀풀, 늘어진 버드나무가 빽빽이 늘어섰고 그 사이 로 구불구불 흐르는 시냇물과 파란 바탕에 포말이 섞인 가느 다란 하늘 조각이 이따금 보였다. 따스한 석양 아래 그 모든 것이 어우러져 어쩐지 전형적인 영국의 경작지, 거의 완벽하 게 무르익은 고요하고 안정적인 경작지의 분위기를 풍겼다.

교구 목사도 온화해 보였다. 그는 온화한 집안에서 온화한 아기로 태어나 성숙하고 매력적인 소년으로 자란 듯 습관이 나 본성이 모두 온화해 보였다. 그가 굳이 말하지 않아도 아 주 오래되고 굉장한 전통을 자랑하며 귀족과 얽혀 있고 화학 실험실 따위는 없는, 담쟁이덩굴이 뒤덮인 공립학교를 졸업

하고 오랜 고딕 양식을 갖춘 덕망 있는 대학에 다녔다는 것을 한눈에 알 수 있었다. 그의 서가에서 1000년 이상 되지 않은 책은 거의 없었고, 있다고 해도 애로와 엘리스의 저술, 그리고 신교가 등장하기 이전에 나온 훌륭한 설교집이 대부분이었다. 키는 작달막했고 가운데 부분의 면적 때문에 외모가 조금 어그러졌으며 원래 온화했던 얼굴은 이제 갱년기가 되어 더 원숙해졌다. 두툼한 턱은 다윗의 턱수염으로 가렸다. 회중시계의 쇳줄은 단정치 않다는 이유로 걸지 않았고 런던의 웨스트엔드 재단사가 만든 수수한 성직자복을 입고 있었다……. 그는 양쪽 정강이에 손을 한쪽씩 얹고 앉아 자신의 마을을 보며 행복감에 젖어 눈을 깜빡거렸다. 그러고는 통통한 손으로 마을을 가리켰다. 그가 후렴처럼 되풀이하는 말이 다시 나왔다. 여기서 더 바랄 게 뭐가 있겠는가?

"우리 마을은 위치가 참 기가 막히다니까." 그는 먼저 점잖게 표현했다.

"언덕들이 요새처럼 에워싸고 있잖아." 이어 그는 좀 더 살을 붙였다.

그리고 한참 뒤에 다시 설명했다. "우리는 그 모든 것에서 벗어나 있지."

이렇게 말한 까닭은 그가 친구와 함께 시대의 공포와 민주주의, 세속의 교육, 고층 건물, 자동차, 미국의 침입, 대중이 읽는 잡스러운 글, 취향의 실종 등에 관해 얘기하고 있었기 때문이다.

"우리는 그 모든 것에서 벗어나 있지." 그는 같은 말을 되풀이했다. 그 말을 하는 사이 누군가 다가오는 소리가 귓전을 때렸고 그는 몸을 굽혀 여인을 살펴보았다.

마디가 굵고 여윈 손으로 보따리를 단단히 쥐고 숨을 헐떡이며 단호하게 (얼굴에서 유일하게 보이는) 콧잔등을 찌푸린 채로 가늘게 떨며 뚜벅뚜벅 걸어오는 노파를 떠올려보라. 불길하게 까딱거리는 보닛의 양귀비꽃, 꼭 끼는 치마, 그 아래 하얗게 먼지를 뒤집어쓴 채 속 터지게 느린 속도로 번갈아가며 좌우로 내딛는, 탄력 소재를 덧댄 부츠. 겨드랑이에 낀 채 안절부절못하는 포로처럼 흔들거리며 미끄러지는, 그리 귀해 보이지 않는 우산. 교구 목사가 어찌 알 수 있었겠는가? 이 괴기한 노파가 적어도 그 마을과 관련해 중요한 가능성을 지닌 존재임을, 예측할 수 없는 존재, 나약한 인간들이 운명의 여신이라 부르는 존재라는 것을. 그러나 아직 우리에게 이 여인은 그저 스키너 부인일 뿐이다.

그녀는 예의를 차리기에는 걸리적거리는 게 너무 많았으므로 겨우 3미터 거리에 있는 교구 목사와 그의 친구를 못 본 체하고 뚜벅뚜벅 계속 마을로 내려갔다. 교구 목사는 그녀의 느린 몸짓을 말없이 지켜보면서 그사이 머릿속에 떠오른 말을 숙성시켰다…….

그가 보기에 이 사건은 전혀 중요하지 않은 듯했다. 청동보다도 오래돼 보이는 노파가 보따리를 들고 다니는 일은 태곳적부터 수없이 있었다. 그래봐야 무엇이 달라진단 말인가?

교구 목사가 말했다. "우린 그 모든 것에서 벗어나 있지. 우리를 에워싼 것은 그저 단순하고 영속적인 것, 탄생과 노역, 단순한 파종기와 단순한 수확기, 그런 것들이잖아. 떠들썩한 소동은 우리를 지나칠 뿐이지." 그는 예전부터 스스로 영속적이라고 일컫는 것들을 무척 중요시했다. 그는 이렇게 말하곤 했다. "세상은 변하지만 인류는 '아이레 페레니우스'●이지."

교구 목사는 그런 사람이었다. 그는 어딘가 꼭 들어맞지 않는 고전을 즐겨 인용했다. 저 밑에서 스키너 부인이 그리 우아하지는 않지만 결연하게, 어째서인지 윌머딩의 울타리 디딤대에 오르고 있었다.

3

교구 목사가 거대한 먼지버섯을 보고 무슨 생각을 했는지는 아무도 모른다.

그가 그것을 처음 발견한 사람 중 한 명이라는 점은 의심의 여지가 없다. 그것은 구릉지 근처와 마을 끝자락 사이, 그가 평소 산책하는 오솔길 곳곳에 흩어져 있었다. 이 비정상적인 버섯은 모두 합쳐 약 서른 개였다. 교구 목사는 여러 차례 하나하나 살펴보고 대부분을 지팡이로 한두 번 찔러본 것으로 보

● '청동보다 오래간다'는 뜻의 라틴어.

인다. 그중 하나를 두 팔로 가늠해보려다가 그의 익시온● 같은 포옹에 버섯이 터지기도 했다.

그는 여러 사람에게 이 거대한 버섯에 관해 얘기하며 "놀랍다!"라고 말했으며, 땅속에서 버섯이 자라나 지하실 바닥의 판석이 솟아 올라간 유명한 이야기를 최소 일곱 사람에게 들려주었다. 길버트 화이트●●가 유명해진 이후로 그런 부류가 모두 그랬듯 그도 소위비●●●의 책을 뒤지며 그것이 리코페르돈 코엘라툼●●●●인지 아니면 기간테움●●●●●인지 알아내려 애썼다. 그는 '기간테움'이라는 이름이 부적절하다는 쪽으로 결론을 내리고 싶었다.

이 희고 둥근 버섯들이 전날 노파가 걸어간 그 길에 흩어져 있었다는 사실을 그가 알고 있었는지, 혹은 그 가운데 마지막 버섯이 솟아난 위치가 캐들스의 집 대문에서 20미터도 채 떨어지지 않은 곳이라는 사실을 그가 눈치챘는지 따위는 아무도 알지 못한다. 그가 이런 사실들을 알아차렸을 수도 있지만 설사 그렇다 해도 어쨌든 기록하지는 않았다. 식물학적 측면에서 그의 관찰은 비교적 열등한 과학자들이 말하는 이른바

● 그리스·로마 신화에서 제우스의 아내 헤라에게 불륜의 정욕을 품은 인물.

●● 영국의 박물학자인 길버트 화이트(1720~1793).

●●● 영국의 균류학자인 제임스 소위비(1757~1822)를 말한다.

●●●● 먼지버섯의 라틴어 학명.

●●●●● '거대하다'는 뜻의 라틴어 형용사로, 거대종의 식물 학명에 들어간다.

'학습된 관찰', 즉 확실한 것들만 살피고 나머지는 무시하는 그런 종류의 관찰이었다. 게다가 그는 이 현상을 그 무렵 이미 몇 주 동안 지속된 캐들스네 아기의 놀라운 성장과 연관 짓지 않았다. 사실 그 아이는 한두 달 전의 어느 일요일 오후 장모를 찾아간 캐들스가 (이제는 세상에 없는) 스키너 씨가 자신의 암탉 관리 솜씨를 떠벌리는 것을 들은 이후로 놀랍도록 커지고 있었는데 말이다.

4

교구 목사는 캐들스네 아기의 급성장에 이어 먼지버섯의 급성장을 보고 눈을 떴어야 했다. 캐들스네 아기가 놀랍도록 성장한 사실은 이미 세례식에서 그의 품으로 확실하게, 지나칠 정도로 힘차게 들어오는 것으로 경험했으니까…….

이 아기는 하느님의 가호와 '앨버트 에드워드 캐들스'라는 이름의 권리를 봉인하는 차가운 물이 이마에 닿자 귀가 먹먹할 만큼 요란하게 울어젖혔다. 그 무렵 이미 아기 어머니는 아기를 안을 수 없었고 아버지 캐들스는 비틀거리긴 했지만 더 작은 아기를 안고 있는 부모들을 보고 의기양양하게 웃으며 자신의 가족이 맡은 자유석으로 아기를 데려갔다.

"저런 아이는 처음 보는군!" 교구 목사가 말했다. 3킬로그램 남짓으로 세상살이를 시작한 아기 캐들스가 결국 부모의 자랑거리가 될 거라는 사실을 대중이 처음 알게 된 순간이었다. 곧 그 아이는 그저 자랑거리가 아니라 영광이 되리라는 사실이 분명해졌다. 그리고 한 달쯤 뒤 그것은 캐들스 같은 부류가 누리기에는 부적절할 정도로 눈부신 영광이 된다.

정육업자가 아기의 몸무게를 열한 번 쟀다. 그렇지 않아도 말수가 적은 그는 곧 말을 완전히 잃었다. 처음에 그는 이렇게 말했다. "건강하네요." 그다음엔 이렇게 말했다. "세상에!" 세 번째엔 이렇게 말했다. "아이고." 그 뒤로는 그저 크게 한숨을 쉬며 머리를 긁적이고는 도저히 믿을 수 없다는 듯이 저울을 보곤 했다. 사람들은 모두가 만장일치로 '큰 아기'라고 이름 붙인 이 아기를 보러 왔고 대부분은 이렇게 말했다. "덩치가 산만 해요." 이 얘기를 들은 사람들은 이렇게 물었다. "정말 그들이 아기를 낳았을까요?" 미스 플레처가 와서 자기는 "아니"라고 했다. 이건 분명 사실이었다.

세 번째로 몸무게를 잰 다음 날 마을의 독재자인 레이디 원더슈트가 와서 안경 쓴 눈으로 이 진기한 아기를 면밀히 살펴보았고 아기는 겁에 질려 울어젖혔다. 그녀는 큰 소리로 훈계하듯 아기 엄마에게 말했다. "보통 큰 아이가 아니네. 보통 아기처럼 돌봐선 안 되겠어요, 캐들스. 물론 어차피 우유를 먹으면서 이렇게 계속 자라진 않겠지만, 그래도 우리가 할 수 있는 건 해야죠. 내가 플란넬을 더 보내줄게요."

의사가 와서 줄자로 아이의 치수를 재어 수첩에 적었고 업마든● 근처에서 농사를 짓는 노인 드리프새속 씨는 거름 파는 사람을 데리고 그들의 여정에서 3킬로미터를 벗어나 아이를 보러 왔다. 거름 파는 나그네는 아이의 나이를 세 번 물어보더니 마침내 기가 막힌다고 했다. 어떻게, 무슨 이유로 기가 막히는지는 설명하지 않았지만 틀림없이 아기의 몸집 때문이었으리라. 그는 또한 아기를 공연 같은 곳에 내보내라고 했다. 학교 수업이 없는 시간이면 어린아이들이 시도 때도 없이 찾아와 "캐들스 아주머니, 아기 한 번만 봐도 돼요? 제발요" 하고 조르는 통에 캐들스 부인은 결국 금지령을 내렸다. 이런 경탄할 장면들이 펼쳐지는 가운데 스키너 부인은 뒤쪽에 서서 마디가 굵고 여윈 손으로 뾰족한 반대편 팔꿈치를 잡고 팔짱을 낀 채 코밑과 그 주변을 움직이며 끝없이 미소를, 아주 의미심장한 미소를 지었다.

레이디 원더슈트는 이렇게 말했다. "저 아이가 쭈그렁 할머니까지 기분 좋게 만드는군. 하지만 난 저 노인네가 우리 마을에 온 게 영 못마땅해."

물론 오막살이의 아기가 대부분 그렇듯 이 아기에게도 이미 자선의 손길이 닿았지만 아기는 우유병을 아무리 채워도 결코 성에 차지 않는다는 것을 요란한 울음으로 분명히 밝혔다.

제아무리 세상을 떠들썩하게 만든 일도 아흐레를 못 간다는 말이 있는데, 이 아기의 경우에는 그 두 배의 기간을 넘기고도 계속해서 모두가 그 엄청난 성장에 기분 좋게 감탄했다.

● 잉글랜드 웨스트서식스주의 작은 마을.

그 뒤에도 배경으로 밀려나 다른 놀라운 일들에 묻히기는커녕 끊임없이 계속 자라났다!

레이디 원더슈트는 가정부 그린필드 부인의 말을 듣고 놀라움을 감출 수 없었다. "캐들스가 아래층에 또 나타나다니. 아이에게 먹일 게 없다니! 세상에, 그린필드. 그럴 수는 없어. 그 아기는 하마처럼 먹고 있잖아! 거짓말하는 게 분명해."

"저도 마님께서 더는 속지 않으셨으면 좋겠어요."그린필드 부인이 말했다.

레이디 원더슈트가 대꾸했다. "그런 사람들은 도무지 말이 통하지 않는다니까. 미안하지만 그린필드, 오늘 오후에는 그 집에 직접 가서 아기가 우유병을 들고 있는지 **확인해줘.** 몸집이 아무리 커도 하루에 3.5리터 이상 먹는다는 건 말이 안 되잖아."

"정말 그럴 리가 없죠, 마님."그린필드 부인이 말했다.

레이디 원더슈트는 손이 떨렸다. 무언의 감정 표현이었다. 하층민도 결국 상류층 못지않게 비열하며 교묘한 사기에서는 더 유리한 입장이 된다는 사실에 모든 귀족이 느끼는 의심 어린 분노를 표출한 셈이었다.

그러나 그린필드 부인은 횡령의 증거를 찾지 못했고 캐들스의 아기에게 보내는 일일 공급량을 늘리라는 지시가 내려졌다. 첫 회분이 가기가 무섭게 캐들스가 비굴하고 민망한 얼굴로 다시 대저택을 찾아왔다.

"그린필드 부인, 정말이지 저희는 아주 정성스럽게 다뤘는

데 옷이 자꾸 터지네요! 단추들이 힘차게 날아가서 그중 하나가 유리창을 깼고 또 하나는 가시처럼 저를 이렇게 때렸다니까요."

레이디 원더슈트는 이 놀라운 아이가 너무 커져서 아름다운 구호품 옷이 터졌다는 얘기를 듣고 직접 캐들스를 만나기로 결심했다. 그녀가 찾아가자 캐들스는 머리에 황급히 물을 묻혀 손으로 매만진 뒤 헐떡거리며 나타나서는 모자 테를 생명줄인 양 붙잡고 안절부절못하면서 양탄자 가장자리에서 비틀거렸다.

레이디 원더슈트는 캐들스가 쩔쩔매는 모습을 즐겼다. 캐들스는 그녀에게 이상적인 하층민이었다. 부정직하고 충성스러우며 비굴하고 부지런하면서도 책임질 능력이 전혀 없는, 그런 하층민 말이다. 그녀는 그의 아이가 계속 자라는 건 심각한 문제라고 말했다. "식욕이 엄청납니다, 마님." 캐들스가 목소리를 높였다.

"직접 보십시오, 마님. 저기 누워 있습니다. 발길질하고 울부짖고 얼마나 괴로운지 모릅니다. 저희가 어찌 감히 거짓말을 하겠습니까. 이웃들이 가만두지 않을 텐데……."

레이디 원더슈트는 교구 의사와 상의했다.

"내가 궁금한 건 그 아이가 우유를 그렇게 많이 먹는 게 **정상**이냐는 거죠."

그러자 교구 의사가 대꾸했다. "그 또래 아기에게 적당한 양은 이십사 시간에 0.8리터에서 1.1리터 사이입니다. 그보다 더 많이 주실 필요는 없습니다. 그렇게 주신다면 마님이 관대하신 거지요. 물론 우리가 며칠 동안 적당한 양을 시도해볼 수는 있습니다. 하지만 솔직히 말씀드리면 그 아이는 어떤 이유에서인지 생리학적으로 다른 것 같습니다. 돌연변이종일 수도 있습니다. 전신 비대증이 아닐까 하는데……."

"교구의 다른 아이들을 생각하면 공평하지 않잖아요. 이런 상태가 계속되면 틀림없이 불평이 들어올 거예요." 레이디 원더슈트가 말했다.

"적정량보다 더 줄 필요는 없습니다. 일단 정해진 양을 지켜보고 그게 안 되면 병원으로 보내야지요."

레이디 원더슈트는 잠시 생각에 잠겼다. "혹시 몸집과 식욕 말고 다른 부분에서 비정상적인 것은 없나요? 뭔가 다른 특징은 없어요?"

"그런 건 없습니다. 하지만 이런 속도로 성장이 계속되면 심각한 도덕적 결함과 지적 결함이 나타날 겁니다. 막스 노르다우•의 법칙을 토대로 이를 예측할 수 있지요. 막스 노르다우는 아주 재능 있고 훌륭한 철학자입니다, 원더슈트 마님. 그는 비정상적인 것, 비정상이 가장 귀중한 발견이며 그것을 유념해야 한다고 역설했지요. 저는 그것이 실생활에서 가장 유용한 가르침이라고 생각합니다. 그래서 비정상적인 것을 보면 당장 '이건 비정상이야' 하고 되뇐답니다." 그는 굉장

• 헝가리 출신의 사회비평가 막스 노르다우(1849~1923).

한 비밀을 털어놓는 사람처럼 의미심장한 눈빛을 보이며 목소리를 낮췄다. 그러고는 뻣뻣하게 한 손을 올리며 다시 말했다. "그 아이도 그런 정신으로 다루고 있습니다."

5

"쯧쯧!" 스키너 부인이 마을에 도착한 다음 날 교구 목사는 자신의 아침상에 대고 말했다. "쯧쯧! 이게 뭐야?" 그는 못마땅한 내색을 하며 안경을 매만지고 다시 신문을 보았다.

"거대 말벌이라니! 세상이 어찌 되려고? 미국 기자들이겠지! 만날 신기한 걸 찾아다닌다니까! 난 거대한 구스베리만으로도 충분한데. 터무니없는 소리!"

교구 목사는 신문에서 눈을 떼지 않은 채 커피를 단숨에 들이켜고는 믿기지 않는다는 듯이 입맛을 다셨다.

"헛소리야!" 교구 목사는 그 암시를 완전히 부인했다.

그러나 이튿날 다시 비슷한 소식을 접하고 실상을 깨달았다.

다만 시간이 걸렸다. 그날 산책을 나갈 때만 해도 그는 여전히 신문에 나온 기이한 소식을 믿지 않고 껄껄 웃어넘겼다. 말벌이 개를 죽이다니! 때마침 먼지버섯들이 처음 올라온 곳을 지나가면서 그곳은 풀이 사납게 자란다고 중얼거리긴 했지만 그를 즐겁게 해준 문제와는 어떤 식으로도 연결 짓지 않았다. 그는 이렇게 말했다. "그랬다면 여기서도 뭔가 소식이 들렸겠지. 휘츠터블은 여기서 30킬로미터도 안 되는데."

얼마 후 그는 기이하게 거칠어진 땅에 환영처럼 솟아 있는 먼지버섯들을 다시 한번 발견했다.

그때 퍼뜩 깨달았다.

그날 아침 그는 평소에 다니던 길로 가지 않았다. 대신 두 번째 울타리 디딤대 옆에서 방향을 돌려 캐들스의 집으로 향했다. "아기는 어디 있어요?" 그가 물었다. 그러고는 아기를 보고 소리쳤다. "세상에!"

그는 마음을 가다듬으며 다시 마을을 걸어 올라가다가 부지런히 내려오는 의사와 맞닥뜨렸다. 그는 의사의 팔을 붙잡고 물었다. "이게 다 **무슨** 일입니까? 요 며칠 신문 봤어요?"

의사는 봤다고 했다.

"그럼 저 아이는 어떻게 된 겁니까? 다 어떻게 된 거예요? 말벌, 먼지버섯, 아기. 대체 무엇 때문에 다들 그렇게 커지는 겁니까? 있을 수 없는 일이잖아요. 켄트에서까지! 여기가 미국이었다면……."

그러자 의사가 대꾸했다. "정확히 뭐라고 말씀드리기가 어렵습니다. 증상들로 봐서 제 생각엔……."

"뭡니까?"

"비대증…… 전신 비대증입니다."

"비대증?"

"네, 전신, 그러니까 모든 신체 구조, 유기체 전체에 영향을 미치지요. 우리끼리 얘기지만 제 생각에는 거의 확실한

데…… 그래도 더 지켜봐야 합니다."

"아." 교구 목사는 의사가 태연하게 대꾸하는 것을 보고 적잖이 마음을 놓았다. "그런데 어떻게 이렇게 여기저기서 나타납니까?"

"그 역시 말씀드리기가 어렵습니다." 의사가 말했다.

"어샷. 여기. 점점 퍼지고 있는 게 분명해요."

"맞습니다. 제 생각도 그렇습니다. 어쨌든 유행병의 양상과 상당히 비슷하지요. 아마 유행성 비대증일 겁니다."

"유행성! 설마 전염된다는 말은 아니겠지요?" 교구 목사가 물었다.

의사는 희미하게 미소를 띤 채 두 손을 맞비비며 대꾸했다. "그건 확실하게 말씀드릴 수가 없습니다."

"하지만!" 교구 목사는 눈을 동그랗게 뜨고 소리쳤다. "만약 **전염되는** 거라면 **우리**도 옮겠네요."

그는 한 걸음 내디뎠다가 돌아서며 소리쳤다.

"방금 그 집에 다녀왔는데. 설마 나도? 당장 집에 가서 목욕을 하고 옷을 훈증 소독해야겠군요."

의사는 잠시 계속 갈까 고민하다가 돌아서서 자기 집으로 향했다.

그러나 걸음을 옮기던 그는 마을에 한 달 동안 비대증이 있었는데 아무도 감염되지 않았다는 사실을 떠올리고는 머뭇거리다가 의사라면 응당 그래야 하듯 용감해지기로, 그리고 사내답게 위험을 감수하기로 마음먹었다.

사실 그의 분별 있는 행동을 이끈 생각은 그뿐만이 아니었다. 그에게 성장이라는 것은 두 번 다시 일어나지 않을 일이었다. 그 자신이든 교구 목사든 헤라클레오포르비아를 아무리 많이 먹어도 상관없을 터, 그들의 성장은 이미 끝난 일이었다. 두 신사의 성장은 영영 끝났다.

6

두 사람이 이런 대화를 나누고 하루 이틀 뒤, 그러니까 실험 농장이 불타고 하루 이틀 뒤에 윙클스가 레드우드를 찾아와 모욕적인 편지를 보여주었다. 익명의 편지였고, 저자라면 자기 이야기에 등장하는 인물의 비밀을 지켜줘야 하는 법이다. 편지에는 이렇게 적혀 있었다. "이 모든 게 자연적인 현상일 뿐인데 당신은 《타임스》에 편지를 써서 그것을 자신의 공으로 가로채고 자신을 홍보하려 하는군요. 당신과 당신의 벼락성장제를 홍보하려는 것이지요! 당신이 주장하는 그 터무니없는 이름의 물질이 거대 말벌이나 쥐들과 연관 지어진 것은 우연일 뿐입니다. 실상은 비대증, 전염성 비대증이 유행하고 있는 것이고 이는 태양계만큼이나 당신이 통제할 수 없는 일이지요. 저 언덕들만큼이나 오래된 병입니다. 아낙● 집안에

● 성경에 나오는 기골이 장대한 족속.

도 비대증이 있었습니다. 현재 당신의 활동 범위에서 멀리 떨어진 치싱 아이브라이트에서도 한 아기가……."

"글씨가 흔들렸군. 노인이 쓴 것 같은데. 하지만 거기서도 그런 아이가 나타났다니 이상한데……." 레드우드가 말했다.

그는 몇 줄 더 읽고는 돌연 깨달았다.

"세상에! 사라진 스키너 부인이야!" 그가 말했다.

그는 이튿날 오후에 불쑥 그녀를 찾아갔다.

스키너 부인은 딸의 오두막 앞에 있는 작은 텃밭에서 양파를 캐는 일에 몰두해 있다가 마당의 대문으로 그가 들어오는 모습을 보았다. 그녀는 시골 사람들 표현으로 잠시 '대경'하며 서 있다가 자신을 방어하려는 듯 왼쪽 팔꿈치 아래 작은 양파 다발을 들고 팔짱을 낀 채 그가 다가오기를 기다렸다. 그녀의 입이 몇 번 벌어졌다가 다물어졌다. 그녀는 하나 남은 이로 웅얼거리다가 아크등이 깜빡이듯 갑작스럽게 예의를 갖춰 인사를 했다.

"부인을 찾아야 할 것 같았습니다." 레드우드가 말했다.

"그러실 거라고 생각했어요." 그녀는 무뚝뚝하게 대꾸했다.

"스키너는 어디 있습니까?"

"그이는 제가 여기 온 뒤로 오지도 않았고 편지 한 통 보내지 않았어요."

"어떻게 됐는지 모르십니까?"

"소식이 없었다니까요. 몰라요."

그녀는 레드우드와 외양간 문 사이를 가로막으려는 듯 머뭇거리며 왼쪽으로 슬며시 한 걸음을 옮겼다.

"스키너가 어떻게 됐는지는 아무도 모르는군요." 레드우드가 말했다.

"**그이**는 알겠죠." 스키너 부인이 말했다.

"그가 알려주진 않을 테니까요."

"원래 늘 자기 몸을 잘 챙겼고 골치 아픈 일이 생기면 소중하고 가까운 사람들을 두고 떠나는 사람이었어요. 그래도 아주 영리하긴 하죠." 스키너 부인이 말했다.

"아기는 어디 있습니까?" 레드우드가 불쑥 물었다.

그녀는 무슨 말이냐고 되물었다.

"그 아기 얘기를 들었습니다. 부인이 우리 가루를 먹인 아이 말입니다. 몸무게가 13킬로그램이나 나간다던데."

스키너 부인은 손을 움직이다가 양파를 떨어뜨렸다. 그러고는 반박하기 시작했다. "글쎄요, 선생님. 저는 무슨 말씀인지 잘 모르겠는데요. 제 딸인 캐들스 부인에게 아기가 **있긴** 합니다, 선생님." 그녀는 초조하게 무릎을 굽혀 예의를 차리고는 코를 갸우뚱하며 아무것도 모르는 듯한 표정을 지으려 애썼다.

"그 아기를 보여주시지요, 스키너 부인." 레드우드가 말했다.

스키너 부인은 노골적으로 그를 보며 앞장서서 외양간으로 향했다.

"물론이죠, 선생님. 제가 농장에서 아이 아버지에게 가져가라고 준 작은 깡통에 **조금** 들어 있었을지도 모릅니다. 아니면 어쩌다보니 저한테 조금 끼어 왔을 수도 있고요. 제가 워낙 급하게 짐을 싸서……."

"음!" 레드우드는 한동안 혀로 소리를 내어 아기의 주의를 끌다가 이렇게 내뱉었다. "흐음!"

그는 캐들스 부인에게 아기가 아주 건강하다고 말해주었다. 그녀에게는 그 정도로 충분했다. 그런 뒤 그는 그녀를 완전히 무시했다. 잠시 후 캐들스 부인은 철저히 하찮은 존재가 되어 외양간을 나갔다.

"이렇게 시작한 이상 계속해야 합니다." 그가 스키너 부인에게 말했다.

그러고는 대뜸 그녀에게 덤벼들었다. "**이번에는** 흘리지 마세요."

"흘린다고요, 선생님?"

"아! **다** 아시잖아요."

그녀는 격한 몸짓으로 안다는 표시를 했다.

"이곳 사람들에게 말하지 않았지요? 아이 부모나 저기 큰 저택에 사는 마을 대지주네 사람들, 의사, 아무한테도?"

스키너 부인은 고개를 저었다.

"절대 하지 마세요." 레드우드가 말했다.

그는 외양간 문으로 가서 주변을 살펴보았다. 다섯 개의 가로장으로 만든 대문은 큰길 쪽으로 나 있었고 가로장들 사이로 오두막집의 가장자리와 사용하지 않는 양돈장 사이에 외양간 문이 보였다. 큰길 너머에 있는 높다란 붉은 벽돌 담장은 담쟁이덩굴과 꽃무, 병풀로 뒤덮였고 꼭대기에는 깨진 유리가 둘려 있었다. 담장 모퉁이 옆 초록색과 노란색 가지들 속에 햇살이 비치는 표지판이 서 있었다. 올해 처음 떨어진 낙엽의 풍부한 색조 위로 우뚝 솟은 표지판에는 "이 숲을 무단 침입하는 자는 처형됨"이라고 적혀 있었다. 산울타리 사이의 어두운 틈으로 가시 돋친 철망들이 두드러져 보였다.

"음." 레드우드가 말했다. 그런 뒤 좀 더 깊은 목소리를 냈다. "흐음!"

말발굽 소리와 바퀴 소리가 들리는가 싶더니 레이디 원더슈트의 반백의 머리가 시야에 들어왔다. 마차가 가까워지자 레드우드는 마부와 하인의 얼굴을 살폈다. 마부는 매우 질 좋은 품종으로 만든 포도주처럼 풍부하고 진한 매력을 풍겼고 성례를 올리듯 위엄 있게 마차를 몰았다. 다른 마부들은 자신의 소명과 지위에 회의적일지 몰라도, 어쨌든 그는 확신에 찬 모습으로 여주인의 마차를 몰았다. 그의 옆에 앉은 하인은 딱히 확신 없는 얼굴로 팔짱을 끼고 있었다. 뒤이어 우아하다기보다는 오만해 보이는 모자와 망토 차림의 지체 높은 귀부인이 안경을 쓰고 내다보는 모습이 보였다. 젊은 여성 둘도 함께 목을 내밀고 내다보았다.

맞은편으로 지나가던 교구 목사가 황급히 모자를 벗고 다윗의 이마를 드러냈지만 그리 눈길을 끌진 못했다…….

레드우드는 마차가 지나간 뒤에도 한참 동안 뒷짐을 진 채 문가에 서 있었다. 그의 시선이 구릉지의 청회색 고지대로 향했다가 뭉게구름이 낀 하늘로 옮아간 뒤 유리를 얹은 담장으로 돌아왔다. 그는 외양간 안의 서늘한 그림자로 눈을 돌렸다. 렘브란트의 그림에 나올 듯 음침한 공간, 점점의 얼룩과 어른거리는 색깔 속에서 플란넬 띠만 두른 채 알몸으로 거대한 짚 다발 위에 앉아 자기 발가락을 만지작거리는 커다란 아이를 바라보며 그가 말했다.

"우리가 무슨 짓을 했는지 이제 조금 알 것 같군요."

그는 생각에 잠겼다. 그의 머릿속에서 어린 캐들스와 자신의 아이, 코사의 아이들이 겹쳐졌다. 그는 돌연 웃음을 터트렸다. "아이고!" 머릿속을 스치는 생각에 그가 탄식했다.

이윽고 그는 정신을 차리고 스키너 부인에게 말했다. "어쨌든 먹던 걸 중단하면 이 아이는 괴로워할 겁니다. 적어도 그건 우리가 막을 수 있어요. 6개월마다 한 통씩 보내드리지요. 그 정도면 충분할 겁니다."

스키너 부인은 "선생님 생각이 그러시다면" 하더니 "짐 쌀 때 어쩌다 끼어 들어온 게 분명하지만…… 조금 먹인다고 나쁠 건 없겠죠" 따위의 말을 중얼거린 뒤 떨리는 몸으로 이런저런 손짓을 해가며 알아들었다는 표시를 했다.

그렇게 해서 아이는 계속 자랐다.

무럭무럭.

레이디 원더슈트는 이렇게 말했다. "저 아이는 저곳에 있을 송아지를 모조리 잡아먹은 거나 마찬가지야. 저 캐들스라는 사람한테 또 이런 일을 당하면 그때는……."

7

 그러나 신들의 양식을 둘러싼 소란이 점점 커지면서 치싱 아이브라이트처럼 외딴 마을에서조차 전염성이든 아니든 그것이 비대증이라는 이론은 그리 오래갈 수 없었다. 한동안 스키너 부인에 관해 괴로운 설명이 이어졌다. 그에 대해 그녀는 제대로 말을 하지 못하고 하나뿐인 치아로 웅얼거리곤 했다. 그녀를 캐고 파헤치고 폭로하는 설명이 이어지자 결국 그녀는 슬픔을 가눌 수 없는 과부를 연기하며 집중되는 비난을 피하려 했다. 그녀는 억지로 쥐어짠 눈물이 고인 눈으로 성난 대지주 귀부인을 보며 두 손으로 눈물을 닦았다.

 "지금 제가 어떤 상황을 겪고 있는지 잊으신 것 같네요, 마님."

 그녀는 경고하는 투로 말한 뒤 약간의 원망을 섞어 덧붙였다. "저는 밤낮 그이 생각뿐입니다, 마님."

 그녀는 입술을 오므렸다가 단조롭고 머뭇거리는 목소리로 다시 말했다. "얼마나 걱정이 되는지 모릅니다, 마님."

 그렇게 입장을 굳힌 뒤 그녀는 대지주가 이전에 믿어주지 않은 말을 한 번 더 확실하게 되풀이했다. "저도 제가 그 아이에게 무얼 먹이는지 전혀 몰랐습니다. 다른 사람들과 똑같은 입장이었죠……."

 대지주는 좀 더 희망적인 쪽으로 마음을 돌렸지만, 어쨌든 당연히 캐들스에게 몹시 화를 냈다. 사절들이 교섭을 위한 협박을 준비해 벤싱턴과 레드우드의 소용돌이치는 삶으로 들어왔다. 그들은 자신을 교구 의원이라 소개하며 축음기를 틀어놓은 듯 미리 준비한 말을 읊조렸다. "벤싱턴 선생, 우리 교구가 입은 피해에 대해 선생에게 책임을 묻겠습니다. 선생에게 책임을 묻겠습니다."

하나같이 코가 뾰족하고 불그레하며 교활해 보이는 자그마한 신사의 모습을 한 일단의 악랄한 변호사들이 뱅허스트, 브라운, 플랩, 코들린, 테더, 스녹스턴이라고 자신을 소개하며 이러저러한 피해에 대해 모호한 얘기를 떠들어댔고, 대지주의 특사인 세련된 인사가 어느 날 불쑥 레드우드를 찾아와 이렇게 묻기도 했다. "자, 선생, 어떻게 하시겠습니까?"

그 물음에 레드우드는 그 문제로 자신과 벤싱턴을 계속 귀찮게 하면 아이에게 성장제의 공급을 중단하겠다고 했다. 그는 이렇게 말했다. "아이에게 아무것도 주지 말아야지요. 그것을 못 먹게 하면 아이는 마을이 떠나가라 소리를 지르다 죽을 겁니다. 이제 그 아이는 당신네 손에 달렸으니 알아서 하십시오. 레이디 원더슈트도 가끔은 책임을 이행해야지, 그러지 않으면 언제까지고 풍요의 레이디이자 그 마을의 세속적 신으로 군림할 수 없을 겁니다."

"골치 아픈 일은 이미 저질러졌다는 뜻이네요." 적당한 편집을 거쳐 레드우드의 말을 전해 들은 레이디 원더슈트는 이렇게 말했다.

"골치 아픈 일은 이미 저질러졌지요." 교구 목사가 그녀의 말을 되풀이했다.

그러나 실제로 골치 아픈 일은 이제 시작에 불과했다.

1

이 거대한 아이는 못생겼다. 교구 목사는 그렇게 주장하곤 했다. "그 아이는 예전부터 추했다니까. 과한 것들은 모두 추한 법이지." 목사의 의견 때문에 그 아이는 이 문제에서 공정한 평가를 받지 못했다. 이 어린 괴물은 그 외딴 시골에서조차 여러 번 사진에 찍혔는데, 그런 순수한 증거물을 보면 목사의 견해와 반대로 얼핏 예뻐 보이기도 한다. 이마까지 풍성한 곱슬머리가 내려와 있고 금방이라도 웃음을 터트릴 듯한 얼굴이다. 왜소한 캐들스는 대개 아기 뒤에 서서 미소를 짓고 있으며, 원근감 탓에 상대적으로 작은 그의 몸집이 한층 더 작아 보인다.

두 해째가 지나자 아이의 훌륭한 외모는 한층 더 절묘해졌고 논쟁의 여지도 커졌다. 아이는 그의 불운한 할아버지가 보았더라면 틀림없이 '사납게' 자랐다고 표현했을 만큼 커지기 시작했다. 살결은 창백해졌고 몸집이 큰데도 어딘지 가냘파 보이는 구석이 있었다. 그리고 몹시 허약했다. 눈과 얼굴 생김새는 점차 곱게 변했고 사람들의 말을 빌리면 '흥미로워'졌다. 머리카락은 한번 자르고 나자 마구 엉키기 시작했다. "아이의 결함이 나오는 거죠." 교구 의사는 그런 특징들을 가리켜 이렇게 말했지만 그의 말이 얼마나 옳았는지는 확실히 알 수 없다. 어쩌면 레이디 원더슈트가 자선 정신을 공평이라는 가치로 희석해 회반죽을 바른 외양간에서만 생활하게 한 것이 아이의 건강 문제에 영향을 미쳤는지도 모른다.

세 살부터 여섯 살까지 찍힌 사진들을 보면 아이는 점차 눈이 동그랗고 코는 짧으며 눈빛이 다정한 금발의 소년으로 자라났다. 입가는 이 초창기 거인 아이들의 사진에서 공통적으로 볼 수 있듯이 금방이라도 웃음을 터트릴 듯 보인다. 여름에는 이불잇을 끈으로 여민 헐렁한 옷을 입고 있다. 머리에는 대개 일꾼들이 연장을 담을 때 쓰는 밀짚 바구니를 썼고 발은 맨발이다. 한 사진에서는 베어 먹은 멜론을 한 손에 들고 활짝 웃고 있다.

겨울에 찍은 사진은 그리 많지 않고 그 안의 모습도 영 시원치 않다. 너도밤나무로 만든 게 확실한 커다란 나막신을 신었고 ('아이핑의 존 스티켈스' 같은 글씨가 곳곳에 적힌 것으로 봐선) 자루를 양말 삼아 신었으며 바지와 외투는 화려한 무늬의 양탄자를 잘라 만든 것으로 보인다. 속옷으로는 거친 플란넬

천을 둘렀다. 목에는 5~6미터 길이의 플란넬을 이불처럼 감고 있다. 머리에 쓴 것도 자루처럼 보인다. 사진기를 바라보는 아이는 미소를 띨 때도 있고 원망 섞인 표정을 지을 때도 있다. 겨우 다섯 살 때 찍힌 사진 속에서도 부드러운 갈색 눈위에 얼굴을 특징짓는 기묘한 주름이 보인다.

교구 목사는 이 아이가 처음부터 마을의 지독한 골칫거리였다고 말하곤 했다. 아이는 제 나이에 걸맞은 놀이충동과 풍부한 호기심, 사교성을 지녔던 것으로 보이며, 여기에 더해 슬픈 얘기지만 확실히 식탐이 비교적 많았다. 그린필드 부인의 표현으로 레이디 원더슈트는 **"과분하리만치** 너그럽게" 음식을 내주었지만 아이는 의사가 '범죄 수준'이라고 단번에 생각할 만큼 엄청난 식욕을 드러냈다. 일반적으로 알려진 성인의 최대 필요 식사량을 넘어서는 음식을 지급받으면서도 도둑질을 하다가 발각되었으니 레이디 원더슈트에게는 확실히 그녀가 겪은 하층민 가운데 최악이었을 것이다. 게다가 아이는 훔친 음식을 우악스럽게 먹어댔다. 거대한 손이 마당의 담장을 넘어가기 일쑤였고 빵 장수의 수레에서 빵을 훔치기도 했다. 말로의 가게 다락에서 치즈가 사라졌고 돼지 먹이통도 아이를 피해 가지 못했다. 스웨덴순무를 재배하는 농부는 자기 밭을 걷다가 아이의 커다란 발자국과 곳곳에 조금씩 나 있는 탐식의 증거를 발견하곤 했다. 여기저기서 순무가 뿌리째 뽑혔고 어린아이의 꾀로 그 자리에 난 구멍을 열심히 없앤 흔적이 남아 있었다. 아이는 보통 사람들이 무를 먹듯이 스웨덴순무를 게걸스레 먹었다. 주위에 아무도 없을 때면 보통 아이들이 덤불에서 블랙베리를 따 먹듯이 그저 일어서서 나무의 사과를 따 먹었다. 어떤 면에서 이처럼 아이에게 먹을 것이 충분히 주어지지 않았다는 점은 치싱 아이브라이트의 평화에 도움이 되는 일이었다. 수년 동안 아이는 신들의 양식을 주는 대로 거의 모조리 먹어치웠으니 말이다.

그 아이가 골칫거리였으며 여기저기 쑤시고 다녔다는 사실에는 반박의 여지가 없다. 교구 목사는 "그 애는 늘 나돌아 다녔어" 하고 말하곤 했다. 아이는 학교에 다니지 못했고 당연히 공간의 한계 때문에 교회에도 갈 수 없었다. 교구 목사의 표현을 인용하면 "세상에서 가장 터무니없고 파괴적인 법", 즉 1870년의 초등교육법의 정신을 받들고자 수업이 진행되는 동안 교실 창문을 열어놓고 아이를 그 앞에 앉아 있게 하는 시도를 하기도 했다. 그러나 이 아이가 있으면 다른 아이들을 제대로 가르칠 수 없었다. 아이들이 자꾸 일어나서 아이를 내다보았고 아이가 말을 할 때마다 다 함께 웃음을 터트리곤 했다. 아이의 목소리는 무척 이상했다! 결국 학교에서는 아이를 오지 못하게 했다.

또한 거대한 몸집이 예배에 딱히 도움이 되지 않았으므로 사람들은 아이가 교회에 다녀야 한다고 고집하지도 않았다. 그러나 아이가 교회에 오게 하려 했다면 딱히 어려운 일은 아니었을 것이다. 그 커다란 몸집 어딘가에 종교적 감정의 싹이 자리하고 있었다고 추정할 만한 합당한 이유가 있었기 때문이다. 어쩌면 음악이 아이를 이끌었는지도 모른다. 일요일 아침이면 아이는 신도들이 안으로 들어간 뒤 교회 마당에서 무덤들 사이를 살금살금 걸어와서는 발코니 옆에 앉아 벌집에 귀를 대고 있는 사람처럼 귀 기울일 때가 많았다.

처음에는 그리 요령 있게 움직이지 못했다. 안에 있는 사람들은 아이의 커다란 두 발이 쉴 새 없이 예배당 주위를 돌아다니는 소리를 들었고 호기심과 부러움이 섞인 표정으로 스테인드글라스를 통해 안을 들여다보는 아이의 희미한 얼굴을 알아차리기도 했으며, 가끔은 쉬운 찬송가에 느닷없이 사로잡혀 거대한 목소리로 애처롭게 따라 부르려 울부짖는 소리를 듣기도 했다. 평일에는 우편배달부와 굴뚝 청소부로 일하고, 일요일이면 파이프 오르간의 송풍기를 여닫고 관리인 노릇을 하며 교구 직원 겸 교회지기 겸 종지기 역할도 하는 작은 슬로핏이 그때마다 서둘러 용감하게 밖으로 나가 서글프게 아이를 쫓아 보냈다. 다행히 슬로핏은 그런 감정을 느끼는 사람이었다. 어쨌든 비교적 마음이 넉넉할 때는 그랬다는 얘기다. 그는 내게 막 산책을 데리고 나온 개를 집으로 돌려보내는 심정이었다고 말했다.

그러나 어린 캐들스의 지적 교육과 도덕적 교육은 단편적으로나마 분명하게 이뤄졌다. 처음부터 교구 목사와 어머니뿐 아니라 온 세상이 함께 아이에게 자신의 거대한 힘을 사용해선 안 된다고 분명하게 일렀다. 그것은 아이가 어떻게든 극복해야 하는 불운이라고 했다. 아이는 그들의 말을 유념하고 스스로에게 주어진 일을 해야 하며 무언가를 부수거나 해치지 않도록 주의해야 했다. 특히 사물이나 생명을 밟거나 밀거나 그 주변을 뛰어다니는 것은 금물이었다. 귀족들에게는 예의 바르게 인사하고 그들이 나눠주는 옷과 음식을 감사히 여겨야 했다. 어린 캐들스는 천성으로나 습관으로나 가르칠 수 있는 아이였고 그저 음식을 잘못 먹어서 우연히 거대해진 것뿐이었으므로 이 모든 것을 고분고분 받아들였다.

이 초창기에 아이는 레이디 원더슈트에게 깊은 공경을 표했다. 그녀는 자신이 짧은 치마를 입고 개 회초리를 들고 있을 때 이 아이에게 가장 효율적으로 얘기할 수 있다는 것을 깨닫고 말 대신 회초리를 사용했으며 늘 조금은 경멸이 담긴 투로 소리를 지르곤 했다. 그러나 가끔은 교구 목사가 주인 노릇을 했다. 성마르고 조그만 중년의 다윗이 어린 골리앗에게 책망과 꾸지람, 독단적인 명령을 한 것이다. 그 무렵 이 괴물은 몸집이 너무 커서 여느 아이들처럼 반응과 관심, 애정을 갈망하는 의존적인 존재라는 것을, 한없이 멍청하고 한심한 짓을 할 수 있으며 인정과 즐거움, 새로운 경험을 열망하는 겨우 일곱 살짜리 어린애라는 사실을 아무도 기억하지 못했다.

교구 목사는 화창한 아침에 마을의 큰길을 걷다가 이 불가해하고 볼썽사나운 5.5미터짜리 아이를 마주치곤 했다. 목을 길게 빼고 뒤뚱뒤뚱 걸으며 어린아이의 두 가지 원초적 욕구, 즉 먹을 것과 갖고 놀 것에 대한 욕구를 좇는 아이가 그에게는 새로운 형태의 국교 반대론자처럼 비현실적이고 불쾌하게 느껴졌다.

그때마다 아이는 쭈뼛거리며 존경의 눈빛을 보였고 목사는 아이의 엉킨 앞머리를 만져주려 했다.

교구 목사에게도 적게나마 상상력이, 어쨌든 최소한 상상력의 잔재가 있었으므로, 어린 캐들스를 볼 때면 그 엄청난 근육이 어떻게 사람을 다치게 할지 갖가지 상상이 떠올랐다. 그 아이가 갑자기 이성을 잃기라도 하면 어떻게 되겠는가! 그저 존경심을 잃기만 해도! 그러나 무릇 진정한 용자는 두려움에 휘둘리지 않고 그것을 극복하는 사람이었다. 교구 목사는 매번 자신의 상상을 억눌렀다. 그리고 늘 선량한 봉사 정신으로 굳건히 어린 캐들스를 타이르곤 했다.

"착한 아이가 돼야지, 앨버트 에드워드?"

그러면 어린 거인은 벽에 더 바싹 붙어 서서 빨개진 얼굴을 더욱더 붉히며 대답했다. "네, 목사님. 노력하고 있어요."

"그래야지." 교구 목사는 이렇게 말한 뒤 그저 숨을 좀 더 가쁘게 쉬며 그를 지나가곤 했다. 그리고 무슨 생각이 들어도 자신의 남자다움을 지키기 위해 한번 지나간 위험은 절대 돌아보지 않는다는 철칙을 세웠다.

가끔 교구 목사는 어린 캐들스에게 개인 교습을 해주기도 했다. 이 괴물에게 글은 필요하지 않았으므로 글을 가르치지는 않았지만 그보다 더 중요한 교리문답을 조금 가르쳤다. 예를 들면 이웃에 대한 의무를 가르쳤고, 캐들스가 교구 목사와 레이디 원더슈트에게 복종하지 않을 경우 하느님이 무서운 복수로 벌을 내릴 거라고 가르치기도 했다. 이런 교육은 교구 목사의 마당에서 행해졌고 지나가는 사람들이 듣기에는 국정 교회의 필수적인 가르침이 거대하고 기이한 아이의 목소리에 묻히곤 했다.

"왕을 존경하고 다른 사람을 모두 존경하고 그 권위를 따라야 합니다. 저의 모든 통치자들과 선생님들, 모든 목자와 스승들에게 복종해야 합니다. 저보다 지체 높은 모든 사람에게 경건하게 저를 낮춰야 하며……."

얼마 후 말들도 커져가는 이 거구를 마주치면 난생처음 낙타를 봤을 때와 똑같은 반응을 보인다는 사실이 분명해지자 아이는 관목 숲 근처에서뿐 아니라(여기에 나타나면 담장 너머로 보이는 멍청한 미소에 대지주가 극도로 짜증을 냈으므로) 어디서든 큰길에 나타나지 말라는 지시를 받았다. 아이는 큰길에서 여러 가지 이점을 누렸으므로 이 규칙을 완전히 따를 수는 없었다. 그러나 그런 지시 때문에 평소 떳떳하게 이용하던 편의가 이제는 훔쳐 써야 하는 무엇이 되었다. 결국 아이는 오래된 초원과 구릉지를 제외하곤 거의 아무 데도 갈 수 없게 되었다.

구릉지가 없었더라면 아이가 무얼 했을지 알 수 없는 노릇이다. 거기에는 수 킬로미터씩 돌아다닐 수 있는 공간이 있었고 아이는 그런 곳을 넘어 더 멀리까지 나가기도 했다. 나뭇가지들을 꺾어 기이하고 거대한 꽃다발을 만들기도 했지만 결국 금지당했고, 양 떼를 몰아 줄지어 세워놓았다가 금세 흩어지는 모습을 보기도 했지만(그 광경에 아이는 진심 어린 웃음을 터트렸다) 역시 결국 금지당했으며, 풀밭에 쓸데없이 커다란 구멍을 파기도 했지만 역시 결국엔 금지당했다…….

아이는 구릉지를 넘어 렉스톤 위 언덕까지 가곤 했는데 거기서 더 나아가지는 않았다. 그곳을 넘어가면 경작지와 사람들을 마주쳤고, 그들은 아이가 뿌리 작물을 약탈한다는 이유로, 그리고 한편으로는 아이의 거대하고 헝클어진 모습이 불러일으키는 적대적인 두려움 때문에 늘 요란하게 짖는 개들을 데리고 나와 아이를 쫓아버렸다. 그들은 이 아이를 협박하고 굵은 채찍을 휘두르기도 했다. 가끔은 아이에게 산탄총을 쏘기도 했다고 들었다. 반대편으로는 히클리브로가 보이는 곳까지 나아갔다. 서슬리 행어 절벽 위에서 아이는 런던, 채텀 및 도버 철도•를 볼 수 있었지만 갈아엎은 밭들과 의심스러운 마을 때문에 더 가까이 가지는 못했다.

그리고 얼마 후 표지판들이 생겨났다. 붉은 글씨로 아이의 접근을 막는 커다란 표지판이 사방에 세워진 것이다. 아이는 '제한구역'이라는 글씨를 읽을 수 없었지만 금세 그것이 무슨 의미인지 이해하게 되었다. 그 무렵 기차의 승객들은 나중에 아이가 일하게 되는 서슬리 백악갱 옆 구릉지에서 무릎으로 턱을 괴고 앉아 있는 아이를 자주 목격했다. 기차가 어렴풋이

● 런던과 켄트주 북부 및 동부를 아우르는 철도.

나마 친숙하게 느껴졌는지 이따금 아이는 기차를 향해 커다란 손을 흔들었고 가끔은 알아들을 수 없는 투박한 인사말을 건네기도 했다.

창밖을 내다보는 승객들은 이렇게 말했다. "엄청 크네요. 벼락성장제를 먹인 아이인가봅니다. 저 아이는 혼자 할 수 있는 게 아무것도 없다고 하던데요. 사실 바보보다 조금 나은 수준이고 지역민들에게 아주 큰 짐이 된다죠."

"부모가 가난하다고 들었어요."

"지역 귀족의 도움으로 살아간다고 하더라고요."

사람들은 멀리 쪼그리고 앉아 있는 괴물의 형상을 한참 바라보며 생각에 잠기곤 했다.

그러고는 한참 생각한 끝에 이렇게 말했다. "그래도 막아서 참 다행입니다. **전체 인구** 가운데 몇천 명뿐이니 괜찮겠지요?"

대개는 이 철학적인 질문에 진지하게 대꾸해주는 사람이 있었다. "그렇다고 할 수 있지요."

2

이 아이는 시련을 겪기도 했다.

예를 들면 하천 때문에 곤란한 상황을 겪었다.

어느 날 이 아이는 스펜더네 아이가 하는 것을 보고 종이

배 접는 법을 익혀 신문지로 작은 배들을 만든 뒤 이 거대한 뾰족모자들을 냇물에 띄웠다. 배들이 아이브라이트 저택 근처의 사유지 경계를 표시하는 다리 밑으로 사라지자 아이는 큰 소리로 고함치며 이리저리 뛰어다니다가 토맷의 새로 만든 사육장을 가로질러 물이 얕은 곳에서 배를 다시 찾았다. 아! 토맷의 돼지들은 틀림없이 허둥거리며 두둑한 지방을 태우고 탄탄한 근육을 키웠을 것이다! 아이의 종이배들은 아이브라이트 저택 앞, 레이디 원더슈트가 훤히 보는 곳에서 인근 잔디밭 너머로 가곤 했다! 신문지를 접어 만든 지저분한 배들! 얼마나 가관이겠는가!

벌을 받지 않았다는 사실에 용기를 얻은 아이는 어린아이식의 수력공학에 매달리기 시작했다. 오래된 창고 문짝을 삽으로 삼아 종이배 함대가 정박할 거대한 항구를 찾아다녔고 때마침 이런 활동을 아무도 보지 못했으므로 기발한 운하를 고안했다. 그런데 하필 이 운하가 레이디 원더슈트의 얼음 저장고로 넘쳐흐르는 바람에 결국 아이는 하천에 댐을 만들었다. 문짝으로 몇 번 힘차게 삽질을 해서 강줄기를 막았는데 틀림없이 산사태에 견줄 만한 일이었을 것이다. 엄청난 물이 관목 숲을 지나 그 아래로 범람하는 바람에 미스 스핑크스와 그녀의 이젤, 그녀가 이전에 그린 그 어떤 그림보다도 더 유망했던 수채화 밑그림이 모조리 휩쓸려갔다. 정확히 말하면 이젤이 휩쓸려갔고 그녀는 무릎까지 젖은 채로 기진맥진해서 집으로 달려갔으며, 뒤이어 물이 텃밭을 휩쓸고 초록색 문을 지나 좁은 길로 들어간 뒤 쇼트네 도랑 옆 하천 바닥으로 다시 흘러 들어갔다.

그사이 대장장이와 얘기를 나누던 교구 목사는 십 분 전만 해도 맑고 차가운 물이 2미터 넘게 흐르던 곳에 야트막한 물웅덩이만 남아 길 잃은 물고기들이 괴로워하며 펄쩍펄쩍 튀어 오르고 하천 바닥에 쌓인 푸른 잡초가 드러난 것을 보고는 놀라서 말을 잇지 못했다.

그 후 자신이 저지른 일에 겁을 먹은 어린 캐들스는 집으로 도망가 이틀 밤낮으로 나오지 않았다. 그러다 결국 지독한 배고픔을 못 이겨 다시 나왔고 이 행복한 마을에서 이전까지 차지한 그 무엇보다도 자신의 크기에 걸맞은 거친 꾸지람을 차분하고 금욕적으로 견뎠다.

3

그런 일이 있고 얼마 안 돼서 레이디 원더슈트는 금식을 명령하고 욕설을 퍼부은 것도 모자라 본보기로 일종의 칙령을 내렸다. 그녀는 먼저 자기 집사에게 그것을 얘기했는데 너무도 갑작스러워서 집사조차 화들짝 놀랐다. 집사는 아침상을 치우고 있었고 그녀는 기다란 창문으로 새끼 사슴들이 먹이를 먹으러 오는 테라스를 내다보고 있었다. 그녀가 근엄한 목소리로 말했다. "조빗, 조빗, 그 인간도 일을 해서 먹고살아야 해."

그녀는 모든 문제에서 그렇듯 이 문제에 관해서도 진심으로 말하고 있음을 조빗에게뿐 아니라(이건 어렵지 않았다) 어린 캐들스를 포함해 마을 사람 모두에게 분명하게 밝혔다.

"그 아이에게 일을 시켜요. 어린 캐들스에게 훌륭한 가르침이 될 거예요." 레이디 원더슈트가 말했다.

그러자 교구 목사가 대꾸했다. "그건 모든 인류에게 훌륭한 가르침이지요. 단순한 의무를 이행하는 것, 파종을 하고 수확을 하는 단순한 흐름⋯⋯."

"맞아요. **내**가 늘 하는 말이죠. 사탄은 언제나 게으른 손이 저지를 해악을 찾아낸다. 어쨌든 노동자 계층에서는 그러잖아요. 우리는 어린 하녀들도 늘 그런 원칙을 갖고 키운답니다. 그 아이에게 무얼 시키면 좋을까요?"

그것은 그리 쉬운 문제가 아니었다. 그들은 많은 일을 떠올렸고 그사이 아이에게 말 타는 사자를 대신해 아주 급한 전보와 소식을 전달하는 일을 조금씩 시키거나 커다란 그물망을 찾아 짐과 여행 가방 따위를 한꺼번에 옮기게 하기도 했다. 아이는 이런 일을 일종의 놀이로 여기며 좋아하는 것 같았다. 그러던 어느 날 레이디 원더슈트의 대리인인 킹클이 아이가 레이디 원더슈트의 정원 암석들을 옮기는 광경을 보고는 아이를 히클리브로 바로 옆 서슬리 행어에 있는 그녀의 백악갱으로 보내야 한다는 기발한 생각을 떠올렸다. 이 발상은 현실이 되었고 그렇게 그들은 이 아이의 문제를 해결한 듯했다.

아이는 백악갱에서 처음에는 여느 아이가 놀듯이 열의를 갖고 일하다가 얼마 뒤부터는 습관적으로 일을 했다. 파헤치고, 싣고, 화차를 옮기고, 가득 찬 수레를 측선으로 내리고, 빈 수레를 커다란 윈치의 줄로 끌어올리다가 결국 백악갱 전체를 혼자 떠맡게 되었다.

내가 들은 바에 따르면 킹클은 레이디 윈더슈트를 대신해 아이를 매우 적절하게 이용했고 아이는 음식 말고는 거의 아무것도 소비하지 않았는데도 끊임없이 레이디 윈더슈트에게 자신의 자선에 빌붙어 사는 거대한 기생충이라는 맹비난을 받았다.

그 무렵 아이는 마대 천으로 만든 셔츠 비슷한 옷과 가죽을 기위 만든 바지를 입고, 쇠를 덧댄 나막신을 신고 다녔다. 머리에는 가끔 기이한 물건, 이를테면 해진 밀짚모자 따위를 쓰고 있기도 했지만 대개는 아무것도 쓰지 않았다. 아이는 조심스러우면서도 힘차게 갱 주위를 돌아다녔고 교구 목사는 평소처럼 산책을 하다가 한낮에 그곳에 가서 세상을 등진 채 엄청난 식욕을 겸연쩍게 충족하고 있는 아이를 보곤 했다.

아이의 식사는 껍질이 붙어 있는 곡물 혼합물로, 날마다 화차, 즉 아이가 끊임없이 백악을 싣는 작은 철도 화차에 실려 들어왔고, 아이는 그것을 오래된 석회가마에 익혀 게걸스럽게 먹었다. 가끔은 설탕을 한 봉지 섞기도 했다. 가끔은 바닥에 앉아 소에게 주는 소금 덩어리를 핥아 먹거나 돌멩이와 다른 것들이 마구 섞인 대추를 한 아름 그대로 먹었으므로,

런던에서 그런 것들이 화물 사이에서 발견되기도 했다. 목이 마르면 히클리브로의 불탄 실험 농장 너머 개울로 걸어가 냇물에 얼굴을 집어넣었다. 아이가 식사를 마친 뒤 그렇게 물을 마시면서 결국 신들의 양식이 물에 섞였고 그것이 퍼져나가 처음에는 물가의 잡초들이 거대해지더니 그다음에는 커다란 개구리들이 나타났다. 그보다 더 큰 송어와 오도 가도 못하는 잉어가 나타난 뒤 마침내 그 작은 골짜기 전역의 초목이 놀랍도록 울창해졌다.

그리고 1년쯤 지나자 대장간 앞 들판에 기이하리만치 커다란 유충이 보였고 이 유충이 무시무시한 방아벌레와 왕풍뎅이로 변했다. 사내아이들은 모터 달린 왕풍뎅이라고 부르기도 했다. 그 지경이 되자 레이디 원더슈트는 외국으로 떠나버렸다.

4

그러나 곧 신들의 양식은 그의 안에서 새로운 방식으로 작용하기 시작한다. 교구 목사는 이 거구의 농민이 주제에 맞게 자연 속에서 소박한 삶을 살게 하려고 아주 결연하게 단순한 것들만 가르쳤지만 얼마 후 그는 이것저것 묻고 캐고 **생각**하기 시작했다. 소년에서 청년으로 자라나면서 그의 머릿속에서는 교구 목사가 통제할 수 없는 나름의 변화가 일어나고 있다는 사실이 점차 분명해졌다. 교구 목사는 이 골치 아픈 현상을 모른 체하려고 안간힘을 썼지만 그것을 확실하게 느낄 수 있었다.

이 어린 거인의 주변에는 생각할 거리가 널려 있었다. 그는 본의 아니게 시야의 폭이 넓었고 늘 모든 것을 위에서 내려다보았으니 인간의 삶을 꽤 많이 보았을 것이다. 또한 거추장스럽도록 거대한 몸집을 제외하면 자신도 남들과 똑같은 인간이라는 사실을 점차 분명하게 자각하면서 이 서글픈 차이점 때문에 자신이 얼마나 많은 것을 접하지 못했는지 더욱 확실하게 깨달았을 것이다. 학교의 다정한 웅성거림, 아름다운 성직자복과 너무도 달콤한 선율의 음악을 자랑하는 종교의 신비, 술집에서 새어 나오는 쾌활한 합창 소리, 그가 어둠 속에서 훔쳐본, 촛불과 벽난로의 따뜻한 빛을 발하는 방들, 크리켓장 주위에서 운동복을 입은 사람들이 이해할 수 없는 문제에 관해 떠들어대는 열성적인 소리와 흥분한 고함. 이 모든 것이 그의 사회적 본능에 큰 소리로 호소했을 것이다. 사춘기가 찾아오면서 연인들의 행위와 그들의 선택, 짝을 이루는 일, 삶에서 너무도 중요한 은밀한 행위 따위에도 큰 관심을 갖기 시작한 듯 보인다.

어느 일요일, 별들과 박쥐들뿐 아니라 시골의 삶의 열정마저도 모두 밖으로 나오는 시각에 우연히도 산울타리가 둘러쳐진 으슥한 러브가에 '서로 살짝 입을 맞추는' 젊은 연인이 있었다. 그들은 온화하고 고요한 석양 속에서 여느 연인처럼 확신에 차 마음껏 감정을 펼치고 있었다. 그들이 상상할 수 있는 훼방꾼이라고 해봐야 그 길을 걸어오는 사람 정도였을 것이다. 고요한 구릉지로 향해 있는 약 4미터 높이의 산울타리는 그들에게 확고한 안전장치처럼 느껴졌다.

그런데 갑자기 믿을 수 없는 일이 벌어졌다. 붙어 있던 두 사람이 떨어져 허공으로 들려 올라간 것이다.

어느새 그들은 제각기 엄지손가락과 다른 손가락 사이에 잡힌 채로 허공에 떠 있었고 소년 캐들스의 어리둥절한 갈색 눈이 빨갛게 상기된 그들의 뜨거운 얼굴을 훑어보고 있었다. 두 사람은 당연히 그런 상황에 말문이 막혔다.

"그런 걸 **왜** 하는 거예요?" 소년 캐들스가 물었다.

아마도 민망한 분위기가 이어졌을 것이다. 그러다 마침내 사랑에 빠진 청년이 그 상황에서는 지극히 적절하게도 자신이 남자라는 사실을 기억해내고 격렬하게 고함치며 위협하고 남자다운 욕설을 퍼부었을 것이다. 위험을 무릅쓰고 소년 캐들스에게 자신들을 내려놓으라고 명령하기도 했을 터다. 그러자 캐들스는 예의를 떠올리고는 정중하고 조심스럽게, 다시 껴안을 수 있도록 서로 가까운 위치에 두 사람을 내려놓고 위에서 잠시 머뭇거리다가 황혼 속으로 사라졌다…….

그 일을 겪은 청년은 내게 이렇게 털어놓았다. "저는 완전히 바보가 된 기분이었어요. 그렇게 걸리고 나서 우리는 서로 눈도 못 마주치겠더라니까요. 우린 입맞춤을 하고 있었다고요. 그런데 이상하게도 제 애인은 다 제 탓이라고 뒤집어씌우는 겁니다. 화가 나서 막 퍼부어대고는 집으로 가는 내내 저에게 말도 하지 않더라고요……."

틀림없이 이 거인은 파헤치기 시작했을 것이다. 머릿속에서 수많은 의문이 솟아났을 게 분명하다. 그는 거의 아무에게도 얘기하지 못했지만 많은 의문에 속이 복작거렸다. 이따금 그의 어머니가 심문의 대상이 되었을 것이다.

그는 어머니의 오두막 뒤쪽 마당에 들어가 암탉과 병아리들을 주의 깊게 살펴본 뒤 천천히 외양간을 등지고 앉곤 했다. 병아리들은 그를 좋아했으므로 잠시 그의 몸을 타고 돌아다니며 옷 솔기에 낀 오래된 백악 진흙을 쪼아 먹었고, 비가 오려고 하면 그를 무한히 신뢰하는 캐들스 부인의 고양이가 몸을 유연하게 움직여 날쌔게 집 안으로 들어간 뒤 부엌의 화구 철망으로 올라갔다가 돌아서 나와 그의 다리와 몸을 타고 어깨까지 올라가 잠시 생각에 잠긴 뒤 휙! 멀어졌다가 다시 돌아와 같은 과정을 되풀이했다. 고양이는 가끔 그저 장난삼아 그의 얼굴에 발톱을 대기도 했지만 그는 자신의 무거운 손이 그 연약한 동물에게 닿으면 어떻게 될지 알 수 없어서 차마 건드리지 못했다. 게다가 그는 간지럼 타는 걸 좋아했다.

그는 그렇게 앉아 있다가 어머니에게 엉뚱한 질문을 던지곤 했다.

"엄마, 일하는 게 좋은 거라면 왜 모든 사람이 일하지 않아요?"

어머니는 그를 올려다보며 대답했다. "일하는 건 우리 같은 사람들에게 좋은 거야."

그는 잠시 생각한 뒤 다시 물었다. **"왜요?"**

대답이 돌아오지 않자 그는 다시 물었다. "무얼 **위해서** 일을 하는 거예요? 왜 날마다 저는 백악을 캐고 엄마는 빨래를 하는데 레이디 원더슈트는 마차를 타고 돌아다니거나 엄마와 내가 볼 수 없는 아름다운 외국으로 여행을 가는 거예요?"

"그분은 귀족이잖아." 캐들스 부인이 말했다.

"아." 소년 캐들스는 이렇게 대꾸한 뒤 곰곰 생각해보았다.

"지체 높은 분들이 우리에게 일거리를 만들어주지 않으면 우리 가난한 사람들이 어떻게 먹고살겠니?" 캐들스 부인이 말했다.

그것을 이해하는 데는 시간이 필요했다.

그가 다시 입을 열었다. "엄마, 귀족들이 없으면 엄마와 저 같은 사람들이 모든 걸 차지할 수 있을 테고, 그렇게 되면……."

"아이고, 맙소사, 이런 **망할** 놈을 봤나!" 캐들스 부인은 이렇게 말하곤 했다. 그녀는 스키너 부인이 세상을 떠난 뒤로 어머니에 대한 기억 때문에 꽤 혈기 왕성한 사람이 되었다. "이제 네 할머니도 돌아가셨으니 그런 걸 받아줄 사람은 없어. 물어보지 않으면 거짓말을 들을 일도 없지. 내가 **진지하게** 대답하기 시작하면 빨래는커녕 네 아버지 식사도 딴 데서 얻어 와야 해."

"알겠어요, 엄마." 그가 대꾸하고는 의문이 가득 담긴 눈으로 어머니를 바라보다가 덧붙였다. "걱정 끼쳐드리려던 건 아니었어요."

그런 뒤 그는 계속 생각에 빠졌다.

5

4년 뒤 이제는 무르익은 상태를 넘어 농익어버린 교구 목사가 마지막으로 보았을 때에도 그는 생각에 빠져 있었다. 이 노인은 이제 확연히 더 늙었고 뱃살이 더 늘어졌으며 사고와 말이 어눌하고 서툴러졌을 뿐 아니라 손이 떨리고 신념도 흔들렸지만 신들의 양식 때문에 자신의 마을과 자신이 겪게 된 수많은 골칫거리를 대할 때면 여전히 눈이 밝고 환하게 번뜩였다. 이따금 겁이 나기도 하고 불안하기도 했지만, 어쨌든 그는 아직 살아 있고 예전과 똑같지 않은가? 15년이라는 세월, 어찌 보면 영원의 표본이라고 할 수 있는 그 세월은 그 골칫거리를 관습으로 바꿔놓았다.

그는 이렇게 말하곤 했다. "골치 아프긴 했지요. 그리고 많은 게 달라졌고. 여러 면에서 많은 게 달라졌어요. 어린 소년이 잡초를 뽑던 시절이 있었는데 이제는 성인 남자가 도끼와 쇠지레를 들고 나가야 하니까. 어쨌든 저 아래 덤불은 그래요. 아직도 우리 같은 옛날 사람들은 이 골짜기 전체가, 심지어 물을 끌어다 쓰기 전에는 강바닥이었던 곳조차도 올해처럼 8미터쯤 되는 밀로 뒤덮여 있는 게 영 이상해요. 20년 전에는 구식 낫을 사용했고 수확한 것을 정직하고 단순하게 큰 수레에 실어 집으로 가져오며 즐거워했지요. 마무리로 술에 조금 취해서 순수하게 사랑을 나누기도 하고…… 이제 고인이 된 레이디 원더슈트는 이런 변화를 좋아하지 않았어요. 아주 보수적인 분이었지! 나는 늘 어딘지 18세기 사람 같다고 했다니까. 예를 들어 말투도 그랬고…… 허세 어린 성질도…….

비교적 가난하게 세상을 떠났어요. 여기 이 커다란 잡초들이 그분의 정원을 침범했거든. 그분은 정원을 돌보는 사람은 아니었지만 정원이 언제나 정돈되어 있기를 바랐지요. 관리하는 대로, 심은 대로 자라고 심은 자리에 자라고…… 그런데 모든 게 예기치 못한 방식으로 자란 겁니다. 그분의 생각을 뒤엎고…… 그 어린 괴물이 끊임없이 자기 삶을 침범하는 걸 못마땅해했지요. 그러다 결국 그 애가 항상 담장 너머에서 입을 헤벌리고 자신을 보고 있다는 망상에 시달리기 시작했어요. 그 애가 거의 자신의 집채만큼 크다는 데에도 질색했지. 자신이 아는 사물의 비율이 어그러졌으니까. 가엾은 여인! 그래도 내가 살아 있는 동안에는 버티기를 바랐는데. 결국 1년 가까이 커다란 왕풍뎅이에 시달렸을 때 결판을 내렸지. 골짜기 풀밭에 있던 거대한 유충…… 쥐새끼만큼 커다란 그 징그러운 유충에서 나온…….

그리고 틀림없이 개미한테도 질렸을 겁니다.

모든 게 뒤집어져서 어디 한 군데 평화롭고 조용한 곳이 없었으니까. 차라리 몬테카를로로 가는 게 낫겠다고 했어요. 그러고는 떠났지요.

아주 대담하게 놀음을 했다고 들었어요. 거기 호텔에서 눈을 감았지. 말년이 참 서글퍼요……. 외국에 나가서…… 그렇게 될 줄 누가 알았나……. 우리 영국인들의 타고난 지도자가…… 뿌리를 잃고. 그러니까……."

목사는 계속 말을 이었다. "하지만 어쨌든 이제는 거의 사라졌어요. 물론 여전히 성가시긴 하지요. 아이들은 개미나 다른 것에 물릴까봐 예전처럼 자유롭게 뛰어놀 수가 없고. 그래도 이 정도면 괜찮은 거지……. 예전에는 그 물질이 혁신을 일으킬 것처럼 떠들어댔으니……. 하지만 무언가가 이 새로운 물질의 힘을 부정하고 있어요……. 나야 모르지요. 선생 같은 현대 학자들처럼 에테르나 원자 따위로는 설명할 수 없으니까. 진화니 뭐니. 그런 헛소리는 모릅니다. 내가 말하는 건 '학문에 포함되지 않는' 무엇이에요. 지식이 아닌 이성의 문제랄까. 원숙한 지혜. 인간 본성. 아이레 페레니우스……. 뭐라 부르든 상관없습니다."

그리고 마침내 마지막 순간이 찾아왔다.

교구 목사는 자신의 코앞에 무엇이 닥쳤는지 전혀 알지 못했다. 그는 20년 넘게 해오던 대로 구릉지 근처로 산책을 나갔다가 소년 캐들스가 보이는 곳까지 갔다. 근육질의 그리스 도교인 시절만큼 성큼성큼 나아갈 수는 없었다. 그는 조금 헐떡거리며 백악갱의 꼭대기 부근까지 올라갔다. 그러나 캐들스는 일을 하고 있지 않았다. 얼마 후 그는 절벽에 그림자를 드리운 거대한 고사리 덤불을 돌아 지나가다가 언덕 위에 올라앉은 그 괴물의 거대한 형상을 마주했다. 마을에 있을 때와 똑같이 음울한 모습이었다. 캐들스는 무릎을 세우고 앉아 손으로 뺨을 괸 채 머리를 살짝 기울이고 있었다. 어깨를 교구 목사 쪽으로 향하고 있어서 혼란스러운 눈은 보이지 않았다. 아주 깊은 생각에 빠져 있는 게 분명했다. 어쨌든 아주 조용히 앉아 있었다…….

캐들스는 끝내 돌아보지 않았다. 그의 삶을 모양 짓는 데 막대한 역할을 한 교구 목사가 이번에는 수없이 그를 지켜본 가운데 마지막으로 보고 있다는 것도 몰랐다. 심지어 교구 목사가 거기 있다는 것도 몰랐다(수많은 이별이 그렇게 이뤄지니까). 그 순간 교구 목사는 저 커다란 괴물이 잠시 일을 놓고 쉬면서 무슨 생각을 하는지 아는 사람이 지구상에 하나도 없다는 사실을 문득 깨달았다. 그러나 그날은 그 새로운 주제를 계속 탐구하기가 너무도 귀찮았다. 그는 거기서 벗어나 오래된 생각의 골로 돌아갔다.

"아이레 페레니우스." 그는 중얼거리며 오솔길로 천천히 집을 향해 걸음을 옮겼다. 이 오솔길은 한때 풀밭을 가로질렀지만 이제는 새로 돋아난 거대한 풀숲을 피해 가장자리로 빙 둘러 나 있었다. "아니야! 아무것도 변하지 않았어. 크기는 아무것도 아니야. 단순하게 돌고 도는 흐름, 평범한 길……."

그날 밤 그는 별다른 고통 없이 아무것도 모르는 채로 그가 평생 부인해온 이 알 수 없는 변화에서 벗어나 평범한 길을 따라갔다.

사람들은 그를 치싱 아이브라이트 교회 마당의 주목나무 근처에 묻었고, '우트 인 프린키피오, 눈크 에스트 에트 셈페르'●로 끝나는 묘비명이 적힌 수수한 묘비를 세웠다. 그러나 낫으로 베기에도 양들이 뜯어 먹기에도 너무 드세고 거대한 잿빛 풀이, 신들의 양식이 퍼진 골짜기 초원에 습기가 고이면서 온 마을을 뒤덮은 안개처럼 그 일대를 뒤덮는 바람에 묘비는 금세 사람들의 시야에서 가려지고 말았다.

● '현재에도 있고 미래에도 영원하리라'라는 뜻의 라틴어.

제3부

신들의 양식의 수확물

제1장 변화한 세상

1

20년 동안 세상에는 새로운 방식으로 변화가 펼쳐졌다. 대부분의 사람에게 새로운 것들은 날마다 조금씩, 눈에 띄긴 해도 압도될 만큼 갑작스럽지 않게 찾아왔다. 그러나 적어도 한 사람에게는 신들의 양식이 20년간 미친 영향의 축적물이 어느 날 놀랍도록 한꺼번에 드러난다. 그 하루 동안 그의 행적을 좇으며 그가 목격한 것들을 살펴본다면 우리의 목적을 편리하게 달성할 수 있을 것이다. 그는 무기징역을 받은 기결수였다. 그의 죄목은 우리가 상관할 바 아니지만, 어쨌든 20년의 복역 끝에 법은 그를 용서해도 좋겠다는 판결을 내렸다. 어느 여름날 아침 스물세 살 청년 시절에 세상을 등져야 했던 이 가엾은 사내는 어느새 그의 삶이 되어버린, 노역과 규율의 단순한 잿빛 세계를 벗어나 다시 눈부신 자유를 누리게 되었다. 교도

소에서는 그에게 낯선 옷을 입혔다. 그는 몇 주 동안 머리를 기르고 며칠 동안 가르마를 탄 끝에 추레하고 어설프나마 새로운 몸과 마음으로 다시 **밖**에 서서 눈을 깜빡거리며 이와 함께 깜빡거리는 정신을 차리려 안간힘을 썼다. 전혀 준비되지 않은 상태였지만, 어쨌든 다시 한동안 세상에서 삶을 살게 되었으며 다른 모든 놀라운 것을 누릴 수 있게 되었다는 믿을 수 없는 사실을 받아들여야 했다. 그나마 다행스러운 점은 아득한 추억만으로 애정을 품고 달려와 그를 만나고 손을 잡아줄 형제가 있었다는 것이다. 그가 떠날 때만 해도 어렸던 그 형제는 이제 수염을 기른 어엿한 사내가 되었고 눈빛도 낯설기만 했다. 이렇게 그는 자신과 피를 나눴다는 이 낯선 이와 함께 서로 딱히 할 말을 찾지 못한 채 많은 감정을 느끼며 도버로 향했다.

그들은 한동안 술집에 앉아 한 명은 이 사람 저 사람의 안부를 묻고 한 명은 그에 대답하면서 쓸데없이 옛날 일을 곱씹기만 할 뿐 새로운 측면과 새로운 관점들을 끝없이 밀어놓았다. 어느새 역으로 가서 런던행 기차를 탈 시간이 되었다. 그들의 이름도, 그들이 주고받은 개인사도 우리의 이야기에는 딱히 중요하지 않다. 우리가 눈여겨볼 것은 돌아온 가엾은 사내가 예전에는 익숙했던 세상에서 새로이 발견한 수많은 변화와 낯선 일들이다.

도버에서 이 사내는 다른 얘기는 거의 하지 않고 백랍 잔에 마시는 맥주가 얼마나 훌륭한지 떠들어댔다. 그렇게 맛 좋은 맥주는 처음이라 감동의 눈물을 흘릴 지경이었다. "맥주는 예전처럼 좋구나." 사실 그는 예전보다 훨씬 더 좋다고 생각했다…….

기차가 덜컹거리며 포크스턴●을 지날 때에야 사내는 코앞의 감정에서 벗어나 멀리 시야를 돌리고 세상에 일어난 변화를 목격했다. 그는 창밖을 내다보며 말했다. "해가 나네. 날씨가 이보다 좋을 수 없겠어." 벌써 열두 번째로 하는 말이었다. 그리고 그때 처음으로 그는 세상의 비율이 달라졌다는 사실을 깨달았다. 그는 허리를 꼿꼿이 펴고 그날 처음 활기찬 얼굴을 보이며 입을 열었다. "세상에, 저기 강둑의 저 금작화 옆에 엄청나게 큰 엉겅퀴가 자라고 있어. 그런데 저게 엉겅퀴가 맞나? 내가 잊어버렸나?" 하지만 그것은 엉겅퀴였고 그가 키 큰 금작화 덤불이라고 생각한 것은 신종 풀이었으며 그 사이로 영국 군인들이 늘 그러듯 붉은 외투를 입고 보어 전쟁 이후 일부가 개정된 훈련 교범의 지시에 따라 가벼운 접전을 벌이고 있었다. 이윽고 기차가 덜컹! 하며 터널로 들어갔고 뒤이어 샌들링 환승역에 들어서자 인근 정원들에서 무성하게 자라 밖으로 삐져나온 철쭉이 거대한 숲을 이룬 탓에 등불이 죄다 켜져 있는데도 역사가 컴컴했다. 샌드게이트의 측선에 늘어선 화차들에는 철쭉 통나무가 높게 쌓여 있었고 세상으로 돌아온 시민은 이곳에서 처음 벼락성장제 얘기를 들

● 켄트주의 항구도시.

었다.

전혀 변하지 않은 듯 보이는 시골 지역으로 다시 들어가면
서 두 형제는 설명에 열을 올렸다. 한쪽은 잔뜩 흥분해서 따
분한 질문을 던졌고 한쪽은 그것을 기정사실로 받아들이는
데 문제를 겪은 적이 없었으므로 상대를 쉽게 이해하지 못하
고 함축적으로 설명했다. "그러니까 벼락성장제 때문이라니
까." 그는 자기 지식의 바닥을 파헤치며 말을 이었다. "벼락성
장제 몰라? 아무도 알려주지 않았어? 단 한 사람도? 벼락성
장제! 있잖아. 벼락성장제. 이번 선거에도 온통 그 얘기잖아.
과학으로 발견한 거야. 아무도 알려주지 않았다고?"

그는 감옥이라는 곳이 자신의 형을 그런 것도 모르는 겁쟁
이 얼간이로 바꿔놓았다고 생각했다.

그들은 문답 형식으로 삐걱거리는 대화를 이어갔다. 이런
파편적인 대화 사이사이에 창밖을 보기도 했다. 처음에 사내
는 세상사에 대해 그저 막연하고 일반적인 관심을 보였다. 그
는 옛날에 알던 아무개가 무어라고 할까, 또 다른 아무개는
어떤 모습일까, 그 모든 사람에게 그가 '잡혀 들어간 것'을 완
곡하게 드러내는 얘기를 어떻게 해야 할까 따위를 생각하느
라 바빴다. 이 벼락성장제라는 것은 처음에는 그저 신문에 실
린 이상한 기사의 주제인 듯했고 그다음에는 동생이 설명하
기 어려워하는 무엇으로 보였다. 그러나 이제는 그가 어떤 얘
기를 시작하든 벼락성장제가 끈질기게 등장하는 것 같았다.

당시 세상의 변천은 마치 천을 조각조각 이어 붙인 패치워

크와 같았으므로 그는 충격적인 대조를 여러 번 목격하면서 이 엄청난 사실을 인지하게 되었다. 변화 과정은 일률적으로 일어나지 않았다. 여기저기 분포 중심이 있고 거기에서 주변으로 변화가 퍼져나갔다. 전국이 조각난 듯했다. 아직 신들의 양식이 오지 않은 지역도 많았고 이미 토양과 대기에 산발적으로 퍼져 주변까지 오염된 곳도 있었다. 유서 깊고 고색창연한 분위기 속에 대담한 무늬가 기어 들어오고 있는 모양새였다.

도버에서 런던까지 뻗어 있는 철로를 따라 아주 뚜렷한 대조가 나타났다. 기차는 한동안 사내가 어릴 때부터 알던 시골 지역을 지나갔다. 산울타리가 둘러쳐지고 작은 말들이 쟁기질을 할 수 있는 크기의 작은 직사각형 밭들과 수레 석 대 너비의 작은 길들, 들판을 점점이 수놓은 느릅나무와 떡갈나무와 포플러, 냇가에 우거진 작은 버드나무 수풀, 기껏해야 거인의 무릎 높이인 건초 더미들, 마름모 창이 달린 인형의 집 같은 오두막들, 벽돌 공장들, 멋대로 뻗어 있는 마을 거리들, 조그맣고 예쁜 꽃들이 자라 있는 기찻길 옆의 비교적 커다란 집들, 정원이 딸린 기차역들, 그리고 거대함에 맞서 여전히 버티고 있는, 지나간 19세기의 수많은 작은 존재가 보였다. 그 사이사이로 바람이 씨를 뿌리고 바람이 헤집은, 도끼를 거부하는 거대한 엉겅퀴가 보였다. 3미터 높이의 먼지버섯이나 불에 타서 재로 변한 거대한 풀의 줄기들도 곳곳에 보였지만 신들의 양식이 왔음을 엿보게 해주는 것은 그 정도가 전부였다.

이를 제외하고는 기차가 약 60킬로미터를 달리는 동안 치싱 아이브라이트 골짜기의 언덕들 너머, 철도에서 20여 킬로미터도 떨어지지 않은 곳에 기이하리만치 거대한 밀과 잡초가 숨어 있음을 암시하는 것은 없었다. 그러나 그다음부터 신들의 양식의 흔적이 드러나기 시작했다. 가장 인상적인 것은 톤브리지의 거대한 새 고가교였다. 그 무렵 (거대한 변종 **차축조**● 때문에) 짓눌린 메드웨이강의 습지가 시작된 탓이었다. 그러다가 다시 작은 삶이 이어지는 지역이 나타났고 그 뒤로 뿌연 안개 속에 런던의 갖가지 거대함이 펼쳐지면서 이를 밀어내기 위해 인간이 싸운 흔적이 더 많이, 더 끊임없이 눈에 띄었다.

당시 이 런던 남동부 지역과 코사와 그의 아이들이 사는 곳 주위의 수십 군데에서는 어째서인지 신들의 양식이 맹위를 떨쳤다. 놀라운 전조들이 일상이 되었지만 그런 것들이 서서히 늘어났고 그와 더불어 그 용도도 서서히 커져서 무뎌진 상태로 작은 삶이 계속되고 있었다. 그러나 이 돌아온 시민은 신들의 양식이 남긴 기묘하고 뚜렷한 흔적들, 불에 타서 시커멓게 변한 지역들과 보기 흉한 거대한 방비들과 방책들, 병영들과 무기들, 그 미묘하고 끈질긴 영향이 인간의 삶에 비집어 넣은 그 모든 것을 난생처음 목격했다.

이곳에서는 맨 처음 실험 농장에서 일어난 일이 좀 더 큰 규모로 여러 번 되풀이되었다. 새로운 작용력과 새로운 문제

● 녹색 담수 조류의 일종.

들은 삶에서 비교적 열등하고 부수적인 부분에서, 즉 발밑이나 황무지에서 어떤 규칙도 없이 드문드문 가장 먼저 존재를 알렸다. 지독한 냄새가 나는 거대한 마당이나 울타리로 에워싸인 땅에서 천하무적의 잡초 정글이 거대한 기계에 연료를 공급하기도 했고(작은 런던 사람들이 찾아와 철커덩거리며 기름칠을 하는 광경을 구경하고 사내들에게 6페니짜리 은화를 팁으로 주기도 했다), 거대한 대마 섬유를 엮어 큰 자동차나 수레들이 다니는 길을 만들기도 했다. 해로운 곤충이나 짐승이 급증하면 당장 소리로 세상에 경고를 하는 증기 사이렌 탑이 설치되었고, 그보다 더 기묘한 장치로 고색창연한 교회 탑에 눈에 띄는 기계음 설비가 갖춰지기도 했다. 붉게 칠한 작은 대피소들이 보였고, 소총수들이 거대한 쥐 모양의 과녁에 덤덤탄●을 쏘며 연습할 수 있는 300미터 길이의 사격 연습장이 딸린 수비대 휴게소도 있었다.

스키너 부부 시절 이후 거대 쥐가 여섯 번 급증했는데 전부 런던 남서부 지역의 하수도에서 나왔고 이제 거대 쥐는 캘커타 부근 삼각주의 벵골 호랑이만큼이나 당연한 존재가 되었다.

사내의 동생이 샌들링에서 별생각 없이 구입한 신문이 마침내 석방된 사내의 눈길을 사로잡았다. 그는 그 낯선 종잇장을 펼쳤다. 예전 신문보다 크기가 더 작아졌고 장수가 더 많

● 목표물에 맞으면 탄체가 터지면서 납 알갱이 따위가 몸속에 퍼지게 만든 탄알로, 현재는 사용이 금지되었다.

아졌으며 글자체도 달라진 듯했다. 어느새 그는 무심코 넘기기에는 너무도 기이한 사진들과 "케이터햄의 위대한 연설" 또는 "벼락성장제 법"처럼 외국어인 듯 도무지 이해가 되지 않는 제목을 단 긴 칼럼들을 맞닥뜨렸다.

"여기 케이터햄이라는 사람은 누구야?" 그가 물으며 다시 대화를 시도했다.

"**그 사람** 괜찮아." 그의 동생이 대꾸했다.

"아! 정치인인 모양이네?"

"정부를 바꿔놓을 사람이야. 지금은 그런 사람이 꼭 필요하지."

"아!" 그는 잠시 생각에 잠겼다. "아무래도 **내**가 알던 사람들, 체임벌린이나 로즈버리, 그런 사람들은 다…… **왜 그래?**"

동생이 그의 손목을 잡더니 창밖을 가리켰다.

"코사네 아이들이야!" 석방된 죄수는 눈으로 손가락의 방향을 따라가다가…….

"세상에!" 처음으로 놀라움에 압도되어 소리쳤다. 신문은 그의 두 발 사이로 떨어져 잊혔다. 나무들 사이로 편안하게 서 있는 형상이 아주 뚜렷하게 보였다. 두 다리를 넓게 벌린 채 손에 든 공을 금방이라도 던지려 하는, 12미터는 족히 되어 보이는 거대한 인간의 형상. 그 형상은 하얀 금속을 엮어 만든 옷을 입고 쇠로 된 넓은 허리띠를 두른 채 햇살을 받아 빛을 발하고 있었다. 잠시 그 형상이 이목을 집중시키는가 싶더니 이윽고 멀찍이 떨어진 곳에서 공을 받으려고 준비하는 또 다른 거인이 시선을 빼앗아 갔다. 세븐오크스 북쪽, 언덕들에 에워싸인 거대한 평지 전체가 거인들의 땅으로 바뀌어 있었다.

백악갱 위로 거대한 담장이 둘러쳐진 참호가 자리했고 그 안에 집이 서 있었다. 거대한 육아실이 역할을 다한 뒤에 코사가 세 아들을 위해 지은 고대 이집트 건축물 모양의 나지막하고 거대한 집으로, 뒤쪽에는 교회 한 채가 들어갈 수 있을 만큼 크고 어두운 창고가 있었고 거기서 깜빡거리는 백열광이 왔다 갔다 했으며 안에서 새어 나오는 거대한 망치 소리가 귓전을 때렸다. 그 순간 목재에 쇠를 둘러 만든 거대한 공이 거인의 손에서 날아오르며 다시 그의 관심을 사로잡았다.

두 사내는 자리에서 일어나 바라보았다. 공은 드럼통만 한 것 같았다.

"받았다!" 석방수가 소리쳤다. 투수는 이제 나무에 가려져 보이지 않았다.

기차는 일 분도 안 되는 짧은 순간에 이 광경을 보여준 뒤 나무숲을 지나 치즐허스트 터널로 들어갔다. "세상에!" 어둠이 주위를 감싸자 석방수가 다시 한번 소리쳤다. "이야! 그 녀석, 몸이 집채만 하던데."

"코사네 아이들이야." 동생이 의미심장하게 고개를 젓히며 덧붙였다. "세상의 골칫거리……."

터널을 빠져나오자 사이렌이 설치된 탑들과 붉은 오두막들이 다시 나타났고 뒤이어 교외의 저택들이 보였다. 그사이

벽보를 붙이는 기술은 전혀 퇴화하지 않은 듯 커다란 광고판과 집의 담장, 말뚝을 비롯해 눈에 잘 띄는 곳마다 대규모 벼락성장제 선거와 관련된 다채로운 호소문이 보였다. "케이터햄", "벼락성장제", "거인 살인마 잭" 따위의 문구가 끊임없이 나타났고 거대한 캐리커처와 왜곡된 그림들, 즉 그들이 불과 몇 분 전에 보았던 그 거대하고 눈부신 형상들을 기이하게 비튼 그림들이 줄줄이 이어졌다.

2

사내의 동생은 거창한 계획을 세워놓았다. 누가 봐도 훌륭한 식당에서 저녁 식사를 하며 형의 귀환을 축하한 뒤, 그동안 보드빌 공연이 얼마나 발전했는지 보여주며 연이어 화려한 감동을 안겨주려는 계획이었다. 이런 식으로 자유와 방종을 한껏 보여주면 감옥에서 묻은 피상적인 얼룩을 씻어낼 수 있으리라 생각했지만, 두 번째 일정에 이르러 계획이 변경되었다. 저녁 식사는 그대로 하되 공연에 대한 욕구보다 훨씬 더 강력한 욕망을 충족해주는 편이 나을 것 같았다. 그 어떤 극장보다도 효과적으로 사내가 우울한 과거에서 마음을 돌릴 수 있게 해줄 무엇. 바로 벼락성장제와 그것을 먹고 자란 아이들, 마치 세상을 지배하는 듯 보이는 그 불길한 거인 종족에 대한 엄청난 호기심과 놀라움을 충족해주는 것이었다. 사내는 이렇게 말했다. "난 그들을 잘 모르겠어. 그래서 불안해."

그의 동생은 미리 정해놓은 환대의 계획을 언제든 취소할 수 있을 만큼 유연한 사람이었다. 그가 말했다. "오늘 저녁은 **형** 마음대로 해도 돼. 저기 노동 회관의 대중 집회에 들어가 보자."

결국 석방수는 운 좋게도 빽빽한 군중 속에 끼어 오르간과 회랑 아래 환하게 불이 켜진 무대를 멀리서나마 바라볼 수 있었다. 사람들이 몰려드는 사이 오르간 연주자는 발을 구를 수 있는 음악을 연주하기도 했다. 그러나 이제 연주는 끝났다.

이 석방수가 자리를 확보하고 팔꿈치로 찔러대는 성마른 옆 사람과의 실랑이를 끝내는 찰나 케이터햄이 나타났다. 멀리 어둠 속에서 무대 한가운데를 향해 걸어 나오는 그는 보잘것없이 작은 형체에 불과했다. 옆에서 보는 사람에게는 매부리코가 뚜렷하게 두드러졌지만 그것을 제외하곤 그저 분홍빛으로 얼굴을 구분할 수 있을 정도로 작고 검은 형체일 뿐이었다. 그러나 그런 그의 모습에 사람들은 환호했다. 멀리서 시작되어 점점 커지며 퍼져나가는 환호. 무대 주위에서 더듬더듬 시작된 작은 목소리들이 어느 순간 불길처럼 솟아올라 건물 안팎에 모인 군중을 휩쓸었다. 엄청난 환호였다! 만세! 만세!

수많은 사람 중에서도 이 석방수처럼 환호하는 사람은 없었다. 그의 얼굴에는 눈물이 주룩주룩 흘렀고, 환호 때문에 숨이 막히자 그제야 입을 다물었다. 그 사내만큼 감금 생활을 해보지 않은 사람은 군중 속에서 목청껏 소리 지를 수 있다는 것이 어떤 의미인지 조금도 이해할 수 없는 법이다(그러나 이 사내 역시 그 모든 감정이 정확히 무엇인지 확실히 알 수 없었다). 만세! 아, 하느님! 만세!

뒤이어 주위가 제법 잠잠해졌다. 케이터햄은 인내를 발휘하며 침묵했고 부하들이 그리 중요하지 않은 형식적인 말과 행동을 하고 있었지만 도무지 알아들을 수가 없었다. 봄에 나뭇잎들이 서걱거리는 소리 사이로 말소리를 듣고 있는 것 같았다. "와와와와와……." 그것이 뭐가 중요하겠는가? 청중 가운데서 서로 얘기하는 소리가 들렸다. "와와와와……." 그런 상황이 계속되었다. 저 반백의 얼간이는 아직도 할 말이 남았나? 방해? 당연히 방해하고 있다. "와, 와, 와, 와……." 그나저나 케이터햄의 목소리라고 더 잘 들릴까?

어쨌든 바라볼 수 있는 케이터햄이 있었고 사람들은 멀리 보이는 이 위대한 사내의 생김새를 뜯어볼 수 있었다. 그는 그리기 쉬운 사람이었고 이미 전등갓이나 어린이용 접시, 벼락성장제 반대 배지, 벼락성장제 반대 깃발, 케이터햄 실크 및 면직물, 영국 전통 모자 안감 따위에 그려져 있었으므로 사람들은 언제든 느긋하게 살펴볼 수 있었다. 당시 그의 캐리커처는 어디에나 있었다. 바다에서 흉측하고 위협적인 커다란 괴물 "벼락성장제"가 너울거리는 가운데 그가 구식 대포 앞에 선 선원이 되어 "새로운 벼락성장제 법"이라고 적힌 점화장치를 손에 들고 있는 그림도 있었다. 그가 온몸에 갑옷을 두르고 성 조지의 십자가가 그려진 방패와 키를 잡고 있고, 비겁하고 거대한 캘리밴*이 무시무시한 동굴 입구의 파괴된 잔해 속에 앉아 "새 벼락성장제 규정"이라고 적힌 그의 장갑을 거부하는 그림도 있었다. 그가 페르세우스가 되어 사슬에 묶인 아름다운 안드로메다에게로 내려가 "반종교", "파괴적인 이기주의", "기계장치", "거대 괴물" 등이 적힌 바다 괴물의 굽이치는 목과 발에서 (허리띠에 "문명"이라고 뚜렷하게 적힌) 그녀를 구출하는 그림도 있었다. 하지만 대중이 상상하는 케이터햄의 가장 정확한 이미지는 "거인 살인마 잭"이었고, 석방수도 멀리서 그의 조그만 형상을 보면서 거인 살인마 잭 포스터 속의 모습을 상상했다.

"와와와와" 하는 소리가 돌연 끊어졌다.

그 사람의 말이 끝난 것이다. 그가 자리에 앉고 있었다. 네! 아니오! 네! 케이터햄이죠! "케이터햄!" "케이터햄!" 환호가 이어졌다.

무질서한 환호 뒤에 먹먹한 정적이 따라오려면 수많은 군중이 있어야 한다. 황야에 홀로 선 사람이 누리는 정적도 분명 정적이지만 그에게는 자신의 숨소리가 들리고 자신이 움직이는 소리 외에도 온갖 소리가 들린다. 이곳에서 들리는 거라곤 케이터햄의 목소리뿐이었다. 그것은 검은 장막 속에서 타오르는 작은 불빛처럼 아주 밝고 선명했다. 들어보라! 그가

● 셰익스피어의 희곡 《템페스트》에 등장하는 반인반수의 노예.

바로 옆에서 말하는 것처럼 선명하게 들렸다.

빛의 후광, 풍부하고 강력한 소리의 후광 속에서 연설하는 이 작은 인물은 석방수에게 너무도 놀라운 존재였다. 그의 뒤에는 지지자들이 일부 가려진 채로 무대 위에 앉아 있었고 그의 앞에는 그에게 온 정신을 집중하고 있는 대규모 군중의 뒷모습과 옆모습이 보였다. 저 작은 인물이 이 모든 사람의 정수를 빨아들이는 듯했다.

케이터햄은 우리의 유서 깊은 제도에 관해 연설했다. "옳소, 옳소, 옳소." 사람들이 소리쳤다. "옳소! 옳소!" 석방수가 말했다. 케이터햄은 우리의 유서 깊은 질서와 정의의 정신에 대해 연설했다. "옳소, 옳소, 옳소." 사람들이 소리쳤다. "옳소! 옳소!" 석방수가 깊이 감동하며 말했다. 케이터햄은 우리 선조들의 지혜와 천천히 이뤄진 고색창연한 제도의 성장, 우리 영국인의 국민성에 피부처럼 들어맞는 도덕적, 사회적 전통에 관해 연설했다. "옳소! 옳소!" 석방수가 두 뺨에 흥분의 눈물을 흘리며 중얼거렸다. 이제 이 모든 것이 용광로로 들어갈 판이었다. 그렇다. 용광로로! 20년 전 런던에서 세 명의 사내가 설명할 수 없는 무언가를 병에 넣으며 그 모든 질서와 존엄을 뒤엎었기 때문이다. 이 대목에서 "안 돼! 안 돼!" 하는 외침이 들려왔다. 그걸 막으려면 그들은 노력해야 한다. 더는 망설이지 말아야 한다. 이 부분에 이르자 환호가 광풍처럼 밀려왔다. 그들은 망설임과 미봉책에 작별을 고해야 한다.

케이터햄이 소리쳤다. "여러분, 우리는 쐐기풀이 거대 쐐기풀로 변했다는 얘기를 들었습니다. 처음에는 보통 쐐기풀과 다르지 않지요. 그저 강인한 손으로 잡아서 비틀어 뽑으면 되는 작은 식물입니다. 하지만 그대로 방치하면, 그대로 내버려 두면 그것들은 지독하게 자라서 힘차게 퍼져나가고 결국 우리는 도끼와 밧줄을 준비해야 합니다. 목숨과 팔다리를 내놓아야 하며 노역과 고통에 시달려야 합니다. 인간이 쐐기풀을 베다가 죽을 수도 있습니다. 인간이 쐐기풀을 베다가 죽을 수도 있단 말입니다."

한바탕 소요가 일며 웅성거리는 소리가 들렸다. 그러다 이내 석방수의 귀에 케이터햄의 목소리가 다시 분명하고 강력하게 울려 퍼졌다. "벼락성장제를 통해서 벼락성장제에 관해 배워야 합니다." 그는 잠시 뜸을 들인 뒤에 다시 말했다. "**너무 늦기 전에 여러분의 쐐기풀을 잡으십시오.**"

그는 말을 중단하고 입술을 닦았다. "옳소" 하고 누군가가 소리쳤다. "옳소." 그러고 나자 갑자기 그것이 이상하게도 빠르게 퍼져나가 우레와 같이 울려 퍼졌고 어느새 온 세상이 환호하는 듯했다…….

결국 석방수는 믿기 어려울 만큼 동요한 상태로 어떤 계시를 본 사람의 얼굴을 하고 집회장을 나왔다. 그는 이제 확실히 알았다. 모두가 알았다. 더 이상 머릿속이 혼란스럽지 않았다. 그가 돌아온 세상은 위기에 빠져 있었고 이 엄청난 문제에 대해 당장 결정을 내려야 했다. 그는 이 굉장한 갈등 속에서 사내답게, 자유롭고 책임 있는 남자답게 자신의 역할을 이행해야 한다. 적개심이 한 편의 그림처럼 뚜렷하게 모습을 드러냈다. 한편에는 그날 오전에 보았던, 갑옷을 입은 편안한 거인들이 이제는 사뭇 다른 모습으로 자리하고 있었고, 한편에는 무대조명 아래서 연설하는 이 작은 검은 옷의 사내, 놀랍도록 호소력 있는 작은 목소리로 논리 정연하고 듣기 좋은 설득을 펼치는 소인 사내, 즉 "거인 살인마 잭" 존 케이터햄이 있었다. "너무 늦기" 전에 "쐐기풀을 잡으"려면 모두 하나가 되어야 한다.

3

신들의 양식을 먹은 아이들을 통틀어 가장 키가 크고 힘이 세며 가장 많은 관심을 받는 이들은 코사의 세 아들이었다. 그들이 어린 시절을 보낸 세븐오크스 근처의 약 1.5킬로미터에 이르는 부지는 곳곳에 참호와 구멍이 있고 여기저기 헤집어놨으며 창고들과 거대한 모형들, 그들이 힘을 키워가며 즐겼던 모든 놀이의 흔적들로 뒤덮여 지구상의 어떤 곳과도 다른 모습이었다. 그리고 그곳은 이미 오래전에 그들이 원하는 것을 하기에는 너무 작아졌다. 첫째 아들은 엔진과 바퀴로 이것저것 만드는 힘센 재주꾼이었다. 그는 자신이 탈 거대한 자전거를 직접 만들었지만 세상에는 그 자전거가 달릴 수 있는 길이 없었고 그것을 견딜 수 있는 다리도 없었다. 이 훌륭한 기구는 시속 400킬로미터로 달릴 수 있는 바퀴와 엔진을 갖췄지만 이따금 그가 장애물이 많은 작업장을 왔다 갔다 할 때만 이용할 뿐 대개는 그저 쓸모없이 서 있었다. 그는 그 자전거를 타고 작은 세상을 돌아다닐 생각이었다. 그런 생각으로 그것을 만들었지만 여전히 그는 그저 꿈꾸는 소년에 불과했다. 이제 바퀴살은 법랑이 벗겨진 부분마다 상처처럼 깊은 붉은색으로 녹슬어 있었다.

"아들아, 그걸로 세상을 달리려면 먼저 달릴 수 있는 길을 만들어야지." 코사는 이렇게 말했다.

그리하여 어느 날 아침 동이 틀 무렵 이 어린 거인과 그의 동생들은 세상에 길을 내는 일에 착수했다. 그들은 곧 반대에 부딪힐 것을 예감한 듯 열성을 다해 일했다. 그들이 날아가는 총알처럼 영국해협까지 곧게 뻗은 도로를 만들고 있으며 이미 수 킬로미터를 고르고 밟았다는 소식이 그 길을 따라 금세 세상으로 퍼져나갔다. 정오가 되기도 전에 땅 주인들과 부동산 중개인들, 지역 당국자들, 변호사들, 경찰들, 심지어 군인들까지 흥분한 사람들이 우르르 몰려오는 바람에 그들은 일손을 멈췄다.

"저희는 길을 만들고 있어요." 첫째가 설명했다.

"길을 만드는 건 좋은데 다른 사람들의 권리를 존중해야지." 그 땅의 선임 변호사가 대꾸했다. "너희들은 이미 토지 소유주 스물일곱 명의 권리를 침해했어. 게다가 준 자치도시 위원회와 아홉 개 교구회, 자치주 의회와 가스 공장 두 곳, 철도 회사 한 곳의 소유지와 특권을 침해했고……."

"이런!" 코사의 맏아들이 말했다.

"중단해야 한다."

"하지만 다 썩고 울퉁불퉁한 오솔길 대신 곧고 탄탄한 길이 나면 좋지 않겠어요?"

"그래서 좋을 게 없다는 말이 아니라……."

"안 된다는 거군요." 코사의 맏아들이 연장을 집어 들며 말했다.

"이런 식으로는 안 된다. 절대." 변호사가 말했다.

"그럼 어떻게 해야 해요?"

선임 변호사의 대답은 복잡하고 모호했다.

자식들이 저지른 잘못을 보러 온 코사는 아이들을 심하게 꾸짖으면서도 호탕하게 웃으며 무척 즐거워하는 듯 보였다. 그는 아이들에게 소리쳤다. "너희들은 이런 걸 하려면 아직 좀 더 기다려야 해."

"그 변호사 말로는 계획안을 준비해서 특별한 기관에 가고, 뭐, 그런 일들을 해야 한대요. 몇 년은 걸릴 거라고 하던데요."

코사는 두 손을 입에 대고 소리쳤다. "**우리**는 조만간 계획안을 만들게 될 거야, 아들. 걱정 마라. 그동안 여기서 놀면서 원하는 모형을 만들어보렴."

그들은 말 잘 듣는 아이들답게 시키는 대로 했다.

그렇긴 해도 코사의 아이들은 함께 궁리했다.

둘째가 첫째에게 말했다. "다 좋은데, 나는 그냥 빈둥거리면서 계획을 세우고 싶지 않아. 나는 **실질적인** 무언가를 하고 싶어. 우리가 이렇게 튼튼하게 태어났는데 이 작은 땅에서 빈둥거리며 산책이나 하고 시내에도 못 가는 건 말이 안 되잖아." 이 무렵 모든 도시 자치구가 이 아이들의 접근을 금지한 터였다. "아무것도 하지 않으면 못쓰지. 조그만 인간들이 **원하는** 일을 찾아서 대신해주면 안 될까? 그냥 재미 삼아서."

둘째는 계속 말을 이었다. "집 없는 사람도 많잖아. 우리가 그런 사람들을 위해 런던 근처에 집을 한 채 지어주자. 많은 사람이 함께 살 수 있는, 편안하고 쾌적한 집을 짓고 그들이 어디든 나가서 일을 할 수 있도록 좋은 길도 만드는 거야. 곧게 뻗은 작은 길을 멋지게 만들어주자고. 우리가 깨끗하고 예쁜 집과 길을 만들면 더럽고 야만적으로 사는 사람들이 더는 그렇게 살 수 없을 거야. 씻을 물도 충분할 테니까. 지금은 집들이 너무 지저분하고 열 채 중 아홉 채는 욕실도 없잖아. 더럽고 냄새나는 인간들! 욕실이 있는 사람들은 없는 사람들을 도와주기는커녕 욕을 하면서 '씻지 않는 사람들'●이라고 부르지. 우리가 바꾸자. 전깃불도 달고 요리와 청소도 해주는 거야. 생각해봐! 그러면 그 사람들도 여자를 만날 테고 그 여자들은 어머니가 되기도 하고 집 안을 돌아다니며 바닥을 닦기도 하겠지!

우리가 아름답게 바꿀 수 있어. 저기 언덕들 사이의 골짜기

● '일반 대중', '하층민'을 일컫는 영어 표현.

에 둑을 쌓아 훌륭한 저수지도 만들고 여기에 커다란 발전소도 만들자. 그러면 다 해결되잖아. 할 수 있지 않을까, 형? 그러면 사람들이 우리가 다른 것도 하게 해줄지도 몰라."

"그래, 우리가 그들을 위해 **아주** 멋지게 해줄 수 있지." 형이 말했다.

"그럼 **하자.**" 둘째가 말했다.

"**난** 좋아." 맏이가 말하며 쓸 만한 연장을 찾아 주위를 둘러보았다.

그리고 그들은 또다시 지독한 훼방에 부딪혔다.

사람들은 득달같이 흥분한 채로 달려와 수백 가지 이유를 대며 그만두라고 했다. 아무 이유도 없이 그만두라고 했다. 각양각색의 사람들이 이러저러한 말을 지껄여댔다. 그들이 짓는 집은 너무 높아서 틀림없이 안전하지 않을 거라고 했다. 흉측하다고 했다. 그 동네에 있는 적절한 크기의 집들을 세놓는 데 방해가 될 것이고, 동네 분위기를 망칠 것이며, 동네와 어울리지 않고, 지역 건축 규정에 어긋날 뿐 아니라 아주 값비싼 전기 공급을 교란하는 것은 지역 당국의 권리를 침해하는 일이고, 지역 수도 회사의 우려를 살 거라고 했다.

지방정부 위원회 사람들은 사법적인 방해를 시도했다. 작은 변호사가 다시 나타나 이익을 침해할 가능성을 열두 가지쯤 읊었고 지역 지주들도 반대하고 나섰으며 알 수 없는 모종의 권리를 가진 사람들이 과도한 값을 제안하며 매입해야 한다고 주장했다. 각종 건축업의 노동조합들이 목소리를 높였고 온갖 종류의 건축 자재 매매상들이 단합해 방벽을 쳤다. 미학적 참상을 예언하는 사람들이 모인 기이한 단체들이, 그들이 커다란 집을 지으려 했던 곳, 그들이 둑을 쌓아 저수지를 만들려 했던 골짜기의 풍경을 보호해야 한다고 목소리를 높였다. 코사의 아이들은 그중에서도 이 마지막 무리가 단연 최악이라고 생각했다. 코사 형제들이 꿈꾼 아름다운 집은 순식간에 벌집에 찔러 넣은 지팡이 꼴이 되었다.

"아직 아무것도 안 했는데!" 맏아들이 말했다.

"못 하겠다." 둘째가 말했다.

"썩어빠진 조그만 짐승들 같으니. 우린 **아무것도** 할 수 없어!" 셋째가 말했다.

"자기들을 위해서 하려는 건데. 그 사람들에게도 **좋은** 집을 만들어줄 수 있는데."

그러자 첫째가 말했다. "저 사람들은 평생 멍청하게 서로의 앞길을 방해하면서 사는 것 같아. 권리니 법이니 규정이니 못된 짓이니. 무슨 나뭇조각 빼내기 게임 같다니까……. 뭐, 어쨌든 저들은 꾀죄죄하고 더럽고 보잘것없는 작은 집에 좀 더 살아야겠네. **우리가** 이 일을 계속할 수 없다는 게 아주 분명해졌으니까."

결국 코사의 아이들은 그 커다란 집을 완성하지 못하고 토대를 놓을 구멍과 막 쌓기 시작한 벽을 남긴 채 울이 둘러쳐진 그들의 커다란 부지로 부루퉁하게 돌아갔다. 얼마 후 그구멍에는 물이 차서 고였고 잡초와 해충, 그리고 코사의 아이들이 떨어뜨렸거나 먼지처럼 날아온 신들의 양식이 안을 메워 늘 그렇듯 성장을 재촉했다. 물쥐가 전국으로 퍼져나가 무한한 해를 입혔고, 어느 날 한 농부는 자신의 돼지들이 그곳에서 물을 먹는 것을 발견하고는 즉시 아주 차분하게 그것들을 모두 처분해버렸다. 오컴●의 거대 돼지들 소식을 들은 탓이었다. 그리고 이 깊은 웅덩이에서 모기들, 그것도 아주 지독한 모기들이 나왔는데, 그 모기들의 유일한 업적이 있다면 한동안 물어뜯긴 코사의 아이들이 더는 참지 못하고 법과 질서가 잠든 어느 달밤에 그 물을 브룩●● 옆을 흐르는 강으로 흘려보내게 만들었다는 것이다.

그러나 이 아이들은 커다란 잡초와 커다란 물쥐를 비롯해 온갖 지독한 커다란 생물이, 자신들이 고른 터에서 새끼를 낳으며 계속 살아가도록 방치했다. 사실 그 터에는 작은 사람들을 위한 멋지고 커다란 집이 높게 솟아오를 수도 있었는데……

4

이 모든 일은 그 아이들이 소년이던 시절에 일어났고 이제

● 잉글랜드 중부 러틀랜드주의 도시.
●● 켄트주의 작은 마을.

그들은 거의 성인이 되었다. 그들을 옥죄는 쇠사슬은 그들이 커갈수록 해마다 점점 더 팽팽해졌다. 매년 아이들은 더욱 커졌고 신들의 양식은 점점 퍼져나가 거대한 존재들이 증폭했으며 압박과 긴장은 심해졌다. 처음에는 대다수의 인류에게 그저 멀리 있는 신비에 불과했던 신들의 양식이 이제는 모든 집의 문턱까지 찾아와 삶의 체계를 위협하고 억누르고 왜곡했다. 무언가를 가로막기도 하고 무언가를 뒤엎기도 했으며, 천연물을 변화시켰고, 천연물을 변화시킴으로써 사람들의 일자리를 빼앗아 수십만 명이 일터에서 쫓겨나기도 했다. 그것은 국경을 넘어 전 세계를 휩쓸며 무역의 세계를 대재앙의 세계로 바꿔놓았다. 인류가 그것을 증오하는 것도 놀라운 일은 아니었다.

움직이지 않는 것보다는 움직이는 것을 미워하기가 더 쉽고, 식물보다는 동물을, 다른 동물보다는 같은 인간을 미워하기가 훨씬 더 쉬운 법인지라 거대한 쐐기풀과 2미터짜리 풀잎, 끔찍한 곤충과 호랑이만 한 쥐들이 불러일으킨 걱정과 두려움이 합쳐져 곳곳에 흩어져 있는 거대 인간 종족, 즉 신들의 양식을 먹고 자란 아이들을 향한 막강한 증오로 변했다. 이 증오는 정론의 구심점이 되었다. 이런 새로운 문제들이 끈질기게 이어지면서 각 정당의 기존 노선은 완전히 철회되어 사라졌고 이제는 작은 정치인들이 신들의 양식을 통제하고 규제해야 한다고 주장하는 미봉책 노선의 기회주의 정당과 늘 좀 더 험악하고 모호하게 연설한 뒤 여러 가지 위협적인 표현으로 자신의 의도를 구체화하는 케이터햄의 지지자들, 즉 회귀주의 정당이 갈등의 두 축이 되었다. 케이터햄은 이제 사람들이 "가시나무의 성장을 베어"버려야 한다거나 "상피병●의 치료법"을 찾아야 한다고 연설하다가 마침내 선거 전야에는 "쐐기풀을 잡아야" 한다고 힘주어 말했다.

이제 소년을 벗어나 어엿한 성인이 된 코사의 세 아들은 어느 날 평소처럼 그들의 무익한 노동의 잔해 속에 앉아 이런저런 얘기를 나누고 있었다. 그들은 하루 종일 아버지가 지시한 대로 크고 복잡한 참호 하나를 만들었고 해가 넘어가기 시작하자 커다란 집 앞의 작은 뜰에 앉아 안에 있는 작은 하인들이 식사 준비가 끝났음을 알리길 기다리며 세상을 바라보면서 쉬는 중이었다.

이 거대한 사내들을 상상해보라. 그중 가작 작은 아이의 키가 12미터였고 보통 사람에게는 갈대밭처럼 느껴질 만한 풀밭에 앉아 있었다. 그중 한 명이 등을 꼿꼿이 펴고는 손에 든 철제 대들보로 커다란 부츠의 흙을 털어냈고 또 한 명은 팔꿈치로 땅을 짚고 누웠으며 나머지 한 명은 대기에 송진 냄새를 퍼트리며 소나무를 깎고 있었다. 그들은 천으로 만든 옷이 아니라 밧줄을 엮어 만든 속옷 위에 펠트를 덧댄 알루미늄 철사 옷을 입고 있었다. 발에는 목재와 철로 만든 신발을

● 세균 감염으로 피부와 피하조직이 두꺼워지고 코끼리의 피부처럼 변하는 풍토병.

신었고 옷의 고리와 단추와 벨트는 모두 도금한 강철이었다. 그들이 생활하는 거대한 단층집은 규모 면에서 고대 이집트의 건축물 같았으며 절반은 거대한 백악 벽돌로 짓고 나머지 절반은 언덕의 암벽을 깎아 만들었다. 전면의 높이는 30미터에 달했고 그 뒤로 굴뚝과 풍차, 기중기, 작업 창고의 지붕들이 하늘까지 우뚝 솟아 있었다. 집의 둥근 창문으로 보이는 홈통에서는 백열 상태의 금속이 시야에 보이지 않는 용기 속으로 정해진 양만큼 똑똑 떨어졌다. 이곳은 위쪽의 구릉지 정상 너머와 깊은 골짜기를 가로질러 거대한 흙벽을 쌓고 쇠로 보강해 조잡하게나마 요새화되어 있었다. 그 규모가 어느 정도인지 가늠하려면 보통 크기의 사물과 비교해야 했다. 세븐오크스에서 덜덜거리며 달려와 그들의 시야를 가로지른 뒤 터널로 들어가 자취를 감춘 기차는 그들과 비교하면 작은 장난감 자동차 같았다.

셋 중 하나가 말했다. "아이텀● 이쪽의 숲은 전부 출입 금지 구역이 되었고 노콜트●● 옆에 있던 판자도 이쪽으로 3킬로미터 이상 옮겨졌어."

그러자 막내가 잠시 뜸을 들인 뒤 입을 열었다. "그게 그들이 할 수 있는 최소한일 거야. 케이터햄을 꺾으려는 거겠지."

"그러기엔 역부족이지. 우리에겐 너무 지나치고." 나머지

한 명이 말했다.

"게다가 우리를 레드우드 형제와 떼어놓고 있다니까. 지난번에 갔을 때 그 붉은 표지판이 양쪽으로 1.5킬로미터 안으로 옮겨졌더라. 구릉지를 따라 레드우드에게 가는 길은 이제 아주 좁은 오솔길이 됐어."

이 말을 한 형제는 잠시 생각에 잠겼다. "우리 레드우드 형제는 어떻게 됐을까?"

"왜?" 맏이가 물었다.

그러자 상대는 소나무 가지 하나를 잘라내며 대꾸했다. "그때 보니까 아직 잠이 안 깬 것 같기도 했거든. 내 말을 듣지 않는 것 같더라고. 사랑이 어쩌고저쩌고하던데."

막내는 자신의 쇠밑창 가장자리를 대들보로 두드리며 웃음을 터트렸다. "레드우드 형제가 꿈을 꾸는 모양이네."

잠시 둘 다 아무 말도 하지 않았다. 얼마 후 맏이가 다시 입을 열었다.

"이렇게 자꾸 우리 구역을 좁히는 걸 더는 못 참겠어. 이러다가 우리 부츠 주위에 선을 긋고 거기서 나오지 말라고 하겠어."

둘째가 수북이 쌓인 소나무 가지들을 한 손으로 치우고 자세를 바꾸며 말했다. "지금 그들이 하는 건 아무것도 아니야. 케이터햄이 권력을 쥐게 되면 더하겠지."

"그가 권력을 쥐게 된다면." 막내가 대들보로 땅을 두드리며 말했다.

"결국 그렇게 될 텐데." 맏이가 자기 발을 바라보며 대꾸했다.

둘째는 가지를 치우다 말고 주위를 에워싼 거대한 담장으로 시선을 돌리며 입을 열었다. "그럼 우리의 어린 시절도 끝나는 거야. 그리고 레드우드 아저씨가 오래전에 말씀하신 것처럼 우리도 끝까지 남자답게 맞서야지."

"그래." 맏이가 대꾸했다. "하지만 그게 정확히 무슨 의미일까? 그러니까 문제의 그날이 오면 어떻게 될까?"

그 역시 그들을 에워싼 거대하고 조잡한 참호들을 흘끗 보았다. 그러나 그보다는 그 뒤 언덕 너머에 있는 수많은 인간을 흘끗거린 셈이었다. 셋 모두의 머릿속에는 비슷한 광경이 펼쳐졌다. 전쟁을 치르기 위해 물밀듯이 밀려오는 소인들. 적의를 갖고 쉴 새 없이, 끝없이 밀려오는 작은 인간들…….

"그들은 몸집은 작지만 머릿수는 바닷가의 모래알만큼이나 많잖아." 막내가 말했다.

"그들에겐 총이 있지. 우리 형제들이 선덜랜드●에서 만든 무기도 있고."

"그런데 솔직히 쥐나 해로운 곤충을 빼면, 지독한 생물이 나타나 소소하게 소동을 일으킨 걸 빼면 누가 죽기라도 했어?"

"그러니까." 맏이가 대꾸했다. "그런데도 우리는 애물단지지. 그날이 오면 우린 우리가 해야 할 일을 해야 해."

그는 보통 사람의 키만큼 긴 날이 달린 칼을 접고 새로 만

● 잉글랜드 북동부의 항만도시.

든 소나무 지팡이를 사용해 몸을 일으켰다. 일어서서 잿빛의 거대하고 야트막한 집을 돌아보았다. 새빨간 석양이 일어서는 그를 비추면서 그의 목 주위 갑옷과 걸쇠, 철사로 엮은 소매가 빛에 에워싸였고 그 순간 그는 피를 흘리는 듯 보였다.

이 젊은 거인이 일어설 때 구릉지 정상 위로 솟은 담장 위에 서쪽 백열광을 배경으로 작고 검은 형체가 나타났다. 검은 두 손이 흔들리며 어색한 몸짓을 하고 있었다. 손을 흔드는 동작을 보니 어째서인지 서둘러야 할 것 같았다. 그는 소나무 지팡이를 돛대처럼 흔들어 응답한 뒤 골짜기 전체가 쩌렁쩌렁 울리도록 "여기 있어요!" 하고 소리쳤다. 그러고는 형제들에게 "무슨 일이 있나봐" 하고 말한 뒤 한 번에 6미터씩 성큼성큼 걸어 아버지를 만나러 갔다.

5

우연히도 그 순간에 거인이 아닌 한 청년이 코사의 세 아들에 관해 의견을 펼치고 있었다. 그는 세븐오크스 너머의 언덕을 넘어왔고 친구와 함께 있었지만 주로 혼자 떠들어댔다. 여기로 오는 길에 그들은 산울타리에서 애처로운 깩깩거림을 듣고 거대한 개미 두 마리에게 공격당하는 어린 박새 세 마리를 구해주었다. 이 사건을 계기로 떠들기 시작한 것이다.

"회귀해야지!" 코사네 부지가 보이는 곳에 이르자 그가 말했다. "누가 회귀를 원치 않겠어? 저 넓은 땅을 봐. 한때는 멋지고 아름다웠던 하느님의 땅이 찢기고 훼손되고 파헤쳐졌잖아! 저 창고들! 저 거대한 풍차! 저 거대한 바퀴 달린 기계! 저 담장들! 저기 쪼그리고 앉아 못된 장난을 꾸미는 거대한 괴물 셋을 보라고! 봐! 저 넓을 땅을!"

친구가 그의 얼굴을 흘끗 보며 말했다. "케이터햄의 연설을 들은 모양이네."

"내 눈으로 직접 본 거야. 우리가 떠나온 과거의 평화와 질서도 들여다보았고. 그 사악한 성장제는 악마의 마지막 화신이야. 언제나 그렇듯 우리의 세상을 파괴하러 온 거지. 이전 세대의 세상이 어땠는지, 우리 어머니들이 우리를 낳으실 때만 해도 세상이 어땠는지 생각해봐. 그리고 지금 이 꼴을 봐! 한때 황금빛 수확물 밑에서 미소 지었을 저 언덕 비탈과 작고 예쁜 꽃들을 가득 품은 채 사람들의 작은 땅을 구분해주던 산울타리, 땅을 점점이 수놓은 불그레한 농가들과 저 탑에서 안식일마다 안식 기도로 온 세상을 고요하게 해주던 교회 종소리를 생각해보라고. 이제는 해마다 점점 더 커지는 잡초들과 거대한 쥐들, 사방에서 자라나는 수많은 거인이 우리 위로 다리를 벌리고 서서 우리 세상의 작고 귀한 것들을 짓밟으려 하잖아. 자, 이것 좀 봐!"

그가 가리키자 친구는 그의 하얀 손끝을 눈으로 좇았다.

"그들의 발자국이야. 봐! 1미터도 넘게 파여서 사람들이 말을 타고 가다가 빠질 수도 있어. 조심하지 않으면 덫이 될 수 있다고. 들장미는 밟혀 죽었어. 풀이 뿌리째 뽑히고 산토끼꽃은 뭉개지고 농부의 배수관은 부러지고 오솔길도 엉망이 됐어. 이건 파괴야! 그들이 온 세상을 파괴하고 있어. 인간의 세계가 만든 질서와 품위를 모조리 망가뜨리고 있다고. 모든 걸 짓밟으면서. 회귀해야지! 달리 무얼 하겠어?"

"하지만 회귀라면…… 정확히 무얼 한다는 거야?"

"다 막는 거야!" 옥스퍼드 출신의 청년이 소리쳤다. "너무 늦기 전에."

"하지만……."

"불가능한 일이 **아니야.**" 옥스퍼드 출신 청년이 갈라지는 목소리로 외쳤다. "우리가 원하는 건 단호한 태도야. 정교한 계획, 과단성 있는 정신이 필요해. 그동안 정부는 솔직하게 말하지 않았고 단호하지도 않았어. 그들이 머뭇거리고 꾸물거리는 사이에 그 성장제는 점점 자라나고 있어. 하지만 아직……."

그가 잠시 말을 멈추자 친구가 끼어들었다. "케이터햄의 주장과 똑같잖아."

"아직 할 수 있어. 아직 희망이 있어. 우리가 원하는 게 무엇인지, 무얼 무너뜨릴 것인지 확실히 정하기만 하면 충분히 희망이 있어. 우리 편에 설 사람은 수없이 많아. 몇 년 전보다 더 많아졌어. 법도 우리 편이고 사회제도와 질서도, 국교의 정신도, 인간의 풍습과 관습도 우리 편이야. 그 성장제를 반대하는 편이라고. 왜 우리가 미봉책으로 버텨야 해? 왜 우리가 거짓말을 해야 하지? 우린 그걸 증오하잖아. 우린 그걸 원하지 않아. 그런데 왜 우리가 그걸 품고 살아야 해? 그냥 투 덜거리고 수동적으로 막으면서 아무것도 하지 않을 셈이야? 시기를 완전히 놓칠 때까지?"

그는 우뚝 걸음을 멈추고 돌아섰다. "저기 쐐기풀 숲을 봐. 그 안에 있던 집들은 버려졌어. 한때는 소박한 사람들이 깨끗한 가정을 꾸리고 정직하게 삶을 살던 곳이라고! 그리고 저기도 봐!"

그는 코사네 아이들이 저희끼리 나름의 부당함을 속닥거리는 곳을 향해 휙 몸을 돌렸다.

"저들을 보라고! 난 저들의 아비를 알아. 짐승 같은 인간이야. 관용이라곤 찾아볼 수 없고 목소리만 요란한 무자비한 짐승, 지난 30년 넘게 우리의 이 자비로운 세상에서 맹렬히 폭주한 인간이지. 하여간 기술자들은! 우리가 소중하고 귀하게 여기는 것들이 그 인간에겐 아무것도 아니야! 아무것도! 우리 인류와 이 땅의 눈부신 전통, 고귀한 제도, 오랜 질서, 조상 대대로 전통을 이어오며 우리 영국인들을 위대하게 만들고 이 눈부신 섬을 자유롭게 해준 그 폭넓고 느린 행진, 그 모든 게 그저 지나가버린 공허한 이야기일 뿐이지. 그 잘난 미래를 생각하면 이런 귀한 것들을 모두 희생해도 된다고 여기는 거야……. 그런 인간은 돈이 가장 적게 들기만 한다면 자기 어머니의 무덤 위에 선로를 낼 수도 있다니까……. 그냥 적당히 살면 된다고, 어떻게든 타협해서 우리는 우리 삶을 살고 저, 저 거대한 기계들은 그들의 삶을 살면 된다고 생각하겠지. 하지만 그럼 희망이 없어. 그건 절망적이야. 차라리 호랑이와 조약을 맺는 게 낫지! 그들은 모든 게 거대해지길 원해. 우리는 정상적이고 달콤한 세상을 원하고. 이쪽 아니면 저쪽이야."

"하지만 우리가 할 수 있는 게 뭔데?"

"많지! 뭐든 할 수 있어! 그 성장제를 막아야지! 거인들은 아직 곳곳에 흩어져 있어. 아직 미성숙하고 분열된 상태야. 쇠사슬로 묶고 입에 재갈을 물리고 입마개를 씌워야 해. 무슨 수를 써서든 그들을 막아야 해. 그들의 세상이 되느냐, 우리의 세상이 되느냐 둘 중 하나야! 그 성장제를 막아야 해. 그걸 만든 사람들의 입도 막고. 무슨 수를 써서든 코사를 막아야 해! 기억 못 하는 모양인데, 한 세대, 딱 한 세대만 제압하면 돼. 그러면 우리는 저 담장을 허물고 그들의 발자국을 메우고 우리 교회 탑에 설치된 흉측한 사이렌을 없애고 우리의 코끼리 사냥총을 부숴버리고 예전의 질서를 되찾을 수 있어. 인간에게 걸맞은 성숙한 문명사회로 돌아갈 수 있다고."

"굉장한 노력이 필요한 거네."

"굉장한 결말을 위해서야. 우리가 하지 않으면? 우리 앞날이 너무도 뻔히 보이지 않아? 여기저기 거인이 늘고 점점 증폭할 거야. 그들이 어디서든 그 성장제를 만들어 퍼트리겠지. 우리 들판에는 풀이 거대하게 자랄 테고 산울타리의 잡초도 거대해질 거야. 덤불에는 해로운 곤충과 동물이 자랄 테고, 하수구에서는 쥐들이 거대하게 자라겠지. 갈수록 더 많이, 더 많이. 이건 시작에 불과해. 곤충의 세계와 식물의 세계, 마침내는 바다의 물고기들도 우리보다 커져서 물고기 떼가 인간의 배를 물에 빠뜨리고 말 거야. 모든 게 엄청나게 자라서 우리의 집들을 가리고 우리의 교회들을 짓누르고 우리 도시의 모든 질서를 짓밟아 무너뜨리겠지. 우리는 그저 새로운 종족의 발꿈치에 붙어사는 힘없는 해충이 되고 말 거야. 인류는 자기들이 낳은 존재들에게 짓밟히고 그 속에 빠져 죽을 거라고! 그 어떤 의미도 없이! 그저 크다는 이유로! 그저 그들이 크다는 이유로 말이야! 모든 게 커진 채로 다시 시작되겠지. 우리는 이미 다가오는 시대의 출발지에 살고 있어. 그런데도 우리가 하는 거라곤 그저 '너무 불편하군!' 하고 투덜대는 것뿐이야. 툴툴거리면서 아무것도 하지 않는다고. **안 돼!**"

그는 한 손을 올렸다.

"저들은 저들이 할 일을 하라고 해! 나도 그렇게 할 거야. 나는 회귀를 지지할 거야. 무한하고 대담한 회귀. 그 성장제를 먹을 게 아니라면 달리 세상에서 할 수 있는 게 뭐가 있겠어? 우리는 너무 오랫동안 중간에서 꾸물거렸어. 너! 넌 타성에 젖어서, 그렇게 살아왔기 때문에, 그게 너의 시공간이기 때문에 중간에 머물러 있지. 난 그러지 않을 거야! 나는 벼락 성장제를 반대할 거야. 나의 모든 힘과 의지를 끌어모아 그걸 막을 거야."

그는 툴툴거리는 친구에게 물었다. "넌 어느 쪽이야?"

"이건 복잡한 문제인데……."

"아! 드리프트우드!" 옥스퍼드 출신의 사내가 몹시 쓸쓸하게 팔다리를 휘저으며 말했다. "중간은 아무것도 아니야. 이쪽 아니면 저쪽을 택해야 해. 성장제를 먹든가 파괴하든가. 먹든가 파괴하든가! 달리 뭐가 있겠어?"

제2장 거대한 연인

1

케이터햄이 더없이 비극적이고 끔찍한 상황 속에서 그에게 권력을 쥐게 해줄 총선을 앞두고 벼락성장제의 아이들을 제 압하겠다는 선거운동을 펼치고 있을 때, 우연히도 일찍이 특 별한 영양 섭취로 닥터 윙클스가 눈부신 경력을 쌓는 데 혁 혁한 도움을 준 거인 공녀 마마가 중요한 행사로 아버지의 왕 국을 떠나 영국으로 왔다. 그녀는 국무와 관련된 이유로 왕자 한 명과 약혼을 했고 그들의 결혼은 국제 행사가 될 예정이었 다. 그런데 그 결혼이 알 수 없는 이유로 연기되었다. 소문과 상상력이 합쳐져 수많은 뒷말을 낳았다. 고집 센 왕자가 바보 처럼 보이기 싫다는 이유로 거부한다는 얘기도 있었다. 그것 만큼은 용납할 수 없다는 것이었다. 사람들은 그에게 공감했 다. 이 점이 이 사건에서 가장 의미심장한 부분일 것이다.

이상하게 들리겠지만 사실 이 거인 공녀는 영국으로 올 때 자기 말고 다른 거인이 있다는 사실을 전혀 몰랐다. 그녀는 미묘한 책략이 열정으로 간주되고 은폐가 공기와도 같은 세상에서 살았다. 그곳 사람들은 그녀에게 그 사실을 숨겼다. 그녀가 영국으로 가는 날이 올 때까지 거대한 존재를 볼 수도 없고 의심할 수도 없을 만큼 철저히 그녀를 속박했다. 젊은 레드우드를 만나기 전까지 그녀는 세상에 자신 말고 거인이 또 있다는 사실을 전혀 눈치채지 못했다.

공녀의 아버지가 통치하는 공국에는 고지대와 산지의 황무지가 있었으므로 그녀는 그런 곳을 자유롭게 돌아다니는 데 익숙했다. 그녀는 해돋이와 저녁노을, 탁 트인 하늘에서 펼쳐지는 굉장한 변화를 세상 무엇보다도 사랑했다. 그러나 민주적이면서도 몹시 충성스러운 영국인들 속에 살게 되자 자유가 크게 제한되었다. 사람들은 대형 사륜마차를 타거나 유람열차를 타고, 또는 조직적으로 무리 지어 그녀를 보러 왔다. 그녀를 한번 보기 위해 자전거로 먼 길을 달려오는 사람들도 있었으므로 평화롭게 산책하려면 일찍 일어나야 했다. 청년 레드우드가 그녀를 마주친 것은 그런 아침의 막 동이 트는 새벽이었다.

그녀가 묵고 있는 궁전 근처에는 서쪽 출입구 남서쪽으로 커다란 공원이 약 30킬로미터 넘게 펼쳐져 있었다. 이 공원의 큰길에는 그녀의 머리 위로 높이 뻗은 밤나무들이 줄지어 늘어서 있었다. 밤나무는 한 그루 한 그루 지날 때마다 꽃이 더욱 풍성해지는 듯했다. 한동안 그녀는 그저 눈으로 즐기고 향기를 맡는 데 만족했지만 결국 유혹을 이기지 못하고 정신 없이 꽃을 골라 따기 시작했고, 그 바람에 청년 레드우드가 가까이 올 때까지 알아차리지 못했다.

전혀 예상치 못한, 전혀 의심하지도 못한 운명의 연인이 다 가오는 가운데 그녀는 계속 밤나무 사이를 거닐었다. 가지들 속으로 두 손을 밀어 넣고 부러뜨린 뒤 손에 모아 쥐면서. 세 상에는 그녀뿐이었다. 그런데……

그녀는 고개를 들었고, 그 순간 자신의 짝을 마주했다.

그의 눈으로 이 미녀를 보기 위해서는 우리도 그만큼 커졌 다고 상상해야 한다. 그녀에게 당장 애정을 느낄 수 없게 만 드는, 범접할 수 없는 거대함이 그에게는 보이지 않았을 테니 까. 거기엔 그저 아름다운 여인이 서 있었다. 오래전부터 그 의 상대로 정해진 듯한 최초의 인간, 가볍고 호리호리한 몸 에 하늘거리는 옷을 걸쳤고 상쾌한 새벽의 산들바람이 미묘 하게 접힌 드레스 자락을 휘저으며 부드럽고 강인한 몸의 곡 선을 드러내는 가운데 꽃이 만발한 밤나무 가지들이 두 손을 가득 메우고 있었다. 벌어진 드레스의 깃 사이로 흰 목이 드 러났고 그림자 진 부드러운 굴곡이 보이지 않는 어깨로 이어 졌다. 산들바람이 그녀의 머리카락 한 올도 함께 헤집은 터라 끝이 붉은 갈색인 머리칼이 뺨을 가로질렀다. 눈은 푸른색이 었고 가지들 사이로 손을 뻗을 때 입술에는 금방이라도 미소 가 떠오를 것 같았다.

그녀는 깜짝 놀라며 고개를 돌렸다. 거기에 그가 있었다. 잠시 두 사람은 서로를 바라보았다. 그녀는 그의 모습에 너무도 놀라고 너무도 당황해서 적어도 잠시 동안은 끔찍한 기분이 들었다. 그녀에게 그는 초자연적인 혼령처럼 충격적인 존재였다. 그는 그녀의 세상에 존재하던 모든 규칙을 어그러뜨렸다. 당시 그는 스물한 살의 청년이었고 호리호리한 체격에 아버지의 어두움과 진지함을 모두 지녔다. 수수하고 부드러운 갈색 가죽으로 만든, 몸에 꼭 맞는 편안한 옷과 갈색 스타킹이 그를 더욱 돋보이게 했다. 그는 날씨가 어떻든 머리에 아무것도 쓰지 않았다. 그들은 서로를 바라보며 서 있었다. 그녀는 기절할 정도로 놀랐고 그는 가슴이 빠르게 뛰는 것을 느꼈다. 서곡도 없이 그들의 삶에서 가장 중요한 만남이 이뤄지는 순간이었다.

　그에게는 그 정도로 놀랄 일은 아니었다. 그는 이 여인을 찾고 있었지만 그럼에도 심장이 빠르게 뛰었다. 그는 그녀의 얼굴에 시선을 고정한 채 천천히 다가갔다.

　그가 말했다. "당신이 그 공녀군요. 아버지께 들었습니다. 신들의 양식을 먹고 자란 공녀인가보네요."

　"맞아요. 제가 그 공녀예요." 그녀가 놀란 눈으로 대꾸했다. "그런데…… 누구시죠?"

　"저는 신들의 양식을 만든 분의 아들입니다."

　"신들의 양식!"

　"네, 신들의 양식이요."

"하지만……."

그녀의 얼굴에 깊은 당혹감이 떠올랐다.

"뭐라고요? 무슨 말인지 모르겠네요. 신들의 양식?"

"못 들어봤습니까?"

"신들의 양식! **못** 들어봤어요."

그녀는 어느새 심하게 몸을 떨고 있었다. 낯빛이 창백해졌다. 그녀가 말했다. "전 몰랐어요. 그렇다면 혹시?"

그는 그녀의 말을 기다려주었다.

"그렇다면 혹시 다른 거인들이 있다는 말인가요?"

그는 다시 한번 되물었다. "몰랐습니까?"

그녀는 새로 알게 된 사실에 점점 더 놀라며 대꾸했다. "**몰랐어요!**"

그녀의 세상과 그 세상의 모든 의미가 바뀌고 있었다. 밤나무 가지 하나가 그녀의 손에서 미끄러졌다. 그녀는 바보처럼 같은 말을 되풀이했다. "그러니까 이 세상에 다른 거인들이 있다는 말인가요? 그 무슨 양식이라는 걸 먹은?"

그는 그녀가 놀란 것을 깨닫고 큰 소리로 물었다.

"아무것도 몰랐습니까? 우리에 대해 전혀 못 들었어요? 신들의 양식 때문에 당신도 우리와 비슷해진 거예요!"

그를 바라보는 그녀의 눈에는 여전히 경악이 서려 있었다. 그녀는 목으로 손을 올렸다 다시 내리며 속삭였다. "**아니야.**"

그녀는 곧 울음이 터지거나 기절할 것 같았다. 그러나 이내 마음을 가다듬고는 분명하게 생각하며 말하기 시작했다. "이 모든 걸 내게 숨겼군요. 꿈을 꾸는 것 같아요. 난 꿈을 꾸었어요. 이런 상황을 꿈꿨다고요. 그런데 현실이라니. 세상에, 얘기해줘요! 얘기해줘요! 당신은 누구인가요? 신들의 양식은 뭐죠? 천천히, 그리고 분명하게 얘기해줘요. 사람들은 왜 제가 혼자가 아니라는 걸 숨겼을까요?"

2

"얘기해줘요." 그녀의 말에 청년 레드우드는 떨리고 흥분한 채로 신들의 양식과 세계 각지에 흩어져 있는 거인 아이들에 관해 얘기하기 시작했고, 얼마간은 어설프고 두서없는 설명이 이어졌다.

이 두 사람을 상상해보자. 놀라서 얼굴이 붉어진 채로 절반만 들리는 미완성의 표현을 끊임없이 열거하고 되풀이하고 끊어가며 상대를 어리둥절하게 했다가 다시 시도해 서로를 이해하려 애쓰는 두 사람. 그것은 그녀가 평생의 무지에서 깨어나게 해주는 경이로운 대화였다. 그리고 그녀는 자신이 인류의 질서에서 예외적인 존재가 아니라 신들의 양식이라는 것을 먹고 그들의 발밑에 묻힌 선조들의 한계를 넘어 계속 성장한, 여기저기 흩어져 있는 아이들 가운데 하나라는 사실을 아주 서서히 분명하게 알게 되었다. 청년 레드우드는 자기 아버지와 코사, 전국에 흩어져 있는 그들의 동족에 관해 얘기하고, 마침내 보다 넓은 의미의 거대한 여명이 세상의 역사 속으로 들어왔다고 일러주었다.

"우리는 새로운 시작의 출발선에 서 있어요. 지금 존재하는 그들의 세상은 신들의 양식이 만들어낼 세상의 서막일 뿐이에요.

제 아버지는 인간 세상에서 작은 존재들이 완전히 사라지고 거인들이 이 땅을, 그들의 땅을 자유롭게 돌아다니며 계속해서 더 거대하고 눈부신 업적을 이룰 때가 올 거라고 믿고 있어요. 저도 그렇게 믿고요. 하지만 아직 그런 때가 오지 않았죠. 우리는 그 시대의 첫 세대라고 할 수도 없어요. 그저 첫 실험일 뿐이죠."

"저는 그런 것들을 전혀 몰랐네요!" 공녀가 말했다.

"가끔 저는 우리가 너무 일찍 온 게 아닐까 생각합니다. 물론 언제나 처음은 있는 법이죠. 하지만 세상은 우리의 존재에 대해, 그리고 신들의 양식 때문에 거대해진 다른 존재들에 대해 전혀 준비가 되어 있지 않았어요. 허둥거리기도 하고 충돌이 일어나기도 했죠. 작은 사람들은 우리를 증오하거든요……

그들이 우리에게 과격하게 구는 건 자기들이 작기 때문이기도 하고…… 우리가 그들의 생계 수단을 짓밟기 때문이기도 하죠. 하지만 어쨌든 그들은 이제 우리를 증오해요. 우리를 남겨두려 하지 않을 거예요. 우리가 그들과 똑같은 크기로 줄어들어야만 받아주겠죠……

그들은 우리에겐 감방과도 같은 집에서 만족하며 살고 있어요. 그들의 도시는 우리에겐 너무 작고요. 우리는 비참하게 그들의 좁은 길을 걸어 다녀요. 그들의 교회에 다닐 수도 없고…….

우리에게는 그들의 담장 너머, 그들의 보호물 너머가 보이죠. 그래서 우리는 무심코 그들의 높은 창을 들여다보기도 해요. 그들의 관습을 내려다보기도 하고. 그들의 법은 우리의 발을 옭아매는 그물망일 뿐이죠…….

우리는 비틀거리기만 해도 그들의 비명을 듣게 되고 출입이 금지된 구역의 경계에서 실수를 하거나 팔을 뻗어 큰 동작을 하기라도 하면…….

우리는 편안한 보폭으로 걷는데 그들에게는 빠르게 날아가는 것처럼 보이고 그들이 거대하고 경이롭다고 여기는 것들이 우리에게는 그저 인형의 피라미드에 불과합니다. 그들의 작고 소소한 방식과 기기와 상상력 따위가 우리의 힘을 방해하거나 꺾어놓고 있어요. 우리 힘센 손에 맞는 기계는 없고 우리의 필요에 맞는 도움을 얻을 수도 없습니다. 그들은 수백 개의 보이지 않는 띠로 우리의 거대함을 묶어놓고 있어요. 일대일로 비교하면 우리가 백 배쯤 세지만 우리에겐 무기가 없죠. 우리는 거대하다는 이유로 빚진 사람처럼 살고 있어요. 그들은 우리가 서 있는 땅이 자기들의 것이라고 우기며 우리에게 더 많이 필요한 먹을 것과 살 곳에 대해 세금을 매기고, 그런데도 우리는 그 소인들이 우리에게 만들어준 연장으로 노역을 해야 하고 소인들의 작은 바람을 충족시켜야 하고…….

그들은 사방으로 우리를 가두고 있어요. 우리는 그저 살기 위해서 그들이 쳐놓은 경계를 넘어가야 합니다. 오늘도 나는 그 경계를 넘어 여기서 당신을 만난 거예요. 그들은 삶에서 지극히 타당하고 바람직한 모든 것을 우리에게 제한하고 있어요. 우리는 마을에 들어갈 수 없습니다. 다리를 건너서도 안 되죠. 그들이 갈아놓은 밭을 밟거나 그들이 잡은 사냥감 저장고에 들어갈 수도 없어요. 저는 이제 코사 아저씨의 세 아들을 제외하고는 누구에게도 접근할 수 없고 그들에게 가는 길도 날마다 좁아집니다. 사람들은 우리에게 그보다 더한 짓도 얼마든지 할 수 있을 거예요…….”

“하지만 우리는 힘이 세잖아요.” 그녀가 말했다.

“우리는 힘이 세죠. 맞습니다. 우리는, 우리 모두는 우리가 힘이 있다고, 엄청난 일을 할 수 있는 힘, 반란의 힘이 우리 안에 있다고 느낍니다. 당신도 똑같이 느낄 거라고 생각해요. 하지만 우리가 뭔가를 하려면…….”

그는 세상을 휩쓸어버릴 것처럼 한 손을 획 내저었다.

잠시 후 그녀가 말했다. “하지만 저는 세상에 혼자라고 생각했어요. 늘 그렇게 생각했죠. 오래전부터 힘은 죄악에 가깝고, 큰 것보다는 작은 것이 더 좋으며, 진정한 종교는 힘없고 약한 자들을 보듬고 힘없고 약한 자들을 격려하며 그들이 머릿수를 늘려 세상을 가득 메우도록 돕는 거라고 배웠어요. 그것을 위해 우리의 힘을 희생해야 한다고. 하지만…… 늘 그런 가르침을 의심했죠."

"우리의 삶, 우리의 이 몸뚱이는 죽기 위해 존재하는 게 아니에요." 그가 말했다.

"그렇죠."

"무의미하게 살기 위해 존재하는 것도 아니고요. 하지만 그렇게 살지 않으려면 충돌이 따를 수밖에 없다는 걸 우리 동족은 모두 분명히 알고 있죠. 얼마나 지독한 충돌을 겪어야 할지, 얼마나 고통을 겪어야 소인들이 우리가 마땅한 삶을 누리도록 허락할지 모르겠습니다. 우리 동족은 모두 그것을 고민하고 있어요. 좀 전에 얘기한 코사 아저씨도. 그분도 그 점을 고민하고 있죠."

"저들은 아주 작고 약하잖아요."

"한편으로는 그렇죠. 하지만 모든 죽음의 수단이 그들의 손에 있고 그들의 손에 맞게 만들어졌어요. 우리에게 침입당한 저 소인들은 수십만 년 동안 서로를 죽이는 방법을 익힌 사람들이에요. 그 부분에서는 뛰어난 능력을 지녔죠. 그들은 할 줄 아는 게 아주 많아요. 게다가 속임수를 쓸 수도 있고 갑자기 변하기도 하고…… 글쎄요…… 충돌이 일어날 겁니다. 당신은, 당신은 우리와 다를지도 모르죠. 우리는 확실히 충돌을 겪을 겁니다……. 그들은 전쟁이라고 부르죠. 우린 알아요. 한편으로는 우리도 전쟁을 각오하고 있고요. 하지만 말이죠. 저 소인들! 우리는 그들을 어떻게 죽이는지 모릅니다. 죽이고 싶지도 않고……."

"보세요." 그녀가 끼어들었다. 그의 귀에 날카로운 경적 소리가 들렸다.

그가 그녀의 시선을 따라 고개를 돌리자 밝은 노란색 자동차와 시커먼 안경을 쓴 운전자, 모피 옷을 입은 승객들이 그의 발밑에서 함성을 지르고 흥분한 몸짓을 하며 화난 말투로 웅얼거리고 있었다. 그가 발을 옮기자 자동차는 세 번 성난 콧방귀를 뀌며 신경질적으로 마을을 향해 다시 나아갔다. "길을 막고 있잖아!" 하는 소리가 그의 귀로 올라왔다.

누군가가 말했다. "저기 봐! 봤어? 저기 나무 위로 보이는 게 그 괴물 공녀잖아!" 그러자 안경 긴 얼굴들이 일제히 고개를 돌려 그들을 바라보았다.

다른 누군가가 말했다. "내가 말했잖아. **저것**도 도움이 될 게 없다고……."

"이 모든 상황이 뭐라 말할 수 없이 놀랍네요." 공녀가 말했다.

"당신에게 저런 말을 하다니." 그는 차마 말을 끝맺지 못했다.

"당신을 만나기 전까지 나는 나 혼자만 거대한, 그런 세상에서 살았어요. 그런 점에서 나는 내 삶을 개척한 셈이죠. 나는 내가 자연적으로 태어난 이상한 기형인 줄만 알았어요. 그런데 겨우 삼십 분 만에 나의 세계가 무너지고 다른 세계, 다른 조건, 더 넓은 가능성, 동지를 보게 됐네요."

"동지." 그가 대꾸했다.

"좀 더 얘기해줘요. 더 많이. 이 모든 게 마치 한 편의 이야기를 들은 듯 내 머리를 그저 스쳐가고 있어요. 당신조차도……. 하루쯤 지나야, 어쩌면 며칠쯤 지나야 당신을 믿을 수 있을 것 같아요. 지금은…… 지금은 꿈을 꾸는 것 같아서……. 들어보세요!"

멀리 떨어진 궁전의 관리실 위에서 첫 시계 소리가 그들의 귀를 파고들었다. 모두 세어보니 '7시'였다.

그녀가 말했다. "이제 돌아가야 할 시간이에요. 제가 잠을 자는 곳으로 제 커피 그릇이 들어올 거예요. 작은 공직자들과 하인들, 그들이 얼마나 진지한지 모른다니까요. 어쨌든 그들은 그 작은 의무를 이행하려고 바쁘게 움직일 거예요."

"그들이 걱정하겠네요……. 더 얘기하고 싶은데."

그녀는 고민해보았다. "하지만 저는 생각해보고 싶어요. 지금은 혼자 생각하고 싶어요. 모든 게 뒤바뀌었으니 제가 혼자라는 옛 생각은 지우고 당신과 다른 거인들을 저의 세상에 받아들여야죠……. 그만 갈게요. 오늘은 궁전으로 돌아갔다가 내일 동이 틀 때 다시 올게요. 여기로."

"여기서 기다리고 있겠습니다."

"난 하루 종일 당신이 알려준 이 새로운 세상에 대해 꿈꿀 거예요. 지금도 믿기지 않거든요……."

그녀는 한 걸음 물러서서 그를 발끝에서부터 머리끝까지 훑어보았다. 잠시 그들의 눈이 마주쳤다.

"그래요." 그녀는 흐느낌 같은 작은 웃음을 내뱉으며 말했다. "당신은 실제로 존재하네요. 하지만 정말 놀라워요! 혹시라도? 내일 다시 여기에 와서 당신을 만났는데, 당신이 다른 사람들처럼 작은 사람이라면…… 그래요. 정말 생각해봐야겠어요. 그래도 오늘은 소인들이 하는 것처럼 해요."

그녀는 손을 내밀었고 처음으로 두 사람의 살결이 닿았다. 그들은 굳건히 악수를 하며 다시 눈을 맞췄다.

그녀가 말했다. "오늘은 이만 갈게요. 잘 가요! 잘 가요, 거인 동족!"

그는 하고 싶은 말을 담아둔 채 망설이다가 결국 간단하게 대꾸했다. "잘 가요."

잠시 그들은 서로의 손을 잡고 서로의 얼굴을 살폈다. 두 사람이 헤어지고 한참 지나서 그녀는 의심이 담긴 눈초리로 그를 돌아보았지만 그는 그들이 처음 만난 자리에 그대로 서 있었다.

그녀는 꿈속을 걷는 사람처럼 궁전의 거대한 뜰을 가로질러 자신의 거처로 들어갔고 그녀의 손에 들린 커다란 밤나무 가지 하나가 그 뒤를 졸졸 따랐다.

3

두 사람은 최후가 시작되기 전에 열네 차례 만났다. 장소는 처음 만난 커다란 공원이나 오래된 길이 나 있고 히스가 가득하며 어둑한 소나무 숲이 우거진, 남서쪽의 협곡 사이와 언덕 위였다. 밤나무가 늘어선 거대한 공원 도로에서 두 번, 그녀의 증조부인 왕이 만든 넓은 인공 호수 근처에서도 다섯 번을 만났다. 키 큰 침엽수들이 서 있는, 잘 다듬은 거대한 잔디밭이 호수까지 완만한 경사를 이루고 있었다. 그녀는 그곳에 앉아 있고 그는 그녀의 무릎 옆에 누워 얼굴을 올려다보며 그동안 일어난 모든 사건과 자신이 태어나기 전에 아버지가 시작한 연구, 언젠가 거인들이 이루게 될 거창한 꿈에 관해 이야기했다. 그들은 주로 이른 새벽에 만나다가 한번은 오후에 그곳에서 만났는데 주위에서 많은 사람이 그들을 엿보고 그들의 얘기를 엿들었다. 자전거를 타거나 걸으면서 뒤쪽 숲의 낙엽을 부스럭거리며(런던의 공원들에서 참새들이 부스럭거리듯이) 덤불 뒤에서 엿보았고 호수에서 보트를 타고 잘 보이는 쪽으로 이동하며 더 가까이 가서 들으려고 애썼다.

그것은 이 지방 사람들이 그들의 만남에 엄청난 관심을 갖기 시작했다는 첫 신호에 불과했다. 어느 날 그들은 선명한 달빛 아래 산들바람이 부는 황야 지역에서 만나 속삭이는 소리로 얘기를 나눴다. 공기가 따뜻하고 고요한 밤이었다. 일곱 번째 만남, 그것이 추문에 불을 붙였다.

어느새 두 사람은 그들의 안에서, 그리고 그들을 통해 이 땅에 새로운 거대함의 세계가 모양을 갖춰간다는 깨달음과 그들이 분명히 참여하게 될, 거대함과 작음 사이의 대대적인 분쟁에 관한 논의에서 벗어나 더 개인적이면서도 더 광대한 문제에 관심을 갖기 시작한 터였다. 만나서 얘기하고 서로를 볼 때마다 우정보다 더 귀하고 경이로운 무언가가 두 사람

사이에 싹텄고 그것이 그들 사이를 오가며 그들이 손을 맞잡게 해준다는 생각이 무의식을 넘어 의식의 수준으로 서서히 올라오고 있었다. 얼마 후 그러한 생각은 확실한 정의로 굳어졌고 그들은 연인이 되었음을, 새로운 종족의 아담과 하와가 되었음을 깨달았다.

그들은 아름다운 사랑의 골짜기로, 그 안의 깊고 조용한 곳들로 나란히 발을 내디뎠다. 그들의 감정이 변하면서 주변 세상이 변했고, 마침내 그들이 만나는 곳 어디에나 예배당과 같은 아름다움이 펼쳐졌으며, 별들은 사랑의 길을 장식하는 빛의 꽃이 되었고 여명과 노을은 색색의 벽걸이가 되었다. 그들은 서로와 자신에게 더는 그저 물리적인 인간이 아니었다. 그들은 오직 애정과 욕정으로만 이뤄진 하나의 존재가 되었다. 그들은 그 존재에게 처음에는 속삭임을, 그다음에는 침묵을 주었고, 더 가까이 다가가 끝없이 펼쳐진 하늘의 굴곡 아래 달빛과 그림자가 드리워진 서로의 얼굴을 들여다보았다. 그리고 주위에는 고요하고 시커먼 소나무들이 마치 보초병처럼 서 있었다.

재깍거리던 시간의 발걸음마저도 잠잠해져 정적이 흘렀다. 그들에게는 세계가 움직임을 멈춘 듯했다. 그들의 심장이 뛰는 소리만 들렸다. 그들은 죽음이 없는 세상에 함께 살고 있는 듯했다. 사실 그때 죽음은 바로 곁에 있었는데 말이다. 그들은 자신들이 아무도 손댄 적 없는, 존재의 심장에 숨겨진 눈부신 소리를 낸다고 느꼈고, 실제로 그런 소리를 냈다. 야비하고 조그만 사람들에게도 사랑은 눈부신 계시와 같다. 하물며 이들은 신들의 양식을 먹고 자란 거인 연인이 아닌가…….

왕자와 약혼한 공녀, 그러니까 무려 왕족의 피를 이어받은 그 공녀 마마가! 계급도 없고 지위도 없으며 부를 갖지도 못한 평범한 화학과 교수의 거대한 아들을 만나고 여러 번 다시 만나 그와 이야기를 나눴다는 사실, 마치 이 세상에 왕과 왕자, 질서, 위엄이 없는 것처럼, 거인과 소인 말고는 아무것도 없는 것처럼 그와 얘기를 나눴으며 이제는 그를 연인으로 삼았다는 사실이 알려졌을 때 이 질서 잡힌 세상에 얼마나 큰 놀라움이 퍼졌을지 상상해보라.

"신문사들이 알게 되면!" 아서 푸들 부틀리크 경은 숨을 들이켜며 이렇게 소리쳤다.

"내가 들었는데……." 프럼프스의 노주교는 이렇게 속삭였다.

"위층에 새로운 소식이 있어." 수석 하인은 디저트 따위를 야금야금 먹으며 말했다. "내가 알아낸 바에 따르면 여기 이 거인 공녀가……."

"사람들이 그러는데……." 작은 미국인들에게 궁전 내부 관람권을 판매하는 정문 옆 문구점을 지키는 여자도 거들었다.

그리고 《가십》의 '해적'은 이렇게 말했다. "우리는 이제 부정할 권한을 부여받았다……."

그렇게 해서 결국 문제가 불거졌다.

"우리가 헤어져야 한대." 공녀가 연인에게 말했다.

"하지만 왜?" 그가 소리쳤다. "사람들이 또 무슨 어리석은 생각을 하는 거야?"

"나를 사랑하는 게 대역죄라는 거 알아?" 그녀가 물었다.

"이런." 그가 다시 소리쳤다. "하지만 그게 중요해? 근거라 곤 눈곱만큼도 없는 그들의 권리와 그들의 반역과 그들의 충성이 우리에게 무슨 의미가 있어?"

"들어봐." 그녀는 자기가 들은 이야기를 그에게 들려주었다.

"아름다운 말씨와 부드러운 목소리의 이상한 소인 남자가 나를 찾아왔어. 몸동작이 유연한 신사였는데, 고양이처럼 옆 걸음질 치며 방으로 들어왔고 중요한 말을 할 때마다 희고 예쁜 손을 올리더라. 대머리이지만 완전히 대머리는 아니고 코와 얼굴은 장밋빛으로 통통하고 턱수염은 아주 멋지게 다 듬었지. 그 사람은 여러 번 감정이 북받치는 척하면서 눈을 빛냈어. 알고 보니 이곳 왕족의 친구이고 나를 친애하는 아가 씨라고 부르며 처음부터 아주 다정하게 굴었어. '친애하는 아 가씨, **이러시면 안 됩니다.**' 몇 번 같은 말을 되풀이하더니 이 렇게 덧붙였어. '아가씨에게는 의무가 있습니다.'"

"그런 사람은 어디서 구하는 거야?"

"그 사람은 즐기는 것 같더라." 그녀가 말했다.

"난 정말 모르겠어……."

"그는 내게 심각한 문제를 몇 가지 얘기해주었어."

"설마 그 사람 말이 정말 중요하다고 생각하는 건 아니겠지?" 그는 돌연 태도를 바꾸며 물었다.

"몇 가지 중요한 게 있긴 해." 그녀가 말했다.

"무슨 뜻이야?"

"우리는 우리도 모르게 소인들의 가장 성스러운 신념을 짓밟은 셈이야. 우리 왕족은 다른 계층이야. 우리는 추앙받는 죄수이자 행진하는 장난감이야. 우리는 그런 추앙의 대가로 우리의 기본적인 자유를 내놓지. 그리고 나는 그 왕자와 결혼할 예정이었어. 넌 그에 관해선 아무것도 모르지만. 소인 왕자와 결혼할 예정이었지. 그 사람은 중요하지 않아……. 그보다는 그 결혼이 내 조국과 다른 나라와의 유대를 강화하기 위한 도구였던 것 같아. 그리고 이 나라도 뭔가 얻을 게 있었지. 생각해봐! 유대를 강화하는 일이었다고!"

"그래서?"

"사람들은 내가 예정대로 결혼하길 원해. 우리 사이에는 아무 일도 없었던 것처럼."

"아무 일도 없었다고!"

"응, 그런데 그게 다가 아니야. 그 사람 말이……."

"너의 그 책략가 말이야?"

"응, 그 사람 말이, 그 편이 너와 모든 거인을 위해 더 나을 거래. 우리 둘이 대화를 삼가면 좋겠다고 했어. 어쨌든 그 사람은 그렇게 표현했어."

"하지만 그러지 않으면 어떻게 할 건데?"

"그렇게 하면 네가 자유로워질 수 있을 거래."

"내가!"

"그는 강조하며 말했어. '친애하는 아가씨, 자발적으로 헤어지시는 편이 더 낫습니다. 그게 더 위엄을 지키는 길입니다.' 이게 다야. 하지만 '자발적으로'를 강조했지."

"하지만! 우리가 어디서 사랑을 하든 어떻게 사랑을 하든 그 조그만 인간들이 무슨 상관이야? 그들과 그들의 세상이 우리와 무슨 상관이 있냐고?"

"그들은 그렇게 생각하지 않아."

"당연히 넌 다 무시하겠지?" 그가 말했다.

"나한테는 말도 안 되는 소리야."

"그들의 법으로 우리를 구속하다니! 이제 막 삶을 시작하는 우리가 그들의 케케묵은 약혼, 그들의 무의미한 제도에 발목 잡힐 수는 없어! 아! 우리는 무시하는 거야."

"네가 하자는 대로 할게. 지금으로서는."

"지금으로서는? 그게 다가 아니야?"

"하지만 그들이…… 그들이 우리를 떼어놓고자 하면……."

"그럼 어떻게 할 수 있을까?"

"나도 몰라. 무슨 짓을 할 수 **있을까?**"

"그들이 무슨 짓을 할 수 있는지, 혹은 무슨 짓을 할 것인지 무슨 상관이야? 난 너의 것이고 넌 나의 것이야. 그 이상 뭐가 더 필요해? 난 너의 것이고 넌 나의 것이야. 영원히. 내가 그들의 작고 하찮은 규칙 때문에, 그들의 작고 하찮은 규정 때문에, 그들의 그 붉은 표지판 때문에! 포기하고 **너**와 헤어질 거라고 생각해?"

"그건 그렇지만, 그래도 그들이 무슨 짓을 할 수 있을까?"

"그러니까 우리가 무얼 해야 하느냐는 뜻이지?"

"응."

"우리? 우린 계속 밀고 나갈 거야."

"하지만 그들이 우리를 막으려 하면?"

그는 두 손을 움켜쥐었다. 그러고는 벌써 소인들이 자신들을 떼어놓으려 오고 있기라도 한 것처럼 주위를 둘러보았다. 이윽고 그는 그녀에게서 고개를 돌리고 세상을 보았다. 그가 말했다. "그래, 그걸 물어보는 게 맞네. 그들이 무슨 짓을 할 수 있을까?"

"여기 이 작은 땅에는……." 그녀가 말을 하다가 멈췄다.

그는 모든 것을 살펴보는 듯했다. "그들이 어디에나 있어."

"하지만 우리도 갈 수……."

"어디로?"

"우리도 갈 수 있어. 함께 바다를 헤엄쳐 건너면 되잖아. 바다 건너엔……."

"난 바다 건너에 가본 적이 없어."

"아무도 살지 않는 거대한 산속에 들어가면 우리도 소인처럼 보일 거야. 사람이 없는 외딴 골짜기로 가도 되고 숨어 있는 호수와 인간의 발이 닿지 않은 눈 덮인 고지도 있어. **그리**

고⋯⋯."

"하지만 그런 곳에 가려면 우리는 날마다 수백만 명의 인간과 싸워야 해."

"그게 우리의 유일한 희망이야. 인간들이 모여 사는 이 땅에는 요새도 없고 피난처도 없어. 이렇게 수많은 사람 속에서 우리가 설 곳이 어디 있겠어? 작은 인간들은 서로의 눈에 띄지 않게 숨을 수 있지만 우리는 어디에 숨겠어? 우리는 먹을 수 있는 곳도, 잠잘 수 있는 곳도 없어. 우리가 밤낮으로 도망쳐도 그들은 우리의 발자국을 쫓아올 거야."

문득 그는 좋은 생각이 떠올랐다.

"한 군데 있긴 해. 이 섬을 떠나지 않고도."

"어디?"

"저 너머에 우리의 형제들이 만든 곳이 있어. 그들은 집 주위 동서남북으로 거대한 담장을 올렸어. 깊은 구덩이를 파고 눈에 띄지 않는 장소도 만들었고 지금도⋯⋯ 그중 하나가 얼마 전에 나를 찾아왔거든. 그 친구가 말하길, 사실 난 그때 그 친구 말을 귀 기울여 듣지 않았어. 그런데 그 친구가 무기 얘기를 한 것 같아. 거기에 가면, 아마도 피신할 수 있을 거야⋯⋯."

그는 잠시 멈췄다가 다시 말을 이었다. "우리 형제들을 못 만난 지도 오래됐네. 세상에! 내가 그동안 꿈을 꾸면서 다 잊고 있었어! 꽤 많은 시간이 지났는데 그동안 나는 너를 보러 가는 일을 제외하곤 아무것도 하지 않았어⋯⋯. 그들을 찾아가서 얘기해봐야겠다. 네 얘기도 하고 우리에게 있었던 일을 전부 얘기해야겠어. 그들은 마음만 먹으면 우리를 도울 수 있어. 그럼 우리에게도 희망이 있을지 몰라. 그곳이 얼마나 굳건한지는 모르지만 틀림없이 코사 아저씨가 튼튼하게 만들었을 거야. 지금 기억났는데, 이 모든 일이 일어나기 전에, 네가 나에게 오기 전에 문제가 끓어오르고 있었어. 선거가 있었거든. 소인들이 머릿수로 결정을 내리는 걸 선거라고 해. 지금쯤 끝났을 거야. 우리 거인들에 대한 위협이 있었어. 그러니까 너를 제외하고 우리 종족 모두에 대해 말이야. 우리 형제들을 만나야겠어. 그들에게 우리 사이에 일어난 일과 지금 위협이 되는 것을 모두 털어놓을 거야."

5

그다음 번 만남에서 그녀는 한참 기다렸지만 그가 나타나지 않았다. 그들은 강이 굽이져 흐르는 곳에 들어앉은 커다란 공터에서 정오쯤 만나기로 했는데, 손을 올리고 그 아래로 남쪽을 굽어보며 기다리다가 그녀는 문득 세상이 너무 고요하다는 것을, 이상하리만치 고요하다는 것을 깨달았다. 그러고 보니 이른 시간이 아닌데도 평소 자발적으로 그녀를 염탐하던 수행원들도 없었다. 왼쪽, 오른쪽을 모두 살폈지만 아무도 보이지 않았고 굽이진 템스강의 은빛 물 위에 배가 한 척도 없었다. 그녀는 세상이 이토록 기묘하리만치 고요한 이유를 찾아보려 애썼다……

이윽고 그녀는 그를 보고 안도했다. 그녀의 시야를 가리는 빽빽한 나무숲의 틈 사이로 저 멀리 청년 레드우드가 보였다.

잠시 후 그는 숲에 가려졌다가 나무들을 헤치고 다시 시야에 들어왔다. 그녀는 뭔가 심상치 않다는 생각이 들었다. 이윽고 그가 평소와 달리 서두르고 있으며 다리를 절뚝거린다는 것을 깨달았다. 그는 그녀에게 손짓했고 그녀는 그에게로 걸어갔다. 그의 얼굴이 점점 선명해지자 그녀는 그가 걸음을 옮길 때마다 찌푸리는 얼굴을 몹시 걱정스럽게 바라보았다.

그녀는 수많은 의문과 막연한 두려움을 안고 그에게로 달려갔다. 그가 그녀에게 다가오더니 인사도 하지 않고 대뜸 말했다.

"우리 헤어질 거야?" 그는 숨을 헐떡거렸다.

"아니." 그녀가 대꾸했다. "왜? 무슨 일이야?"

"하지만 우리가 헤어지지 않는다면! **지금**이야."

"무슨 일이야?"

"난 헤어지기 싫어." 그가 말했다. "하지만……." 그는 불쑥 하던 말을 중단하고 다시 물었다. "나와 헤어지지 않을 거야?"

그녀는 변함없는 얼굴로 그와 눈을 맞췄다. "무슨 일이 있었던 거야?" 그녀가 다그쳐 물었다.

"얼마간이라도?"

"얼마나?"

"아마도 몇 년."

"헤어지다니! 안 돼!"

"생각해봤어?" 그가 집요하게 물었다.

"난 헤어지지 않아." 그녀는 그의 손을 잡았다. "**이제** 그것이 죽음을 의미한다고 해도 난 너를 보내지 않을 거야."

"그것이 죽음을 의미한다고 해도." 그가 말했다. 그녀는 자신의 손을 잡은 그의 손에 힘이 들어가는 것을 느꼈다.

그는 자기가 말하는 사이에 소인들이 몰려오기라도 할 것처럼 주위를 둘러보았다. 그러고는 말했다. "죽음을 의미할 수도 있어."

"무슨 일인지 얘기해봐." 그녀가 말했다.

"그들이 내가 오는 걸 막으려고 했어."

"어떻게?"

"내가 작업실에서 코사네 부지에 저장해놓을 신들의 양식을 만들고 나와보니까 작은 경찰관 한 명이 있었어. 파란 옷에 희고 깨끗한 장갑을 낀 사내였지. 그가 나더러 멈추라는 손짓을 하더니 이렇게 말했어. '이 길은 막혔다!' 나는 잠깐 생각하다가 내 작업실을 돌아 서쪽으로 길이 난 곳으로 갔는데 거기에도 경찰관이 있었어. 그는 '이 길은 막혔다!' 하더니 이렇게 덧붙였지. '모든 길이 봉쇄되었다!'"

"그래서?"

"그와 입씨름을 조금 했어. 난 이렇게 말했지. '그건 모두 공공 도로잖아요!'

그랬더니 그가 그러더군. '바로 그거야. 네가 사람들이 쓰는 공공 도로를 망치고 있잖아.'

내가 '좋아요. 그럼 들판으로 가죠' 했더니 산울타리 뒤에서 사람들이 펄쩍 뛰어나와 '들판은 사유지야' 하는 거야.

내가 말했지. '물론 당신들의 공공 도로이고 당신들의 사유지겠지요. 난 나의 공녀에게 가야겠어요.' 그러고는 허리를 굽혀 그를 아주 조심스럽게 들어 올렸더니 발버둥 치면서 소리를 지르더군. 나는 그 사람을 옆으로 비켜 내려놓았어. 잠시 후 주위의 모든 들판이 살아 움직이는 것처럼 사람들이 달려오더라. 한 사람은 말을 타고 내 옆을 따라 달리며 큰 소리로 무언가를 읽어주었어. 다 읽더니 돌아서서 가버리더군. 머리를 숙인 채로. 난 알아듣지 못했어. 그런데 뒤에서 총들이 철컥거리는 소리가 들리는 거야."

"총들!"

"총이었어. 내가 쥐새끼라도 되는 것처럼. 총알들이 허공을 가르면서 무언가가 무너지는 소리가 났고 그중 하나가 내 다리에 박혔어."

"그럼?"

"총을 쏘면서 악을 쓰고 달리는 사람들을 뒤로하고 너에게로 온 거야. 그런데……."

"그런데?"

"이건 시작에 불과해. 그들은 우리를 떼어놓으려는 거야. 지금도 나를 쫓고 있어."

"우린 떨어지지 않을 거야."

"그래, 하지만 우리가 헤어지지 않을 거라면 나와 함께 우리 형제들에게로 가야 해."

"어느 쪽이야?" 그녀가 물었다.

"동쪽. 그런데 나를 쫓는 사람들이 그쪽으로 올 거야. 그러니까 우리는 이쪽으로 가야 해. 여기 나무가 늘어선 길을 따라서. 내가 먼저 갈게. 그래야 그들이 기다리고 있으면……."

그는 한 걸음 내디뎠지만 그녀가 그의 팔을 잡았다.

"아니야." 그녀가 소리쳤다. "내가 옆에서 너를 붙잡고 갈게. 나는 왕족이니까 어쩌면 나는 해치지 않을 거야. 내가 너를 잡고 있으면…… 내가 너를 안고 날아갈 수 있다면! 어쨌든 그러면 그들은 너를 쏘지 않을 거야……."

그녀는 말을 하면서 그의 어깨를 감싸 쥐고 손을 잡았다. 그러고는 그에게 몸을 바싹 붙였다. "이렇게 가면 그들은 너를 쏘지 않을 거야." 그녀가 같은 말을 되풀이하자 그는 뜨겁게 밀려드는 애정에 그녀를 품에 안고 뺨에 입을 맞췄다. 한동안 그는 그녀를 안고 있었다.

"설사 죽음을 의미한다고 해도." 그녀가 속삭였다.

그녀는 두 손으로 그의 목을 감싸고는 자신의 얼굴을 그의 얼굴에 포갰다.

"내 사랑, 한 번 더 키스해줘."

그는 그녀를 가까이 끌어당겼다. 그들은 말없이 한 번 더 입을 맞추고 잠시 그대로 서로를 껴안고 있었다. 그러고는 손을 맞잡은 채로 그녀의 몸이 그에게서 떨어지지 않으려 애쓰며 앞으로 나아갔다. 어쩌면 소인들이 그들을 따라잡기 전에 코사의 세 아들이 만든 피난처에 닿을 수도 있을 테니까.

그들이 궁전 뒤쪽의 거대한 공원 부지를 가로지를 때 기수들이 말을 타고 숲에서 달려 나와 두 사람의 넓은 보폭을 따라가려 했지만 소용없었다. 이내 그들의 앞에 집들이 나타났고 그 안에서 총을 든 사내들이 달려 나왔다. 그 광경을 보고도 그는 계속 나아가려 했고 심지어 맞서 싸우며 밀고 나가려고도 했지만 그녀가 그를 남쪽으로 돌려세웠다.

달아나는 두 사람의 머리 위로 총알 하나가 스쳐 갔다.

제3장 청년 캐들스, 런던에 가다

1

하필 그 무렵, 청년 캐들스는 이런 사건들과 자신의 동족을 옥죄는 법률뿐 아니라 지구상에 자신과 같은 거인들이 살고 있다는 사실조차도 전혀 모르는 채로 백악갱에서 나와 세상을 마주했다. 그는 그때까지도 끝없이 고민에 빠져 있었다. 치싱 아이브라이트에서는 그의 모든 의문을 해결할 수 없었다. 새 교구 목사는 옛 교구 목사보다 더 우매했고 그는 무의미한 노동에 대한 의문을 나날이 키우다가 마침내 격분했다. 그는 이렇게 물었다. "왜 나는 날마다 이 구덩이에서 일을 해야 하지? 왜 정해진 곳만 걸어야 하고 왜 그 너머의 세상에 존재하는 경이로운 것들을 볼 수 없지? 대체 내가 무얼 했기에 이런 벌을 받아야 해?"

어느 날 그는 일어서서 허리를 펴고 커다란 소리로 말했다.

"싫어! 그만두겠어." 그런 뒤 그는 열의를 다해 백악갱에 저주를 퍼부었다.

아는 어휘가 바닥나자 그는 자신의 생각을 행동으로 표현했다. 그는 백악이 반쯤 실린 화차를 집어 들어 올린 뒤 다른 화차를 향해 던졌다. 그다음에는 줄줄이 이어진 화차들을 통째로 움켜쥐고 둑 아래로 굴려 보냈다. 그 위로 커다란 백악 바위 하나를 던진 뒤 발을 힘차게 굴러 철도를 12미터쯤 찢어놓았다. 그렇게 그는 백악갱을 부지런히 파괴했다.

"여기서 만날 일만 하고!" 그가 말했다.

그가 정신이 팔려 미처 보지 못한 작은 지질학자에게는 너무도 놀라운 오 분이었다. 발목이 조이는 반짝이는 바지를 입고 배낭을 멘 이 가엾은 소인은 커다란 바위 두 개를 아슬아슬하게 피한 뒤 서쪽 모퉁이 옆으로 빠져나와 마치 백악기의 무척추동물이 지나간 듯한 자국을 남기며 언덕을 가로질러 도망쳤다. 청년 캐들스는 자기가 파괴한 것을 보고 흡족해하며 더 넓은 세상에서 자신의 목적을 이루기 위해 성큼성큼 나아갔다.

"죽어서 썩어 문드러질 때까지 저 구덩이에서 일을 해야 하다니! 저들은 내 이 거대한 몸속에 무슨 벌레가 살고 있는 줄 아나보지? 대체 무슨 목적으로 백악을 캐는 거야! **나**를 위한 것도 아니잖아!"

큰길과 철로의 방향 때문인지, 어쩌면 그저 우연인지 그는 런던을 향해 고개를 돌렸고 그쪽으로 성큼성큼 나아갔다. 뜨

거운 오후 내내 구릉지를 넘고 초원을 가로질러 한없이 경이
로운 세상을 향해서. 다양한 이름이 담긴 붉은색과 흰색의 찢
어진 포스터들이 담장마다 헛간마다 펄럭거렸지만 그에게는
아무 의미도 없었다. 그는 "거인 살인마 잭" 케이터햄에게 권
력을 안겨준 선거 혁명에 대해선 아무것도 몰랐다. 그날 오후
그가 지나는 길의 경찰서 게시판마다 케이터햄의 칙령이라
고 알려진 내용, 즉 키가 2.4미터 이상인 자는 특별 허가 없이
는 자신의 '소재지'에서 반경 8킬로미터 밖으로 나갈 수 없다
는 내용이 붙어 있다는 사실도 그에게는 아무 의미가 없었다.
그가 지나간 곳마다 경찰관들이 뒤늦게, 그가 이미 지나갔다
는 사실에 적잖이 안도하며 멀어져가는 그의 등에 대고 경고
문을 흔들었다는 사실도 그에게는 아무 의미가 없었다. 그는
그저 세상이 그에게, 이 가엾고 미심쩍은 돌대가리에게 마땅
히 보여줘야 하는 것을 보러 가는 중이었으므로 이따금 그에
게 "안녕!" 하고 소리치는 용감한 사람들 때문에 걸음을 멈출
생각이 전혀 없었다. 그는 로체스터와 그리니치를 지나 집들
이 점점 조밀하게 들어선 곳을 향해 계속 나아가면서 이제는
주위를 둘러보기도 하고 거대한 도끼를 흔들기도 하며 천천
히 걸음을 옮겼다.

런던 사람들은 그에 관해 어느 정도 들어서 알고 있었다.
멍청하지만 온순하고 레이디 원더슈트의 대리인과 교구 목
사가 적절히 관리하고 있다느니, 둔하긴 하지만 나름대로 이
런 권위자들을 존경하고 그들이 자신을 돌봐주는 것을 감사

히 여긴다느니 하는 얘기였다. 그래서 그날 오후 신문의 주요 기사를 광고하는 홍보지에 그 역시 '파업'을 했다는 소식이 실렸을 때 많은 사람은 그것을 의도적인 단합 행동의 일부로 여겼다.

"그들이 우리의 힘을 시험하려는 겁니다." 퇴근길에 기차에 오른 남자들은 이렇게 말했다.

"우리에겐 케이터햄이 있으니 다행이죠."

"그의 선포에 대한 응답일 거예요."

클럽에 있는 사내들은 좀 더 확실한 정보를 들었다. 그들은 전신기 주위에 모여 앉거나 삼삼오오 흡연실에 모여 얘기를 나눴다.

"무기는 없나봐요. 잘 설득했다면 세븐오크스로 돌아갔을 텐데."

"케이터햄이 처리하겠지……."

가게 주인들은 손님들을 붙잡고 얘기했다. 식당 종업원들은 음식을 나르면서 잠깐씩 석간신문을 훔쳐보았다. 승객용 마차를 모는 마부들은 내기 소식을 얼른 훑어본 뒤 바로 그 소식으로 넘어갔다.

주요 정부 석간지의 홍보지에는 "쐐기풀 잡기"라는 눈에 띄는 문구가 실렸다. 다른 신문들은 "거인 레드우드, 공녀 계속 만나" 따위의 문구로 사람들의 눈길을 끌었다. 《에코》는 이렇게 방향을 정했다. "잉글랜드 북부의 거인 반란 소문. 선딜랜드 거인들, 스코틀랜드로 향해". 《웨스트민스터 가제트》는 늘 그렇듯 경고의 목소리를 냈다. "거인 조심". 그런 뒤 《웨스트민스터 가제트》는 계속해서 당시 자기주장이 강한 지도자 일곱 명 때문에 크게 분열돼 있던 자유당을 통합시키는 데 도움이 될 만한 주장을 펼쳤다. 시간이 조금 지나자 모든 신문에 같은 제목이 실렸다. "뉴켄트가●에 거인 나타나". 그들은 이렇게 선포했다.

홍차 가게의 창백한 청년은 이렇게 말했다. "내가 정말 궁금한 건 코사 아이들에 관한 소식은 왜 없느냐는 겁니다. 당연히 그들이 크게 관여했을 텐데……."

여자 바텐더는 유리잔을 닦으며 말했다. "그 어린 거인 가운데 없어진 놈이 하나 더 있다고 하던데요. 내가 항상 하는 얘긴데, 그런 놈들이 있는 것 자체가 위험하다니까요. 처음부터 그랬어요……. 그런 건 확실하게 막아야죠. 어쨌든 여긴 오지 않았으면 좋겠네."

"나는 한번 보고 싶은데." 바에 앉아 있던 청년이 무모하게 말하곤 덧붙였다. "난 그 공녀를 **봤어요**."

"정부에서 이 거인을 해칠까요?" 바텐더가 물었다.

"아마 그래야 할걸요." 바의 청년이 대꾸하며 잔을 마저 비웠다.

이와 비슷한 얘기가 수없이 오가는 사이에 캐들스는 런던에 도착했다…….

● 런던 남동부의 거리.

2

나는 청년 캐들스를 생각할 때면 언제나 뉴켄트가에서 목격된 모습, 따스한 석양빛을 받으며 빤히 쳐다보는 그 당황한 얼굴을 떠올리곤 한다. 뉴켄트가는 다양한 교통수단, 즉 마차 버스와 전차, 승합차, 마차, 수레, 자전거, 자동차, 그리고 혀를 내두르는 사람들, 즉 부랑자들과 여자들, 유모들, 장 보는 여자들, 아이들, 대담한 풋내기들로 발 디딜 틈이 없었고 이들은 모두 조심스럽게 움직이는 그의 발을 우르르 따라다녔다. 사방의 광고판들은 해진 선거 전단지로 지저분했다. 그의 주위에서 와자지껄 떠드는 소리가 올라왔다. 가게 입구마다 모여 선 손님들과 주인들, 창문으로 내다보는 얼굴들, 소리치며 뛰어다니는 거리의 어린 소년들, 이 모든 일을 다소 완고하고 차분하게 받아들이는 경찰관들, 비계 위에서 일하다가 일손을 멈춘 인부들, 그 밖의 수많은 소인도 보인다. 그들은 그에게 모호한 격려의 말과 모호한 욕설, 당시에 유행하던 이상한 표어 따위를 외쳤고 그는 상상 속에서도 본 적 없는 수많은 사람을 내려다보고 있다.

이제 런던으로 한참 들어온 그는 주위로 빽빽이 모여드는 소인들 때문에 점점 더 걸음을 늦출 수밖에 없었다. 한 걸음씩 옮길 때마다 사람들이 더 조밀해져서 마침내 그는 두 개의 큰길이 만나는 지점에서 걸음을 멈췄고 그의 주위로 몰려온 군중은 그를 더 가까이 에워쌌다.

그는 두 발을 조금 벌린 채 모퉁이의 크고 화려한 술집을 등지고 서서 소인들을 내려다보며 생각에 잠겼다. 그의 키보다 두 배쯤 높이 솟은 그 술집의 꼭대기에는 옥상 광고가 설치돼 있었다. 틀림없이 그는 자신의 삶에서 보고 들은 것들, 구릉지 사이에 자리한 그 골짜기와 해 질 녘의 연인, 교회에서 들려오는 노랫소리, 자신이 매일 두드려 캐는 백악, 그리고 본능과 죽음과 하늘 따위에 그것을 끼워 맞추려고, 그 모든 것을 논리적이고 의미 있게 통합해보려고 노력했을 것이다. 그는 눈살을 찌푸렸다. 그러고는 커다란 손을 올려 거친 머리를 긁으며 요란하게 신음했다.

"이해할 수가 없어." 그가 말했다.

그의 억양은 낯설었다. 탁 트인 광장에 와글거리는 소리가 퍼져나갔다. 이 와글거림 속에서 전차의 징 소리가 마치 옥수수밭 한가운데 튀어나온 개양귀비처럼 솟아오르며 고집스레 사람들 사이를 파고들었다. "뭐라고 했어요?" "이해할 수 없다는데." "해가 어디 있냐는데." "의자가 어디 있냐는데." "앉을 곳을 찾는대요." "멍청한 놈, 그냥 집 위에 앉으면 되는 거 아니야?"

"대체 왜 이렇게 몰려드는 거예요? 무얼 하는 거죠? 여긴 왜 온 거예요?

내가 저기 백악갱에서 당신들을 위해 백악을 캐는 동안 당신네 소인들은 여기서 무얼 하고 있죠?"

그의 기묘한 목소리, 치싱 아이브라이트에서는 학교교육을 방해한다고 했던 그 목소리가 울려 퍼지는 동안 군중은 침묵했고, 그러고 나자 여기저기서 소란이 일었다. 기지를 발휘해 외치는 소리가 들렸다. "연설이다, 연설!" 대중은 "그가 무슨 말을 하려는 걸까?" 고민했고 그가 술에 취했다는 의견이 퍼져나갔다. "자, 자, 자." 마차 버스의 마부들이 위험하게 빠져나가며 고함쳤다. 술 취한 미국인 선원은 "어쨌든 그가 원하는 게 대체 뭐예요?" 하고 울부짖었다. 작은 조랑말이 끄는 마차에 탄 거친 얼굴의 넝마주이가 목소리를 높이며 소요를 잠재웠다. "꺼져, 이 거인 새끼야! 꺼지라고! 위험한 거인 자식! 너 때문에 말들이 겁먹는 거 안 보여? 꺼지란 말이야! 법에 관해서 아무도 알려주지 않았나보지?" 한바탕 요란한 소동이 일어나는 동안 청년 캐들스는 아무 말도 하지 않은 채 어리둥절해하면서도 기대에 찬 눈으로 바라보고 있었다.

저쪽 샛길에서 엄한 얼굴의 경찰관들이 줄지어 나타나더니 사람들을 비집고 들어왔다. "비켜주세요." 작은 목소리들이 들렸다. "비켜주세요."

청년 캐들스는 작은 군청색 형체가 자신의 정강이를 두드리는 것을 깨달았다. 내려다보니 하얀 두 손이 움직이고 있었다. "**뭐죠?**" 그가 앞으로 몸을 굽히며 물었다.

"여기 서 있으면 안 돼." 경위가 소리쳤다. "안 된다고! 여기서 있으면 안 돼." 그는 같은 말을 되풀이했다.

"그럼 난 어디로 가죠?"

"네 마을로 돌아가. 네 소재지로. 어쨌든 여기서 움직여야 한다. 네가 통행을 방해하고 있잖아."

"무슨 통행이요?"

"도로 통행."

"하지만 다들 어디로 가는 거예요? 어디서 오는 거죠? 이게
다 무슨 의미인가요? 모두가 나를 에워싸고 있어요. 이 사람
들은 뭘 원하는 거예요? 뭘 하는 거죠? 알고 싶어요. 난 이제
백악을 캐며 혼자 지내는 데 신물이 나요. 내가 백악을 캐는
동안 사람들은 나를 위해 무얼 하죠? 지금 이 자리에서 알았
으면 좋겠어요."

"미안하지만 우리는 그런 걸 설명해주러 온 게 아니다. 난
너를 여기서 떠나게 해야 한다."

"모르시나요?"

"난 너를 보내야 해. 그러니까 제발…… 집으로 돌아가라고
강력히 권고한다. 우리는 아직 특별한 지시를 받지 않았지만
이건 법을 어기는 일이야……. 물러가라. 어서."

그의 왼쪽에서 빈 보도가 유혹하자 청년 캐틀스는 천천히
계속 나아갔다. 하지만 이제 그의 입이 풀렸다.

"이해할 수가 없어." 그가 중얼거렸다. "이해할 수가 없어."
그는 끊임없이 바뀌며 그의 옆과 뒤를 쫓는 군중에게 더듬거
리며 호소하곤 했다. "난 이런 곳이 있는 줄도 몰랐어요. 당신
들은 다들 무얼 하며 살죠? 이 모든 게 다 무얼 위한 거예요?
다 무얼 위한 것이며 나는 어디로 들어가죠?"

그는 이미 새로운 유행어를 양산했다. 기지 넘치고 패기 있

는 젊은이들은 서로에게 이렇게 중얼거렸다. "안녕, 아저씨. 이 모든 게 다 무얼 우안 거에오? 네? 왜 이렇게 모여 있는 거에오?"

이 말에 경쟁이라도 벌이듯 다양한 대답이 쏟아졌고 대부분은 무례한 것이었다. 그중 가장 대중의 입에 잘 붙고 인기를 끈 것은 **"닥쳐"** 또는 냉담한 경멸조의 **"꺼져!"**였다.

다른 대답들도 거의 비슷하게 인기를 끌었다.

3

그는 무엇을 찾고 있었을까? 그는 소인 세계가 내주지 않는 무엇, 그가 소유하는 것, 심지어 명확하게 보는 것조차도 금지하는 무엇, 그로서는 분명하게 알 수 없는 어떤 목적을 좇고 있었다. 그것은 그의 동족, 그와 비슷한 존재, 그가 사랑할 수 있는 대상, 그가 복무할 수 있는 대상, 그가 이해할 수 있는 목적과 그가 복종할 수 있는 명령을 갈망하는, 이 외롭고 말 못 하는 괴물의 사회적 본능이었다. 그러나 이 모든 것은 **말 못 하는** 분노로 그의 안에서만 끓어오를 뿐 그가 자신과 같은 거인을 만났다고 해도 말로 표현하거나 표출하지 못했을 것이다. 그가 아는 삶은 마을의 따분한 삶뿐이었고 그가 아는 말은 그의 집에서 이뤄진 대화, 그의 거대한 필요 가운데 가장 기본적인 최소한의 수준도 충족하지 못하고 붕괴된 그런 대화

뿐이었다. 몸집만 거대한 이 숙맥 청년은 돈에 관해 아무것도 몰랐고 거래에 관해서도 전혀 몰랐으며 소인들의 사회적 측면을 구축하는 토대가 되는 복잡한 겉치레에 대해서도 전혀 몰랐다. 그에게 필요한 것은, 그에게 필요한 것은…… 사실 그는 자신에게 필요한 것이 무엇인지 찾지 못했다.

그 여름날 그는 밤낮으로 허기가 졌을 뿐 결코 지치지 않은 채로 배회하면서 거리의 다양한 이동 수단과 수많은 조그만 인간의 이해할 수 없는 행동들을 눈여겨보았다. 전체적으로 그에게 보이는 특색이라곤 혼란뿐이었다…….

그는 켄싱턴에서 마차에 탄, 아주 세련된 야회복을 입은 여자를 들어 올려 옷자락과 어깻죽지 따위를 자세히 살펴본 뒤 아주 깊은 한숨을 쉬며 아무렇게나 도로 내려놓았다고도 한다. 이 얘기가 사실인지는 단언할 수 없다. 피커딜리● 끝자락에서 그는 약 한 시간 동안 마차 버스에서 자리다툼을 하는 사람들을 지켜보았다. 그날 오후에 잠시 케닝턴 오벌 경기장을 내려다보는 모습이 목격되기도 했지만 빽빽이 모인 수천 명의 사람이 그로서는 이해할 수 없는 크리켓 경기에 빠져 그를 본체만체하자 툴툴거리며 가버렸다.

그는 밤 11시에서 12시 사이에 피커딜리 광장으로 돌아가 새로운 부류의 사람들을 발견했다. 그들은 매우 열성적인 듯했다. 도무지 이해할 수 없는 이유를 대며 이런 것을 하겠느니 저

● 런던 중심지의 번화가.

런 것을 하지 않겠느니 떠들어댔다. 그들은 그를 노려보고 그를 향해 야유하고는 가던 길을 갔다. 승객용 마차를 모는 마부들이 매서운 눈을 하고 북적거리는 보도의 가장자리에 줄지어 나타났다. 사람들은 열띤 얼굴로, 근엄한 얼굴로, 점잖고 기분 좋게 흥분한 얼굴로, 또는 세상 가장 약삭빠른 급사의 속임수도 뛰어넘을 만큼 예리하고 경계 가득한 얼굴로 식당에서 나오거나 식당으로 들어갔다. 커다란 거인은 한구석에 서서 그 모든 것을 훔쳐보았다. "이 모든 게 무얼 위한 거지?" 그는 애처롭고 커다란 목소리로 중얼거렸다. "이 모든 게 무얼 위한 거야? 모두들 아주 열성적이잖아. 내가 이해하지 못하는 게 뭘까?"

한구석에서 화장을 짙게 한 여자들이 술에 취해 괴로워하는 모습, 배수로로 흘러드는 지독한 고통, 그들에게서 엿보이는 무한한 허무감을 캐들스처럼 볼 수 있는 사람은 아무도 없는 듯했다. 그 무한한 허무감! 이 거인의 채워지지 않은 욕구의 그림자를, 그들의 앞길에 가로놓인 미래의 그림자를 감지하는 사람은 아무도 없는 듯했다.

길 건너 높은 곳에서 이해할 수 없는 글자들이 빛을 발하며 지나갔다. 캐들스가 그것을 읽을 수 있었다면 인간의 관심이 어느 정도의 크기인지 가늠할 수 있었을지도 모른다. 소인들이 생각하는 삶의 기본적인 필요와 특징 따위를 알 수 있었을지도. 첫 글자가 번쩍거렸다.

'활'.

그다음 글자는 '력'이었다.

'활력'.

그다음은 '을'.

'활력을'.

마침내 하늘을 가로질러 삶의 무게를 느끼는 모든 이에게 기운을 북돋워주는 문구가 완성되었다.

활력을 주는 터퍼 토닉 와인

펑! 그 문구가 어둠 속으로 사라지더니 인간이 보편적으로 원하는 두 번째 갈망이 역시 느릿느릿 형체를 갖춰갔다.

미용 비누

그러니까 단순한 세정용 비누가 아니라 사람들이 말하는 '이상적인' 비누다. 뒤이어 소인들의 삶의 세 축을 완성하는 마지막 요소가 드러났다.

노란 알약 양커

그런 뒤 번쩍거리는 빨간 글자들이 허공을 탁, 탁, 가로지르며 다름 아닌 터퍼 광고가 다시 한번 이어졌다. '활력을……'.

한밤이 시작될 무렵 청년 캐들스는 어둡고 고요한 리젠트 파크•에 이르러 울타리를 넘은 뒤 사람들이 겨울에 스케이트를 즐기는 곳 인근의 비탈진 풀밭에 누워 한 시간쯤 잠을 잔 것으로 보인다. 그리고 새벽 6시쯤에는 햄프스테드 히스●● 근처의 도랑에서 자고 있는 지저분한 여자를 발견해 말을 걸었다. 그는 그녀에게 이곳에 존재하는 이유가 뭐라고 생각하느냐고 아주 진지하게 물었다…….

4

캐들스의 런던 유람은 이튿날 아침 정점에 이르렀다. 그 무렵 허기를 견딜 수 없게 된 탓이었다. 그는 냄새를 풍기는 따뜻한 빵이 수레에 실리는 광경을 보고 머뭇거리다가 아주 조용히 무릎을 굽히고 강도 짓을 시도했다. 빵집 사내가 경찰을 부르러 간 사이에 그는 수레를 몽땅 비웠고, 그런 다음 거대한 손을 가게 안으로 넣어 카운터와 진열장들을 모조리 털었다. 그런 뒤 빵을 한 아름 안고 먹으면서 식사를 계속 이어가기 위해 다른 가게를 찾아보았다. 때마침 일자리가 부족하고 음식이 귀한 시기였으므로 그 지역 사람들은 모두가 갈망하는 음식을 훔친 거인에게조차 공감을 느꼈다. 2차 식사를 이어가는 그에게 박수를 보냈고 경찰을 보고 바보처럼 얼굴을

● 런던 중심부의 북서부에 있는 왕립 공원.
●● 리젠트 파크에서 북쪽으로 조금 떨어진 야생 공원.

찌푸리는 모습에 웃음을 터트렸다.

"배가 고파어요." 그는 입안 가득 음식을 넣고 말했다.

"브라보! 브라보!" 군중이 소리쳤다.

그 후 그는 세 번째 빵 가게를 공략하려다가 정강이에 경찰봉을 휘두르는 경찰 대여섯 명에게 저지당했다. "자자, 착한 거인. 나를 따라오렴." 그중 책임자가 말했다. "이렇게 집을 떠나선 안 된다. 나와 함께 집으로 가자." 그들은 그를 체포하려고 최선을 다했다. 내가 듣기로는 그 무렵 이 거인 체포 작전에서 수갑으로 사용할 사슬과 밧줄이 실린 손수레 한 대가 거리를 왔다 갔다 하고 있었다. 그때만 해도 그를 죽이려는 계획은 없었다. 케이터햄은 이렇게 말했다. "그는 그들과 한패가 아니야. 나는 내 손에 무고한 피를 묻히지 않을 것이다." 그리고 덧붙였다. "다른 방법을 모두 시도해보기 전까지는 말이지."

처음에 캐들스는 이런 관심이 무엇을 의미하는지 알지 못했다. 그것을 깨닫고 나자 경찰들에게 어리석게 굴지 말라고 하며 그들을 떠나 성큼성큼 걸음을 옮겼다. 빵 가게들은 모두 해로 대로에 있었고, 그는 런던 운하를 지나 세인트 존스 우드●로 가서 어느 사유지 정원에 앉아 이를 쑤시다가 금세 다른 경찰관 무리에게 공격을 받았다.

● 해로 대로는 런던의 패딩턴역에서 북서부 해로까지 이어진 도로이고, 운하와 세인트 존스 우드는 그 사이 리젠트 파크 근처에 있다.

"날 내버려둬요." 그가 으르렁거리며 축 늘어진 몸으로 정원 몇 개를 가로질렀고 그 과정에서 잔디밭 여러 개를 망가뜨리고 울타리 한두 개를 무너뜨렸다. 혈기 왕성한 소인 경찰관들이 일부는 정원을 가로지르고 나머지 일부는 집 앞쪽에 난 길을 따라 그를 쫓아왔다. 한두 명은 총을 지녔지만 사용하지는 않았다. 그는 힘겹게 에지웨어 대로•로 나왔지만 군중 속에서 새로운 기미, 새로운 움직임이 보이더니 그의 발밑에서 기마경찰이 말을 타고 달려와 그에게 화를 냈다.

"날 내버려둬요." 캐들스는 숨을 몰아쉬는 군중을 마주하며 말했다. "난 당신들에게 아무 짓도 하지 않았어요." 이 무렵 그에게는 무기가 없었다. 백악을 자르는 도끼는 리젠트 파크에 두고 온 터였다. 그러나 이 가엾은 청년은 이제 무기가 필요하다고 느꼈던 모양이다. 그는 대서부 철도의 화물 터미널 쪽으로 돌아서서 긴 아크등 기둥을 비틀어 뽑은 뒤 그것을 막강한 곤봉으로 삼아 어깨에 걸쳤다. 경찰들이 여전히 자신을 괴롭히러 몰려오는 것을 본 그는 다시 에지웨어 대로를 따라 북쪽의 크리클우드를 향해 터벅터벅 걸음을 옮겼다.

그는 월섬••까지 갔다가 다시 서쪽으로 방향을 돌려 런던으로 향했고 공동묘지를 지나 정오쯤 하이게이트•••를 넘

● 하이드 파크의 북동쪽 마블 아치에서부터 북서쪽으로 이어진 도로.
●● 1965년에 런던의 북동쪽 끝 월섬 포리스트 자치구에 통합된 월섬스토를 말하는 것으로 보인다.

어 다시 거대한 도심의 광경 속으로 들어왔다. 그는 잠시 길을 벗어나 런던이 한눈에 내려다보이는 어느 집을 등지고 정원에 앉았다. 그는 숨을 몰아쉬며 고개를 숙이고 있었고 이제 사람들은 그가 런던에 처음 왔을 때처럼 주위로 몰려들지 않고 인근 정원에 숨어 조심스레 경계하며 훔쳐보았다. 이 무렵 그들은 이 거인이 자신들이 생각했던 것보다 더 음울하다는 것을 알아챘다. 청년 캐들스가 투덜거렸다. "왜 나를 내버려두지 않는 거야? 난 음식을 **먹어야** 해. 왜 나를 내버려두지 않는 거야?"

그는 어두운 얼굴로 앉아서 손마디를 물어뜯으며 런던을 내려다보았다. 방랑이 몰고 온 피로와 걱정, 당혹감, 무력한 분노가 절정에 달했다. 그는 중얼거렸다. "그들은 아무 의미도 없어. 다 아무 의미도 없어. 그리고 그들은 나를 내버려두지 **않을** 거야. 내 앞을 **가로막을** 거야." 그는 몇 번이고 반복해서 중얼거렸다. "아무 의미도 없어. 으! 저 조그만 인간들!"

그는 손마디를 더 세게 깨물며 얼굴을 더 찌푸렸다. 그러고는 중얼거렸다. "난 그들을 위해 백악을 캤는데 이 세상은 전부 그들의 것이야! 난 아무 데도 들어갈 수가 없어."

이제는 낯이 익은 경찰관의 형체가 정원 담장을 넘자 진저리 나는 분노가 밀려왔다.

"날 내버려둬. 내버려두라고요." 거인이 거칠게 웅얼거렸다.

●●● 햄프스테드 히스 북동쪽에 있는 런던의 교외 지역.

"난 내 할 일을 해야 한단다." 작은 경찰관은 희고 결연한 얼굴로 대꾸했다.

"날 내버려둬요. 나도 당신들과 똑같이 살아야 해요. 생각을 해야 하고요. 먹어야 한다고요. 날 내버려둬요."

"법이 그렇단다." 작은 경찰관은 더 이상 다가오지 않고 말했다. "우리가 법을 만든 건 아니야."

"내가 만든 것도 아니에요." 청년 캐들스가 말했다. "당신네 소인들이 내가 태어나기도 전에 모든 걸 만들었잖아요. 당신네 잘난 법! 내가 이걸 해야 하니 말아야 하니! 나는 노예처럼 일하지 않으면 아무것도 먹을 수 없고 쉴 수도 없고 집도 없고 아무것도 없는데, 당신들은……."

"그건 내가 알 바 아니다." 경찰관이 말했다. "나는 이렇게 언쟁할 입장이 아니야. 난 그저 법을 따라야 하지." 그는 나머지 한쪽 다리를 담장 안으로 넘기고는 내려오려는 듯했다. 그 뒤에 다른 경찰관들이 나타났다.

"난 **당신**하고 싸우려는 게 아니에요." 청년 캐들스는 거대한 쇠기둥을 단단히 쥐었다. 얼굴은 창백했고 여윈 손가락으로 설명하려는 듯 경찰관을 가리키며 말했다. "난 당신하고 싸우려는 게 아니에요. 그냥…… **날 내버려둬요.**"

경찰관은 차분하고 상식적으로 행동하려 노력했다. 그의 눈앞에는 엄청난 비극이 분명하게 보였다. "그 포고문을 이리 줘." 그가 자기 뒤에 있는 보이지 않는 사람에게 말하자 작고 하얀 종이가 그에게 건네졌다.

"날 내버려둬요." 캐들스가 초조하게 노려보며 얼굴을 찌푸렸다.

경찰관이 포고문을 읽기 전에 설명했다. "이건 집에 돌아가라는 뜻이다. 네 백악갱으로 돌아가. 그러지 않으면 다칠 거야."

캐들스는 알아들을 수 없는 말을 투덜거렸다.

포고문을 다 읽고 나자 경찰관은 신호를 보냈다. 소총을 든 사내 네 명이 시야에 들어오더니 담장을 따라 태연을 가장하며 위치를 잡았다. 그들은 쥐를 잡는 경찰의 제복을 입었다. 총이 보이자 청년 캐들스의 분노가 폭발했다. 그는 렉스톤 농부들의 엽총에 맞았을 때 겪은 통증을 떠올렸다. "나한테 그걸 쏠 거예요?" 그가 가리키며 물었고 경찰관이 보기에 그는 분명히 두려워하는 모습이었다.

"네가 백악갱으로 돌아가지 않는다면……."

순간 경찰관은 담장 너머로 몸을 던졌고 18미터쯤 위에서 거대한 쇠기둥이 내려와 그를 죽음으로 몰아넣었다. 탕, 탕, 탕, 묵직한 총들이 발사되었고 퍽! 하며 담장이 무너지고 정원의 흙과 심토가 날아올랐다. 그와 함께 무언가가 날아오르더니 저격수의 손에 붉은 방울들이 남았다. 소총수들은 이리저리 피하다가 대담하게 몸을 돌려 다시 총을 쏘았다. 그러나 청년 캐들스는 이미 몸에 총알 두 발을 맞았고 그토록 무자비하게 자신의 등을 쏜 사람이 누구인지 보려고 몸을 돌렸다. 탕! 탕! 집들과 온실들, 정원들, 창문에서 피하는 사람들, 그 모든 것이 어째서인지 지독하게 흔들거렸다. 그는 휘청거리며 세 걸음을 옮긴 뒤 거대한 쇠막대를 올렸다가 내리고 가슴을 움켜잡은 것으로 보인다. 그는 고통을 느끼며 몸부림쳤다.

그의 손에 닿는 그 뜨겁고 축축한 것은 무엇일까?

침실에서 창밖을 내다보던 한 사내가 그의 얼굴을 목격했다. 그는 자기 손에 묻은 피를 보고 괴로워하며 흐느꼈고 인상을 쓰며 바라보다가 무릎을 구부리고 바닥으로 무너져 내렸다. 그것은 케이터햄의 결연한 손에 들어온 첫 번째 거대한 쐐기풀이었다. 그는 그것이 마지막 쐐기풀이 될 거라 생각했다.

1

케이터햄은 쐐기풀을 잡아야 하는 순간이 왔음을 깨닫고는 법을 이용해 코사와 레드우드를 체포하라고 사람들을 보냈다.

레드우드는 집에 있었다. 그는 옆구리 쪽에 수술을 받았고 의사들은 확실하게 회복할 때까지 절대적인 안정을 취하게 했다. 사실 이제야 그를 놓아준 터였다. 막 침대에서 나와 신문 더미를 옆에 두고 불을 피운 따뜻한 방에 앉은 그는 전국을 휩쓴 뒤 케이터햄의 손에 들어간 그 소동과, 공녀와 그의 아들에게 그림자를 드리운 문제에 관해 처음 읽게 되었다. 청년 캐들스가 죽고 경찰이 공녀에게 가는 청년 레드우드를 막으려 한 것이 바로 그날 아침의 일이었다. 레드우드 옆에 놓인 신문들 가운데 가장 최근 신문조차도 그런 일들이 곧 닥쳐올 것을 어렴풋이 암시할 뿐이었다. 그는 이런 재앙을 예시하는 기사를 다시 읽으며 가슴이 철렁하는 것을 느꼈다. 읽을수록 죽음의 그림자가 점점 더 뚜렷이 드러났지만 새로 신문이 올 때까지 그저 그 기사로 머릿속을 채웠다. 하인에 이어 경찰관들이 그의 방으로 들어오자 그는 얼른 고개를 들었다.

"이건 이른 석간신문 같은데." 그가 말했다. 그런 뒤 일어나서 얼른 태도를 바꾸며 물었다. "무슨 일입니까?"

그 뒤로 레드우드는 이틀 동안 어떤 소식도 듣지 못했다.

그들은 그를 데려가려고 이동 수단을 준비했으나 그가 아프다는 사실이 확실해지자 그를 안전하게 옮길 수 있을 때까지 하루 이틀 두기로 했고 경찰이 그의 집을 점령해 임시 교도소로 바꿔놓았다. 거인 레드우드가 태어난 집, 인간에게 처음으로 헤라클레오포르비아를 먹인 바로 그 집에서 레드우드는 이제 홀아비가 되어 8년째 혼자 살고 있었다.

그는 반백의 턱수염을 길렀고 갈색 눈이 여전히 번뜩이는 진회색 머리의 사내가 되었다. 예전과 똑같이 몸이 호리호리하고 목소리가 부드러웠지만 막강한 존재들에 대해 오랜 세월 고민하면서 생겨난, 정의할 수 없는 특징이 얼굴에 자리 잡았다. 그를 체포하러 온 경찰관의 눈에 그의 외모는 그가 저지른 중대한 범죄와는 사뭇 대조적이었다. 이 지휘관은 자기 부관에게 이렇게 말했다. "모든 걸 망가뜨리는 데 온 힘을 쏟은 사람인데 얼굴은 온화한 시골 신사 같군. 행브로 판사는 늘 선한 일을 하고 모든 사람을 위해 헌신하고 있는데 얼굴이 형편없잖아. 태도도 그래! 한쪽은 배려가 깊고 한쪽은 코

웃음을 치면서 툴툴거리지. 겉모습만으로는 그 사람이 어떤 사람인지 전혀 모른다는 뜻이야."

그러나 레드우드가 배려하는 사람이라는 그의 칭찬은 성급한 것이었다. 경찰관들은 그에게 한참 시달리다가 결국 그가 아무리 질문을 해도, 신문을 달라고 애원해도 소용없다는 점을 분명히 했다. 그들은 오히려 그의 서재를 면밀히 살피며 그의 옆에 있던 신문들마저 치워버렸다. 레드우드는 목소리를 높여 훈계하듯 말했다. "하지만 모르겠습니까?" 그는 몇 번이고 같은 말을 되풀이했다. "지금 내 아들, 내 하나뿐인 아들이 곤란한 상황이란 말입니다. 내가 걱정하는 건 그 성장제가 아니라 내 아들이에요."

"저도 알려드릴 수 있다면 좋겠습니다, 선생님. 하지만 엄격한 명령을 받았습니다." 지휘관이 말했다.

"누가 명령을 내렸습니까?" 레드우드가 소리쳐 물었다.

"아! **그게** 말입니다, 선생님……." 지휘관이 말하며 문 쪽으로 걸어갔다…….

"그자가 방을 왔다 갔다 하고 있네요." 상사가 내려오자 다른 경찰관이 말했다. "괜찮을 겁니다. 걸어 다니면 조금 풀리겠지요."

"그랬으면 좋겠군." 지휘관이 말했다. "사실은 나도 미처 몰랐는데 그 공녀하고 얽혀 있는 그 거인 말이야. 그 거인이 이 사람 아들이야."

두 사람과 또 다른 경찰관은 한참 눈길을 주고받았다.

"그럼 좀 힘들겠네요." 세 번째 경찰관이 말했다.

레드우드는 여전히 자신과 외부 세계 사이에 철의 장막이 쳐졌다는 사실을 온전히 이해하지 못한 듯했다. 경찰관들의 귀에는 그가 문으로 걸어가 문손잡이를 돌려보고 잠금장치를 덜컥거리는 소리에 이어 그 층에 배치된 경찰관이 그에게 그래봐야 소용없다고 말하는 소리가 들렸다. 얼마 후 그는 창문 쪽으로 가서 밖에서 올려다보는 사람들을 보았다. "그래봐야 소용없습니다." 두 번째 경찰관이 말했다. 그러고 나자 레드우드는 종을 울리기 시작했다. 지휘관이 올라가 그렇게 종을 울려도 소용없다고, 아무 일도 없는데 종을 울리면 실제로 꼭 필요해서 종을 울렸을 때 아무도 오지 않을 거라고 차분하게 설명했다. "합당한 이유가 있을 때만 울리십시오. 그냥 항의하려고 종을 울리신다면 종을 끊어버릴 수밖에 없습니다."

지휘관이 마지막으로 들은 것은 레드우드의 새된 외침이었다. "하지만 적어도 내 아들이 어떻게 됐는지는 얘기해줘야……"

2

그 후 레드우드는 대부분의 시간을 창가에서 보냈다.

그러나 창문은 바깥세상에서 일어나는 일을 좀처럼 보여주지 않았다. 평소에도 조용했던 거리가 그날은 유난히 더 조용했다. 오전 내내 승객용 마차나 수레를 끄는 상인도 거의 지나가지 않았다. 가끔 사람들이 별일 없다는 듯이 태연하게 지나다녔고 이따금 아이들이 무리 지어 다니거나 유모와 장 보러 가는 여자가 지나가기도 했다. 거리의 사방에서 무대로 들어온 그들은 괘씸하게도 자기 일 말고는 세상 어떤 일에도 관심이 없어 보였다. 그저 경찰들이 지키는 집을 발견하고 잠시 놀란 뒤 거대한 수국 다발들이 흐드러진 반대편 보도로 빠져나가며 뒤를 돌아보거나 손가락으로 가리킬 뿐이었다. 이따금 경찰관들에게 다가와 뭔가를 묻고 짤막한 대답을 듣는 사람도 있었다.

맞은편 집들은 죽은 듯 보였다. 한번은 하녀가 침실 창문에 나타나 잠시 쳐다보자 레드우드는 그녀에게 신호를 보내야겠다고 생각했다. 그녀는 한동안 흥미롭다는 듯이 그의 몸짓을 지켜보다가 모호한 반응을 보인 뒤 돌연 어깨 너머를 보고는 돌아서서 가버렸다. 37번지에서 한 노인이 절뚝거리며 나와 계단을 내려가더니 한 번도 고개를 들지 않고 오른쪽으로 사라졌다. 십 분 동안 고양이 한 마리가 큰길을 독차지했다……

그런 소소한 일들이 펼쳐지면서 중요한 그 오전이 끝없이 늘어졌다.

12시쯤 옆길에서 신문팔이들의 외침이 들렸지만 곧 사라졌다. 그들이 평소와 달리 레드우드가 사는 거리에 들르지 않자 그는 경찰이 거리의 입구를 지키고 있는 게 아닐까 의심하기 시작했다. 창문을 열어보려 하자 경찰관 한 명이 방으로 들어왔다.

교구 교회의 시계가 열두 번 울렸고 한참 지나서 1시를 알렸다.

그들은 조롱이라도 하듯 점심을 가져왔다.

그는 한 입 먹는 둥 마는 둥 하고는 치우라며 아무렇게나 던져놓고 위스키를 한껏 마신 뒤 의자를 가져와 다시 창가로 갔다. 일 분 일 분이 잿빛의 억겁처럼 길게 느껴졌고 얼마 후 잠이 드는가 싶었는데…….

멀리서 충격음이 들린 듯한 막연한 느낌에 그는 잠에서 깼다. 지진의 여파인 듯 창문이 일 분쯤 흔들리다가 잠잠해졌다. 잠시 정적이 흐른 뒤 다시 시작되었고…… 이윽고 잠잠해졌다. 그는 그저 무거운 차량 따위가 큰길을 지나간 모양이라고 생각했다. 달리 무엇이겠는가?

잠시 후 그는 자신이 정말 그 소리를 들었을까 의심하기 시작했다.

그러고는 끊임없이 추론을 했다. 대체 그는 왜 감금됐을까? 케이터햄은 겨우 집권 이틀째인데 벌써부터 쐐기풀을 잡고 있었다! 쐐기풀을 잡아야 한다! 거대한 쐐기풀을 잡아야 한다! 그 표어는 한번 떠올리자 끊임없이 그의 머릿속을 맴돌며 떠나지 않았다.

그렇다고 케이터햄이 무얼 할 수 있겠는가? 그는 종교가 있는 사람이다. 그러니 명분 없이 폭력을 쓰지는 않을 것이다.

쐐기풀을 잡아야 한다! 어쩌면 공녀를 체포해 해외로 송환

했을지도 모른다. 그렇다면 그의 아들이 곤란한 상황을 겪고 있을 것이다. 만약 그렇다면! 하지만 그렇다면 레드우드 자신은 왜 체포된 것일까? 그에게 그 모든 일을 숨겨야 할 이유가 무엇일까? 그렇다면 더 광범위한 무언가가 있다는 뜻이다.

예를 들면 그들은 거인들을 모두 잡아들이려는 것인지도 모른다! 모두 함께 체포하려는 것이다. 선거 연설에서 그런 뜻을 내비치기도 했다. 그다음엔?

틀림없이 코사도 붙잡았겠지?

케이터햄은 종교가 있는 사람이다. 레드우드는 거기에 희망을 걸었다. 머릿속 깊은 곳에 검은 장막이 드리워졌고 그 장막 위에 어떤 낱말이 나타났다 사라졌다. 글자들이 번쩍거렸다. 그는 끊임없이 글자들을 밀어내려 안간힘을 썼다. 그것은 장막 위에 나타나려다가 끝내 완성되지 않고 사라지길 반복했다.

마침내 그는 그것을 마주했다. "학살!" 잔혹하기 그지없는 낱말이 드러났다.

아니야! 아니야! 아니야! 그럴 리가 없어! 케이터햄은 종교인이고 문명인이다. 게다가 그토록 오랫동안 그는 희망을 품지 않았는가!

레드우드는 벌떡 일어나 방을 서성거렸다. 혼자 중얼거리기도 하고 소리치기도 했다. **"아니야!"**

인간이 그렇게 미친 짓을 할 리가 없지 않은가. 절대 그럴 리 없다! 그건 불가능하다. 믿을 수도 없고 있을 수도 없는 일이다. 이제 동물이나 식물에도 불가피하게 거대종이 나타났는데 거대한 인간을 죽여봐야 무슨 소용이 있단 말인가? 그렇게 정신 나간 짓을 할 리가 없다! 그는 큰 소리로 말했다. "이런 생각은 지워버려야 해! 어서 지워버려! 완전히!"

그는 우뚝 걸음을 멈췄다. 뭐지?

분명히 창문이 흔들렸다. 그는 창문으로 가서 거리를 내다보았다. 맞은편에서 그의 귀가 잘못된 게 아님을 확인해주는 증거가 보였다. 35번지 침실에 한 여자가 손에 수건을 들고 서 있었고 37번지 식당에는 거대종 봉작고사리가 꽂힌 커다란 화병 뒤로 한 남자가 보였는데 모두 불안하고 의아한 얼굴로 밖을 내다보고 위를 올려다보았다. 레드우드는 또한 보도에 서 있는 경찰관도 그 소리를 들었다는 것을 확실히 알수 있었다. 그의 착각이 아니었다.

그는 어스름해지는 방으로 돌아섰다.

"총." 그가 말했다.

그러고는 생각에 잠겼다. "총?"

그들은 그가 평소 즐겨 마시던 진한 홍차를 가져다주었다. 그의 가정부가 자문 역할을 하는 모양이었다. 그것을 마시고 나자 그는 창가에 앉아 있기에는 너무 불안해서 방 안을 걸어 다녔다. 이제 머리가 좀 더 논리적으로 생각할 수 있게 되었다.

이 방은 24년 동안 그의 서재였다. 결혼할 때 꾸몄으므로 그 시절의 기본적인 가구들이 갖춰져 있었다. 크고 복잡한 책상과 회전의자, 벽난로 앞에 놓인 안락의자, 회전 책장, 안쪽 구석에 설치한 칸막이 정리함까지. 원색의 튀르키예산 양탄자와 빅토리아 후기 시대의 러그들과 커튼들이 어우러져 이제는 넘치는 위엄을 풍겼고 벽난로 주위에서는 구리와 놋쇠가 따뜻한 빛을 발했다. 예전의 등불은 전깃불이 대신했다. 그것이 예전의 모습을 크게 바꿔놓긴 했지만 이 안에는 그와 신들의 양식이 연결된 흔적이 넘치도록 남아 있었다. 징두리 판벽의 널 위쪽으로 그의 아들과 코사의 세 아들, 그 밖의 벼락성장제를 먹고 자란 아이들이 다양한 연령에 다양한 배경에서 찍은 사진과 제판이 검은 액자에 담겨 빽빽이 걸려 있었다. 어린 캐들스의 멍한 얼굴도 한자리를 차지했다. 한쪽 구석에는 치싱 아이브라이트에서 가져온 거대한 왕포아풀 다발이 서 있고 책상 위에는 모자만 한 빈 양귀비 삭과 세 개가 놓여 있었다. 풀대들은 커튼 봉으로 사용되고 있었다. 벽난로 위에는 거대한 오컴 돼지의 두개골이 거창한 상아 장식처럼 걸려 있었다. 주둥이가 벽난로 위로 길게 내려왔고 두 눈구멍 안에는 도자기가 하나씩 들어 있었다.

레드우드는 벽에 걸린 사진들, 그중에서도 자기 아들의 사진들로 걸어갔다.

그것을 보자 머릿속에서 사라진 수많은 기억이 다시 밀려왔다. 신들의 양식의 초창기 시절과 벤싱턴의 소심한 태도, 그의 사촌 제인, 코사와 실험 농장에서 한밤에 벌인 소탕 작전. 이제 그런 일들이 볕 좋은 날 망원경으로 보는 광경처럼 아주 작고 밝고 뚜렷하게 다가왔다. 거대한 육아실과 거대한 아이들, 어린 거인이 처음 말을 하던 순간, 어린 거인이 처음으로 분명하게 애정을 드러낸 순간도 떠올랐다.

총일까?

저 밖에서, 이 빌어먹을 정적과 수수께끼의 밖에서 그의 아들과 코사의 아이들, 더 위대했던 시대의 그 모든 영광스러운 첫 번째 결실들이 지금도 싸우고 있다는 생각이 강하게 밀려들며 그를 압도했다. 그들은 목숨을 걸고 싸우고 있다! 지금 이 순간 그의 아들은 지독한 곤경에 빠져 있을지 모른다. 궁지에 몰리고 다치고 제압당하고 있을지도……

그는 사진들에서 획 몸을 돌려 방을 왔다 갔다 하며 흥분한 몸짓을 했다. "그럴 수는 없어. 그럴 수는 없어. 그렇게 끝날 수는 없어!" 그가 소리쳤다.

"뭐지?"

그는 사색이 되어 우뚝 걸음을 멈췄다.

창문이 다시 떨리기 시작했고 뒤이어 쿵 하는 소리가 들렸다. 엄청난 진동이 집을 뒤흔들었다. 영원히 계속될 듯한 진동. 아주 가까이서 뭔가 일어난 게 틀림없었다. 잠시 위에서 무언가가 집을 때리는 듯했다. 굉장한 충격에 유리잔이 떨어져 깨졌고 이어 정적이 흐른 뒤 마지막으로 저 아래 거리를 달려가는, 작지만 분명한 발소리가 들렸다.

그 발소리가 굳어 있던 그를 깨웠다. 그가 창문 쪽으로 돌아서자 창문이 흔들리며 깨졌다.

위기감에 가슴이 마구 뛰었다. 결정적인 사건이 일어난 게 틀림없었다. 무언가가 터진 것이다. 그러나 자신이 무력하게 갇혀 있다는 깨달음이 장막처럼 주위를 에워쌌다!

밖을 내다보았지만 맞은편의 작은 전등에 불이 들어오지 않았다는 사실을 제외하고는 아무것도 알 수 없었다. 무슨 일이 있어났음을 알리는 첫 신호 이후 아무 소리도 들리지 않았다. 수수께끼를 해석하거나 확대할 수 있는 추가 정보는 없었고 남동쪽 하늘에서 붉은빛이 환하게 요동치고 있을 뿐이었다.

빛은 차오르다가 스러졌다. 스러지고 나자 정말 차오르긴 했을까 하는 의심이 들었다. 그것은 어스름과 함께 아주 점진적으로 다가오고 있었다. 불안으로 가득한 그의 긴 밤을 뚜렷이 지배하는 듯했다. 가끔은 춤추는 불꽃인가 싶을 만큼 흔들거렸고 가끔은 그저 저녁 불빛들이 반사된 게 아닐까 싶기도 했다. 그것은 긴 시간에 걸쳐 차오르고 스러지길 반복하다가 새벽빛이 터오자 그제야 그 안에 완전히 잠겼다. 저건? 저건 무슨 의미일까? 가까이서 혹은 멀리서 어떤 불이 타오른 것이 분명했지만 하늘을 가로지르는 것이 연기인지 구름인지 분간이 되지 않았다. 그러나 새벽 1시쯤 깜빡이는 탐조등 불빛이 그 불그레한 소요를 가로지르기 시작하더니 밤새도록 사라지지 않고 깜빡거렸다. 거기에도 역시 많은 의미가 있을까? 무슨 의미가 있을까? 무엇을 의미하는 것일까? 그에게 있는 정보는 붉은빛으로 얼룩진 불온한 하늘, 그리고 커다란 폭발이 있었을지도 모른다는 암시뿐이었다. 그 뒤로 어떤 소리도, 달려가는 발소리도 들리지 않았고 멀리서 술 취한 사내들이 외치는 듯한 소리만 들려올 뿐이었다…….

그는 방의 불을 켜지 않았다. 그저 외풍이 들어오는 깨진 창문 앞에 서 있었다. 이따금 방을 들여다보며 쉬라고 소리치는 경찰관의 눈에 그는 괴롭고 가냘픈, 검은 윤곽에 불과했다.

레드우드는 밤새도록 창가에 서서 모호한 하늘의 움직임을 살폈다. 새벽이 돼서야 피로에 굴복하고 경찰관들이 그의 책상과 꺼져가는 벽난로 사이, 거대한 돼지의 두개골 아래 마련해준 잠자리에 누웠다.

3

거대한 세상의 여명 속에서 소인들이 신들의 양식을 먹고 자란 아이들과 싸우는 사이, 레드우드는 총 서른여섯 시간 동안 감금된 채 방에 틀어박혀 이틀간의 극적인 사건과 완전히 단절되었다. 그러다 돌연 철의 장막이 걷혔고 레드우드는 자신이 어느새 그 투쟁의 중심에서 멀지 않은 곳에 있음을 깨달았다. 장막은 내려올 때만큼이나 불쑥 걷혔다. 늦은 오후, 그는 밖에서 승객용 마차가 덜덜거리며 멈춰 서는 소리에 창가로 갔다. 웬 청년이 내리더니 순식간에 그의 방으로 와서 그의 앞에 섰다. 깨끗하게 면도하고 좋은 옷을 입었으며 예의가 바른, 서른 살쯤 된 호리호리한 사내였다.

그가 입을 열었다. "레드우드 교수님, 케이터햄 씨에게 함께 가시겠습니까? 급히 교수님을 뵙고 싶어 하십니다."

"나를 만나고 싶어 한다고!" 한 가지 의문이 레드우드의 머릿속을 파고들었지만 차마 당장 물어볼 수 없었다. 그는 머뭇거렸다. 그런 뒤 갈라지는 목소리로 물었다. "그 사람이 내 아들에게 무슨 짓을 한 거요?" 그러고는 숨을 참은 채 대답을 기다렸다.

"아드님이요? 아드님은 잘 있습니다. 어쨌든 저희가 알기로는 그렇습니다."

"잘 있다고?"

"어제 조금 다쳤습니다. 못 들으셨어요?"

레드우드는 그의 뻔뻔한 태도에 맥이 풀렸다. 이제 그의 목소리를 물들이는 것은 두려움이 아니라 분노였다. "내가 못 들은 걸 알잖소. 내가 아무 소식도 듣지 못한 걸 알 텐데."

"교수님, 케이터햄 씨께서는 걱정을 하셨습니다. 아주 어지러운 시기였으니까요. 모두가 기습을 당했죠. 그분이 교수님을 체포한 건 교수님을 보호하기 위해서였습니다. 혹시라도 어떤 위험이……."

"내 아들에게 경고나 주의를 주지 못하게 하려고 체포했겠지. 계속해봐요. 무슨 일이 있었는지. 성공한 거요? 그들을 전부 죽였어요?"

젊은 사내는 창문 쪽으로 한두 걸음 옮긴 뒤 돌아섰다.

"아닙니다." 그가 간결하게 대꾸했다.

"그럼 어떻게 된 거요?"

"이게 바로 우리가 싸움을 계획한 게 아니라는 증거입니다. 그들과 맞닥뜨렸을 때 우리는…… 전혀 준비가 되어 있지 않았습니다."

"그 말은?"

"그 말은 거인들이, 그러니까 어느 정도는 버티고 있다는 뜻입니다."

레드우드는 세상이 뒤바뀌는 듯했다. 잠시 경련과도 같은 무언가가 얼굴과 목의 근육을 사로잡았다. 이윽고 그는 "아!" 하고 깊은 탄성을 내지르며 그것을 배출했다. 가슴이 한껏 부풀어 올랐다. "거인들이 버티고 있군!"

"끔찍한 싸움이 있었습니다. 끔찍한 파괴가 있었죠. 뭔가 단단히 오해하신 겁니다……. 북부와 중부에서 거인들이 죽고…… 곳곳에서 죽었습니다."

"지금도 싸우고 있나?"

"아닙니다. 휴전을 청했습니다."

"거인들이?"

"아뇨, 케이터햄 씨가 휴전을 요청했어요. 단단히 오해하신 거라니까요. 그래서 그분이 교수님을 만나 얘기하고 싶어 하는 겁니다. 우리는 교수님께서 개입하셔야 한다고…….."

레드우드가 그의 말을 자르고 물었다. "내 아들이 어떻게 됐는지 알아요?"

"다쳤습니다."

"확실하게 얘기해봐요!"

"아드님과 공녀는 코사의 진지를 포위하는 작전이 다 끝나기 전에 왔습니다. 치즐허스트에 있는 코사의 참호 말입니다. 두 사람이 강가의 빽빽하고 거대한 귀리 밭을 헤치고 일렬로 선 보병대 앞에 갑자기 나타났고…… 병사들은 하루 종일 몹시 초조해하다가 그런 상황이 되자 겁에 질렸죠."

"그래서 내 아들을 쐈어요?"

"아닙니다, 교수님. 그들은 달아났습니다. 몇몇이 그들을 향해 마구 쏘긴 했지만 그건 명령을 어긴 겁니다."

레드우드는 의심을 표출했다.

"정말입니다. 솔직히 말씀드리면 아드님 때문이 아니라 공녀 때문에 쏘지 말라는 명령이 내려왔죠."

"아, 그렇겠군."

"두 거인은 소리를 지르며 부지 쪽으로 뛰어갔어요. 병사들이 이리저리 날뛰다가 몇몇이 총을 쏘기 시작했고요. 아드님이 비틀거리는 걸 봤다고 하는데……."

"이런!"

"압니다, 교수님. 하지만 저희가 알기로 심하게 다치지 않았습니다."

"어떻게 알아요?"

"아드님이 잘 있다는 전갈을 보냈습니다, 교수님!"

"나한테?"

"그럼 누구한테 보냈겠습니까?"

레드우드는 거의 일 분 동안 단단히 팔짱을 끼고 서서 상황을 받아들였다. 그런 뒤 그의 분노가 목소리를 내기 시작했다.

"그런 행동이 실수였다고 해서, 상황을 오판하고 우왕좌왕했다고 해서 살인 의도가 없었다고 생각해야 한다는 거요? 그리고…… 나머지는 어떻게 됐소?"

젊은 사내는 신문을 받는 얼굴이었다.

"다른 거인들은?"

젊은 사내는 더 이상 오해를 운운하지 않았다. 그의 목소리가 낮아졌다. "열세 명이 죽었습니다."

"부상자도 있고?"

"그렇습니다."

레드우드는 숨을 혁 들이켜며 말했다. "그런데 케이터햄은 나를 만나고 싶어 한다! 거인들은 다 어디 있어요?"

"싸움이 벌어지는 동안 일부는 코사의 진지로 갔습니다, 교수님…… 아마도 알았던 모양……."

"당연히 알았겠지. 코사가 아니었다면…… 코사는 거기 있어요?"

"네, 그리고 살아남은 거인들은 모두 거기에 있습니다. 싸움이 벌어지는 동안 그리로 가지 못한 거인들도 이미 갔거나 지금 휴전기의 비호를 받으며 가고 있습니다."

"그 말은 당신들이 패했다는 뜻이군." 레드우드가 말했다.

"우린 패하지 않았습니다. 그건 아닙니다. 우리가 패했다고 할 수는 없습니다. 하지만 아드님의 무리가 전쟁의 규칙을 어겼습니다. 간밤에 한 번, 지금 다시 한번. 우린 공격을 철수했는데 그들은 오늘 오후에 런던을 폭격하기 시작했습니다."

"제대로 하고 있군!"

"포탄을 쏘고 있는데 그 안에 독이 들었습니다."

"독?"

"네, 독이요. 그 성장제……."

"헤라클레오포르비아 말인가?"

"그렇습니다. 케이터햄 씨가……."

"당신들은 졌어! 그렇게 되면 당연히 당신들이 지는 거지. 역시 코사야! 이제 당신들이 무얼 바랄 수 있겠나? 이제 무슨 짓을 한들 의미가 있을까? 당신들은 어디에서든 그 가루를 들이마시게 될 거야. 더 이상 싸워서 무얼 하겠나? 전쟁의 규칙! 이제 케이터햄은 내가 협상을 도와주길 바라겠다. 아이고, 이런! 내가 뭐 하러 이미 터져버린 허풍선이에게 가겠나? 자기가 벌인 일인데……. 그 사람이 살인을 하고 그 사람이 혼란을 일으켰어. 내가 왜 가야 하지?"

젊은 사내는 예의를 지키면서도 경계하는 태도로 서 있었다.

그가 말했다. "사실은 거인들이 교수님이라면 만나겠다고 합니다. 교수님 말고 다른 사절은 만나지 않을 겁니다. 교수님이 가시지 않으면 또 피를 흘리게 될 겁니다."

"**당신들**이 피를 흘리겠지."

"아닙니다. 양쪽 모두 그럴 겁니다. 세상은 반드시 이것을 끝내야 합니다."

레드우드는 서재를 둘러보았다. 아들의 사진에 잠시 시선이 머물렀다. 그는 고개를 돌리고 기대하는 청년을 마주 보았다. 마침내 그가 말했다. "그래요. 갑시다."

4

케이터햄과의 접견은 그의 예상을 뒤엎었다. 레드우드는 평생 단 두 번, 한 번은 만찬 자리에서, 그리고 한 번은 의회 로비에서 이 사내를 보았으므로 실제 인물이 아닌 신문과 풍자만화에서 창조한 인물, 즉 전설의 케이터햄, 거인 살인마 잭, 페르세우스 등으로 그를 상상해왔다. 실제 인간으로 마주하자 그 모든 이미지가 흐트러졌다.

지금 그의 눈앞에 보이는 것은 풍자만화나 사진에서 보던 얼굴이 아니라 피로와 수면 부족에 시달리고 주름이 가득하며 흰자위가 누렇게 뜨고 입 주위가 살짝 늘어진 얼굴이었다. 물론 그 대단한 선동정치가의 적갈색 눈과 검은 머리카락, 매부리코가 뚜렷한 옆모습이 보이긴 했지만 다른 무언가가 그의 계획적인 멸시와 수사법을 무너뜨리고 있었다. 그는 괴로운 듯했다. 심하게 괴로워했다. 극심한 스트레스에 시달리는 것 같았다. 처음부터 그는 마치 자신을 연기하는 듯 보였다. 이제 레드우드는 그가 조그만 몸짓만으로도, 조금 움직이기만 해도 약으로 버티고 있다는 것을 알 수 있었다. 그는 엄지손가락을 조끼 주머니로 가져가더니 몇 마디를 더 건넨 뒤더는 숨기려 하지도 않고 작은 알약을 입으로 밀어 넣었다.

한편으로 그는 엄청난 스트레스에 시달리고 있었고, 불리한 입장일 뿐 아니라 레드우드보다 열두 살쯤 아래이기도 했지만 어떤 기이한 자질, 그를 이 재난의 고지까지 올 수 있게만든 무엇, 좀 더 그럴듯한 이름을 붙이고 싶다면 개인의 매력이라고도 할 수 있는 무언가를 여전히 잃지 않았다. 그 점역시 레드우드가 미처 예상하지 못한 것이었다. 처음부터 대화의 방향과 주도권 측면에서 케이터햄은 레드우드를 압도했다. 접견의 초기에는 모든 것이 케이터햄에 의해 결정되었다. 모든 논조와 절차는 케이터햄의 것이었다. 그 모든 일이너무도 당연한 듯이 일어났다. 그를 만나는 순간 레드우드의모든 예상은 날아가버렸다. 레드우드는 그가 어떤 호의를 보여도 뿌리칠 생각이었으나 그 사실을 기억해낼 새도 없이 케이터햄이 그의 손을 잡고 악수를 했고 처음부터 그들이 마치공동의 재난을 겪으며 방책을 모색하는 사이인 것처럼 명확하고 확실하게 분위기를 몰아갔다.

그나마 실수가 있었다면 이따금 피로 때문에 집중력이 떨어지고 대중 집회를 하던 습관에 휘말린다는 것이었다. 두 사람은 처음부터 줄곧 서 있었는데, 가끔 그는 몸을 꼿꼿이 펴고 레드우드의 시선을 외면한 채 얼버무리며 변명하기 시작했다. 한번은 "여러분!" 하고 말하기도 했다.

그는 차분하고 포괄적으로 말을 시작했다…….

레드우드는 이따금씩 자신이 교섭하러 왔다는 사실을 잊고 독백을 듣는 유일한 청객이 되었다. 이례적인 현상을 구경하는 특권을 누리는 기분이었다. 그는 끝없이 말을 쏟아내며 아름다운 목소리로 자신을 에워싸는 이 존재와 자신 사이의 구체적인 차이점이라고 할 만한 무언가를 깨달았다. 그의 앞에 서 있는 이 사람은 너무도 막강한 동시에 너무도 부족했다. 그 추진력과 영향력, 어떤 것들에 대한 기막힌 무지함을 보고 있자니 레드우드의 머릿속에는 아주 괴기하고 기이한 이미지가 떠올랐다. 그의 눈에 보이는 케이터햄은 그와 똑같은 인간, 도덕적 책임을 느끼고 이성적 호소가 통하는 그런 인간이 아니라, 말하자면 거대한 코뿔소 같은 존재였다. 민주주의의 정글이 낳은 문명화된 코뿔소, 압도적인 공격력과 불굴의 저항력을 가진 괴물이었다. 그 정글에서 일어난 모든 지독한 갈등에서 그는 득세했다. 그것을 제외하면? 이 사내는 수많은 대중을 선동하는 데 아주 노련한 인간이었다. 그에게는 자기모순만큼 중요한 잘못은 없었고 '이해관계'의 조화만큼 중대한 과학은 없었다. 코뿔소에게 철도나 소총, 지리학이 안중에도 없듯이 그에게는 경제 현실이나 지형적 요구, 거의 건드리지 않은 수많은 과학적 방편 따위가 안중에도 없었다. 그에게 존재하는 것은 집회와 정당 간부회, 득표, 무엇보다도 득표뿐이었다. 그는 투표의 화신이었다. 수백만 표를 원했다.

그리고 지금 거인들이 짓밟혔을 뿐 패하지 않은 이 엄청난 위기 상황에서 이 투표 괴물이 말을 하고 있었다.

그는 지금도 많은 것을 배워야 한다는 사실이 분명하게 드러났다. 그는 모든 인간이 만장일치로 투표한다고 해도 몰아낼 수 없는 물리학의 법칙과 경제학의 법칙, 그 어떤 질량이나 반응이 있다는 것을, 불복하려면 파괴를 대가로 치러야만 하는 그런 법칙들이 있다는 것을 알지 못했다. 어떤 마법적인 힘으로도 굽힐 수 없는, 또는 굽힌다고 해도 결국 폭력적인 복수를 낳게 되는 도덕적 법칙이 있다는 사실도 알지 못했다. 레드우드는 이 사내가 포탄이나 심판의 날을 맞닥뜨리게 되면 어떤 알 수 없는 이유로 그것을 피해 간 하원의 표 뒤에 숨을 게 분명하다고 생각했다.

지금 이 사내가 가장 걱정하는 것은 남쪽의 요새를 버티게 하는 막강한 힘이나 패배, 죽음이 아니라 그런 것이 그의 삶에서 가장 중요한 현실인 득표에 미치는 영향이었다. 그는 거인들을 패배시키거나 굴복시켜야 했다. 그는 결코 완전히 체념하지 않았다. 자신의 삶에서 가장 큰 실패를 겪은 이 순간, 그의 손에 피와 재앙이 묻었고 훨씬 더 끔찍한 재앙이 닥칠 가능성이 매우 높으며 거대 세상의 운명이 그에게 그림자를 드리우고 있는 이 순간에도 그는 온전히 자신의 목소리만으로, 그저 설명하고 수정하고 고쳐 말함으로써 힘을 되찾을 수 있다고 믿는 사람, 그렇게 믿을 수 있는 사람이었다. 그는 누가 봐도 괴롭고 혼란스러우며 피곤하고 지친 상태였지만 그저 계속 말을 할 수만 있다면, 그럴 수만 있다면……

레드우드가 보기에 그는 말을 하면서 전진과 후퇴, 팽창과 수축을 반복하는 듯 보였다. 이 대화에서 레드우드의 역할은 지극히 부수적이었다. 이따금씩 불쑥 "말도 안 됩니다" 또는 "아뇨" 또는 "그런 얘기를 해봐야 소용없습니다" 또는 "그런 데 왜 시작했습니까?" 하며 끼어드는 게 고작이었다.

케이터햄에게 그런 말이 들리기나 하는지 알 수 없었다. 케이터햄의 연설은 급류가 바위를 휘감고 흘러가듯 그런 말을 돌아서 계속 나아갔다. 이 놀라운 사내는 자신의 공인된 깔개 위에 서서 굉장한 활력과 기교로 끊임없이 말을 쏟아냈다. 마치 자신이 말하는 동안, 자신이 설명과 다양한 관점, 견지, 고려 사항, 방책 따위를 제시하는 동안 잠깐이라도 멈추면 어떤 적대적인 영향력을 허용하게 되기라도 할 것처럼. 즉 그가 이해할 수 있는 유일한 무기인 목소리의 형태로 그런 영향력을 허용하게 될까봐 걱정하는 사람처럼 말을 쏟아냈다. 그는 그렇게 조금은 빛바랜 그 공식적인 공간에 서 있었다. 과거 수많은 사람이 차례차례, 자신이 개입하면 제국을 창조하는 힘을 발휘할 수 있다는 믿음에 굴복해온 그 공간······.

그가 말을 하면 할수록 레드우드는 그것이 공허한 외침에 불과하다는 확신이 들었다. 이 사내는 자신이 거기 서서 말하는 동안 이 거대한 세상이 계속 움직이고 있다는 것을, 아무도 꺾을 수 없는 성장의 조류는 계속되고 있다는 것을, 의회 밖에서도 시간은 흐르며 피의 복수자들에게도 무기가 있다는 것을 알기나 할까? 밖에서 거대한 담쟁이덩굴의 이파리

하나가 무심코 유리창을 두드리며 방 안에 어둠을 드리우고 있었다.

레드우드는 한시라도 빨리 이 기막힌 독백이 끝나고 분별과 판단의 단계로 넘어가기를, 포위된 진지, 거대함의 요충지와도 같은, 아이들이 모여 있는 그 미래의 요새 이야기로 넘어가기를 갈망했다. 그것을 위해 이 긴 연설을 견딘 것이었다. 기이하게도 그는 이 독백이 끝나지 않으면 어느새 거기에 휘말릴 것이며, 따라서 약 기운과 싸우듯 케이터햄의 목소리와 싸워야 할 것이라고 느꼈다. 그것이 발휘하는 마력 속에서 많은 진실이 바뀌었고 계속 바뀌고 있었다.

이 사내가 뭐라고 하는 거지?

레드우드는 그 가운데 중요한 내용을 거인 아이들에게 전달해야 했다. 그러려면 최대한 귀를 기울이며 현실감각을 잃지 않도록 노력해야 했다.

피 흘린 죄에 관한 이야기가 나오고 있었다. 그건 수사법이다. 중요하지 않다. 그다음은?

그가 협정을 제안하고 있다!

살아남은 거인 아이들이 항복하고 멀리 떠나 저희만의 세상을 꾸려야 한다고 제안하고 있다. 그런 선례가 있다고 한다. "그들에게 영토를 내줄 테니……."

"어디에요?" 레드우드는 싸울 기세로 끼어들었다.

케이터햄은 그의 호응에 화들짝 놀랐다. 그는 고개를 돌려 레드우드를 보며 설득력 있고 이성적인 목소리를 내기 시작했다. 그건 정하면 된다고 했다. 그것은 부수적인 문제라고 주장했다. 그런 뒤 계속해서 조건을 명시했다. "그곳은 우리가 확실하게 통제해야 할 테고 그들과 그곳을 제외하고는 벼락성장제와 그 결실도 모두 제거해야……."

레드우드는 어느새 협상에 휘말리고 있었다. "공녀는요?"

"공녀는 예외입니다."

"아뇨." 레드우드는 기존의 입장으로 돌아가려고 안간힘을 썼다. "그건 불합리합니다."

"그건 나중에 생각하죠. 어쨌든 우리는 벼락성장제의 제조를 중단해야 한다고 합의……."

"난 아무것도 합의하지 않았어요. 난 아무 말도 하지 않았습니다……."

"하지만 하나의 행성에 두 종족의 인간이 존재합니다. 거인과 소인! 지금까지 일어난 일을 생각해보십시오! 그건 벼락성장제가 계속 퍼졌을 때 일어날 상황에 비하면 맛보기에 불과합니다! 교수님 때문에 벌써 이 세상이 어떻게 변했는지 생각해보세요! 여기서 거대 종족이 더 늘고 증식한다면……."

"그건 내가 논의할 일이 아니오." 레드우드가 말했다. "나는 우리 아이들에게 가야 합니다. 내 아들에게 가고 싶어요. 그래서 여기 온 겁니다. 정확히 무얼 제안하는 건지 얘기해보시지요."

케이터햄은 자신의 조건에 대해 연설했다.

벼락성장제를 먹고 자란 아이들에게는 아마도 북미 대륙이나 아프리카에 거대한 보호구역을 마련해줄 것이며 그들은 그 안에서 저희들끼리 삶을 꾸려야 한다는 것이었다.

레드우드가 말했다. "하지만 말이 안 됩니다. 이제 국외에도 거인들이 있어요. 유럽 전역에, 곳곳에 있단 말입니다!"

"국제 협정을 맺으면 됩니다. 불가능한 게 **아닙**니다. 사실 벌써 이와 비슷한 논의가 있었지요……. 하지만 그 보호구역에서 그들은 나름의 방식으로 삶을 영위할 수 있습니다. 원하는 것은 무엇이든 할 수 있고 만들고 싶은 것을 마음껏 만들 수도 있지요. 우리를 위해 이것저것 만들어주면 더 좋고요. 그들도 행복할 겁니다. 생각해보세요!"

"그렇다면 그런 아이들이 더 이상 없어야 하겠군요."

"바로 그겁니다. 그 아이들은 우리가 관리하겠습니다. 그러면 우리는 세상을 구하게 될 겁니다. 교수님의 그 끔찍한 발견의 결과로부터 확실하게 세상을 구하는 것이지요. 아직 늦지 않았습니다. 다만 인정을 베풀어 완화된 방법을 쓰려는 것입니다. 지금도 우리는 그들의 포탄이 떨어진 곳에 불을 놓아 태우고 있습니다. 우리가 통제할 수 있습니다. 저를 믿으세요. 우리는 통제할 겁니다. 다만 잔인하고 부당한 방법은 피하려는……."

"아이들이 동의하지 않는다면요?"

케이터햄은 처음으로 레드우드의 얼굴을 온전히 보았다.

"동의해야지요!"

"그럴 것 같지 않은데요."

"동의하지 않을 이유가 뭐가 있습니까?" 그가 놀라움이 담긴 풍부한 어조로 물었다.

"동의하지 않는다면요?"

"그럼 전쟁밖에 더 있겠습니까? 이런 식으로 방치할 수는 없으니까요. 그럴 수는 없지요. 과학을 하는 사람들은 상상력이 **없는** 겁니까? 인정이 없는 건가요? 우리는 그 성장제가 계속 만들어지도록, 우리 세상이 점점 늘어가는 괴물과 기괴한 거대 생물들에게 짓밟히도록 둘 수는 없습니다. 절대 그럴 수는 없지요! 제가 묻겠습니다. 전쟁 말고 뭐가 있습니까? 그리고 명심하세요. 지금까지 일어난 일은 시작에 불과합니다! **이번 일**은 작은 접전에 불과했지요. 경찰 선에서 처리할 수 있는 일이었어요. 정말이지 경찰 선에서 처리했습니다. 당장 눈앞에 나타나는 이 새로운 것들의 거대함, 그 크기에 현혹되지 마십시오. 우리의 뒤에는 국민이 있습니다. 인간이 있단 말입니다. 목숨을 잃은 수천 명의 뒤에는 수백만 명이 있습니다. 유혈 사태를 우려하지 않았더라면 우리의 첫 공격 뒤에서 다른 공격이 조직되고 있었을 겁니다. 지금도요. 우리가 그 성장제를 죽일 수 있을지는 모르지만 당신네 아이들은 확실하게 죽일 수 있습니다! 어제의 일, 겨우 지난 20년 동안 일어난 일, 단 한 번의 전투에만 너무 얽매이는군요. 긴 역사의 흐름은 전혀 생각하지 않고. 어차피 결말은 정해져 있습니다. 저는 그걸 바꾸기 위해서가 아니라 목숨을 담보로 이 협정을 제안하는 겁니다. 겨우 스무 명 남짓한 애처로운 거인들이 우리의 시민들, 그리고 우리를 도우러 달려올 그 모든 타지의 사람들에게 맞설 수 있다고 생각하십니까? 한 세대로 단번에 인류를 바꿀 수 있다고, 인간의 본성과 크기를 바꿀 수 있다고 생각하십니까?"

그는 팔을 획 내밀며 말을 이었다. "지금 그들에게 가십시오. 눈앞에 훤히 보이는군요. 사악한 일을 저지르고 부상자들 속에 웅크리고 있는……."

그는 실제로 레드우드의 아들을 얼핏 보기라도 한 듯 말을 멈췄다.

잠시 침묵이 흘렀다.

"그들에게 가십시오." 그가 말했다.

"그게 내가 원하는 겁니다."

"그럼 가시지요……."

그는 돌아서서 종을 울렸다. 밖에서 즉시 문이 열리는 소리와 서두르는 발소리가 들렸다.

대화는 끝났다. 공연은 막을 내렸다. 갑자기 케이터햄이 작아지는 듯했다. 누런 얼굴에 주름이 가득한, 보통 체격의 중년 남자로 오그라드는 듯했다. 그는 그림에서 걸어 나오듯 앞으로 걸어와 우리 종족이 공공연한 갈등의 뒤에서 언제나 그러듯 완벽한 호의를 가장하며 레드우드에게 손을 내밀었다. 레드우드는 그것이 당연한 일인 것처럼 두 번째로 그와 악수를 했다.

1

얼마 후 레드우드는 템스강 건너 남쪽으로 향하는 기차에
타고 있었다. 북쪽 강변에 포탄이 떨어진 곳에서는 많은 사람
이 동원되어 헤라클레오포르비아를 태워 없앤 뒤라 아직도 연
기가 피어오르고 있었고 빛을 받아 반짝거리는 강이 얼핏 보
이기도 했다. 남쪽 강변은 컴컴했고, 어째서인지 거리의 불도
켜지지 않아서 선명하게 보이는 거라곤 커다란 경보 탑들의
윤곽과 군데군데 모여 있는 주택들과 학교들의 컴컴한 형체
뿐이었다. 그는 잠시 살펴본 뒤 창문을 등지고 상념에 젖었다.
아이들을 보기 전에는 더 볼 것도 할 것도 없었다⋯⋯.

지난 이틀간의 스트레스로 몹시 피곤했다. 마음을 쉬게 해
야 할 것 같았지만 출발 전에 진한 커피로 무장한 덕에 머릿
속이 맑고 또렷하게 돌아가고 있었다. 많은 생각이 스쳐갔다.

그는 신들의 양식이 세상에 들어와 퍼져나간 과정을 지나간 사건들에 비추어 한 번 더 되짚어보았다.

"벤싱턴은 그것이 아기들에게 훌륭한 영양제가 될 수 있다고 생각했지." 그는 희미하게 미소 지으며 혼자 중얼거렸다. 그러고 나자 아들에게 그것을 먹일 때 품었던 지독한 의심이 아직 가라앉지 않기라도 한 듯 생생하게 떠올랐다. 그것을 시작으로 신들의 양식은 인간들이 아무리 막으려 노력해도 흔들리지 않고 꾸준히 세를 키우며 인간 세상 전역으로 퍼져나갔다. 그리고 이제는 어떤가?

레드우드는 중얼거렸다. "저들이 아이들을 모두 죽인다고 해도 돌이킬 수 없어."

그 제조 비법은 이미 널리 알려졌다. 그것은 그의 성과였다. 이 분쟁 상황에서 무슨 일이 일어나든 식물과 동물, 아직 성장하고 있는 수많은 아이는 세상이 신들의 양식을 다시 찾도록 밀어붙일 수밖에 없다. "돌이킬 수 없어." 그가 말했다. 아무리 애를 써도 그의 마음은 그 아이들과 자기 아들에게 닥친 운명으로 끊임없이 소용돌이쳐 돌아갔다. 아이들은 전투를 치르느라 지치고 다치고 굶주린 채로 무너지기 일보 직전일까, 아니면 여전히 활력과 희망을 잃지 않고 앞으로 일어날 훨씬 더 암울한 충돌에 대비하고 있을까? 그의 아들이 다쳤다! 하지만 그에게 전갈을 보냈다!

그의 생각이 다시 케이터햄과의 접견으로 흘러갔다.

그러다 기차가 치즐허스트역에 정차하는 바람에 퍼뜩 상념에서 벗어났다. 익숙한 풍경이 눈에 들어왔다. 캠던 언덕 꼭대기에 설치된 거대 쥐 경보 탑과 길가에 늘어선, 꽃이 만발한 거대 독미나리…….

케이터햄의 보좌관이 다른 객차에서 건너와 그에게 약 1킬로미터 앞의 선로가 파손되었으니 남은 여정은 자동차로 가야 한다고 귀띔했다. 레드우드는 초롱불 하나만 켜놓은 승강장에 내려서서 서늘한 밤바람을 마주했다. 목조건물이 늘어서고 잡초가 무성하게 자란 버려진 교외 마을의 정적이 인상적으로 다가왔다. 어제의 충돌 때문에 거주민들이 모두 런던으로 피난을 간 탓이었다. 그의 수행원이 그를 데리고 계단을 내려가자 자동차 한 대가 환한 불빛을 비추며 기다리고 있었다. 그 일대에서 유일한 불빛이었다. 수행원은 그를 운전사에게 인도한 뒤 작별 인사를 했다.

"우리를 위해 최선을 다해주십시오." 그는 자기 주인이 그러듯 레드우드의 손을 잡으며 말했다.

레드우드가 올라타서 자리를 잡자 그들은 밤의 어둠 속으로 들어갔다. 방금 전까지 멈춰 서 있던 자동차는 어느새 기차역의 경사로를 부드럽고 빠르게 내려가고 있었다. 그들은 여러 번 모퉁이를 돈 뒤 별장들이 늘어선 좁다란 길을 굽이굽이 달리다가 곧게 뻗은 도로로 들어섰다. 엔진이 최고 속도로 윙윙거리면서 옆으로 검은 밤이 빠르게 지나갔다. 별빛 아래 모든 것이 너무도 컴컴했고 온 세상은 신비에 싸인 채 아무 소리도 내지 않고 웅크리고 있었다. 도로변의 새나 풀벌레를 휘젓는 바람 한 점 없었다. 길 양옆으로 늘어선 희끄무레한 빈 저택들은 시커먼 창문 때문인지 소리 없는 해골들의 행렬 같았다. 옆에 앉은 운전사는 원래 말이 없는 사람이거나 말할 수 없을 만큼 이 상황이 괴로운 모양이었다. 그는 레드우드의 간단한 물음에 짧고 부루퉁하게 대꾸했다. 남쪽 하늘에 탐조등 불빛이 소리 없이 요동치며 지나갔다. 빠르게 움직이는 이 기계 주변의 황량한 세상에서 그것만이 생명을 암시하는 기이한 증거인 듯했다.

조금 더 가자 양옆으로 거대한 야생 자두나무가 늘어서 있고 머리 위로 지나가는 키 큰 풀과 커다란 석죽, 나무만큼 커다란 거대 광대나물의 어두운 윤곽 때문에 길이 몹시 컴컴해졌다. 케스턴을 지나 높은 언덕에 이르자 운전사는 속도를 줄였다. 정상에서 차가 멈췄다. 엔진이 털털거리다가 조용해졌다. "저기입니다." 그가 말하며 장갑 낀 커다란 손가락으로 레드우드의 눈앞에 있는 기이한 모양의 검은 무언가를 가리켰다.

거대한 담장은 멀리 있는 듯했지만 그 꼭대기에 불빛이 보였고 거기에서 탐조등이 하늘로 솟아올랐다. 여러 갈래의 광선이 신비로운 마법에 따라 움직이듯 구름들과 그 주변의 언덕 지형을 왔다 갔다 비추었다.

"저는 모르겠네요." 마침내 운전사가 말했다. 계속 가기에는 겁이 나는 모양이었다.

잠시 후 하늘을 휩쓴 탐조등이 그들에게로 내려와 덜컥 멈추더니 그들을 살피기 시작했다. 눈부신 광선은 그 사이에 자리한 거대한 잡초 줄기 따위에 잠시 혼동을 겪는가 싶었지만 꺾이지 않았다. 그들은 장갑 낀 손을 눈앞으로 올리고 그 아래로 불빛을 마주하려 애썼다.

"계속 갑시다." 잠시 후 레드우드가 말했다.

운전사는 여전히 회의적이었다. 그런 속내를 말로 표현하려 하다가 결국 다시 "모르겠네요" 하고 말했다.

마침내 그는 용기를 냈다. "가시지요." 그가 말하며 차를 깨워 움직이기 시작했고 커다랗고 하얀 눈이 열심히 그 뒤를 따랐다.

한동안 레드우드는 지구를 벗어나 빠른 속도로 털털거리며 번쩍이는 구름을 관통하는 기분이 들었다. 자동차는 턱, 턱, 턱, 턱, 하며 나아갔고 운전사는 (나로서는 이해할 수 없는 초조한 충동에 이끌려) 이따금 경적을 울렸다.

높은 울타리가 쳐진 좁은 길로 들어서자 반가운 어둠이 주위를 에워쌌지만 계속해서 움푹 꺼진 곳으로 내려갔다가 집 몇 채를 지나자 다시 그 눈부신 시선이 나타났다. 한동안 구릉지를 가로질러 노출된 길이 이어지자 그들은 광활한 허공에 떠서 고동치는 것 같았다. 또다시 주위에 거대한 잡초들이 올라오더니 빠르게 지나쳐 갔다. 그리고 나자 그들의 앞에 불쑥 거인의 형체가 나타났다. 아랫부분은 탐조등의 불빛을 받아 환하게 빛났고 위쪽은 하늘을 배경으로 어둡게 보였다. 그가 소리쳤다. "안녕하세요! 거기서 멈추세요! 이제 길이 없어요……. 레드우드 아저씨인가요?"

레드우드는 일어서면서 모호한 외침으로 대답을 대신했고 어느새 코사가 옆에 나타나 두 손으로 레드우드의 손을 잡고 차에서 끌어냈다.

"우리 아들은 어떻게 됐어요?" 레드우드가 물었다.

"괜찮습니다. 심하게 다치지는 않았어요." 코사가 대꾸했다.

"그 댁 아이들은?"

"괜찮아요. 다 괜찮아요. 하지만 그러려고 싸워야 했죠."

거인이 운전사에게 무어라고 말하고 있었다. 차가 선회하는 동안 레드우드는 그 옆에 서 있었다. 돌연 코사가 사라지고 모든 것이 함께 사라지면서 그는 한동안 칠흑 같은 어둠에 갇혔다. 불빛은 자동차를 따라 케스턴 언덕 정상으로 올라갔다. 그는 그 작은 자동차가 하얀빛 속에서 멀어져가는 광경을 지켜보았다. 신기하게도 자동차는 전혀 움직이지 않고 빛이 움직이는 듯 보였다. 전쟁에 시달린 거대한 엘더베리 덤불이 불빛 속에서 잠시 여위고 그을린 모습으로 기운찬 몸짓을 보여주는가 싶더니 이내 어둠에 집어삼켜졌다……. 레드우드는 어둑한 윤곽으로만 보이는 코사에게로 다시 몸을 돌리고 그의 손을 잡았다. "꼬박 이틀 동안 아무것도 모르고 갇혀 있었어요." 그가 말했다.

"우리가 그들에게 신들의 양식을 줬어요." 코사가 말했다. "당연하죠! 서른 발, 하!"

"케이터햄을 만나고 오는 길입니다."

"압니다." 코사는 쓸쓸하게 웃으며 대꾸했다. "그 인간은 다 쓸어버리려 하겠지요."

2

"우리 아들은 어디 있습니까?" 레드우드가 물었다.

"아드님은 괜찮습니다. 거인들이 교수님의 전갈을 기다리고 있어요."

"압니다. 하지만 우리 아들은……."

그는 코사와 함께 이따금 붉은 불빛이 보였다가 다시 컴컴해지는 길고 비탈진 터널을 지났고, 그러고 나자 거인들이 만든 거대한 피신용 참호가 나타났다.

레드우드가 처음 마주한 그곳은 아주 높은 벼랑들에 에워싸여 아래쪽이 대부분 가려진 거대한 경기장과도 같았다. 머리 위 높은 곳에서 끊임없이 돌고 도는 파수꾼의 탐조등 불빛과 거인 두 명이 금속을 철겅거리는 저편 구석에서 나타났다 사라지길 반복하는 붉은 광채를 제외하곤 어둠에 싸여 있었다. 탐조등 불빛이 돌아오자 레드우드의 눈에 하늘을 배경으로 코사의 아이들을 위해 지은 오래된 작업 창고와 놀이 창고의 익숙한 윤곽이 들어왔다. 이제 그 창고들은 벼랑 끝에 서 있었고 케이터햄의 포격에 기이하게 뒤틀리고 왜곡된 모습이었다. 그 위로 거대한 포좌인 듯한 무언가가 보였고 좀 더 가까이에 탄환으로 추정되는 거대한 원통 더미들이 있었다. 그 아래 넓은 공간 곳곳에 거대한 기계장치들과 알 수 없는 물건들이 다소 무질서하게 흩어져 있었다. 이런 혼돈과 머뭇거리는 불빛 속에서 거인들이 나타났다 사라지곤 했다. 거대한 형체들은 주변의 사물들과 어느 정도 크기가 맞는 듯했다. 몇몇은 적극적으로 일했고 잠을 자려는 듯 누워 있거나 앉아 있는 거인들도 있었으며 가까이에 있는 한 거인은 붕대로 몸을 감고 거친 소나무 가지들 위에 누워 잠든 것 같았다. 레드우드는 그 어둑한 형체들을 살펴보았다. 그의 시선이 움직이는 윤곽들 사이를 옮겨 다녔다.

"우리 아들은 어디 있어요, 코사?"

그때 그가 보였다.

그의 아들은 거대한 철벽의 그림자 속에 앉아 있었다. 얼굴은 보이지 않았지만 검은 형체의 자세로 알아볼 수 있었다. 지쳤거나 생각에 잠긴 듯 손으로 턱을 괸 형상이었다. 레드우드는 그의 옆에서 공녀의 형체를 발견했다. 역시 어두운 윤곽뿐이었지만 잠시 후 금속을 만지는 곳에서 나오는 광채가 다가오자 붉은 불빛 속에 그림자가 드리워진, 섬약하고 더없이 온정적인 그녀의 얼굴이 잠시 보였다. 그녀는 철벽을 손으로 짚고 서서 연인을 내려다보고 있었다. 그녀가 그에게 무어라고 속삭이는 듯했다.

레드우드는 두 사람에게 가고 싶었다.

"일단 가져온 전갈을 먼저 전하세요." 코사가 말했다.

"네, 하지만……."

레드우드는 얼버무렸다. 이제 그의 아들이 고개를 들고 공녀에게 말하고 있었지만 목소리가 너무 낮아서 잘 들리지 않았다. 청년 레드우드가 얼굴을 올리자 공녀가 그를 향해 허리를 굽히고 흘끗 곁눈질을 한 뒤 입을 열었다.

"하지만 만약 우리가 패하면……." 그들의 귀에 청년 레드우드의 속삭이는 목소리가 들려왔다.

공녀가 멈칫하는 사이, 붉은 불빛 속에서 감추지 못한 눈물로 반짝거리는 그녀의 눈이 보였다. 그녀는 그에게 더 가까이 몸을 굽히고 훨씬 더 낮은 소리로 말했다. 그렇게 나지막이 속삭이는 두 사람의 모습이 너무도 가깝고 내밀해 보여서 레드우드는 꼬박 이틀 동안 오로지 아들만 생각했음에도 자신이 훼방꾼 같다는 생각이 들었다. 그는 차마 다가갈 수 없었다. 순간, 아마도 난생처음으로, 그는 아버지가 아들에게 갖는 의미보다 아들이 아버지에게 더 큰 의미가 될 수 있음을 깨달았다. 미래가 과거보다 훨씬 더 중요하다는 것을. 이제 저 두 사람 사이에서 그가 할 일은 없었다. 그의 역할은 끝났다. 그 돌연한 깨달음의 순간 그는 코사를 돌아보았다. 둘의 눈이 마주쳤다. 그의 목소리가 우울하고 단호하게 바뀌었다.

"내가 가져온 전갈을 들려주지요. 그런 다음…… 다른 건 그다음에 해도 될 겁니다."

참호가 너무도 거대하고 방해물이 많아서 레드우드는 모두에게 얘기할 수 있는 위치로 가기까지 길고 험한 여정을 거처야 했다.

그와 코사는 복잡하게 얽힌 포물선 모양의 기계장치 밑을 지나 가파른 비탈을 내려간 뒤 참호 바닥을 가로지르는 거대하고 깊은 갱도로 들어갔다. 이 널찍하고 휑한 갱도는 비교적 좁긴 했지만 주변의 모든 것과 함께 레드우드에게 그가 얼마나 작은지 새삼 일깨워주었다. 말하자면 굴착 협곡이었다. 어두운 절벽들로 가로막힌 위쪽 높은 곳에서는 탐조등이 돌아가며 불빛을 뿜어냈고 그 불빛 속에서 형체들이 왔다 갔다했다. 위에서 긴급 전략 회의에 모여 케이터햄이 보낸 조건을 들으라고 거인들을 불러 모으는 거대한 목소리들이 들렸다. 갱도는 여전히 그림자와 수수께끼와 알 수 없는 것들이 가득한 곳을 향해, 그 검고 드넓은 곳을 향해 아래로 계속 이어졌다. 레드우드는 망설이며 그리로 천천히 걸음을 옮겼고 코사는 자신 있게 성큼성큼 나아갔다.

레드우드의 머릿속이 복작거렸다. 두 사내가 완전한 어둠속으로 들어가자 코사는 동행의 손목을 잡았다. 그들은 이제 별수 없이 걸음을 늦췄다.

레드우드가 입을 열었다. "다 이상하네요."

"크죠." 코사가 말했다.

"이상해요. 그리고 내가 이상하다고 느끼는 것도 이상하지요. 어떤 면에서 나는 이 모든 것을 시작한 사람인데. 이건……."

그는 걸음을 멈추고 쉬이 떠오르지 않는 표현을 찾으려 애쓰며 보이지 않는 손으로 벼랑을 가리켰다.

"이런 건 생각해보지 않았어요. 그동안 바쁘게 살면서 수 년이 지나갔지요. 하지만 이제 보게 되는군요. 새로운 세대가 시작되었어요, 코사. 새로운 감정, 새로운 필요가 시작되었어 요. 코사, 여기는……." 코사에게도 이제 주위를 가리키는 그 의 희미한 손짓이 보였다. "여기는 젊음으로 가득 차 있어요."

코사는 대꾸하지 않고 계속 더듬거리며 성큼성큼 발을 내 디뎠다.

"**우리의** 젊음이 아니에요, 코사. 그들이 모든 걸 넘겨받고 있어요. 그들은 나름의 감정과 경험을 토대로, 그들만의 방식 으로 모든 걸 새로 시작하고 있어요. 우리가 새로운 세상을 만들었지만 이제 그건 우리의 것이 아니에요. 심지어 공감할 수도 없지요. 이 거대한 곳은……."

"여긴 제가 설계했죠." 코사가 얼굴을 바싹 들이밀고 말했다.

"하지만 지금은?"

"아! 제 아이들에게 넘겨주었죠."

레드우드는 보이진 않았지만 팔이 느슨하게 휘저어지는 것 을 느꼈다.

"그겁니다. 우리 역할은 끝났어요. 거의 끝났지요."

"전갈은 들려주셔야죠!"

"맞아요. 그리고 나면……."

"우리 역할은 끝난 겁니다."

"그럴까요?"

"당연히 우리 두 늙은이는 손을 떼야죠." 코사는 자주 그러듯 돌연 성난 목소리로 말을 이었다. "당연히 우리 역할은 끝났죠. 당연해요. 누구에게나 때가 있으니까요. 이제 **저들**의 때가 시작되는 겁니다. 괜찮아요. 땅을 파는 녀석들. 우리는 우리가 할 일을 하고 가는 거고요. 안 그래요? 그러라고 죽음이 있는 거니까. 우리가 이 작은 머리와 작은 감정을 다 쓰고 나면 이 아이들이 새롭게 시작하는 거예요. 새롭게! 아주 간단하죠. 뭐가 문제입니까?"

그는 잠시 말을 멈추고 몇 걸음 더 레드우드를 안내했다.

레드우드가 말했다. "그렇긴 하지만……."

그는 자신의 말을 미완성으로 남겼다.

"그러라고 죽음이 있는 겁니다." 밑에서 코사가 우기는 소리가 들렸다. "그러지 않으면 어떻게 끝이 나겠어요? 그러라고 죽음이 있는 거지."

3

여러 번 굽이를 돌고 오르막길을 오르자 거인들의 참호 전체가 좀 더 잘 보이고 레드우드의 목소리가 모두에게 들릴 법한 돌출부가 나타났다. 이미 그의 주변과 아래쪽 곳곳에 그가 가져온 전갈을 듣기 위해 거인들이 모여 있었다. 혹시나 휴전협정이 깨질까봐 코사의 맏아들이 위쪽 담장 위에 서서 움직이는 탐조등의 불빛을 지켜보았다. 구석의 거대한 기계 앞에서 일하던 거인들도 거기서 나오는 불빛에 뚜렷이 모습을 드러낸 채 서 있었다. 거의 나체에 가까운 상태로 얼굴은 레드우드를 보고 있었지만 작업 중인 주물을 놓아둘 수 없어서 이따금 살펴보곤 했다. 레드우드는 왔다 갔다 하는 불빛에 의지해 가까이 있는 형체들을 어렴풋이나마 볼 수 있었지만 멀리 있는 형체들은 여전히 잘 보이지 않았다. 그들은 아주 깊은 어둠에서 나왔다가 다시 그 속으로 사라지곤 했다. 이 거인들에게는 참호에서 불빛의 도움을 받는 것보다 주변의 어둠 속에서 언제 튀어나올지 모를 공격을 효과적으로 볼 수 있도록 눈을 단련하는 편이 나았을 것이다.

곳곳에서 스쳐 가는 불빛에 키 크고 힘센 형체의 무리가 모습을 드러냈다. 선덜랜드에서 온 거인들은 금속판을 여러 겹겹쳐 입었고 가죽옷을 입은 무리도 있었으며 주변 환경에 따라 밧줄을 엮거나 금속을 엮어 만든 옷을 입은 무리도 있었다. 그들은 자기들만큼이나 크고 막강한 기계와 무기들 사이에 앉아 있거나 그 위에 손을 얹고 있거나 똑바로 서 있었고 잠시 나타났다가 사라지는 모든 얼굴에서 단호한 눈빛이 보였다.

그는 말을 시작하려다가 멈췄다. 강렬하게 타오르는 모닥불 속에서 잠시 아들의 얼굴이 보였다. 강인하면서도 부드러운 아들의 얼굴이 그를 올려다보자 그는 그 사이의 깊은 골을 뛰어넘어 모두에게 도달할 수 있는, 그러니까 그의 아들에게 도달할 수 있는 목소리를 찾았다.

"케이터햄을 만나고 왔습니다. 여러분에게 그가 제안한 조건을 전하러 왔어요."

그는 잠시 멈췄다가 다시 말을 이었다. "그런데 여기 이렇게 모두가 모여 있는 걸 보니 불가능한 조건인 것 같군요. 불가능한 조건이지만 여러분 모두를, 그리고 내 아들을 만나고 싶어서 가져왔습니다. 한 번 더…… 내 아들을 보고 싶어서……."

"조건을 얘기해주세요." 코사가 말했다.

"케이터햄이 제안한 조건입니다. 그는 여러분이 먼 곳으로 가기를, 그의 세상을 떠나기를 바랍니다!"

"어디로요?"

"그건 그도 몰라요. 그저 막연히 넓은 구역을 마련할 수 있는 곳…… 거기서 더는 이 성장제를 제조해선 안 되고 자식을 낳아서도 안 되며 그저 명이 다할 때까지 살다가 영원히 떠나야 합니다."

그는 말을 멈췄다.

"그게 다예요?"

"그게 다예요."

깊은 정적이 흘렀다. 마치 거인들을 뒤덮은 짙은 어둠이 그를 보며 생각을 하고 있는 것 같았다.

이윽고 그는 팔꿈치에 무언가가 닿는 것을 느꼈다. 코사가 그를 위해 의자를 들고 있었다. 거대한 사물이 가득한 곳에서 그 의자는 기이한 인형 가구처럼 보였다. 그는 앉아서 다리를 교차했다가 한쪽 무릎을 다른 쪽 무릎 위로 넘기고 초조하게 부츠를 움켜쥐었다. 자신이 너무도 작게 느껴졌고 한편으로는 민망했으며 너무도 잘 보이고 이상한 위치에 있는 듯 느껴지기도 했다.

잠시 후 누군가의 목소리에 그는 다시 정신을 차렸다.

"다들 들었지, 형제들." 어둠 속에서 누군가가 말했다.

그러자 다른 목소리가 대꾸했다. "들었어."

"형제들의 대답은?"

"케이터햄에게? 거절이지!"

"그럼 어떻게 할까?"

몇 초 동안 침묵이 흘렀다.

이윽고 누군가가 말했다. "그들도 틀린 건 아니야. 그들의 입장에서 생각하면 맞는 말이지. 자신의 종족보다 더 크게 자라는 종족은 죽일 수밖에 없었을 거야. 짐승과 식물, 그 밖의 다른 모든 거대한 생물도. 우리를 모두 죽이려 한 것도 그럴 수밖에 없었지. 우리끼리 결혼해선 안 된다고 하는 것도 그렇고. 그들의 입장에서는 당연한 일이야. 하나의 세상에 소인과 거인이 함께 존재할 수 없다는 걸 알았겠지. 이제 우리도 알았고. 케이터햄은 그들의 세상과 우리의 세상, 둘 중 하나를 택해야 한다고 여러 번 분명하게 말했잖아."

그러자 다른 누군가가 말했다. "지금 우리는 이제 쉰 명도 안 되는데 그들은 수백만 명이야."

"그렇긴 하지. 하지만 내가 말한 것도 사실이잖아."

다시 긴 침묵이 흘렀다.

"그럼 우리가 죽어야 해?"

"그럴 순 없지!"

"그럼 그들이?"

"아니."

"하지만 그게 케이터햄의 주장이잖아! 그는 우리가 수명이 다할 때까지 살다가 하나씩 죽어서 결국 마지막 한 명까지 모두 죽고 나면 거대한 식물과 잡초를 모두 잘라버리고 거대한 동물이나 곤충도 모조리 죽이고 이 성장제의 흔적을 모조리 태워버린다는 거잖아. 우리를 끝내고 성장제도 영원히 끝내버린다는 거지. 그러면 소인의 작은 세계는 안전해질 거라고. 그들은 계속 서로 친절을 베풀고 서로를 잔인하게 해치며 영원히 안전하게 소인의 삶을 산다는 거야. 그렇게 소인들은 새천년을 맞이하고 전쟁을 종식하고 인구 과잉을 끝내고 세계적인 도시에 앉아서 소인의 예술을 하고 서로를 숭배하고. 세상이 얼어붙기 시작할 때까지……."

구석에서 철판 하나가 요란한 소리를 내며 바닥으로 떨어졌다.

"형제들, 우리는 무얼 해야 하는지 알고 있어."

탐조등 불빛이 식식거리며 움직이는 가운데 레드우드는 열의에 찬 젊은 얼굴들이 그의 아들을 돌아보는 광경을 보았다.

"이제 그 성장제를 제조하기는 어렵지 않아. 우리는 전 세계에 보급할 만큼 만들 수 있지."

그러자 어둠 속에서 누군가가 말했다. "그러니까 레드우드 형제, 소인들이 그걸 먹게 하자는 거군."

　　"달리 무슨 방법이 있겠어?"

　　"우리는 쉰 명도 안 되는데 그쪽은 수백만 명이야."

　　"하지만 우리는 버티고 있잖아."

　　"지금까지는 그렇지."

　　"그게 신의 뜻이라면 우리는 계속 버틸 수 있을 거야."

　　"그래, 하지만 죽은 자들을 생각해봐!"

　　다른 목소리가 이어받았다. "죽은 자들? 그리고 태어나지 않은 아이들도……."

　　"형제들." 청년 레드우드의 목소리가 다시 들렸다. "우리가 싸우는 것 말고 할 수 있는 게 있을까? 그리고 그들을 제압하려면 그들이 이 성장제를 먹게 하는 것 말고 무슨 방법이 있겠어? 그들은 이제 이 성장제를 받아들일 수밖에 없어. 우리가 우리의 권리를 포기하고 케이터햄이 제안하는 그 어리석은 방법을 따른다고 가정해보자! 그럴 수 있다고 가정해봐! 우리가 우리 안에 존재하는 이 거대함을 포기하고 우리의 아버지들이, 그리고 여기 있는 나의 아버지가 우리를 위해 한 모든 일을 부인하고 명이 다할 때까지 살다가 썩어서 영영 사라져버린다고 가정해보자고! 그다음엔? 그들의 이 작은 세상이 정말 예전으로 돌아갈까? 인간의 자식인 우리의 거대함과는 맞서 싸울 수 있겠지만 과연 그걸 정복할 수 있을까? 그들이 우리를 모조리 파괴한다고 해도 그다음엔? 그렇다고 그들이 안전해질까? 아니! 커지는 건 우리에게만, 이 성장제에만 있는 속성이 아니야. 어디에든 있지. 그건 모든 존재의 목적이야! 모든 것의 속성이고 시간과 공간의 일부야. 자라고 또 자라는 것. 그건 존재의 본질이야. 변치 않는 삶의 법칙이지. 또 어떤 법칙이 있을까?"

"남을 돕는 것?"

"성장하도록 돕는 거지. 그것도 성장하는 거야. 실패하도록 돕는 게 아니라면……."

"그들은 우리를 제압하려고 열심히 싸울 거야." 누군가가 말했다.

그러자 다른 누군가가 물었다. "그럼 어떻게 해?"

청년 레드우드가 다시 입을 열었다. "그들은 싸우겠지. 우리가 조건을 거부하면 틀림없이 싸울 거야. 사실 나는 그들이 터놓고 싸웠으면 좋겠어. 어차피 그들이 평화를 제안한다고 해도 불시에 우리를 잡으려는 꼼수일 테니까. 실수해선 안 돼, 형제들. 그들은 어떤 식으로든 싸울 거야. 전쟁은 시작되었고 우리는 끝까지 싸워야 해. 우리가 현명해지지 않으면 우리는 그들에게 우리의 아이들, 그리고 우리 종족과 맞서 싸울 수 있는 더 나은 무기를 만들어주기 위해 지금까지 살아온 셈이 될지도 몰라. 전투는 이제 막 시작됐어. 우리 모두가 목숨을 걸고 싸워야 할 거야. 우리 가운데 전투에서 죽는 자도 있고 끌려가는 자도 있겠지. 손쉬운 승리는 없어. 승리한다고 해도 결국 우리에게는 절반의 패배에 가까울 테고. 그건 확실히 알아야 해. 그럼 어떻게 하느냐고? 우리는 발판을 마련하기만 하면 돼. 우리가 떠난 뒤에도 계속 싸울 수 있도록 거대한 후손을 남기면 돼!"

"그럼 내일은?"

"신들의 양식을 뿌릴 거야. 온 세상을 그걸로 뒤덮는 거야."

"그들이 합의를 보려 하면?"

"우리의 조건은 이 성장제야. 어차피 소인과 거인은 완벽한 합의 속에서 함께 살 수 없어. 이쪽 아니면 저쪽이야. 부모들이 내 자식은 내가 누린 것보다 더 큰 빛을 누릴 수 없다고, 나보다 더 크게 성장할 수 없다고 말할 권리가 있을까? 내 생각에 동의하나, 형제들?"

동의하는 웅성거림이 들려왔다.

"남자가 될 아이들뿐 아니라 여자가 될 아이들에게도 적용되는 얘기지."

"여자들에게는 더 그렇지. 새 종족의 어미가 될 사람이니까……."

"하지만 다음 세대에는 거인과 소인이 공존할 수밖에 없다." 레드우드가 아들의 얼굴에 시선을 고정한 채 말했다.

"여러 세대에 걸쳐 그렇겠죠. 그리고 소인들은 거인들을 괴롭히고 거인들은 소인들을 짓누르려 할 테고요. 그럴 수밖에 없어요, 아버지."

"갈등이 있을 거야."

"끝없는 갈등이 있겠죠. 끝없는 오해와 불화. 모든 삶이 그

렇죠. 거인과 소인은 서로를 이해할 수 없어요. 하지만 레드
우드 아저씨, 인간으로 태어난 아이에게는 누구에게나 거대
함의 씨앗이 숨어 있죠. 성장제를 기다리는 씨앗 말예요."

"그럼 내가 케이터햄에게 다시 가서 얘기해야……."

"그냥 여기 계세요, 레드우드 아저씨. 동이 트면 케이터햄
에게 우리의 답을 보낼 겁니다."

"그는 싸울 거라고 하는데……."

"그러라고 하세요." 청년 레드우드의 말에 그의 형제들이
웅성웅성 맞장구쳤다.

"쇠가 기다리고 있다." 누군가 소리치자 구석에서 일하던
두 거인이 율동적으로 망치를 두드리며 거대한 음악을 만들
어냈다. 금속은 아까보다 훨씬 더 밝게 빛을 발하며 레드우
드가 아직 보지 못한 이 진지의 풍경을 더 선명하게 보여주
었다. 직사각형의 널찍한 부지에 거대한 전투 무기들이 준비
되어 있었다. 그 너머 더 높은 곳에 코사 아이들의 집이 서 있
었다. 그의 주위에서 거대하고 아름다운 거인 청년들이 갑옷
을 번쩍거리며 내일을 준비하는 데 한창이었다. 그들의 모습
에 그는 가슴이 벅차올랐다. 그들은 너무도 쉽게 힘을 쓸 수
있었다. 그들은 크고 우아했다! 너무도 당차게 움직이고 있었
다! 그 속에 그의 아들이 있었고 최초의 거인 여성인 공녀가
있었다……

문득 그의 머릿속에는 너무도 대조적인 기억이 떠올랐다.
아주 밝은 표정을 짓고 있는 작은 벤싱턴. 평범한 가구들이

갇춰진 자신의 방에 서서 첫 거대 병아리의 부드러운 가슴 털에 손을 얹은 채 사촌 제인이 문을 쾅 닫고 나가자 안경 너머로 미심쩍게 살피던 그의 모습……

무려 21년 전에 일어난 일이었다.

순간 기이한 의심이 그를 사로잡았다. 이곳과 이 모든 거대함은 그저 꿈에 불과한 게 아닐까? 그는 꿈을 꾸고 있으며 잠에서 깨어보면 그는 서재에 있고 거인들은 처형되었으며 신들의 양식은 금지되고 자신은 감금된 죄수의 신세로 남아 있는 게 아닐까? 삶은 어차피 그런 것이 아니겠는가. 영원히 감금된 죄수의 신세! 이것은 그의 꿈의 절정이자 결말인지도 모른다. 잠에서 깨면 유혈의 전투가 계속되는 가운데 그의 성장제는 세상에서 가장 어리석은 망상이었음을, 그의 희망과 거대한 세상에 대한 신념은 그저 끝없이 부패한 호수를 뒤덮은 탁한 유막에 불과했음을, 결국 작음을 무너뜨릴 수는 없었음을 깨닫게 되는 것은 아닐까!

이 낙담의 파도, 곧 꿈이 깨질지도 모른다는 생각이 너무도 깊고 강해서 그는 벌떡 일어섰다. 그는 그대로 서서 움켜쥔 두 손으로 잠시 눈을 누르고 있었다. 눈을 뜨면 꿈이 지나가 버렸을까봐 두려웠다……

철컹거리는 대장간 음악에 서로 나지막하게 얘기하는 거인들의 목소리가 더해졌다. 그의 의심이 가라앉았다. 분명히 거인들의 목소리가 들렸다. 그의 주위에서 그들이 움직이는 소리가 들렸다. 그것은 현실이었다. 악의적인 정책만큼이나 확

실한! 어쩌면 그보다 더 확실한 현실이었다. 이 거대한 존재
들은 새로이 밀려오는 물결이요, 인간의 작음과 잔혹성, 병약
함은 빠져나가는 물결이니까. 그는 눈을 떴다.

"다 됐다." 쇠를 만지던 두 거인 중 하나가 소리쳤고 둘은
함께 망치를 내려놓았다.

위에서 목소리가 들렸다. 코사의 아들이 거대한 담장 위에
서서 그들 모두를 보며 말을 하고 있었다.

"우리는 소인들의 세상에서 끝까지 버티기 위해 그들을 몰
아내진 않을 거야. 우리는 그 소인들보다 그저 한 단계 앞서
있을 뿐이야. 우리가 싸우는 건 우리를 위해서가 아니라 바로
그것을 지키기 위해서…… 형제들, 우리의 존재 이유는 무
엇일까? 우리의 삶이 부여받은 목적과 정신을 지키는 거야.
우리는 우리 자신을 위해 싸우는 게 아니야. 우리는 잠시 이
세상의 눈과 손이 되어 그 정신이 계속 삶을 이어가도록 돕
는 존재야. 레드우드 아저씨, 아저씨가 우리에게 그렇게 가르
치셨죠. 그 정신은 우리를 거치고 소인들을 거치면서 세상을
보고 배우지. 그것은 우리의 말과 탄생, 행동을 통해 우리를
거쳐 더 커다란 존재들에게로 전달되어야 해. 이 지구는 쉬는
곳이 아니야. 이 지구는 노는 곳이 아니야. 그게 아니라면 우
리는 그들의 칼에 목을 갖다 대는 게 낫지. 그들 못지않게 우
리도 살 권리가 없는 셈이니까. 그리고 그들 역시 개미와 해
충에게 목숨을 내줘야 할 거야. 우리는 우리 자신을 위해 싸
우는 게 아니라 성장을 위해서, 앞으로 영원히 계속될 성장을

위해서 싸우는 거야. 내일 우리가 살든 죽든 이 거대한 성장은 우리를 통해 세상을 정복할 거야. 그것이 불변하는 그 정신의 법칙이야. 신의 뜻에 따라 성장하는 것! 이 모든 틈과 구멍을 뚫고 자라는 것, 이 그림자와 어둠을 벗어나 더 자라서 빛 속으로 들어가는 것! 갈수록 더 크게." 그는 일부러 느릿느릿 말을 이었다. "갈수록 더 크게, 형제들! 그리고 계속 자라는 거야. 더 크게. 자라고 또 자라고. 마침내 신의 높이까지 올라가 신을 이해할 수 있을 때까지. 계속 커져야 해……. 이 지구가 그저 발판에 불과해질 때까지……. 그 정신이 두려움을 몰아내고 계속 퍼질 때까지……." 그는 하늘로 팔을 뻗었다. **"저기까지!"**

그의 목소리가 끊어졌다. 탐조등의 하얀 눈 하나가 주위를 훑어보다가 하늘로 손을 뻗은 그의 거대한 형체를 잠시 비추었다.

한순간 그는 환하게 빛났다. 젊고 강인한 모습, 단호하고 차분한 모습으로 그는 갑옷을 입은 채 별이 빛나는 깊은 하늘을 대담하게 올려다보고 있었다. 빛이 지나가고 나자 그는 별이 빛나는 하늘을 배경으로 선 거대한 검은색 윤곽이 되었다. 그 거대한 윤곽은 한 번의 막강한 몸짓으로 하늘의 창공과 그 수많은 별을 위협하는 듯했다.

해설

시대를 관통하는 사유의 재료, 인간

1860년 6월의 어느 토요일, 옥스퍼드에서 열린 영국 과학 협회 학회에서 찰스 다윈의 진화론을 놓고 열띤 논쟁이 벌어졌다. 수백 명의 관중 앞에서 옥스퍼드의 주교인 새뮤얼 윌버포스가 인간이 원숭이의 후손일 리가 없다고 주장하자 반대편에서 다음과 같은 반박이 나왔다.

> 인간이 원숭이의 후손이라는 것은 부끄러운 일이 아닙니다. 오히려 자신의 영역에서 애매한 성공을 거둔 데 만족하지 않고 잘 알지도 못하는 과학 문제에 끼어들어 괜한 수사법을 써가며 초점을 흐리고 화려한 웅변술로, 그리고 종교적인 편견에 교묘하게 호소하는 방식으로 대중을 선동하는 인간보다는 원숭이가 조상인 편이 낫지요.

이 반론의 주인공은 허버트 조지 웰스의 스승이자 이 작품에서도 한 번 언급되는 영국의 생물학자 토머스 헉슬리다. 헉슬리는 스스로를 '다윈의 개'라고 부를 만큼 다윈주의의 열렬한 옹호자였다.

이 책이 발표된 20세기 초, 다윈의 진화론은 대체로 받아들여졌고, 이와 더불어 30년 넘게 무시당한 멘델의 유전법칙이 몇몇 생물학자에 의해 재조명되기도 했다. 또한 사람들이 건강관리에 관심을 쏟기 시작하면서 이를 악용해 돈을 벌려는 엉터리 약장수들이 판을 치기 시작했다. 시간 여행이나 투명 인간 같은 참신하고 파격적인 소재를 다뤄 공상과학소설의 아버지라 불리는 웰스의 머릿속에서 이런 재료들이 숙성되고 배합되어 새로운 요리로 탄생한 것은 어찌 보면 자연스러운 일이다.

허버트 조지 웰스는 1866년 잉글랜드 켄트주에서 가난한 상인이자 크리켓 선수의 아들로 태어났다. 열 살 때 아버지가 부상을 입는 바람에 집안 형편이 더 어려워지자 어머니는 결혼 전에 일하던 저택에서 다시 가정부 일을 시작했다. 웰스는 어머니의 바람대로 두 형의 뒤를 이어 잠시 포목상에서 도제로 일했지만 학업에 대한 열의를 꺾지 못하고 결국 어머니를 설득해 초등학교 교생이 된다. 이 학교에서 뛰어난 성과를 내던 그는 과학 교사 양성을 위한 국가 장학금을 받고 런던의 사범학교(지금의 임피리얼 칼리지 런던)에 입학하게 되고, 바로 그곳에서 생물학자인 토머스 헉슬리를 만난다. 웰스는 재학 시절부터 과학뿐 아니라 정치와 문학으로까지 관심을 넓혀

가며 교지에 기사와 짧은 소설을 기고했다.

그 후 시험에 낙제하는 바람에 장학생 자격을 상실하고 웨일스에서 교사로 일하지만, 교내 운동경기에서 당한 부상의 후유증 때문에 결국 교사직도 내려놓게 된다. 이때부터 치료에 매진하며 본격적으로 저술 활동을 시작한 그는 르포 기사에서부터 대중 과학서에 이르기까지 다양한 글을 쓰면서 1895년 한 해에만 대표작인《타임머신》을 포함해 네 권의 저서를 발표한다. 이후《모로 박사의 섬》(1896)과《투명 인간》(1897),《우주 전쟁》(1898)을 연이어 출간하면서 동시대 사람들에게 천재적인 재능을 인정받게 되고 조지프 콘래드와 조지 버나드 쇼, 헨리 제임스 같은 유명한 작가들과도 친분을 쌓기 시작한다. 국내에 알려진 웰스의 작품은 주로 공상과학 소설이지만 풍자와 해학이 담긴 현실적인 소설도 여러 편 썼으며 비평과 역사를 포함해 다양한 분야를 넘나들며 1946년 세상을 떠날 때까지 백 편이 넘는 책을 저술했다.

앞에서 언급한 세기말의 대표작들이 주로 중심인물의 행적을 좇았다면, 1904년에 발표한《신들의 양식은 어떻게 세상에 왔나》는 제목 그대로 '신들의 양식'이라는 새로운 물질이 만들어진 배경부터 세계 곳곳으로 퍼져나가 온 인류에 영향을 미치기까지의 과정을 따라간다. 한편으로 이 작품은 신들의 양식, 즉 헤라클레오포르비아라는 새로운 물질이 정체를 알 수 없는 화자의 입을 빌려 일생의 경험을 풀어내는 이야기처럼 보이기도 한다. 병약하고 작디작은 화학자 벤싱턴 씨와 성장곡선에 집착하는 생리학자 레드우드 교수의 합작으로 탄생한 이 무생물의 주인공은 마치 의지를 지닌 존재처럼 즉시 두 과학자의 통제를 벗어나 끈질기게 전진하며 자신이 목격한 세상과 다양한 인간 군상의 실체를 집요하게 폭로한다. 인간 화자의 입을 빌리고 있지만 인간 세상을 바라보는 시선은 지독히도 초연하고 객관적이다. 어쩌면 그것은 가난한 집안에서 태어나 오로지 재능만으로 자신의 삶을 개척해 당대 최고의 명사들과 교류하게 된 웰스 자신의 시선이 그대로 반영된 것이리라.

헤라클레오포르비아가 끈질기게 살아남을 수 있었던 가장 큰 이유는 자신의 연구 분야 이외의 세상사에 대해서는 놀라우리만치 근시안적이고 경솔한 두 과학자의 태도였다. 이를 시작으로, 교묘하게 이들의 공을 가로채 출세의 발판으로 삼는 기회주의자 윙클스와 알 수 없는 규칙에 따라 벤싱턴을 영웅에서 한순간에 공공의 적으로 추락시키고 목숨마저 위협하는 대중에 대한 폭로가 이어진다.

거대한 동식물의 출현으로 위험한 상황이 벌어지면서 이를 막으려는 기이하고 절박한 투쟁의 노력이 줄을 잇지만 헤라클레오포르비아는 간접적이고 은밀한 방식으로 세상 곳곳을 기습한다. 자신들이 지켜온 전통과 특권이 영원할 거라 믿는 치싱 아이브라이트의 교구 목사와 레이디 원더슈트에게 이 물질은 더없이 힘겨운 시련을 안긴다. 그러나 영구적인 변화를 낳는 이 성장제의 기습 못지않게 막강한 힘은 바로 타성이다. 대부분의 사람은 이 기막힌 상황을 삶의 일부로 받아들이고 그저 미봉책을 시도하며 "세상의 기본적인 질서는 변치 않아"라고 되뇐다. 헤라클레오포르비아가 지나간 길목에서 그 영향을 직접 목격하지 않은 대다수 인류에게 거인이나 거대 동식물은 잠시 나타났다 사라지는 진귀한 구경거리일 뿐이다.

이렇듯 사람들이 원래 세상은 늘 어지러웠다고 말하며 아무 일 없는 척 20여 년의 세월을 흘려보내는 사이, 신들의 양식은 "모든 집의 문턱까지 찾아와 삶의 체계를 위협하고 억누르고 왜곡"하기에 이른다. 심지어 자연의 질서를 어지럽혀 수십만 명의 일자리를 앗아 가기도 한다. 이런 엄청난 변화가 오랜 시간에 걸쳐 조금씩 인간 세상을 잠식하는 과정이 20여 년 동안 세상과 단절되었던 석방수의 시선으로 생생하게 묘사되는 순간, 혹시 그것이 지금 우리가 살고 있는 21세기의 현실이 아닐까 싶어 문득 주위를 두리번거리게 된다.

그도 그럴 것이, 성장제와 그것이 만들어낸 거대한 존재들은 인류의 역사에서 일어난 그 어떤 커다란 변화로도 쉽게 치환할 수 있을 듯 보인다. 예를 들면 지구 중심의 우주관을 믿었던 중세 사람들에게 태양 중심의 우주관이 그러했을 것이다. 창조론을 모든 믿음의 근원으로 삼았던 윌버포스 주교 같은 사람들에게는 다윈의 진화론이 그러했을 것이다. 코페르니쿠스적인 전환에는 언제나 희생과 진통이 따랐다. 그러나 이처럼 '발전'이라 부를 수 없는 변화, 예를 들면 지난 세기의 전체주의와 파시스트도 마찬가지였다. 실제로 작품 속에서 '민주주의 괴물' 케이터햄이 그저 연설만으로 대중을 선동하는 모습은 숫기 없고 소심했다고 알려진 히틀러가 오로지 매력적인 연설만으로 수많은 사람을 설득한 과정을 정확히 예견한 듯 보이기도 한다. 또 한편으로 성장제의 파괴적인 영향은 오늘날의 석유나 방사능 유출, 그 밖의 인간이 야기한 재앙이 환경에 미친 영향과도 상당 부분 겹쳐진다.

《타임머신》에서 인류의 미래에 대해 비관적인 시각을 내비친 웰스는 제1, 2차 세계대전의 참상을 목격한 뒤 말년에 다시 비관론과 허무주의에 빠진다. 그러나 20세기 초반에는 여러 작품에서 낙관적인 미래관을 보였고 유토피아적인 '세계 정부'를 구상하기도 했다. 스스로도 1900년부터 세계정부가 불가피하다고 생각했음을 자서전에서 밝힌 바 있다. 이러한 관점은 이 작품에서도 찾아볼 수 있다. 예를 들어 초반에 레드우드와 벤싱턴은 제각기 헤라클레오포르비아의 영향력이 지구 전체로 퍼져나가 초국가적 차원에서 이에 관해 논의하는 꿈을 꾼다. 또한 코사의 아이들이 작은 인간들을 위해 집과 도로를 만드는 계획을 세우는 장면에서도 거인과 소인의 구분을 뛰어넘는 범세계적 유토피아의 희망이 엿보인다.

그렇다 해도 끝내 이 작품이 암시하는 미래가 유토피아인지 디스토피아인지는 섣불리 결정하기 어렵다. '헤라클레스가 될 수 있는 양분'을 만들겠다는 벤싱턴과 레드우드의 의도는 유토피아적이라고 할 수 있겠지만 그들의 실험은 부주의

하고 엉성하기 짝이 없었다. 그 결과로 예기치 못한 거대 동식물이 곳곳에서 출현해 인간에게 피해를 입히는 장면들은 분명 디스토피아의 결말을 암시한다. 그러나 케이터햄이 정권을 잡는 시점부터 우리는 하층민의 거인 아이 캐들스를 시작으로 어느새 배척받는 모든 거인에게 연민을 느끼도록 '조작'된다. 코사의 맏아들이 하늘을 향해 손을 뻗고 있는 마지막 장면은 인류가 육체적 한계와 지구라는 공간적 한계를 뛰어넘을 수 있으며 거인과 소인이 함께 어울려 사는 세상을 이룰 수 있음을 암시하는 듯하다. 아이러니하게도 이 장면은 벤싱턴과 레드우드, 코사가 히클리브로의 거대 동식물을 소탕한 뒤 불을 지르고 떠나는 장면과도 겹쳐진다. 커다란 연기 기둥이 하늘로 솟구쳐 오르는 광경이 마치 "거인이 불쑥 일어나 몸을 꼿꼿이 편 뒤 갑자기 거대한 두 팔을 하늘로 펼친 것"과 같았다고 묘사되기에 하는 말이다.

일부 비평가들은 이런 점을 철학적 딜레마로 지적하기도 하지만, 나는 그것이 웰스의 놀라운 포용력이라고 말하고 싶다. 웰스는 기독교의 교리와 행동 양식에 누구보다도 열성적으로 저항했고 작품을 통해서나 사생활에서나 자유연애를 열렬히 주장했다. 사회적 평등과 세계 평화를 끈질기게 옹호했으며 런던뿐 아니라 자신의 고향인 잉글랜드 남동부의 하층민의 목소리에도 세심하게 귀를 기울이는 낭만주의자였다. 이런 모든 면이 곳곳에 유머와 풍자로 녹아 있는 이 작품은 무엇보다도 흥미진진하고 때로는 오싹하게 경각심을 일깨우며 많은 생각할 거리를 던져준다. 결국 유토피아냐 디스토피아냐를 결정하는 것은 독자의 몫이다.

항공기와 탱크, 원자폭탄을 비롯해 수많은 미래 기술을 예견하고 타임머신과 시간 여행의 개념을 '발명'해 많은 후배 작가에게 영감을 준 웰스는 사람들이 자신의 경고를 제대로 듣지 않는다고 한탄하며 자기 묘비에 이런 글귀를 새겨야 한다고 주장했다. "내가 말했잖아. 이 멍청이들아." 그의 한탄과 달리 우리는 여전히 그의 글을 읽고 있다. 다만 이 작품을 시작으로 국내에 알려지지 않은 그의 다른 저작들이 더 많이 번역되고 읽히기를 바란다. 너무 늦기 전에 그의 예견을, 시대를 관통하는 그의 통찰을 십분 활용할 수 있도록.

박아람

휴머니스트 세계문학 030

신들의 양식은 어떻게 세상에 왔나

1판 1쇄 발행일 2023년 12월 18일

지은이 허버트 조지 웰스
옮긴이 박아람

발행인 김학원
발행처 (주)휴머니스트출판그룹
출판등록 제313-2007-000007호(2007년 1월 5일)
주소 (03991) 서울시 마포구 동교로23길 76(연남동)
전화 02-335-4422 **팩스** 02-334-3427
저자·독자 서비스 humanist@humanistbooks.com
홈페이지 www.humanistbooks.com
유튜브 youtube.com/user/humanistma **포스트** post.naver.com/hmcv
페이스북 facebook.com/hmcv2001 **인스타그램** @boooook.h

편집주간 황서현 **편집** 이성근 김대일 김선경 **디자인** 김태형 차민지
조판 아틀리에 **용지** 화인페이퍼 **인쇄·제본** 정민문화사

ISBN 979-11-7087-087-6 04840
　　　979-11-6080-785-1 (세트)

휴머니스트 세계문학